Marco Theiss wurde 1984 in Frankfurt am Main geboren. Nach dem Abitur verschlug es ihn zum Studium nach Köln, wo er anschließend begann in verschiedenen Tätigkeiten bei Film und Fernsehen zu arbeiten. Zwischen 2012 und 2020 schrieb Theiss die Drehbücher für mehrere Independent-filme, darunter die Actionfilme *One Million K(l)icks* und *Ultimate Justice*. Seit 2018 widmet er sich außerdem verstärkt dem Schreiben von Romanen. 2021 erschienen seine beiden Horrorromane *DOOWYLLOH* und *Asche*, 2022 der Thriller *Crossroads* und 2023 die Neuauflage seines Romandebüts *Blutige Ebbe*. 2024 veröffentlichte Theiss zudem seinen ersten Western *Die Mathematik des Bleis*.

MARCO THEISS

DIE BESTE FREUNDIN

Ein packender Psychothriller
voller Nervenkitzel

Erstausgabe Juli 2024

Copyright © 2024 dp Verlag, ein Imprint der
dp DIGITAL PUBLISHERS GmbH
Made in Stuttgart with ♥
Alle Rechte vorbehalten

DIE BESTE FREUNDIN

ISBN 978-3-98998-454-7
E-Book-ISBN 978-3-98998-184-3

Covergestaltung: ArtC.ore-Design / Wildly & Slow Photography
Umschlaggestaltung: ARTC.ore Design
Unter Verwendung von Abbildungen von
stock.adobe.com: © Mikolaj Niemczewski
shutterstock.com: © Moshbidon
Lektorat: Astrid Pfister
Satz: dp DIGITAL PUBLISHERS GmbH
Druck und Bindung: Books on Demand GmbH, Norderstedt

Für Danni und Tanja.

*Die besten Freundinnen, die man sich wünschen
kann.*

1.

Das Telefon klingelte, doch es war nicht das süßliche Säuseln von Bruce Springsteens *I'm on fire*, das Nico weckte. Es war der Vibrationsalarm, der ihm durch Mark und Bein ging, so wie er durch das Holz des Nachttischs ging, auf dem das Mobiltelefon bei jedem Brummen eine Viertelumdrehung beschrieb.

Er griff hastig danach, vermutete das Klingeln des Weckers hinter dem plötzlichen Erwachen. Zeit aufzustehen und den Tag zu beginnen, auch wenn es sich noch gar nicht danach anfühlte. Zu seiner Überraschung zeigte das Display allerdings nicht die eingestellte Weckzeit an, sondern einen eingehenden Anruf.

Unbekannt verkündete es, anstatt einer Rufnummer. Nico warf einen flüchtigen Blick auf die Uhrzeit, die klein oben links in der Ecke angezeigt wurde. Es war kurz nach drei Uhr nachts. Kein Wunder, dass er das Gefühl hatte, noch nicht ausgeschlafen zu sein. Er war erst vor zwei Stunden ins Bett gegangen und der Wecker würde erst in fünf klingeln.

Nico gehörte zu den Menschen, die unbekannte Rufnummern gerne mal ignorierten. Allein die Uhrzeit ließ ihn dieses Mal hadern. Es waren die sorgenvollen Stunden zwischen elf Uhr am Abend und sechs Uhr am nächsten Morgen, in denen Anrufe meistens nichts Gutes verhießen. Wenn man erfuhr, dass geliebte Menschen Unfälle gehabt hatten oder im Krankenhaus lagen. Und es machte durchaus Sinn für ihn, dass die Nummern von Krankenhäusern oder Polizei nicht angezeigt wurden.

Ein ungutes Gefühl beschlich Nico und gewann schließlich die Oberhand über das bloße Genervtsein durch die nächtliche Störung. Alles in ihm verkrampfte sich schlagartig, während das kleine Ding in seiner Hand weiterhin brummte.

Er nahm den Anruf entgegen, hielt das Handy ans Ohr und hauchte ein fast geflüstertes: „Hallo?"

Für einen Moment blieb es still in der Leitung. Er war sich nicht sicher, ob es der Moment war, in dem eine automatische Sprachnachricht ansprang, um ihm zu offenbaren, dass er eine dubiose Verlosung gewonnen hatte, an der er nie teilgenommen hatte oder ob er überhaupt eine Verbindung hatte. Zu allumfassend klang die Stille, die ihm aus dem Telefon entgegenschlug. Schwarz und leer wie das All. Bereit jedes Geräusch zu ersticken.

Er wollte das Smartphone vom Ohr nehmen, um mit einem Blick auf das Display zu überprüfen, ob die Verbindung weiterhin bestand oder ob der Anrufer aufgelegt hatte, kurz bevor er den Anruf entgegengenommen hatte.

„Heute ist mein Geburtstag."

Die Frauenstimme, die an sein Ohr drang, erkannte er sofort, obwohl auch sie kaum lauter als ein Flüstern war und er sie seit einer kleinen Ewigkeit nicht mehr gehört hatte. Sein Herz machte einen Hüpfer und setzte dann einen Schlag aus. Als es wieder einen Rhythmus gefunden hatte, war dieser deutlich beschleunigt.

Es war Laura!

Und genau das ließ ihn plötzlich daran zweifeln, dass er wirklich wach und dieser Anruf real war, denn er hatte ihre Stimme seit zehn Jahren nicht mehr gehört.

Er wollte ihren Namen sagen, fragen, ob sie es tatsächlich war, aber er hatte Angst den fragilen Traum damit zu vertreiben.

„Weißt du, wie alt ich geworden bin?", fragte die Stimme aus der schwarzen Leere der Leitung und schien mit jedem einzelnen Wort wieder und wieder zu schreien *Ja, ich bin Laura!*

Real oder nicht, sie war es tatsächlich!

Ihm fiel selbst auf, wie absurd dieser Gedanke war, trotzdem fühlte er sich für ihn richtig an, und jedes weitere Wort schob ihn für Nico ein Stück weiter über die Realitätsgrenze.

„So alt wie ich", antwortete er. „Vierzig."

Viereinhalb Monate war er ihr voraus.

„Ein ganz besonderer Geburtstag", sagte sie. „Weißt du, was das bedeutet?"

Er antwortete nicht ... konnte es nicht.

Ja verdammt, er wusste genau, was das bedeutete. Umso fassungsloser machte es ihn, jetzt plötzlich ihre Stimme zu hören.

„Was willst du?", fragte er, bekam die Worte aber kaum heraus. Ein dicker Kloß steckte in seinem Hals.

„Wenn wir mit vierzig noch beide Single sind, wollten wir heiraten", erwiderte sie, was sie auch getan hätte, wenn er seine ruppige Zwischenfrage nicht gestellt hätte.

Nicos Unterlippe bebte. Er spürte, wie seine Augen feucht wurden.

„Das war, bevor du einfach von einem Tag auf den anderen verschwunden bist", stieß er weiter erstickte Worte hervor, während sich eine erste Träne auf den Weg seine Wange herab machte. „Wo zur Hölle steckst du?"

Sie schwieg. Nur die endlose, rauschfreie Leere drang in sein Ohr.

„Ich …" die Antwort kam mit Verzögerung, als müsste sie sich erst um sich herum umsehen. „Ich weiß es nicht."

„Warum rufst du an, wenn du nur weiter Spielchen spielen willst?", fragte er vorwurfsvoll und verletzt.

„Ich weiß es wirklich nicht", beharrte sie und in der Leere, in der der Satz ertönte, klang sie tatsächlich irgendwie verloren. „Bitte … finde mich."

„Ich muss Schluss machen", sagte er, auch wenn es ihm das Herz brach. „Wir wecken sonst meine Freundin auf." Er schwieg einen Moment und würgte den Kloß in seinem Hals herunter, um seinen Worten mehr Kraft zu verleihen, als er sagte: „Unsere Abmachung hat sich also eh erledigt."

Er beendete das Gespräch, ohne ihr die Chance zu geben, noch etwas zu erwidern, dann starrte er ungläubig auf das Smartphone in seiner zitternden Hand. Er rief die Liste der letzten Anrufe auf und fand den Eintrag *Unbekannte Nummer* im Speicher.

Er hasste sich dafür, dass er einfach aufgelegt hatte, und er hasste sie dafür, dass sie angerufen hatte.

Er sah nach links. Dorthin, wo seine Ausrede hätte liegen sollen. Tat sie aber nicht. Die andere Hälfte des Bettes war leer. Die Decke seiner Freundin lag als zerwühltes längliches Knäuel neben ihm, sodass er es aus dem Augenwinkel für selbstverständlich gehalten hatte, dass sie neben ihm lag.

Bestimmt ist sie auf der Toilette, dachte er und sah zur Schlafzimmertür, die einen Spalt weit offenstand. Er wartete darauf, dass irgendetwas passierte. Dass er ein fernes Wasserrauschen aus dem Flur vernahm, sich die Tür öffnete oder das Handy, das er noch immer umklammerte, wieder zu vibrieren begann. Stattdessen geschah gar nichts.

Nachdem er drei Minuten darauf gewartet hatte, dass seine Welt sich irgendwie weiterdrehte, schwang Nico die Füße aus dem Bett und machte sich auf die Suche nach seiner Freundin.

Der Flur im ersten Stock war dunkel. Die Badezimmertür am anderen Ende stand offen, das Licht dahinter war jedoch ausgeschaltet.

„Baby?“, rief er in das dunkle Haus hinein.

Doch es blieb dunkel und still. *Wo zur Hölle war sie?*

Nico machte auf dem Absatz kehrt und marschierte zurück ins Schlafzimmer. Er würde sich etwas anziehen und dann weitersuchen. Erst unten, dann draußen und wenn nötig, überall.

Er betrat das Schlafzimmer und streckte die Hand nach dem Lichtschalter aus, als plötzlich die kleine Stehlampe auf dem Nachttisch seiner Freundin anging.

„Wo warst du?“, fragte sie verschlafen und wischte sich eine Strähne ihres langen blonden Haares aus dem Gesicht.

Nico schüttelte ruckartig den Kopf und kniff die Augen zu.

Hatte er seine Freundin wirklich mit einem Deckenknäuel verwechselt? Als er die Augen wieder öffnete, sah sie ihn noch immer fragend an.

„Hab dich gesucht", antwortete er. „Wo warst du?"

Ihr Blick sah aus, als ob sie an seinem Verstand zweifelte. Verschlafen, wirr ... und eindeutig zu überfordert, um all das zu verstehen.

„Komm wieder ins Bett", sagte sie mit zarter Stimme und schlug die Decke für ihn zurück.

Nico war durcheinander. Wahrscheinlich mehr als sie. Der Anruf war anscheinend nicht spurlos an ihm vorübergegangen. Er versuchte, sich an die wichtigen Dinge zu klammern: Seine Freundin war da und es ging ihr gut.

Er schlüpfte zu ihr unter die Decke und sie kuschelte sich an ihn. Er genoss ihre Wärme und den Duft ihres Haars. Er küsste ihren Kopf. Sie quittierte es mit einem wohligen Stöhnen. Innerhalb einer Minute wurde ihre Atmung tief und gleichmäßig und sie sank in einen scheinbar ruhigen Schlaf. Nico hingegen war hellwach. Er drehte den Kopf zur Seite und sah zu dem Smartphone auf seinem Nachttisch.

Von den fünf Stunden Schlaf, die er noch vor sich gewähnt hatte, würde nicht mehr viel übrig bleiben, fürchtete er.

2.

Er sollte recht behalten. Er hatte die restliche Nacht kaum ein Auge zubekommen, und wenn doch, war er in einen unruhigen Dämmerzustand abgedriftet. Eine wässrige Suppe aus Träumen und bewussten Erinnerungen, die sich bei allem Umrühren in dieser Nacht einfach nicht zu Traum und Schlaf verdichten wollte.

Er hatte den Wecker schließlich zehn Minuten vor dem Klingeln ausgeschaltet.

Nadine wachte auf, als er sich gerade aus dem Bett stehlen wollte. Sie drehte sich zu ihm um und legte ihren Kopf auf seine Brust.

„Musst du etwa schon aufstehen?", fragte sie und schob ihre Hand in seine Shorts.

Er spürte, wie sich ihre zierlichen Finger um ihn schlossen und begannen, ihn mit einer fordernden Auf- und Ab-Bewegung zu massieren. Sie ließ ihn in ihrer Hand wachsen und beendete seine Bettflucht mit geübten Bewegungen. Dabei entlockte sie ihm ein inniges Stöhnen.

„Ein bisschen Zeit hast du doch sicher noch, oder?"

Die hatte er. Daher lehnte er sich zurück und genoss erst ihre Hand, dann ihren Mund und schließlich die feuchte Hitze ihres Schoßes, als sie ein Bein über ihn schwang und sich auf seine Härte setzte.

Nadines Hingabe und der Orgasmus, in den sie ihn trieb, ließen all die Sorgen und Gedanken verblassen, die ihn die letzten Stunden über um den Schlaf gebracht hatten.

Vielleicht hätte er sie schon früher wecken sollen.

Als sie von ihm runter stieg, tropfte ihre beider Lust auf seinen Bauch und auf das, was darunter nun langsam und befriedigt erschlaffte. Sie ließ ihn ein weiteres Mal in ihrem Mund verschwinden. Nicos ganzer Körper verkrampfte sich, als sie alles ableckte, was noch an ihm klebte. Sie liebte es, ihren Sex danach zu schmecken.

Danach ließ sie von ihm ab und sprang aus dem Bett. Ihr verführerischer Blick wich einem Lächeln, als sie sich eines von seinen Hemden aus dem Kleiderschrank nahm und hineinschlüpfte. Sie machte sich nicht die Mühe es zuzuknöpfen, sondern ließ es verspielt offen und präsentierte ihm ihre nackte Haut darunter.

„Ich mach uns Frühstück", verkündete sie.

Er sah von ihrer üppigen 75c runter zu dem schmalen Streifen schwarzen Schamhaars, das zwischen ihren Schenkel entlang lief.

„So?", fragte er.

Sie nickte lächelnd und war schon auf dem Weg zur Tür hinaus.

„Du bist die perfekte Frau", rief Nico ihr in den Flur nach.

Als ob sie das nicht ganz genau weiß, dachte er.

Dann schwang auch er sich aus dem Bett. Er stand auf wackligen Beinen da, die immer noch kribbelten. Das linke schmerzte leicht, als er es belastete.

Als Nico aus der Dusche kam, roch das ganze Haus nach Frühstück. Nadine hatte groß aufgetischt. Rührei, gebratener Speck und eine Käseplatte. Einen Berg Pancakes verfrachtete sie gerade aus einer Pfanne auf einen Teller und schob ihn in einer fließenden Bewegung in die Mitte des Tischs. Und das alles, während sie ihm zwischen den beiden offenen Hälften seines Hemds noch immer ihre nackten Filetstücke präsentierte.

„Siehst du irgendwas, das dir gefällt?"

Er lächelte angetan.

Oh ja! Die perfekte Frau!

3.

Überhaupt gab es in diesem Leben nicht viel, worüber Nico sich hätte beschweren können. Wenn er seine perfekte Frau zu Hause zurückließ, dann nur für seinen Traumjob. Und so war er eine Stunde später befriedigt und wohlgenährt auf dem Weg ins Filmstudio.

Sein Studium der Filmwissenschaften hatte er vor zwölf Jahren abgebrochen und die Theorie hinter sich gelassen, um sich der Praxis zuzuwenden. Er hatte die unterschiedlichsten Jobs an verschiedenen Filmsets angenommen. Hatte für vierhundert Euro im Monat als Set-Runner begonnen, unbezahlte Praktika absolviert und war schließlich von Robert Engel, einem alternden Kameramann unter die Fittiche genommen worden, der von seinem Enthusiasmus begeistert gewesen war.

„Wenn ich sowieso den halben Tag damit beschäftigt bin, deine Fragen zu beantworten", hatte der Mann mit dem gemütlichen Bierbauch gesagt, „dann solltest du auch was für mich tun, finde ich."

Noch am selben Abend hatte er Rücksprache mit der Produktionsleitung gehalten und am nächsten Tag war Nico offiziell ihm und seinem Assistenten, einem unausstehlichen Stinkstiefel namens Andreas Puhl unterstellt gewesen ... der letzte junge Mann, der Engels Interesse geweckt hatte. Puhl hatte den *Neuen* so richtig leiden lassen.

Lehrjahre seien nun mal keine Herrenjahre, hatte er dabei süffisant angemerkt, was seinem Lebensalter durchaus angemessen war.

Nico hatte sich nicht beschwert. Er hatte getan, was ihm aufgetragen wurde, hatte Ausdauer und Geduld bewiesen, vor allem aber Talent. Als Puhl schließlich immer größere Töne gespuckt hatte, war auch Engel sein widerlicher Charakter nicht länger verborgen geblieben. Die beiden gerieten häufiger in Streit, jetzt wo der arrogante Assistent mehr Zeit hatte, um am Set negativ aufzufallen, und eines Morgens trennten sich ihre Wege noch vor der ersten Klappe des Tages vor aller Augen. Nico wusste nicht, was der Anstoß des Streits gewesen war, aber er hatte Engel zuvor noch nie schreien gehört. Der sympathische Endfünfziger war vor aller Augen explodiert und hatte Puhl fünf Minuten vor Drehstart gefeuert.

Fast noch beunruhigender als sein plötzlicher Ausbruch, war die Geschwindigkeit gewesen, in der er sich wieder beruhigt hatte. Er benötigte eine halbe Drehung um die eigene Achse, bis Nico in sein Blickfeld geriet, um zu erkennen, dass er gerade unprofessionell gewesen und den Dreh gefährdet hatte.

Mit sanfter Stimme fragte er seinen Materialassistenten: „Glaubst du, du kannst heute die Schärfe ziehen?"

Es war Nicos Aufstieg zum Kameraassistenten – nach gerade einmal zwei Monaten.

Vier Jahre später hatte er seinen ersten Film als Kameramann gedreht. Inzwischen war er einer der besten seines Fachs in Deutschland. Er drehte gute Filme, verdiente gutes Geld und schulterte seine Kamera zwischen den Takes schon mal selbst, um seine Assistenten zu entlasten.

Auch heute hatte er sie als Erster in der Hand. Nach den doppelten Freuden des Morgens strotzte er nur so vor Energie. Nur sein linkes Bein protestierte, als er noch zusätzlich das schwere Stativ schulterte. Es war ein stechender Schmerz von erlesener Qualität, der sein Knie einsacken ließ und Nico einen zischenden Laut entlockte. Er balancierte bemüht auf seinem zweiten, stabilen Bein und versuchte vor allem die fragile, teure Kamera zu schützen.

Innerhalb von Sekunden waren seine beiden Assistenten bei ihm. Kameraassistentin Julia nahm ihm die Kamera aus der Hand, während Materialassistent Ben seinen Chef stützte und ihm gleichzeitig die Last des Stativs von der Schulter hievte.

„Alles in Ordnung?", fragte er besorgt. „Bist du umgeknickt?"

„Nein, ich …" Nico zögerte. *Ja, was eigentlich?*

Als das Gewicht des Stativs nicht mehr zusätzlich auf ihm lag, befreite sich Nico dankbar aus Bens stützendem Griff. Er belastete vorsichtig das linke Bein. Der Schmerz war noch da, auch wenn er durch die schnelle Hilfe seiner beiden Assistenten nachgelassen hatte. Er saß tief in Muskeln, Sehnen und Knochen.

„Ich weiß auch nicht", versuchte er das Problem erneut zu beschreiben. „Ich bin heute Morgen aufgewacht und der Schmerz war da."

„Ich besorg dir ne Tablette", bot Julia an. „Und du hältst dich heute mal ein bisschen zurück."

„Du bist doch nur scharf auf meinen Job", scherzte Nico.

„Ich will deinen Job gar nicht", frotzelte sie zurück. „Reicht mir völlig, wenn du mich ausnahmsweise mal meinen machen lässt."

Nico streckte beide Hände in die Höhe und kapitulierte.

„Dann sei eben mein Lastenmuli", gab er sich augenzwinkernd geschlagen.

Er war kein Gefangener alter Rollen- und Geschlechterklischees. Er wusste, dass Julia schleppen konnte und dass sie dem Job auch ohne seine Hilfe mehr als gewachsen war. Sogar mehr als das. Dass sie hinter seinem Job her sei, war zwar ein Scherz gewesen, aber Nico war überzeugt davon, dass sie eines nicht allzu fernen Tages eine großartige Kamerafrau abgeben würde. Und er war sich sicher, dass auch sie sich nur ungern ihre Kamera abnehmen lassen würde. Er würde stolz auf sie sein – bis sie ihm die ersten Jobs vor der Nase wegschnappte.

Sie kehrte mit einer Schmerztablette und einer kleinen Flasche Wasser zu ihm zurück und fragte: „Ist das schon das Alter?"

Drauf geschissen, dachte Nico. Er würde sie auch dann noch mögen, wenn sie ihm den Platz an der Spitze streitig machte.

Er spülte die Tablette mit einem Schluck Wasser herunter und gab die Flasche an Julia zurück.

„Die ist ziemlich schwer", kommentierte er und wies auf sein Bein.

„Schlimmster Chef der Welt", zog sie ihn auf, schulterte die Kamera und die Wasserflasche und marschierte in Richtung Set. „Ich sag schon mal Bescheid, dass es bei dir ein bisschen länger dauert."

„Du bist meine Lieblings-Praktikantin", rief Nico ihr hinterher.

Julia zeigte ihm über die freie Schulter hinweg den Mittelfinger. Er lachte.

Er liebte seinen Job.

***

Die Hilfe seiner Kollegen und die regelmäßige Versorgung mit Schmerzmitteln verschafften Nicos Bein Linderung, doch tief im Fleisch pochte es weiter. Immer wieder nutzte er die Umbaupausen zwischen zwei Kameraeinstellungen, um seinen Oberschenkel zu massieren, doch nichts verschaffte ihm vollends Linderung. Er war froh, als der Aufnahmeleiter den Drehschluss ausrief und er den beruflichen Teil des Tages geschafft hatte.

4.

Zum Abendessen war er mit Nadine und einer gemeinsamen Freundin verabredet. Er hätte auch nichts dagegen gehabt, die Verabredung abzusagen und den Tag stattdessen auf dem Sofa ausklingen zu lassen, aber sie hatten Jessica ewig nicht gesehen. Außerdem stand er nun mal auf Burger und im *BeeFunky* in der Südstadt machten sie einen der besten BBQ-Burger, die er je gegessen hatte.

Essen bedeutete zugleich sitzen, und auch wenn der Schmerz blieb, war es für Nico die Hauptsache, das Bein nach dem anstrengenden Tag ein wenig entlasten zu können. Abgesehen von dem zusätzlichen Gewicht, das ihm der riesige Burger auf die Rippen zaubern würde, in den er seine Zähne gerade das erste Mal vergrub.

Das ist es wert, schrie die Geschmacksexplosion in seinem Mund.

Er streckte die Hand nach dem riesigen Berg Süßkartoffelfritten aus, der auf einem separaten Teller in der Tischmitte stand, und den sie sich zu dritt teilten.

Die beiden Frauen hatten offenbar gerade genau den gleichen Gedanken. Nico lächelte, als er die beiden zierlichen Hände streifte.

Er fragte sich, ob das auch für den aktuellen Gedanken galt, dass Pommes frites nicht das Einzige waren, was man zu dritt teilen könnte.

Ein Gedanke, den er nicht zum ersten Mal hatte – aber sich auch nicht zum ersten Mal über die Lippen zu bringen wagte.

Jessica war eine äußerst attraktive Frau. Eine Schauspielerin, genau wie Nadine. Etwas kleiner und zierlicher, mit kurzem blonden Haar und süßen Grübchen, die sich in ihren Wangen bildeten, als sie Nicos Lächeln erwiderte.

Er fühlte sich unwillkürlich ertappt. *War sein Blick so eindeutig gewesen? Oder dachte sie vielleicht wirklich das gleiche?*

Er schnappte sich eine Handvoll Pommes vom Berg und zog sich zurück, bevor er sich auch noch von seiner Freundin ertappt fühlte. Verstohlen spähte er zu ihr hinüber, spürte aber keinen Vorwurf in ihrem Blick. *Warum sollte sie auch plötzlich prüde sein?* Es war ja nichts passiert.

Trotzdem wollte Nico nichts kaputtmachen. Weder die Beziehung mit Nadine noch die Freundschaft zu Jessica, denn gute Freundinnen fand man selten. Die letzte war …

Er musste an Laura denken und an den nächtlichen Anruf.

Finde mich!, hatte sie gesagt.

Sie hatte verloren geklungen.

Die Erinnerung an sie verdrängte sogar den Berg aus schwitzenden Leibern aus Nicos Kopf, zu dem der Berg aus Pommes und Fingern ihn in Gedanken geführt hatten.

Hatte er Lauras Verhalten fälschlicherweise als Spielchen abgetan? Hatte er zu früh aufgegeben, nach ihr zu suchen?

Nach ihrem Verschwinden hatte er Himmel und Hölle in Bewegung gesetzt. Er hatte versucht sie zu erreichen. Erst über ihre eigenen Telefonnummern, und als diese plötzlich abgemeldet waren per E-Mail. Dann über Freunde. Er hatte das Internet auf den Kopf gestellt. Ihren Namen in jede Suchmaschine des World Wide Web gehämmert und doch niemals Informationen gefunden, die nicht aus der Zeit vor ihrem Verschwinden stammten. Es gab nur ihr verwaistes Facebook-Profil oder einen Online-Bericht über das letzte Volleyballspiel, das sie mit ihrer Mannschaft gewonnen hatte. Keinen Hinweis darauf, dass sie in einer anderen Stadt aufgetaucht war, einen neuen Job angenommen, geheiratet hatte oder gestorben war. Sie war spurlos verschwunden. Vom Erdboden verschluckt. Zumindest für ihn.

„Nico?", drang Nadines Stimme aus weiter Ferne an sein Ohr und holte ihn aus der Vergangenheit zurück.

Die beiden Frauen sahen ihn erwartungsvoll an.

Nico blickte auf das BBQ-Bacon-Kunstwerk in seiner Hand. Seit dem ersten Bissen hatte sich nicht viel getan, außer dass der Burger langsam abkühlte. Was für eine Verschwendung! Nico nahm einen zweiten großen Bissen.

5.

„Laura hat mich gestern Nacht angeruf…“, begann Nico, nachdem er die ersten fünf Minuten der Fahrt nach Hause wieder in Grübeleien versunken war.

„Ich glaube, Jessy steht auf …“, setzte Nadine gleichzeitig an.

Beide verstummten.

„*Was?*“, fragten sie zeitgleich nach und lachten.

„Du zuerst“, sagte Nadine.

„Nein, nein, nein“, widersprach ihr Nico. „Du zuerst.“

„Ich glaube, Jessy steht auf dich“, sprach sie den Gedanken vollständig und mit fast beiläufiger Leichtigkeit aus.

Nicos Körper reagierte unwillkürlich auf die überraschende Aussage und das Auto machte einen kleinen, kaum merkbaren Schlenker in Richtung Mittelstreifen.

„Ach Quatsch“, sagte er und tat es ab.

„Doch, ich glaube schon.“ Sie blieb beharrlich und fragte dann geradeheraus: „Stehst du denn auf sie?“

„*Was?* Nein!“

„Sie ist eine hübsche Frau“, gab Nadine zu bedenken.

„Ich hab schon eine.“

Sein Blick haftete auf der Straße. Er vermied es, Nadine anzusehen, denn er fürchtete, dass er gerade knallrot wurde und war froh, dass es dunkel war – und in der Nacht bekanntlich alle Katzen grau.

„Du kannst es ruhig zugeben", bohrte sie weiter nach und Nico spürte deutlich, dass sie ihn vom Beifahrersitz aus anstarrte. „Ich finde es nicht schlimm, wenn du andere Frauen attraktiv findest. Ich finde sie ja auch attraktiv."

Er riskierte einen kurzen Blick aus dem Augenwinkel. Sie starrte ihn immer noch an, bohrte nach Antworten wie nach Öl. Nico zuckte mit den Schultern und versuchte, es beiläufig wirken zu lassen.

„Ja, sie ist hübsch", traute er sich vorsichtig einen Schritt vor.

„Schwein!", strafte sie ihn entrüstet, wandte den Blick ab und starrte nun ihrerseits raus ins Scheinwerferlicht.

Na toll! Ein Fettnäpfchen mit Ansage!

„Komm schon, Baby", sagte Nico mit seiner sanftesten Stimme. „Tausende Frauen da draußen sind hübsch."

„Mhm", knurrte Nadine abweisend, drehte den Kopf demonstrativ weiter nach rechts und sah nun aus dem Beifahrerfenster.

Okay Nico, jetzt denk besser verdammt genau nach, was du als Nächstes sagst, schärfte er sich ein, kam aber zu keinem Ergebnis. Doch irgendetwas musste er sagen. Der größte Fehler wäre die letzten zehn Minuten Fahrt schweigend zu verbringen. Er holte tief Luft und war gerade bereit, um sein Leben zu feilschen, als Nadine neben ihm losprustete.

„Oh, ich halt's nicht mehr aus", meinte sie, lachte hemmungslos und schmiegte sich an seinen Arm. „Du bist so süß, wenn du Panik hast."

„Jetzt kuschel dich nicht an", protestierte Nico und zog spielerisch seinen Arm aus ihrem Griff.

Sie startete einen zweiten Versuch, klammerte sich an ihn. Bei siebzig Kilometern pro Stunde hinterm Steuer konnte er nirgendwo hin. Ein erbärmlicher Schauspieler war er außerdem, also fiel auch eine Retourkutsche flach. Nico gab sich geschlagen. Sie hauchte ihm einen Kuss auf die Wange.

„Ich hasse dich", murmelte er, ohne es ernst zu meinen.

„Nein, du findest mich heiß", widersprach sie und fügte dann voller Schadenfreude hinzu: „Genau wie Jessy." Sie lachte erneut und wuschelte ihm durchs volle Haar. „Weißt du, dass ich mal was mit ihr hatte?", fragte Nadine jetzt.

Das Auto machte wieder einen winzigen Schlenker, als ihre Worte in Nicos Hirn ankamen.

„Damals", fuhr sie fort, „am Set von *Meine wundersamen Träume.*"

Er sah sie überrascht an, ließ den Wagen dabei etwas mehr ausbrechen.

„Damals waren wir doch schon zusammen", sagte er ernst.

Offenbarte sie ihm gerade etwa, dass sie ihn betrogen hatte?

„Verklag mich doch", tat sie es spielerisch ab, als wäre es keine große Sache. „Wenn Frauen betrunken sind, machen sie manchmal miteinander rum. Außerdem haben wir damals nur gedatet."

Im Scheinwerferlicht eines entgegenkommenden Autos sah er die diebische Freude in ihren Augen.

Was sie wohl gerade in seinen entdeckte? Den Schock oder das Kribbeln, das niedere Regionen auf den Weg geschickt hatten, während Nicos Kopfkino langsam anlief?

Ihr Griff zwischen seine Schenkel sprach eine deutliche Sprache. Genau wie das nervöse Zucken, das sie unter dem Jeansstoff spürte.

„Haben wir jetzt Streit?", fragte sie verführerisch und begann, die wachsende Beule zu massieren. „Oder willst du lieber, dass ich weitererzähle?"

Er antwortete nicht. Sie massierte weiter – und erzählte ihm alles. Sie begann damit, wie Jessica und sie sich auf einer der zahlreichen Partys, die bei Filmdrehs nach Drehschluss veranstaltet wurden, nähergekommen waren. Wie sie zusammen Tequilas getrunken und getanzt hatten. Wie ihre Lippen sich das erste Mal berührt hatten. Wie zart und weich sich Jessicas angefühlt hatten.

Nadine ließ ihn einen seltsamen Cocktail aus Eifersucht und Lust kosten.

Sie hatten damals ihr drittes Date gehabt. Das vierte war bereits verabredet gewesen, für den Abend, an dem sie von den Dreharbeiten zu *Meine wundersamen Träume* zurückkehrte. Wenn sie leugnete, dass es zu diesem Zeitpunkt auf etwas Festes bei ihnen hinausgelaufen war, machte sie sich oder ihm etwas vor. Dennoch törnte es ihn an, zu erfahren, dass es von ihr ausgegangen war, dass die beiden Frauen kurze Zeit später zusammen auf der Toilette des Clubs verschwunden waren, wo Nadine ihre Hand unter Jessicas Kleid und in ihr Höschen geschoben hatte.

Da sie dabei den Reißverschluss seiner Hose öffnete und Nicos harte achtzehn Zentimeter in die Freiheit entließ, hatte Leugnen keinen Sinn. Stattdessen trat er das Gaspedal weiter durch, um schneller zu Hause zu sein, damit er sich voll und ganz auf seine Frau konzentrieren konnte – und auf die gemeinsame Freundin, mit der sie ihn betrogen hatte.

6.

Seine Härte wieder in die Hose zu bekommen war nicht ganz einfach. Auch in ihrem Gefängnis aus Jeans und Reißverschluss war seine Erektion noch deutlich sichtbar und so hoffte Nico, niemandem zu begegnen, auf dem kurzen Stück vom Parkplatz zur Haustür.

Er hatte Glück. Keine Nachbarn, die noch verspätet den Müll rausbrachten oder eine letzte Runde mit dem Hund drehten.

Nur Nadine, die ihn ungeduldig den Hausflur entlang und ins Wohnzimmer zerrte, wo sie ihn direkt aufs Sofa bugsierte und seine feucht glänzende Männlichkeit wieder befreite. Dann entledigte sie sich ihres Höschens, stellte sich über seine angewinkelten Beine und hob den Saum ihres Kleids, sodass er auch ihre Erregung sehen konnte.

Es gefiel ihr scheinbar sehr, mit ihm zu spielen. Unendlich langsam ließ sie sich auf ihn herabsinken, gab seiner Spitze zunächst nur einen feuchten Kuss ihrer Lust, während sie ihm erzählte, wie sie und Jessica sich ein Taxi ins Hotel geteilt hatten und schon während der Fahrt die Finger nicht mehr aus dem Höschen der jeweils anderen lassen konnten. Dann durfte er endlich in sie eindringen, und sie umschloss ihn warm und eng und nahm ihn immer tiefer in sich auf. Sie ließ den Saum ihres Kleidchens los. Er brauchte nicht zu sehen, wie er sie ausfüllte. Es genügte, wenn er sich vorstellte, wie sie ihre Zunge zwischen Jessicas Schenkel geschoben und sie sanft in ihr kreisen gelassen hatte.

Sie beugte sich zu ihm hinunter, gab ihm einen Kuss und ließ ihn ihre Zunge in seinem Mund spüren. Dann führte sie ihre Lippen an sein Ohr.

„Genau diese Zunge", flüsterte sie verführerisch und schob sie ihm dann wieder in den Mund.

Nico zerriss es fast vor Lust.

Sie richtete sich wieder auf und sah auf ihn herab. Dann stöhnte sie leise, als sie den Rhythmus ihres Beckens von einem sanften Kreisen in eine fordernde Vor- und Rückwärtsbewegung änderte, und ihm dabei erzählte, wie sie Jessicas Finger in sich gespürt hatte, so wie sie ihn jetzt spürte. Bevor sie sich auf ihr umgedreht hatte, um Jessica von ihrer Lust kosten zu lassen. Wie sie einander mit ihren Zungen um den Verstand und schließlich zum Höhepunkt gebracht hatten. In diesem Moment konnte sich auch Nico nicht länger zurückhalten und explodierte förmlich in ihr.

Nadine sank über ihm zusammen. Er spürte ihren warmen Atem an seinem Hals, dicht an seiner pochenden Schlagader. Er zitterte heftig am ganzen Körper und zittrig waren auch seine Worte, als er sagte: „Du hast mich betrogen."

„Wir haben damals nur gedatet", hauchte sie warm in sein Ohr und wusste, dass es ihm genügen würde.

7.

Das Pochen in seinem linken Bein weckte Nico, bevor es das Pochen zwischen seinen Schenkeln tun konnte.

Der langsam anschwellende Schmerz riss ihn aus einem Dreier mit Nadine und Jessica, bevor es ein nächtlicher Samenerguss tun konnte. Jessicas Traumgestalt verschwand aus dem Bett. Nadine lag schlafend auf ihrer Seite und hatte ihm den Rücken zugekehrt.

Wenigstens an ihrer Position hatte sich nichts geändert.

Er überlegte, sie zu wecken, um wenigstens einen Teil des Traums in die Realität zu retten, denn sein Penis gierte nach ihr. Doch sein Bein gierte noch wesentlich stärker nach Linderung. Er stahl sich daher aus dem Bett und setzte den linken Fuß vorsichtig auf. Der Schmerz veränderte sich, wurde für einen Moment aggressiver, dann nistete er sich in diesem neuen, stechenden Gefühl ein und gab Nico die Chance, sich an ihn zu gewöhnen. Er schlug mit der flachen Hand auf seinen Oberschenkel ein und hoffte, damit die verwirrten Nervenenden wieder auf Kurs bringen zu können. Eine Art Neustart zu erzwingen. Allerdings mit durchwachsenem Ergebnis.

Er würde es mit Bewegung versuchen!

Er schlich humpelnd aus dem Zimmer, weil er seine Freundin nicht aufwecken wollte.

Nico wanderte durchs Haus. Er belastete und schonte den Fuß abwechselnd, doch nichts brachte die erhoffte Linderung.

Langsam wird es eine Sache für den Doktor, dachte er, als er sich am unteren Ende der Treppe den Schmerzensschweiß von der Stirn wischte.

Er wusste, dass ihm um drei Uhr nachts höchstens die Tür der Notaufnahme im Krankenhaus offenstand und so schleppte er sich fürs Erste ins Badezimmer, durchsuchte den Spiegelschrank über dem Waschbecken und warf schließlich zwei Ibuprofen ein.

Drei Uhr, die Uhrzeit erinnerte ihn an letzte Nacht. Genau zu dieser Zeit hatte sein Telefon geklingelt.

Die Verschollene hatte angerufen.

Doch warum? Sie hatte Spielchen gespielt. Nicht die quälend schöne Art von Spielchen, wie Nadine.

Laura hatte gesagt, sie wisse nicht, wo sie ist. Sie hatte auf blöde, alte Versprechungen aus Jugendtagen gepocht, kurz nachdem die beiden die Schule beendet hatten. Ihren Geburtstag angesprochen. Nichts wirklich Besorgniserregendes.

Dann hatte sie ihn gebeten, sie zu finden. Ohne gehetzt oder ängstlich zu klingen, aber verloren hatte sie sich angehört.

Seine beste Freundin hatte ihn mitten in der Nacht angerufen und ihn um Hilfe gebeten.

Nico wartete nicht, bis die Wirkung der Schmerztabletten einsetzte. Er hatte bereits vierundzwanzig Stunden gewartet. Er kämpfte sich aus dem Sessel auf die Beine und stapfte die Treppe hinauf. So leise es die Mechanik erlaubte, ließ er die Dachbodenluke herunter. Er zog die Leiter aus und setzte das untere Ende fast lautlos auf den Holzdielen vor dem Schlafzimmer ab. Dann stieg er die schmalen Stufen hinauf in Richtung der dunklen, rechteckigen Luke über ihm. Das alte, selten benutzte Holz der Leiter ächzte unter jedem seiner Schritte. Das Humpeln seines linken Beins belastete die Treppe noch zusätzlich.

Er streckte den Kopf in die Dunkelheit des Dachbodens und sah überhaupt nichts. Irgendwo am anderen Ende gab es ein winziges Fenster, durch das der Schornsteinfeger aufs Dach gelangte, aber die Nacht draußen schien heute so allumfassend zu sein, dass nicht einmal der Schimmer des Mondes einfiel.

Nico war lange nicht mehr hier oben gewesen. Wie lange genau konnte er nicht sagen. Er tastete an den vertikalen Balken um sich herum nach einem Lichtschalter. Schließlich fand und betätigte er ihn. Eine einsame nackte Glühbirne flackerte in der Mitte auf, so schwach, dass er den orangenen Draht darin glühen sehen konnte, ohne dass er vom Rest der Lampe überstrahlt und geschluckt wurde.

Nico sah das Licht, aber es erreichte ihn bei Weitem nicht. Ebenso wenig wie die dunklen Ecken des Dachbodens. Es bot ihm eine grobe Orientierungshilfe, mehr nicht.

Er dachte darüber nach, die Leiter wieder hinabzusteigen, um sich eine Taschenlampe zu holen, entschied sich aber dagegen. Er hatte das Knarzen jeder einzelnen Stufe noch gut im Ohr – und spürte jede einzelne von ihnen noch immer im Bein. Bei beidem wollte er sein Glück durch ein weiteres Auf und Ab nicht herausfordern.

Er machte einen Schritt von der Luke weg auf den ersten Dachbalken in Richtung Glühbirne. Im schummrigen Licht konnte er die nächsten drei Balken nur erahnen. Er tastete sich vorsichtig von einem auf den nächsten, weil er wusste, dass die Zwischendecke ihn nicht tragen würde. Es war einer der Dachböden, bei denen man schon mal plötzlich ins Leere trat und dann mit dem Fuß eine Etage tiefer im Raum baumelte. Diesen Schock wollte er Nadine nicht zumuten, und seinem pochenden Bein erst recht nicht den zusätzlichen Schmerz.

Nico wusste, die Dunkelheit zu seiner linken und seiner rechten, wo sich die Dachschrägen immer weiter dem Boden annäherten, war mit Kartons und Kisten gefüllt. Sie standen auf Holzplatten, die über die Dachträger gelegt waren, um mehr Stauraum zu schaffen. Während er in ihrer Mitte von einem Träger zum nächsten balancierte, wünschte er sich, er hätte diese Methode auch für den Mittelgang gewählt.

Nun erreichte er die Glühlampe.

Das war seine Basis, beschloss er.

Er drehte sich einmal im Kreis. Das Licht reichte bis an die ersten Kartons zu jeder Seite heran. Nicht besonders weit also. Er nahm sich vor, bei nächster Gelegenheit den restlichen Dachboden mit weiteren Holzplanken auszulegen und die Glühbirne auszuwechseln, wusste jedoch, dass er sich schon morgen dazu würde zwingen müssen, seine Vorsätze beizubehalten. Was Handwerker-Tätigkeiten anging, war Nico faul und desinteressiert.

Er balancierte auf dem Träger unter der Lampe nach rechts und öffnete den ersten Karton. Er ertastete alte

Klamotten und weiter unten Turnschuhe. Der Karton war leicht, deshalb stellte er ihn auf der Zwischendecke zu seiner Rechten ab und zog den nächsten an seine Stelle. Das Klirren und Klimpern aus dem Innern, ließ ihn auf Geschirr tippen. Dieser Karton war zu schwer, als dass er ihn der Zwischendecke zumuten würde. Nico begann Tetris zu spielen. Er schob andere Kartons beiseite, stapelte sie über- und nebeneinander, während er die Inhalte überprüfte.

Als er die erste Kiste mit Büchern und Ordnern fand, schleppte er diese zurück in den Lichtschimmer der Glühbirne und durchwühlte den Inhalt. Romane, Koch- und Sachbücher. Nico brachte den Karton zurück und tauschte ihn gegen den nächsten. Im Schein der Lampe blickte er auf Ordner und Papierkram. Immer noch nicht das, was er suchte, aber es wurde wärmer.

Als er den Deckel des nächsten Kartons öffnete, huschte ihm ein kurzes „Bingo" über die Lippen.

Fotoalben!

Ein kilo-schwerer Blick in die Vergangenheit. Fluch und Segen des analogen Zeitalters.

Nico konnte die gute alte Zeit förmlich riechen. Die Muffigkeit der Jahre stieg ihm aus der Kiste entgegen. Alterndes Papier, verblasste Farbstoffe und Klebeecken vermischten sich zu einem einzigartigen Duft, den man heute nur noch selten fand.

Nico nahm das erste Album heraus und schlug es auf. Die Zeitreise katapultierte ihn vierzig Jahre zurück. Er hielt gerade seine früheste Kindheit in den Händen. Baby Nico im Krankenhaus in den Armen seiner glücklichen Mutter und seines stolzen Vaters. Das erste Kennenlernen mit den Großeltern und anderen Familienmitgliedern. Die Taufe, die das einzig Christliche war, das seine Eltern ihm je aufgezwungen hatten. Gefolgt von den ersten ein, zwei Jahren seines Lebens, in denen er noch ein nutz- und gedankenloser Klumpen gewesen war. Er hielt ein ganzes Buch voller Erinnerungen in der Hand, an die er selbst keine Erinnerung mehr hatte. Und so verlockend es auch sein mochte, in sie einzutauchen, es war nicht die Vergangenheit, nach der er suchte. Er klappte das Album zu, legte es neben sich auf die Zwischendecke und angelte das nächste aus dem Karton und dann das übernächste, und schließlich das vierte. Er traf seine Familie wieder. Die, die noch lebten, ebenso wie die, die schon lange gegangen waren. Doch es blieb bei kurzen Besuchen, denn sobald Nico ausschließen konnte, dass sich die Fotos, nach denen er suchte, in dem Album befanden, klappte er es zu und legte es beiseite. Als er am Grund des Kartons angekommen war, atmete er zischend aus. Seine Suche war noch nicht vorüber und so durchforstete er weiter den Dachboden und Kiste um Kiste.

„Nico?“ Nadines Stimme ließ ihn zusammenzucken.

Kurz darauf reckte sie ihren Kopf durch die Einstiegsluke. Erst jetzt fiel Nico auf, dass es inzwischen hell genug im Raum war, sodass er sie erkennen konnte. Der matte Schein eines wolkenverhangenen Tages fiel durch das kleine Fenster am hinteren Ende des Dachbodens ein und tauchte das Kistenchaos, das Nico angerichtet hatte, in ein diffuses Licht. Genau wie den verwirrten Ausdruck im Gesicht seiner Freundin.

„Was machst du denn hier?“

„Ich konnte nicht schlafen.“

„Und da dachtest du, du tust *was?*“

„Weißt du, wo meine alten Fotoalben sind?“, antwortete er mit einer Gegenfrage.

„Äh …“ Sie starrte auf das Chaos um ihn herum. „Du sitzt gerade mittendrin?“

„Ja, aber das sind nicht die, die ich suche.“

„Okay“, sagte sie leicht überfordert und deutete auf eine der hinteren Ecken des Dachbodens. „Vielleicht sind sie ja da drüben.“

Nicos Blick folgte ihrem ausgestreckten Finger und gerade, als er den Stapel geöffneter Kartons erblickte, auf den sie deutete, fügte sie trocken hinzu: „Ach nein, da hast du ja auch schon gesucht.“

Er sah sie vorwurfsvoll an.

„Sorry“, entschuldigte sie sich, allerdings ohne es ernst zu meinen. „Es ist früh morgens und mir war kalt, weil mein Freund nicht im Bett war, um mich warm zu kuscheln, obwohl es Samstag ist.“

Nico verspürte leichte Schuldgefühle.

„Wie spät ist es?“, wollte er wissen.

„Viertel vor neun. Kommst du wenigstens frühstücken?“

Sein Blick wanderte über den Kreis aus Fotoalben, dann über die geöffneten und durchwühlten Kartons um sich herum.

Was er suchte, war nicht hier oben.

„Ja“, sagte er und beschloss das Aufräumen auf seine To-do Liste zu setzen, gleich unter *Glühbirne auswechseln* und *weitere Planken verlegen*.

Als er wenige Minuten später die Leiter einklappte und die Dachbodenluke schloss, verschob er das alles auf unbestimmte Zeit.

8.

Nicos Körper saß am Frühstückstisch bei Bacon, Eiern und Croissants, doch seine Gedanken wanderten durchs Haus. In den Keller, wo weitere Kartons lagerten. In die Garage, wo auch die ein oder andere Ecke mit Erinnerungsstücken gefüllt sein könnte.

„Ob du noch was willst, habe ich gefragt", zwang Nadine ihn gedanklich zurück an den Tisch.

Sie war aufgestanden und hatte die Pfanne mit dem Rührei sowie die Käseplatte in der Hand und wollte augenscheinlich den Tisch abräumen. Nico verneinte mit einem Kopfschütteln.

„Gehts dir gut?", fragte sie besorgt mit einem Blick auf seinen halb vollen Teller.

„Ja, ich bin nur ..." Er verstummte. „... Laura hat gestern Nacht angerufen", vollendete er den Satz, den er zugunsten von Nadines Geständnis ihrer sexuellen Eskapaden am vorherigen Abend unvollendet gelassen hatte.

Nadine sah ihn fragend an.

„Meine beste Freundin."

„Pfft!", schnaubte sie verächtlich. „Tolle beste Freundin."

Früher hätte er niemals zugelassen, dass seine Partnerin schlecht über Laura sprach, oder irgendjemand sonst. Er hätte es ihr unmissverständliche klar gemacht und vielleicht sogar die Beziehung beendet. Aber dieses *Früher* war lange her.

Jetzt war Nadine sein Leben. Und es war ein gutes Leben, das er führte. Das Beste, das er je geführt hatte. Er dachte nicht im Traum daran, sie zu verlassen. Vor allem nicht für jemanden, der ihn verlassen hatte.

„Ja, ich weiß", sagte er und machte Zugeständnisse, bei denen er sich unwohl fühlte.

„Was wollte sie denn?", fragte Nadine.

„Ich weiß es nicht", gestand ihr Nico. „Es war eine Art …" Er traute sich nicht, das Wort *Hilferuf* auszusprechen. „Und, wo hat sie all die Jahre über gesteckt?"

„Sie hat gesagt, sie wüsste es nicht."

Nadine sah ihn skeptisch an.

„Oh toll! Sie hat also nach zehn Jahren angerufen, um dich zu verarschen." Sie sah ihn warnend an. „Und sag jetzt bloß nicht, das würde sie niemals tun."

Es hatte ihm tatsächlich auf der Zunge gelegen. Er sprach es zwar nicht aus, dachte es aber weiterhin. Gleichzeitig war er gerührt, dass Nadine sich um ihn sorgte und versuchte, die Stimme der Vernunft für ihn zu sein. Sie wusste schließlich, wie sehr ihm Lauras plötzliches Untertauchen zu schaffen gemacht hatte. Damals und auch heute noch.

„Lass uns über etwas anderes sprechen", versuchte sie ihn vom Thema abzulenken, doch Nicos Gedanken hingen weiterhin in Lauras Spinnennetz.

„Weißt du, wo die Fotoalben aus meiner Schulzeit sein könnten?", fragte er.

„Keine Ahnung. Ich dachte auf dem Dachboden, bei den anderen."

Er schüttelte abwesend den Kopf.

9.

Nach dem Frühstück stieg er die Kellertreppe hinunter. Die Glühbirne brannte durch, als er das Licht einschaltete.

Na klasse, dachte er. Als wollte das Haus nicht, dass er Erfolg hatte. Er tastete sich zum selten benutzten Werkzeugschrank hinüber, fand das Fach mit den Ersatzbirnen und tauschte die defekte aus.

Es werde Licht! Nicht besonders viel davon, aber immerhin. *Wo kauften sie nur diese verdammten Glühbirnen?*

Auch hier unten blieb seine Suche erfolglos. Der Dachboden war die deutlich heißere Spur gewesen.

Er durchwühlte gerade die wenigen Kartons, die in einer Ecke der Garage aufgetürmt waren, als Nadine hinter ihm durchs offene Tor trat. Frustriert ließ er die Kiste mit der Weihnachtsdekoration mit einem Knall und einem darauffolgenden Klirren auf den Boden fallen.

„Tja, das waren dann wohl die Lichterketten", kommentierte Nadine genervt.

„Sorry", stieß Nico zwischen den geschlossenen Zähnen hervor.

„Gefunden?", wollte sie wissen.

Er schüttelte den Kopf.

„Vielleicht sind sie ja beim Umzug verloren gegangen", vermutete Nadine.

Allein der Gedanke daran stach wie eine Nadel in sein Herz. In seinem Bein sowieso.

Sein Bein! Es brauchte dringend eine Pause. Er trat aus der Garage heraus in den trüben Tag. Die Wolken drängten sich in schmucklosem Grau über ihm. Er setzte sich auf einen der Blumenkübel, die die Einfahrt von der Straße zur Garage hin zu beiden Seiten schmückten und streckte es aus.

„Hast du Schmerzen?", fragte Nadine.

„Ja, mein Bein spinnt irgendwie rum."

„Ich hol dir eine Tablette."

Nico nickte.

„Und dann ruhst du dich mal ein bisschen aus und versuchst, dich zu entspannen", schlug sie vor. „Du hast heute Nacht immerhin kaum geschlafen."

Wahrscheinlich hatte sie recht. Er fühlte sich wie ausgekotzt.

Nadine gab ihm kurz darauf zwei Schmerztabletten, die er einwarf und führte ihn zum Sofa, wo sie ihn in eine Decke einwickelte. Dann legte sie Leonard Cohens *You want it darker*-Platte auf, weil sie wusste, dass Cohens rauchig tiefe Altersstimme eine beruhigende Wirkung auf Nico hatte. Anschließend kuschelte sie sich an ihn und wurde zum kleinen Löffel.

„Hast du nichts Besseres zu tun?", fragte er und machte ihr damit klar, dass sie ihre Zeit nicht damit vergeuden musste, sich um seine Wehwehchen zu kümmern.

„Besser als das?", fragte sie, als wäre schon der bloße Gedanke obszön.

Sie griff nach seinem Arm und legte ihn sich um die Hüfte, schob ihre Finger zwischen seine und machte seine Welt damit sofort wieder ein bisschen besser.

10.

Das Display leuchtete auf, kurz bevor das Mobiltelefon brummend kleine Kreise auf Nicos Nachttisch zu drehen begann.

Er hatte es stumm geschaltet, es aber nicht übers Herz gebracht, auch den Vibrationsalarm zu deaktivieren.

Er war sofort hellwach und streckte die Hand nach dem Telefon aus. Als er es berührte, verstummte es. Der Anrufer hatte aufgelegt. Das Einzige, was das leuchtende Display ihm noch verriet, war die Uhrzeit.

Er checkte die Liste der letzten Anrufe, doch sie zeigte nichts an. Keinen Anruf unter unbekannter Nummer. Überhaupt keinen Anruf seit einem kurzen Telefonat, das er am Nachmittag mit seinen Eltern geführt hatte.

Hatte er sich das Vibrieren des Handys nur eingebildet? Vielleicht aus einem Traum mitgenommen und für einen kurzen Moment nach dem Aufwachen die Grenzen verwischt?

Er legte das Telefon wieder beiseite und drehte sich um. Nadines Hälfte des Betts war leer. Die Schlafzimmertür stand offen. Der Flur war dunkel und still.

„Baby?", fragte er laut, bekam jedoch keine Antwort.

Nico schwang die Beine aus dem Bett und stand auf. Er wollte gerade den ersten Schritt in Richtung Tür machen, als etwas seinen Knöchel umschlang und daran zog. Er verlor das Gleichgewicht und fiel nach vorne.

Er bekam die Hände gerade noch rechtzeitig vor seinen Körper, um den Sturz abzufangen. Trotzdem presste es ihm die Luft aus den Lungen. Nico sah über die Schulter nach hinten. Eine Hand hielt sein Bein knapp oberhalb des Fußes umklammert. Der Angriff war von unter dem Bett gekommen. Mit einem zweiten kräftigen Zug wurde Nico auf den dunklen Spalt zu gezogen.

11.

Nico versuchte, seinen linken Fuß aus dem Griff zu befreien, und trat mit dem rechten nach hinten aus. Von Einbrechern und Mördern bis hin zu Nadine, die sich einen Scherz erlaubte, war er auf alles vorbereitet. Monster schloss er nicht vollkommen aus. Doch Nico hätte nie erwartet, plötzlich in *ihre* blauen Augen und *ihr* Gesicht zu blicken.

„Laura!“

Sofort stellte er den Überlebenskampf ein. Sie legte den Zeigefinger auf die schmalen Lippen und bedeutete ihm, leise zu sein.

„Man schreit doch nicht rum, wenn man sich zusammen unter dem Bett versteckt“, flüsterte sie.

„Wie zur Hölle ...“ Nico kniff die Augen zusammen und riss sie kurz darauf wieder auf.

Laura war immer noch da. Ihr braunes Haar, das ihr rundes Gesicht einrahmte, das wiederum ihr verschmitztes Lächeln betonte, von den kleinen Grübchen links und rechts ihrer Mundwinkel bis hin zu dem Strahlen ihrer Augen.

„Wie? Was?“ Nico wusste nicht, mit welcher Frage er anfangen sollte.

„Weißt du noch, wie wir uns als Kinder unter dem Bett versteckt haben ...“, fragte sie, „... wenn wir etwas Wichtiges zu besprechen hatten.“ Sie legte den Kopf auf ihren Armen ab und lächelte ihn an. „Oder was man halt so für wichtig gehalten hat."

Nico dachte nach. Er suchte nach der Erinnerung, die sie beschrieb, so wie er nach den Fotos gesucht hatte, die das Gesicht zeigten, in das er gerade blickte.

Wie die Bilder, blieb auch die Erinnerung verloren.

„Nein", sagte er, als er zu dieser Erkenntnis gelangte. „Wir haben uns doch erst als Jugendliche kennengelernt."

Das Lächeln auf ihrem Gesicht gefror und begann dann zu schmelzen wie Eis in der Sommersonne. Ihre Mundwinkel senkten sich, die süßen Grübchen verschwanden. Der Glanz in ihren Augen verblasste und wich einer tiefen Besorgnis.

Sie wusste, er hatte recht.

Zusammen mit ihrem Gesicht verfinsterte sich auch der Raum, um die beiden herum.

Schatten wuchsen um das Bett, hüllten Nicos Schlafzimmer ein und verwandelten es in eine heruntergekommene Absteige. Dreckverschmierte Wände, zerbrochene Möbel, mit Brettern vernagelte Fenster. Eine fette Ratte huschte an der Wand am Kopfende des Bettes entlang. Und ein Paar Füße in dreckigen schwarzen Arbeitsstiefeln waren am Fußende zu sehen. Einmal mehr presste Laura den Finger auf die Lippen und sah Nico aus ängstlichen, weit aufgerissenen Augen an.

Plötzlich bohrte sich die Klinge einer Machete durch die Matratze und zwischen ihre Gesichter ... trennte Nico und Laura voneinander. Aus Reflex wichen sie beide vor dem silbernen Metall zurück. Dann wurde Laura ruckartig von ihm weggezogen. Sie schrie panisch auf.

Nico reagierte blitzschnell und bekam ihre ausgestreckte Hand zu fassen, hielt sie mit aller Kraft fest, während zwei Meter weiter an ihren Beinen gezerrt wurde.

„Ich hab dich!", versicherte er ihr, merkte jedoch allzu deutlich, dass sie ihm Millimeter für Millimeter entglitt.

Die Verzweiflung in ihrem Blick wuchs. Der Zug an ihren Beinen auch. Kurz darauf hatte Nico nur noch ihre Finger in seinem Griff.

„Lass mich nicht los", flehte sie, während die Finger in seinem Griff weniger wurden.

Ein weiterer kräftiger Ruck und sie rutschten komplett aus seiner Hand.

Sie schrie, versuchte, sich am Boden festzukrallen. Ihre Nägel zersplitterten, während sie unter dem Bett herausgezogen wurde.

„Finde mich!", schrie sie ihm entgegen.

Dann wurde sie gepackt und in die Höhe gerissen, sodass die Matratze Nico die Sicht auf sie versperrte. Er hörte Laura schreien, sah ihre Füße, die wild um sich traten, während sie in Richtung Zimmertür geschleppt wurde.

Nico haderte mit sich. Er musste ihr helfen, aber er war auch ein verschrecktes Tier, das sich kaum rühren konnte. Der Gedanke, unter dem Bett hervorzukriechen und zu erblicken, was er bisher nur hatte erahnen können, ließ seinen ganzen Körper versteifen.

Die Machete steckte noch in der Matratze. Wer auch immer Laura gepackt hatte, war also jetzt unbewaffnet und hatte alle Hände voll damit zu tun, seine wild um sich tretende Gefangene festzuhalten. Laura war sportlich und gut in Form. Sie würde es ihrem Angreifer bestimmt nicht leicht machen. Sie kämpfte gerade um ihr Leben – Nico hingegen lag hier rum und zitterte wie Espenlaub und hoffte, dass wer auch immer sie geschnappt hatte, nicht zurückkam und sich mit ihr begnügen würde. Der scheinbar leichteren Beute.

Gott, was war er nur für ein Freund?

Nico ballte die Hände zu Fäusten und zerriss damit alle unsichtbaren Fesseln, die seinen Körper am Boden hielten. Er rollte unter dem Bett hervor und sprang auf. Er orientierte sich kurz, um auszuschließen, dass ihm in dem heruntergekommenen fremden Schlafzimmer weitere Gefahr drohte, dann rannte er auf die Tür zu und nach draußen in den Flur.

Das ganze Haus war verrottet, hatte nichts mehr mit dem Zuhause gemein, das er mit Nadine teilte. Als hätten sich zwei Ebenen der Realität verschoben.

Silent Hill!, schoss es ihm durch den Kopf. Die Verwandlung des beschaulichen Videospiel-Städtchens in die höllengleiche Parallelwelt, die ihm vor seiner Playstation kalte Schauer über den Rücken gejagt hatte, während er und Laura es nächtelang gemeinsam gezockt hatten.

Jetzt, zwanzig Jahre später, war er auf einmal dort. Er hatte zugesehen, wie sich die Sicherheit seines Schlafzimmers vor seinen Augen aufgelöst und in diesen scheußlichen Ort verwandelt hatte. Dampf zischte aus Rohren über seinem Kopf. Blut und Exkremente waren entlang der Wände verschmiert, manchmal waren die Abdrücke der Hände, die es getan hatten, noch deutlich in den Spuren zu erkennen.

Plötzlich erblickte er Laura.

Der Flur, der sich vor ihm erstreckte, schien endlos zu sein, und wurde von viel zu schwachen, hektisch flackernden Glühbirnen erleuchtet.

Wenigstens das hatte dieser schreckliche Ort noch mit seinem Zuhause gemeinsam.

Die Gestalt, die Laura umklammert hielt, war riesig und brachte bestimmt hundertfünfzig Kilo auf die Waage, ohne dabei dick zu wirken, stattdessen hatte sie die Statur eines Profi-Wrestlers aus den Achtzigerjahren. Da konnte Laura treten und zappeln so viel sie wollte, gegen diesen Koloss kam sie niemals an.

Jetzt erblickte sie Nico. Hoffnung flammte in ihren Augen auf. Sie streckte die Hand nach ihm aus, machte aus den zwanzig Metern zwischen ihnen neunzehneinhalb. Der nächste Schritt des Kolosses korrigierte den Abstand allerdings wieder. Sie schrie gequält seinen Namen.

Wild entschlossen, mit dem Mut der Verzweiflung und in dem Wissen, dass sie vermutlich nicht einmal gemeinsam das Gewicht ihres Gegners auf die Waage brachten, stürmte Nico los, bereit sich auf den Riesen zu stürzen.

Dieser hatte gerade die Hände voll. Das würde Nicos ersten Angriff begünstigen. Außerdem kam er von hinten. Wenn er sein Ziel erreichte, Laura zu befreien, stand es zwei gegen einen. Zumindest wenn sie es nicht schafften, zu fliehen, und sich dem Kampf stellen mussten.

Nico hatte die Hälfte der Strecke zurückgelegt, war bereit zu töten und war bereit zu sterben. Laura schrie nach Hilfe. Nico stieß einen wütenden Kampfschrei aus.

„Nico? Was ist los?", fragte Nadine erschrocken.

Er kam zum Stehen, sah nach rechts und blickte in das Gesicht seiner Freundin, die ihn entgeistert anstarrte. Hinter ihr befand sich ein Badezimmer, gepflegt und sauber. Beides löste ein Gewitter in seinem Kopf aus. Er kniff die Augen zusammen und öffnete sie dann wieder. Nadine stand vor ihm. Er sah den Flur entlang. Er war zurück in seinem Haus. *Ihrem* Haus. Am Ende ihres Flurs wartete kein hundertfünfzig Kilo Koloss, den es zu bekämpfen galt. Und auch keine Laura, die er retten musste. Die Hölle war verschwunden. Er war in Sicherheit und Laura war … weg.

Nicos Herz hämmerte wild in seiner Brust. Das Adrenalin rauschte durch seinen Körper. Er schnaufte heftig, konnte noch immer nicht richtig einordnen, was geschehen war. Er rechnete damit, dass die Idylle um ihn herum jederzeit wieder kollabieren und der Horror zurückkehren würde. Als Nadine ihre Hand auf seine Wange legte, zuckte er erschrocken zusammen.

Er zitterte am ganzen Körper. Wieder etwas, das Hölle und Zuhause gemeinsam hatten.

„Gott, was ist denn los mit dir?", fragte Nadine besorgt und schob ihre Hand von seiner Wange hoch zu seiner Stirn. „Du glühst ja richtig."

12.

Doktor Möller schob Nico das Stäbchen in den Mund, drückte sanft seine Zunge nach unten und leuchtete den Rachenraum mit der kleinen Stablampe ab.

„Da sieht es auch gut aus", befand er und das Stäbchen verschwand wieder aus Nicos Mund.

Zuvor hatte er bereits seine Ohren gecheckt, seinen Puls gemessen und Brust und Rücken abgehört. Er hatte keine einzige Notiz auf dem veralteten Patientenbogen aus Papier gemacht, der neben dem selten angerührten Computer des Arztes auf dessen Schreibtisch lag. Alles schien in Ordnung zu sein.

„Körperlich sehe ich keine Anzeichen für einen Infekt", erklärte er folglich.

Nico glaubte dem weißhaarigen Mann. Es fiel ihm leichter, Ärzten zu vertrauen, deren Haar die gleiche Farbe wie ihr Kittel und ihre Praxis hatten. So war es schon immer gewesen. Sein Arzt musste der Generation seiner Eltern entstammen. Mindestens. Ein Opa war fast noch besser. Er hatte mal in einem Artikel gelesen, dass ältere Ärzte oft in altmodischen Methoden festgefahren wären und seltener Fortbildungen besuchten, aber das war ihm egal. Diese Entscheidung war keine rationale, es war eine Bauchsache. Er musste sich bei seinem Arzt wohlfühlen und das konnte er nicht, wenn er sich vorstellte, dass sie den gleichen Lebensweg genommen hatten.

Nico kannte schließlich seine jungen Jahre und wusste, dass sie wild gewesen waren. Das Abitur, das abgebrochene Studium, die endlosen Nächte. Er konnte sich nur schwer den Händen eines Mannes anvertrauen, von dem er sich vorstellte, dass sie all das ebenfalls durchgemacht hatten. Er wusste, wie jung und unvernünftig er sich heute noch manchmal fühlte – oder benahm. Sah er sich selbst im Arztkittel im Türrahmen einer Praxis stehen, würde er jeden verstehen, der die Beine in die Hand nahm und nicht mehr zurückschaute.

Doktor Möller nahm auf der anderen Seite des Schreibtischs Platz und überflog Nicos Patientenakte.

„Und die Albträume?", hakte Nico nach. „Und das ..." Er zögerte, das Wort Schlafwandeln auszusprechen, weil er nicht das Gefühl hatte, dass er das tatsächlich getan hatte. Die Kombination aus dem, was Nadine als Albträume und Schlafwandeln bezeichnet hatte, fühlte sich für ihn auch heute, am nächsten Tag, noch absolut real an.

„Das Schlafwandeln?", schlug sich der Arzt auf die Seite seiner Freundin.

Nico war ihm dankbar dafür. So blieb es eine Sache für den Hausarzt. Würde er weiterhin daran festhalten, dass seine ehemals beste Freundin ihn in eine Art Parallelwelt gezogen hatte, wäre er wohl eher ein Fall für andere Fachrichtungen.

„Ja", bestätigte er zähneknirschend die offizielle Version.

„Haben Sie im Moment Stress?", wollte Doktor Möller wissen.

Nein, dachte er. Auf der Arbeit lief es gut. Zu Hause lief es fantastisch. Er hatte keine finanziellen Sorgen und machte sich auch keine. Da war nur … Laura.

Alles hatte mit ihrem nächtlichen Anruf begonnen. Die Albträume oder Halluzinationen oder was auch immer es sein mochte. Das Schlafwandeln, sogar die Schmerzen in seinem Bein.

„Vielleicht ein bisschen", gestand er. „Jemand aus meinem früheren Leben hat sich vor Kurzem bei mir gemeldet. Jemand, mit dem ich nicht mehr gerechnet hatte."

„Ja, ja, die Vergangenheit", sagte der Arzt nachdenklich und notierte zum ersten Mal etwas in Nicos Patientenakte. „Sie holt uns immer wieder ein." Er bedachte Nico mit einem warmen Lächeln. „Wenn Sie wollen, kann ich Ihnen eine gute Psychologin empfehlen. Eine ehemalige Studienkameradin von mir."

Das hieß, sie war im genau richtigen Alter. Eine hervorragende Wahl vom Arzt seines Vertrauens.

„Nein", lehnte Nico dennoch ab.

Von Psychologie hielt er nicht viel. Das meiste, was ihn bewegte, machte er mit sich selbst aus. Er hatte spät gelernt, Vertrauen zu anderen zu fassen. Als es schließlich so weit war, hatte er sich Freunden anvertraut, die er sorgfältig ausgewählt hatte. Laura war einer der wenigen Menschen auf der Welt, der immer alles über ihn gewusst hatte.

Doch sie stand nicht mehr zur Verfügung und war stattdessen womöglich sogar der Auslöser seiner Probleme. Nadine war die Ablenkung. Ihre Gespräche hatten diese spezielle Form der Leichtigkeit, die Nico nicht verlieren wollte. Er sprach mit ihr über Probleme, wenn es welche gab, aber er wollte nicht, dass sie seine Grübel-Partnerin wurde. Sie war Expertin darin, dunkle Wolken aus seinem Leben zu vertreiben, ohne dass er sie gezielt darauf aufmerksam machen musste. Mehr wollte er nicht von ihr verlangen. Doch der Gedanke, sich einer Psychologin anzuvertrauen, einer völlig Fremden, kam für Nico nicht infrage. Er kämpfte doch erst seit wenigen Tagen mit diesen Problemen, und er war es gewöhnt, Dinge über Monate oder sogar Jahre hinweg in sich hineinzufressen und irgendwann Stück für Stück zu verarbeiten. Er war stolz darauf, Dinge mit sich selbst ausmachen zu können.

Blieb nur noch eine Sache.

„Was ist mit meinem Bein?", fragte er und zog es demonstrativ unter dem Schreibtisch hervor.

Doktor Möller erhob sich wieder aus seinem bequemen Schreibtischstuhl und lud Nico mit einer Handbewegung ein, ihm zu folgen.

„Einmal hinsetzen bitte", sagte er und wies auf die Liege auf der anderen Seite des Raums.

Nico folgte ihm und schwang sich auf die Einwegpapierauflage. Doktor Möller zückte einen kleinen Hammer aus der Brusttasche seines Kittels und klopfte auf seinem Knie herum. Fachmännisch, ja, und doch blieb der Reflex, das Zucken des Beins, aus.

„Hm", murmelte er und ließ es nach zwei weiteren Versuchen bleiben. „Einmal hinlegen bitte."

Nico tat es. Der Arzt stellte sich neben sein Bein und hob es an. Er drehte es hin und her, fragte in jeder Position, ob Nico Schmerzen spüre. Meistens bejahte er, sodass Doktor Möller ihn bat, sie auf einer Skala von 1 bis 10 einzuordnen. Nico bewegte sich im mittleren Bereich, kam aber leicht ins Schwitzen. Er war froh, als der Arzt sein Bein schließlich hinlegte und von ihm abließ und stattdessen zum Schreibtisch zurückkehrte. Er blätterte in Nicos Krankenakte.

„Ich sehe hier ein paar alte Sportverletzungen aus Ihrer Jugend", rekapitulierte er. „Gut möglich, dass eine davon wieder aufgebrochen ist. Wie gesagt: Die Vergangenheit ..."

„... holt uns immer wieder ein", beendete Nico den Satz. Doktor Möller sah ihn über den Rand seiner Brille hinweg mit einem warmen Lächeln an.

„Gerade aus medizinischer Sicht leider oft mehr als nur ein blödes Sprichwort", unterstrich er. „Ihr Bein ist beweglich, belastbar und voll einsatzfähig und ... besonders wichtig: Es ist noch dran!", scherzte er und kicherte dabei leise, während sich Nico eher ein Lächeln abringen musste. „Treiben Sie es nicht zu wild, aber schonen Sie es auch nicht zu sehr." Er angelte sich einen Zettel von seinem Rezeptblock und begann, ihn mit unleserlicher Klaue auszufüllen.

„Ich verschreibe Ihnen etwas gegen die Schmerzen. Das sollte helfen." Er reichte Nico das Rezept. „Sollte es nicht besser werden, rufen Sie an und vereinbaren Sie einen neuen Termin." *Also Schmerztabletten und Eigentherapie*, dachte Nico, als er die Praxis verließ.

Er hatte sich mehr erhofft, aber wusste gleichzeitig, dass er sich selbst im Weg stand.

13.

„Und?“, fragte Nadine sofort, als Nico zur Tür hereinkam.

„Ich bin ein Fall fürs Irrenhaus“, antwortete er.

Nadines hochgezogene Augenbraue machte deutlich, dass sie sich so nicht abspeisen ließ.

„Er sagt, mit mir ist eigentlich alles in Ordnung“, erklärte Nico. „Er hat mir ne Psychologin empfohlen.“

„Aber du willst nicht hingehen“, vermutete Nadine.

Nico zuckte mit den Schultern.

„Ich krieg das schon hin“, sagte er.

Seine Freundin schien nicht begeistert darüber zu sein.

„Mit der nächtlichen Suche nach alten Fotoalben?“ Sie ließ ihn ihren Unmut deutlich spüren.

Dieses Mal war er nicht begeistert darüber, daher ging er wortlos an ihr vorbei und stieg die Treppe hinauf.

Als sie ihm einige Minuten später nach oben folgte, wühlte er gerade im Kleiderschrank im Schlafzimmer herum.

„Da sind sie nicht“, sagte sie vom Türrahmen aus. „Ich hab schon nachgesehen.“

Es rührte Nico, dass sie ihm heimlich bei der Suche geholfen hatte. Doch im Moment suchte er etwas anderes. Er hielt einen Stapel Shirts in den Händen, als er sich ihr zuwandte und trat an das Bett heran.

Nadine bemerkte die offene Reisetasche, die darauf lag und in die er nun die Shirts steckte.

„Ich habe es nicht so gemeint", entschuldigte sie sich eilig und mit einer Dringlichkeit, als vermutete sie, dass ihre Worte unten im Flur ihn dazu gedrängt hätten, sie zu verlassen.

Nico sah sie überrascht an.

War das ihr Ernst?

Nadine merkte selbst, dass ihre Reaktion übertrieben war, und relativierte sie mit den Worten: „Was hast du vor?"

„Ich muss mal eine Weile hier raus", erklärte er. „Einfach mal ein paar Tage für mich sein."

„Habe ich irgendwas falsch gemacht?", fragte sie besorgt.

„Nein", antwortete er. „Es hat nichts mit dir zu tun. Ich muss einfach über ein paar Dinge nachdenken."

„Wo willst du denn hin?"

„Zu meinen Eltern."

„Nach Mörfelden?"

Er nickte. Sie betrat das Zimmer, ging ebenfalls zum Schrank und griff hinein.

„Dann komme ich mit", sagte sie voller Elan und holte den ersten Packen Klamotten hervor. „Ich hab deine Eltern schon ewig nicht mehr gesehen."

Nico stoppte sie auf halbem Weg zur Reisetasche.

„Baby", sagte er liebevoll, aber unmissverständlich, „ich will nicht, dass du mitkommst."

„Aber …“ die Verzweiflung in ihrem Blick wuchs. Sie suchte nach Worten; nach Argumenten, ihn umzustimmen.

Er nahm ihr Gesicht in beide Hände und führte es dicht an seins.

„Ich muss über ein paar Dinge nachdenken“, erklärte er. „Ein paar Sachen hinterfragen. Aber du bist keine davon. Ich tue das und dann komme ich zurück zu dir. Okay?“

Es war eine rhetorische Frage, denn ein Widerspruch war sinnlos. Er würde an seinem Plan festhalten. Aber er wollte Nadine ein gutes Gefühl geben. Für ihn stand ihre Beziehung außer Frage und er wollte, dass sie die gleiche Sicherheit hatte, was das anging.

„Okay“, gab sie sich geschlagen, war allerdings alles andere als glücklich darüber. „Aber wir telefonieren.“ Dieses Mal würde sie keinen Widerspruch zulassen.

„Ja, wir telefonieren“, versprach ihr Nico lächelnd.

„Jeden Abend!“, stellte sie weiter Bedingungen.

„Von mir aus auch jeden Morgen“, bot er an.

„Vergiss es. Mit deiner schlechten Laune am Morgen kannst du ruhig deinen Eltern auf die Nerven gehen“, scherzte sie und er war froh, dass sie dazu wieder in der Lage war.

„Also dann, jeden Abend“, stimmte er lachend zu und küsste sie.

„Trotzdem bin ich dagegen.“

„Zur Kenntnis genommen.“

14.

Eine halbe Stunde später jagte Nico den BMW mit 180 die A-3 entlang in Richtung Heimat. Die Strecke war frei, der Verkehr beschränkte sich auf ein paar Lkw, die die rechte Spur entlang krochen, ihm aber nicht weiter in die Quere kamen, als er auf der Überholspur auf die 200 zusteuerte und einen nach dem anderen hinter sich ließ. Das Radio hatte er voll aufgedreht, Bruce Springsteen tönte mit *Something in the Night* aus den Boxen, riet dazu, das Radio voll aufzudrehen, um nicht nachdenken zu müssen.

Einer von Lauras Lieblingssongs, erinnerte sich Nico und machte genau das Gegenteil. Er drehte die Musik leiser, um nachdenken zu können, und ging vom Gas, sodass er den Wagen bei 140 Km/h einpendelte.

Nadine war kein Springsteen-Fan. Man konnte schon fast von Hass reden. Wenn *der Boss* zu singen begann, während sie in Hörweite war, stürmte sie zur Anlage und wechselte den Sender oder sogar die CD. Eines der wenigen schönen Dinge, die sie partout nicht mit ihm teilen wollte.

Der klingt, als hat er den Mund voller Wattebäusche! Er tut nur so, als würde er verstehen, was harte Arbeit ist! Der einzige Rockstar, der gar keine Rockmusik macht! Dreieinhalb Stunden sind zu lang für ein Konzert, ganz egal wer spielt! Ja, sie hasste ihn wirklich inbrünstig.

Früher hatten Nico und Laura seine Platten rauf und runter laufen lassen. *No Surrender, Brothers under the Bridge, Darlington County, Glory Days* ... Songs über Freundschaft, die ihrer eigenen gerecht wurden.

Und dann, eines Tages: *Bobby Jean.*

Springsteens Song über das plötzliche Verschwinden eines geliebten Menschen.

Von einem Tag auf den anderen war auch Laura verschwunden. Spurlos. Hatte weder ihm noch ihren Eltern gesagt, wohin sie gehen würde. Hatte einen Brief hinterlassen, in dem sie ihm versichert hatte, dass es ihr gut ging und er nicht nach ihr suchen solle. Er hatte ihren Wunsch nicht erfüllen können, aber seine Suche war ohnehin erfolglos geblieben. Irgendwann hatte er damit aufgehört, sich wie ein Hund im Kreis zu drehen und seinem eigenen Schwanz nachzujagen. Und wie der Erzähler im Song, hatte er sich gar nicht so sehr gewünscht, es zu verhindern. Er wünschte nur, er hätte es vorher gewusst. Hätte die Chance gehabt, sie ein letztes Mal anzurufen. Mit ihr zu sprechen. Ihr Lebwohl zu sagen.

Seiner Bobby Jean.

Nico hatte nicht sofort bemerkt, dass sich der Song ins Autoradio geschlichen hatte, seine Gedanken orchestrierte und diese weiter in die Richtung lenkte, die er auf der Überholspur eigentlich hatte hinter sich lassen wollen. Mit zweihundertfünfzig Sachen die Stunde war man besser im Hier und Jetzt, mit dem Blick und den Gedanken auf der Straße vor sich, anstatt in den Rückspiegel zu starren. Doch die Vergangenheit hatte ihn eingeholt und drängelte wie ein Ferrari. Sie saß ihm im Nacken und machte mit der Lichthupe zusätzlich auf sich aufmerksam. Wenn er auf die Bremse trat, würde sie mit voller Wucht in ihn rein krachen.

Andererseits war sie doch genau der Grund, aus dem er diese Reise machte.

Nicht um allein zu sein oder seine Eltern zu besuchen ... Laura war der Grund.

15.

In Mörfelden hatte sich nicht viel verändert. Tat es eigentlich nie. Im Kino lief ein neuer Film. Eine Bäckerei, die einem entfernten Verwandten gehörte, hatte geschlossen, eine andere, die von jemandem geleitet wurde, mit dem Nico zur Schule gegangen war, eröffnet.

Die Leute würde es Überwindung kosten, sich an die neue Form der Brötchen zu gewöhnen, an den neuen Namen, oder einfach das neue Schild über dem Eingang. Man würde über ihn lästern, bis man schlussendlich mit ihm zusammen über irgendjemand anderen lästerte. Kleinstadtfreuden.

Nico folgte der Hauptstraße, die ihn aus dem Wald heraus zwischen die ersten Häuser führte und bog an der zweiten Abzweigung nach links ab. Zwei Lenkraddrehungen später stand der BMW auf dem Stellplatz vor der beigen Doppelhaushälfte, in der er aufgewachsen war. Die beiden Menschen, die ihn vom ersten Schritt an dabei begleitet hatten, erwarteten ihn bereits in der offenen Tür.

Ihre Umarmung fühlte sich auch nach achtzehn Jahren Köln noch immer nach zu Hause an.

Im Hausflur duftete es nach gutem Essen. Echte Hausmannskost.

„Es gibt Schnitzel", wurde seine Mutter präziser, als er die Reisetasche abstellte.

Er liebte Schnitzel, und er wusste, sie würden nicht nur lecker sein, sondern auch reichlich. Ein Berg seines Leibgerichts erwartete ihn, für den er sich trotz der Dringlichkeit, die er noch auf der Fahrt verspürt hatte, Zeit nehmen würde. Er konnte gar nicht anders beim Anblick der gold-braun gebratenen Köstlichkeit.

„Man könnte fast denken, du kriegst zu Hause nichts", scherzte sein Vater, während sich Nico den Teller so volllud, dass er die Pommes über das Fleisch schütten musste.

„Mach langsam", schaltete sich seine Mutter ein. „Dir isst hier keiner was weg."

Sie bestimmt nicht, bei den kleinen Portionen, die sie über den Tag verteilt aß. Bei seinem Vater war das schon etwas anderes. Nico beäugte ihn aufmerksam, wie viele Schnitzel er sich von der silbernen Platte stibitzte – und Bernd Geiss war sich dessen bewusst, als er das letzte Stück seiner Beute mit einem schadenfrohen Grinsen wieder von seinem Teller zurück auf die Platte verlagerte.

„Keine Sorge", beruhigte er seinen einzigen Sohn augenzwinkernd. „Ich bin nicht so verfressen."

Nico reckte den Hals und warf einen demonstrativen Blick über die andere Seite der Tischplatte hinweg auf den runden Bauch seines Vaters.

„Sag bloß nichts", warnte dieser ihn und beide lachten.

Die Zeit zum Reden war vorbei. Nico brauchte seinen Mund jetzt zum Essen.

„Wie geht es Nadine?“, fragte Annika Geiss, die mit ihrem mangelhaften Appetit nicht nachvollziehen konnte, dass sich jemand nur aufs Essen konzentrieren wollte.

„Gut“, erwiderte Nico schmatzend, als hätten seine Eltern ihm niemals Tischmanieren beigebracht. „Ich soll euch lieb grüßen.“

„Warum hast du sie nicht mitgebracht?“

„Weil ich Angst hatte, dass sie mir meine Schnitzel wegisst“, scherzte Nico, doch der Blick seiner Mutter machte ihm unmissverständlich klar, dass sie noch eine ernsthafte Antwort erwartete.

„Weil ich mal ein bisschen Zeit für mich brauche“, lieferte er ihr einen Teil der Wahrheit.

Seine Eltern wechselten besorgte Blicke, die sich schließlich auf ihm vereinten.

„Gott, jetzt guckt mich nicht so an“, sagte er stöhnend. „Zwischen uns ist alles in Ordnung! Ihr braucht euch keine Sorgen zu machen.“ Er ließ die Worte einen Moment lang wirken, hatte aber das Gefühl, sie genügten immer noch nicht. „Wirklich!“, schob er hinterher, um das Ganze zusätzlich zu untermauern.

Endlich schien sich auch seine Mutter damit zufriedenzugeben. Und Nico konnte sich über das zweite Schnitzel hermachen.

„Andi Kuhlmann hat eine Eisdiele eröffnet“, sagte sie und wechselte das Thema. „Wart ihr nicht zusammen in der Schule?“

Nico musste sich ein Lachen verkneifen. Natürlich waren sie das gewesen.

Nico überfraß sich maßlos. Es war einfach zu lecker, um aufzuhören, bevor er und sein Vater die Silberplatte restlos leergeputzt hatten.

Ein Verdauungsschläfchen war verlockend, vor allem nach der von Alpträumen geplagten Nacht und den zwei Stunden auf der Autobahn, doch Nico entschied sich dagegen. Trotzdem war der Anfangsschwung, den er von der Autobahn verspürt hatte, verraucht. Er verbrachte die nächste Stunde damit, zu verdauen und seinen Eltern zuzuhören, was es Neues in der alten Heimat gab. Er erfuhr von zwei weiteren ehemaligen Mitschülern, die sich mit einem Gewerbe selbstständig gemacht hatten – der eine als Landschaftsgärtner, der andere mit einer Bar.

Eine gewagte Entscheidung, dachte Nico. Mörfelden war nicht gerade für sein Nachtleben bekannt. Daran änderte auch das Argument seiner Mutter nichts, dass der Standort am Dorfplatz in der Stadtmitte äußerst gut gewählt sei. Er kannte den Dorfplatz und die Stadtmitte. Mörfelden war weit davon entfernt, ein belebtes Zentrum zu haben.

Nico fragte sich, was wohl aus ihm geworden wäre, wenn er damals hiergeblieben wäre. Sein Plan war es immer gewesen, Filme zu machen. Dass Mörfelden dafür der falsche Ort war, war ihm schnell klar geworden. Doch sein stark ausgeprägtes Heimweh hatte ihm die Entscheidung, seiner Heimat den Rücken zu kehren, denkbar schwer gemacht. Diese verdammte Eisdiele hätte seine sein können, oder die Landschaftsgärtnerei. Vielleicht hätte er irgendwann das Kino übernommen. Das wäre der Erfüllung seiner Träume wohl noch am nächsten gekommen. Die Videothek gab es schließlich nicht mehr.

Die Videothek, in der Laura gearbeitet hat, schoss es ihm durch den Kopf und obwohl sein Bauch ihn weiter dazu nötigen wollte, flach auf dem Sofa zu liegen und die Zimmerdecke anzustarren, während Mama und Papa ihn mit unnützem Kleinstadtwissen fütterten, besann er sich auf den Grund, aus dem er hergekommen war.

Sein plötzlicher Aufbruch brachte den Tratsch seiner Mutter ins Stocken.

„Willst du noch ein Eis?", fragte sie stattdessen.

Er schüttelte schnaufend den Kopf. Bloß nicht noch mehr Essen!

„Oder soll ich dir einen Espresso machen?"

„Nein, danke", lehnte er ab. „Ich muss noch mal kurz weg."

„Wo willst du denn hin?", wollte sein Vater wissen.

„Muss noch was erledigen", antwortete Nico knapp.

„Ich hab Oma Bescheid gesagt, dass du hier bist", meinte seine Mutter. „Fahr also bitte bei ihr vorbei und sag Hallo."

Nico sah auf die Uhr. Es war bereits später Nachmittag.

„Mach ich morgen", beschloss er.

„Sie freut sich so drauf, dich zu sehen", lag ihm seine Mutter prompt in den Ohren.

„Wird sie ja auch", antwortete er. „Morgen."

„Bis sie es irgendwann nicht mehr wird", gab sie zu bedenken.

Nico blieb im Rahmen der Wohnzimmertür stehen und ließ die Luft geräuschvoll aus seiner Lunge entweichen. Sie hatte ja recht. Oma Trude war eine alte Frau. Laura war vor zehn Jahren mit unbekanntem Ziel verschwunden. Seine Oma saß zwei Kilometer entfernt in ihrem Sessel und würde vermutlich gerade fernsehen. Wenn sie Glück hatte, noch zehn Jahre. Aber Nico wusste, dass die wenigsten Menschen das Glück hatten, fünfundneunzig zu werden. In seiner Familie hatte es noch keiner geschafft. Er wusste, dass schon die fünfundachtzig, die sie inzwischen erreicht hatte, ein stolzes Alter waren. Dass es ihr im Moment zwar gut ging, sie körperlich und geistig fit war, aber in ihrem Alter trotzdem jeder Tag der letzte sein konnte. Vielleicht sogar schon der morgige.

„Ich fahr kurz bei ihr vorbei", sagte er und stellte seinen Tagesablauf einmal mehr um.

16.

Nico kannte seine Großmutter gut genug, um zu wissen, dass sich die nachfolgenden Programmpunkte auf unbestimmte Zeit nach hinten verschieben würden. Sie war mehr Herz als Mensch und als Nico ihr eine halbe Stunde gegenübersaß und das Strahlen in ihren Augen sah, war er froh, dass er zu ihr gefahren war. Die alte Dame hatte jede Aufmerksamkeit verdient. Wenn sie Geschichten aus dem Krieg erzählte, den Jahren danach, den Siebzigern, als sie sich zum ältesten Hippie im Frankfurter Umkreis gemausert hatte und damit Nicos Mutter ihre Rebellion kostete, weil man als Teenager nie so sein wollte, wie die eigene Mutter, hatte Nico jedes Mal das Gefühl, dass Mörfelden immer interessanter gewesen war als zu der Zeit, zu der er hier gelebt hatte.

Die alte Frau wohnte allein in einem riesigen Haus am Rande der Stadt. Dem Haus, in dem sie vor mittlerweile fünfundachtzig Jahren geboren wurde, als es noch halb so groß gewesen war – dafür aber voller Leben. Sie war eines von sechs Kindern gewesen, die ihre Eltern zwischen zwei Weltkriegen ohne viel Geld großgezogen hatten. Der Ausbau zum dreistöckigen Wohnraummonster, in dem Nico und die letzte Bewohnerin einander in einem heimeligen Wohnzimmer voller Kissen und altmodischer Gemütlichkeit gegenübersaßen, erfolgte erst, als Trude einen Architekten geheiratet hatte, mit dem sie schließlich zwei Kinder bekommen hatte. Eines davon war Annika Völker, heute Geiss. Nicos Mutter. Der unterdrückte Hippie.

Wer sich an die Siebziger erinnerte, der hatte sie nicht erlebt, sagte man gern spaßeshalber. Im Falle seiner Mutter beschrieb es die Situation ganz treffend, denn eine Rebellion im Nadelstreifenanzug war sicher nicht einfach.

Vieles von dem, was seine Großmutter ihm erzählte, hatte Nico schon mal gehört. Meistens von ihr selbst. Aber sie war eine begnadete Geschichtenerzählerin und so wurde es trotzdem nie langweilig, ihr zuzuhören. Fing sie einmal an, sich im gleichen Gespräch zu wiederholen, nahm sie es Nico nicht übel, wenn er sie darauf aufmerksam machte. Sie war weit davon entfernt, dement zu sein, sie erzählte einfach nur gerne. Dazu gab es – wie jedes Mal – Tee und Gebäck, das sie aus einem nicht enden wollenden Vorrat aus dem Wohnzimmerschrank hinter ihrem Fernsehsessel zutage förderte.

Als er sich verabschiedete, drückte sie ihm zwanzig Euro in die Hand, wie sie es mit kleineren Beträgen tat, seit er in die Grundschule gekommen war. Der übliche Versuch, es abzulehnen und ihr zu erklären, dass er inzwischen sein eigenes Geld verdiene (und zwar deutlich mehr als ihre Rente), wurde wie immer abgeschmettert.

„Sieh es als Anzahlung auf dein Erbe an", scherzte sie mit einem verschmitzten Augenzwinkern. „Kauf dir einfach was Schönes und denk dabei an deine Oma."

Er versprach ihr, dass er das tun würde. Auch dass er noch mal vorbeischauen würde, bevor er sich auf den Weg zurück nach Köln machte, rang ihr aber seinerseits das Versprechen ab, ihm dann kein zweites Mal Geld in die Hand zu drücken. Sie stimmte zähneknirschend zu.

Als Nico schließlich die schwere Haustür hinter sich zuzog, war es draußen bereits stockdunkel.

Drei Stunden waren wie im Flug vergangen. In seinem Kopf schwirrten schöne Erinnerungen umher. An seine Familie ... zwei Generationen davon, mit all ihren liebenswerten Macken, die ihm den Tag versüßt hatten. Eine Vergangenheit, die gut tat.

Sollte er wirklich alte Narben aufreißen? Eigentlich schrie der Tag förmlich nach Feierabend. Einem Bier auf der Terrasse mit seinem Papa, nachdem Mama sicher bald ins Bett gehen würde.

Vielleicht sollte er es dabei belassen. Die Reisetasche im Flur gar nicht erst auspacken, sondern morgen früh ins Auto steigen und zurück nach Köln fahren. Vielleicht hatte er diesen Ausflug gebraucht, um zu erkennen, dass Laura keinesfalls allein für seine schönen Erinnerungen aus vergangenen Tagen verantwortlich war, sondern dass es da eine ganze Reihe von Menschen gab, die ihn liebten und vermissten. Und die sich über seinen Besuch freuten, anstatt auf Nimmerwiedersehen davonzulaufen und nach zehn Jahren Funkstille seltsame Psychospielchen mit ihm zu treiben.

Doch irgendwie konnte Nico nicht glauben, dass sie das tat. Das Weglaufen war seltsam genug gewesen. Aber er hatte niemals etwas Böses in ihr entdecken können. Sie würde nicht mit ihm spielen. Daher drehte das Gedankenkarussell in ihm eine letzte Runde, bevor es wieder an der Stelle zum Stehen kam, an der es gestartet war: Laura brauchte seine Hilfe, und er hatte schon genug Zeit vergeudet!

17.

Die Straßenlaterne vor Lauras Elternhaus war kaputt. Der weitläufige Garten und das zweistöckige Gebäude am Waldrand ausgeblendet aus dem Stadtbild, wie Laura aus seinem Leben.

Es schmerzte ihn, den dunklen Fleck zu sehen. In den vergangenen Jahren hatte er es stets vermieden, ihre Straße entlangzufahren, wenn er zu Besuch in der Heimat war, denn er wusste, dass ihn nichts außer Schmerz und Trauer hier erwarteten.

Dieses Mal hatte sich allerdings ein Funke Hoffnung miteingeschlichen und trotzte der Dunkelheit, die ihn gerade zu ersticken versuchte.

Nico kletterte über den brusthohen Zaun, der das Grundstück umgab und schon bessere Zeiten gesehen hatte.

Genau wie mein Körper, dachte er, als sein linkes Bein mit dem altbekannten Schmerz gegen die spontane Kletteraktion protestierte.

Wie war das noch? Erfolg ist Kopfsache!

Und sein Kopf sagte: *Zieh's durch, verdammt!*

Das Bein gehorchte – wohl oder übel. Rächte sich allerdings mit weiteren schmerzhaften Stichen, als er den Fuß auf der anderen Seite des Zauns wieder aufsetzte. Er humpelte durch die Dunkelheit des Vorgartens, bis er das Haus deutlich vor sich sah.

Alle Rollos waren geschlossen, manche davon so verkeilt, dass sie wahrscheinlich nie wieder geöffnet werden konnten. Wind und Wetter hatten in den letzten zehn Jahren ihre Spuren hinterlassen. Das Frankfurter Umland war nicht gerade für Tropenstürme oder Erdbeben bekannt, aber der ein oder andere strenge Winter hatte an der Fassade genagt. Die große Fichte im Vorgarten war an irgendetwas erkrankt, das ihre Nadeln braun verfärbte, wie einen Weihnachtsbaum, den man bis Ostern stehen ließ.

Hier an der Vorderfront gab es kein Weiterkommen. Aber ein Monster wie die Vergangenheit griff man auch nicht von vorne an. Er wechselte von Gras auf Stein und auf die Einfahrt, die ihn direkt zur Haustür führte. Das Bein zwickte bei jedem Schritt.

Einer der vorderen Stützbalken des Carports war gebrochen, das Wellblechdach, das früher die zwei hinteren Drittel der Einfahrt überspannt hatte, war in sich zusammengebrochen. Holz und Blech machten die letzten Meter zur Haustür zu einem Hindernisparcours.

Nicos Bein ächzte mit den Trümmern, über die er hinweg stieg, um die Wette.

Er fand die Haustür verschlossen und unbeschadet vor. Die einzelnen Glaselemente waren zu klein, als dass es ihm etwas bringen würde, sie einzuschlagen. Er würde nicht hindurchpassen und sie befanden sich so weit am unteren und oberen Ende der Tür, dass er den inneren Türgriff unmöglich erreichen würde. Außerdem musste er davon ausgehen, dass sie abgeschlossen war.

Die nächste Möglichkeit war der Kellerabgang einige Meter entfernt. Die schmale Treppe hatte eine volle

Breitseite Trümmer abbekommen, als der Carport zusammengestürzt war. Nico machte sich die Mühe, die Stufen einigermaßen freizulegen, denn er wollte seinem Bein keine weiteren unsicheren Schritte zumuten. Wenn einer der Brocken ins Rutschen geriet und er sich ungünstig abfing, könnte seine Erkundung ein schmerzhaftes Ende nehmen. Dann würde er vielen Leuten Rede und Antwort stehen müssen. Nadine, seinen Eltern, dem Rettungsdienst, wenn er es aus eigenen Stücken nicht mehr nach Hause schaffte. Vielleicht sogar der Polizei, falls man sie dazu rief.

Ganz zu schweigen von den weitreichenderen Folgen. Er würde seinen Job vorerst nicht ausüben können, und das nächste Projekt damit auf jeden Fall verlieren. Im ungünstigsten Falle das übernächste gleich mit. Also kämpfte er sich lieber durch den Schmerz, den das Hochstemmen und beiseiteräumen der Trümmer verursachte, der aber wenigstens keine schlimmeren Konsequenzen zu haben schien, bis der Weg runter zu der klapprigen Holztür endlich frei war. Nico rüttelte am Türgriff. Die ganze Tür bewegte sich im Rahmen mit, das Schloss hielt jedoch.

Was war nur los mit den Jugendlichen und Hobby-Satanisten von heute? Ein Haus, das seit zehn Jahren leer stand und niemand hatte die Kellertür eingetreten? Es hatte keine Mutprobe gegeben? Keine schwarze Messe? Kein Rummachen mit der Freundin?

Wem versuchte er hier etwas vorzumachen? Er war selbst nie besonders risikofreudig gewesen. War vor jeder Sachbeschädigung zurückgeschreckt, hatte nie den Teufel angerufen und das erste Mal, dass er mit einem Mädchen an einem ungewöhnlichen Ort rumgemacht hatte, war lange, nachdem er Mörfelden verlassen hatte, gewesen. Er hatte einfach nur gehofft, dass ein anderer schon die Drecksarbeit für ihn erledigt hatte.

Was soll s? Ist es nicht der Traum jedes Mannes, einmal im Leben eine Tür aufzutreten? Dass die Schlüsseldienste in Deutschland so horrende Preise verlangten, bedeutete wohl, dass es letztendlich die wenigsten wirklich durchzogen, wenn sie die Chance dazu hatten, etwa weil die Tür hinter ihnen ins Schloss gefallen war. Andererseits ging es dabei meist um die eigene Tür und sie schreckten wahrscheinlich davor zurück, sich damit ins eigene Fleisch zu schneiden. Schloss oder Türrahmen, eines von beiden würde es nicht unbeschadet überstehen. Und auch wenn die meisten Männer sich wünschten, begnadete Handwerker zu sein, waren es doch die wenigsten von ihnen tatsächlich. Also würde die Reparatur am Ende wohl teurer werden als die drei Minuten überbezahlter Arbeit des Schlüsseldienstes.

Nico hasste es, sich selbst in all diese Gruppen einsortieren zu müssen. Den guten Jungen, der nie etwas Verbotenes getan hatte. Den Mann, der noch nie eine Tür aufgetreten hatte. Den Handwerker mit den zwei linken Händen. Er war sie alle.

Zeit, endlich etwas von der Bucket-List zu streichen!

Er nahm Anlauf und verpasste der Tür einen kräftigen Tritt. Er spürte die zusätzliche Belastung im linken Standbein sofort, als er den rechten Fuß hob und zutrat.

Das Holz der Tür gab nach, brach und machte alles nur noch schlimmer. Er hatte nicht dicht genug am Schließzylinder getroffen und so war nur morsches Holz in der Größe seiner Fußsohle abgesplittert. Sein rechter Fuß hatte es ins Haus geschafft und hing dort fest … zwang ihn, sein ganzes Körpergewicht auf dem instabilen linken Bein zu balancieren, während er verzweifelt versuchte, sich zu befreien.

Nach einigen ungelenken Bewegungen konnte er das Bein herausziehen. Das gesplitterte Holz hatte den Stoff seiner Jeans zerrissen und einen Kratzer an seiner Wade hinterlassen, der sicher gleich zu bluten beginnen würde.

Na toll, dachte er. *Jetzt hab ich also zwei kaputte Beine.*

Er rüttelte erneut an der Tür und hoffte, die Wucht des Durchbruchs hätte das Schloss vielleicht ganz nebenbei erledigt, doch dem war nicht so. Er belastete das rechte Bein, spürte, wie die Schürfwunde langsam feucht wurde. Der Traum vom souverän männlichen Türauftreten hatte sich erledigt.

Er nahm ein zweites Mal Anlauf und zielte dieses Mal direkt unterhalb des Türknaufs.

Es war der Türrahmen, der nachgab, auf der Innenseite zersplitterte und den Schließbolzen und damit die Tür freigab. Diese schwang auf und knallte gegen die Wand.

Nico sah sich verunsichert um. Das weitläufige Grundstück und die Dunkelheit boten einen gewissen Schutz, aber letzten Endes gab es zu beiden Seiten Nachbarn, und in Kleinstädten waren diese Nachbarn meist äußerst neugierig. Er hoffte, mit dem Lärm seines ersten Einbruchs keinen von ihnen alarmiert zu haben, und dass sie bei einem leer stehenden Haus weniger hilfsbereit und besorgt sein würden als bei einem, in dem die nette Familie von nebenan wohnte.

Er huschte nach drinnen, um nicht unnötig lange auf dem Präsentierteller zu stehen. Die doppelt zerstörte Tür drückte er hinter sich zu, so gut es noch ging. Auf den ersten Blick im Dunkeln würde sie einem flüchtigen Nachbarsblick aus dem Fenster wohl standhalten.

Im Keller war es stockfinster, doch die Blaupause war nach all den Jahren noch immer in Nicos Gedächtnis eingebrannt. Er befand sich im ehemaligen Waschkeller. Zu seiner Rechten erahnte er die Umrisse einer Toilette, dem eigentlichen Grund, warum er diesen Raum im Haus seiner besten Freundin überhaupt kannte. Er hatte ihre Haare gehalten, während sie sich übergeben hatte, und das mehr als einmal. Wenn er Glück gehabt hatte, hatte saubere Wäsche auf einer der beiden Leinen gehangen, die unterhalb der Decke gespannt waren und unter denen er sich gerade hinwegduckte, und hatte dem süßlich beißenden Gestank des Erbrochenen ihre frische Note entgegengesetzt. Meistens waren sie dabei aber ohnehin so betrunken gewesen, dass es keinen Unterschied gemacht hatte. Auch Nico hatte die Schüssel das ein oder andere Mal auf diese Art gefüllt.

Er durchquerte den Raum mit vorsichtigen Schritten. Den Lageplan mochte er kennen, aber was beim Auszug möglicherweise liegen gelassen worden war, konnte er unmöglich wissen. Er wollte seinen geschundenen Beinen nicht noch mehr zumuten. Also setzte er schön behutsam und ohne Eile einen Fuß vor den anderen, bis er die offene Zimmertür erreichte und in die Dunkelheit blickte, in der sich, wie er wusste, der Flur verbarg. Das fensterlose schwarze Loch in der Mitte des Hauses. Links von ihm befand sich die Treppe, die hoch zur Haustür und in die anderen Etagen führte. Zu seiner Rechten erinnerte er sich an eine kleine Vorratskammer. Geradeaus würde es zwei weitere Türen geben. Die linke führte in einen großen Abstellraum. Doch es war die rechte, der Nicos Interesse galt.

Er machte einen ersten Schritt in das schwarze Loch hinein und tastete sich durch die Dunkelheit, in die ihn nur das bisschen Restlicht begleitete, das durch das kleine Fenster im Waschkeller fiel. Ein schwacher Schimmer von Mond und Sternen, der sich bereits auf halbem Weg geschlagen gab und zurückzog.

Nico zückte sein Smartphone und aktivierte die Taschenlampe, die einen Lichtkegel in den Flur schickte, den er von einer Seite zur anderen wandern ließ.

Nico streckte die Hand nach der Türklinke aus und drückte sie hinunter. Die Tür schwang auf.

Ihm kam es so vor, als würde ihm auch nach all den Jahren noch der Geruch von Bier und Fusel entgegenwehen, der in Ritzen und Ecken auf dem Boden klebte.

Als hätte er eine Zeitkapsel ins Jahr 2000 geöffnet.

Er machte einen Schritt in die Vergangenheit.

18.

Bon Jovi hießen ihn mit einem kräftigen *Livin' on a Prayer* willkommen.

Nico befand sich auf der Party zu ihrem siebzehnten Geburtstag – und war selbst im gleichen Alter. Die Lichter im Raum funktionierten, waren aber so schummerig, dass sich kein siebzehnjähriger Teenager für seine Trunkenheit oder seine Pickel schämen musste.

Die Dorfjugend drängte sich an zwei Tischen auf der einen Seite des Raums, sowie hinter der kleinen Theke auf der gegenüberliegenden, auf der Alkohol ausgeschenkt wurde. Aus dem prall gefüllten Kühlschrank darunter aber auch aus den zahlreichen alten Flaschen, die hinter der Bar auf der Anrichte standen und dank russischer oder polnischer Etiketten das Geheimnis ihres Geschmacks und ihren Alkoholgehalt erst im Mund preisgaben. Jede Flasche war ein Abenteuer und brachte Abwechselung in den Trinkeralltag der Jugendlichen, der ansonsten aus Alko-Pops und den billigsten Variationen von Wodka und Rum bestand, den das Supermarktregal zu bieten hatte. Gemischt mit Cola oder Saft, um den jungen Geschmacksknospen nicht zu viel zuzumuten.

Auf eine junge Knospe der anderen Art, war Nicos Aufmerksamkeit gerichtet. Aus dem Schutz der Theke heraus beobachtete er unauffällig Nathalie Seiler, die über einen der Tische auf der anderen Seite des Raums gebeugt stand, wobei ihr die 75C fast aus dem tiefen Dekolleté platzte.

Das Problem war nur, dass Moritz Bauer von dort, wo er saß, einen wesentlich besseren Ausblick auf ihre Auslage hatte – und zwar, weil sie es so wollte.

Das gierige Funkeln in ihren betrunkenen Augen verriet Nico, dass sie diese gewagte Pose nicht zufällig gewählt hatte, oder sie gar bereuen würde, wenn ihr auffiel, wie tief sie Moritz gerade blicken ließ. Nein, sie wollte, dass er das sah. Oder sogar noch viel mehr. Dass Nico dabei einen kleinen Einblick aus der Ferne erhielt, war der einzige Zufall daran. Sie schüttelte ihr langes, blondes Haar verspielt für Moritz und lachte dabei amüsiert. Anscheinend hatte der gut aussehende Fußballer gerade etwas Witziges gesagt.

Wahrscheinlich eher nicht, dachte Nico, der ihn nicht als besonders witzigen Menschen kannte. *Wahrscheinlich war es ein aufgesetztes Lachen, um weiteres Interesse an ihm zu bekunden.*

Das Ergebnis blieb jedoch das gleiche. Sie setzten ihre Unterhaltung fort und Nathalie führte die Hände auf der Tischplatte noch etwas dichter aneinander, sodass ihre Arme ihren Busen noch einmal zusätzlich pushten.

Auch wenn Nico es von seiner Position aus nicht sehen konnte, war er sich sicher, dass es Wirkung zeigen würde. Dass Moritz Bauer den Blick ab und zu von ihren Augen nach unten schweifen lassen würde. Welcher Mann würde das nicht? Erst recht welcher Siebzehnjährige!

„Hab ich dich gefunden!", rief plötzlich eine Frauenstimme in sein Ohr, die dabei gegen die Musik anschrie und im restlichen Raum doch leise und ungehört blieb.

Nico zuckte erschrocken zusammen, wandte den Blick vom Objekt seiner Begierde ab und sah sich ertappt um.

Lauras wissende Augen erwarteten ihn. Sie hatte sich ihren Weg durch ihre anderen Gäste bis in die hinterste Ecke hinter der Theke gebahnt, wo sie nun genau vor ihm stand.

Laura hatte ihn Monate zuvor ertappt, als ihre Freundschaft noch jung gewesen war. Bis dahin war Nico immer jemand gewesen, der sein nicht-existentes Liebesleben für sich behielt. Als er vierzehn war, war es ihm unangenehm gewesen, dass er überhaupt Gefühle für Mädchen entwickelt hatte. Zu seinen Eltern war er damit natürlich nicht gegangen und die Freunde, mit denen er sich damals noch umgeben hatte, waren entweder noch größere Spätzünder oder gaben sich genauso viel Mühe wie er, das Thema totzuschweigen.

Nico fraß seine ersten Verliebtheiten tief in sich hinein, spielte immer wieder in Gedanken durch, wie er es diesem oder jenem Mädchen sagen könnte und wie sie sich danach küssten. Doch letztendlich blieb es ein reines Spiel seiner Fantasie.

Wie sollte er jemals ein Mädchen ansprechen können, wenn er sich nicht einmal traute, jemandem anzuvertrauen, dass er überhaupt verliebt war? Es war schließlich das Alter, in dem gute Freunde eine der wichtigsten Zutaten waren, um eine Beziehung herbeizuführen. Sie überbrachten Zettelchen oder Liebesbriefe. Sie redeten mit den Freunden der Gegenseite.

Sie sorgten dafür, dass beide auf die gleichen Partys eingeladen wurden und sich dort *zufällig* begegneten, gefüttert mit dem Wissen, dass der oder die andere auf einen steht.

Mit siebzehn hatte Nico diese Phase inzwischen eigentlich schon hinter sich. Wobei es die Beschreibung eher traf, dass er diese Phase – wie so viele andere – inzwischen übergangen hatte. Erfolgreich übergangen, von dem Blickpunkt aus, dass er sich seinen Freunden nicht anvertrauen und am liebsten überhaupt nicht über das Thema Liebe reden wollte. Vor allem, weil er in dieser Sache auch noch keinen Schritt weitergekommen war.

Laura hatte vor einem halben Jahr jedoch einen Grundstein gelegt.

„In wen bist du eigentlich verliebt?", hatte sie ihn aus heiterem Himmel während einer gemeinsamen Freistunde gefragt.

Sie hatte ihn damit kalt erwischt. Er hatte sich einen abgestottert und verzweifelt nach einer guten Lüge gesucht, um den drohenden Sturm abzuwenden.

Sie hatte ihn allerdings sofort durchschaut und nicht mehr lockergelassen, bis er ihr Nathalies Namen genannt hatte. Sie hatte ihm daraufhin versprechen müssen, es niemandem zu verraten, und sie hatte Wort gehalten. Auf der nächsten Party hatte Laura Nathalie zum ersten Mal eingeladen. Vorher hatten die beiden Mädchen wenig miteinander zu tun gehabt. Laura hatte das geändert, um ihm einen Gefallen zu tun. Denn, obwohl sie seitdem auf jeder größeren Feier in Lauras Partykeller eingeladen war, beschränkte sich der Kontakt zwischen den beiden Mädchen auf ein Minimum. Er vermutete, dass sich Laura sogar insgeheim wünschte, dass aus Nicos Verliebtheit nicht mehr wurde, denn sie teilte seine Begeisterung für Nathalie nicht.

„Siehst du irgendwas, das dir gefällt?", fragte sie süffisant und blickte hinüber zu Nathalie.

Nico folgte ihrem Blick nicht.

„Warum sprichst du sie nicht einfach an?", löcherte sie ihn weiter.

„Klar", entgegnete Nico. „Weil sie ja nur drauf wartet."

„Du wartest doch auch nur drauf", gab Laura zu bedenken.

Nico sah sie skeptisch an.

„Dein Ernst?", fragte er fast amüsiert und wies dann wieder auf seine Angebetete. „Sieht das so aus, als hätten wir beide die gleiche Strategie?"

„Na ja, sie sieht jedenfalls nicht so aus, als würde sie zu dir kommen", meinte Laura. „Aber vielleicht ändert es ja was, wenn sie weiß, dass du auf sie stehst."

Nico blieb skeptisch.

„Na ist doch so", beharrte Laura auf ihrer Theorie. „Im Moment guckt sie dich nicht mal an. Du bist einfach nicht auf ihrem Radar. Aber du könntest dich zumindest an den Rand drängen, wenn du ihr sagst, dass du sie toll findest. Dann würde sie auf jeden Fall ein paar Mal genauso verstohlen zu dir rüber schielen, wie du es die ganze Zeit machst. Einfach nur um darüber nachzudenken, ob du vielleicht doch was für sie sein könntest, über das sie bisher nur noch nicht nachgedacht hat. Und wer weiß ..."

„Irgendwann treffen sich unsere Augen, wenn wir beide aus Versehen gleichzeitig rüber schielen“, setzte Nico den Gedanken überspitzt fort. „Und wir gucken peinlich berührt weg. Aber dann trauen wir uns doch beide, wieder verstohlen hinzusehen, wir lachen, dann reden wir und dann haben wir ein Date …“

„… und dann heiratet ihr.“ Laura übernahm wieder. „Und kriegt Kinder. Und lebt glücklich bis ans Ende eurer Tage.“

„Du bist so blöd.“

„Und du ein toller Typ. Du musst das einfach nur mal selbst kapieren.“

Das sagte sie ihm nun schon seit einer Ewigkeit, die elf Monate im Leben eines Siebzehnjährigen waren. Und wenn sie es ihm sagte, glaubte er es ihr auch. Denn ihre Augen sagten es auch.

Manchmal fragte er sich, ob sie es auch vor anderthalb Jahren gesagt hätten, als er noch heimlich in sie verliebt gewesen war. Oder ob es damals nur die hohle Phrase eines Laufpasses gewesen wäre. Aber das spielte heute keine Rolle mehr. Er hatte es ihr gestanden, kurz nachdem sie ihn mit Nathalie aus der Reserve gelockt hatte und sie begonnen hatten, offen und ehrlich miteinander zu reden.

Sie hatten beide herzhaft darüber gelacht. Trotzdem hatte sie alles über diese alte Verliebtheit wissen wollen. Nico hatte sich gewunden wie ein Aal, aber letztendlich hatte er sich dazu durchgerungen. Sie hatten noch viel gelacht an diesem Tag.

„Na ja, wenn du einfach noch ein paar Jahre wartest“, benutzte sie dieses Wissen jetzt gegen ihn, „werdet ihr vielleicht ganz tolle Freunde.“

„Ich hasse dich“, knurrte er.

Sie gab ihm einen dicken Kuss auf die Wange.

„Darauf trinken wir“, rief sie amüsiert, schnappte sich irgendeine der kryptischen Flaschen aus der Sammlung ihrer Großeltern von der Anrichte und füllte zwei Schnapsgläser mit einer ölig braunen Flüssigkeit. Sie stießen miteinander an und kippten sie runter. Keiner von ihnen spielte den harten Mann. Sie schüttelten sich beide und verzogen das Gesicht. Nico spürte Übelkeit in sich aufsteigen.

„Oh Gott!“, sagte er und keuchte angewidert, während Laura ihre Zunge an ihren Schneidezähnen rieb und versuchte, die letzten Reste der klebrigen Pampe und ihres Geschmacks aus dem Mund zu bekommen.

„Hatten wir den schon mal?“, fragte sie und versuchte, dabei durch den Mund zu atmen.

„Daran könnte ich mich definitiv erinnern.“

„Unglaublich, dass wir die immer noch nicht alle durchhaben“, antwortete sie.

Nico blickte die Reihe an bunten und teilweise seltsam geformten Flaschen entlang. Ihm graute vor den Überraschungen, die sie noch erwarteten.

19.

Als das Licht der Vergangenheit wieder erlosch, schwenkte Nico den Raum mit der Taschenlampe ab.

Die Flaschen waren immer noch da. Der Staub der letzten zehn Jahre bedeckte sie und Spinnen hatten sich zwischen ihnen eingenistet und ihre Netze gesponnen, aber das Licht der Taschenlampe brach sich in den verschiedenen Farbtönen des Glases und der Flüssigkeiten darin.

Nico glaubte, die zu erkennen, aus der sie in seiner Erinnerung getrunken hatten. Sie war markant geformt und noch knapp zur Hälfte voll. Er erinnerte sich daran, dass sie im Anschluss an ihr Experiment alle anderen Gäste vor dem braunen Teufelszeug gewarnt hatten und auch sie selbst waren in den folgenden Jahren nie wieder zu dieser Flasche zurückgekehrt.

Er entkorkte sie mit einem trockenen *Plopp* und roch am Inhalt. Dreiundzwanzig Jahre Alkoholerfahrung später – und er hatte immer noch keine Ahnung, wo er diesen Geruch einordnen sollte.

Er führte die Flasche zum Mund und nahm einen Schluck. Hoffte, die flüssige Erinnerung würde ihm neue Erkenntnisse bringen. Sie brachte ihm vor allem neue Übelkeit. Das Zeug brannte auf der Zunge, an den Lippen, in der Speiseröhre. Sogar sein Magen reagierte mit einem gequälten Knurren.

Wenigstens würde das Zeug mit dem Berg aus Schnitzeln, Pommes und Süßigkeiten aufräumen, den er sich über die zweite Hälfe des Tages eingefahren hatte.

Er verkorkte die Flasche und wollte sie gerade zurückstellen, als er etwas in dem Kreis entdeckte, den ihr Boden jahrelang vor dem Einfall des Staubes beschützt hatte. Klein und quadratisch lag es da und lächelte ihn an. Im wahrsten Sinne des Wortes. Es war ein Foto von Laura und ihm. Aus Zeiten, in denen sie noch gemeinsam gelacht hatten. Es war hier entstanden. Im Keller. Ziemlich genau an der Stelle, an der Nico gerade stand. Die Flaschen im Hintergrund waren gut zu erkennen.

Er nahm es von der Anrichte und betrachtete es. Er wusste, irgendwo gab es Hunderte wie dieses. Ganze Alben voll. Doch für den Moment war dieses eine Foto ein Schatz.

Er zog sein Portemonnaie aus der Hosentasche und verstaute es behutsam darin.

Dann stellte er die Flasche zurück in die Reihe mit den anderen. Er übergab sie wieder der Zeit, die ihr nichts anhaben konnte, außer sie unter einer noch dickeren Schicht Staub zu begraben.

Eine Spinne enterte von der benachbarten Flasche aus seine Hand.

20.

„Spinne!", schrie Laura panisch und sprang vom Bett.

Mit ausgestrecktem Zeigefinger deutete sie auf den winzigen schwarzen Punkt an der weißen Dachschräge über Nicos Kopf. Eine Sekunde später hatte auch er das Bett fluchtartig verlassen.

„Fuck", stöhnte er und beide gingen sicherheitshalber einen weiteren Schritt auf Abstand.

Der kleine Krabbler erreichte die Kante des *Backstreet Boys*-Posters in der Mitte der Wand und krabbelte auf das bedruckte Papier und über das Gesicht von Nick Carter. Dem Lächeln des Boyband-Schönlings tat es keinen Abbruch.

„Was machen wir jetzt?", fragte Laura.

„Das Zimmer wechseln?"

„Ja, tolle Idee", kommentierte Laura zynisch. „Und wenn ich dann heute Abend ins Bett gehe, hab ich keine Ahnung, wo sie ist."

„Schlaf halt bei Ben", schlug Nico vor.

Laura sah ihn scharf an.

„Ich werde nie wieder hier schlafen, wenn ich das Vieh aus den Augen verliere", knurrte sie. „Also tu was!"

„Okay, okay." Er sah sich um. „Hast du hier irgendwo nen Schuh?"

Er erblickte einen, noch bevor sie antworten konnte, angelte ihn sich aus dem halb offenen Kleiderschrank und pirschte sich an das Bett heran. Sein Herz raste, obwohl er wusste, dass es eigentlich lächerlich war. Dass der kleine Punkt an der Wand, der gerade von Nick rüber zu AJ wechselte, keine Gefahr darstellte.

„Was hast du vor?", wollte Laura wissen.

„Was denkst du denn?"

„Bring sie nicht um", zischte sie und Nico ließ den Schuh sinken.

Er sah über die Schulter zu ihr zurück. Er hatte sich doch wohl verhört!

„*Was?*", zischte er, als hätte sie nicht mehr alle Tassen im Schrank.

„Wir müssen sie ja nicht gleich umbringen", verdeutlichte Laura ihren Einspruch.

Es war tatsächlich ihr verdammter Ernst. Nico ließ den Sneaker sinken. Sein Puls raste weiterhin. Das hier war noch nicht vorbei. Er sah sich um und erblickte sein leeres Wasserglas auf dem Schreibtisch neben dem Bett.

„Gib mir das Glas."

Laura zögerte. Der Schreibtisch war verdammt nah dran an der Wand, an der die Spinne ebenfalls gerade in Richtung Wasserglas wanderte.

„Was, wenn sie springen kann?", fragte sie besorgt.

„Kann sie nicht", versuchte Nico sie zu beruhigen. „Ist ne Krabbelspinne."

Laura blieb zögerlich. Dann nahm sie all ihren Mut zusammen. Mit einer blitzschnellen Bewegung sprang sie an den Schreibtisch heran, schnappte sich das Glas und sprang wieder zurück, stieß dabei mit Nico zusammen und brachte sie beide ins Taumeln. Nico fing sich zuerst und umklammerte dann sie mit beiden Armen, bis sie wieder einen sicheren Stand hatten. Sie sahen einander an.

„Du bist so lächerlich", kommentierte er ihr Verhalten.

Sie verpasste ihm einen spielerischen Schlag auf die Schulter.

„Du doch auch."

Dann fiel die Anspannung von ihnen ab und sie brachen in Gelächter aus. Als sie wieder zur Ruhe kamen, atmeten sie tief durch. Dann widmeten sie ihre Aufmerksamkeit erneut dem Feind – nur dass sie ihn nicht mehr entdeckten.

„Äh ... wo ist sie?", fragte Laura besorgt.

„Keine Ahnung."

Laura krallte ihre Fingernägel in seinen Unterarm und versteckte sich hinter ihm.

„Fuck, Nico, wo ist sie hin?"

Mit einem Mal war die Sache ernst. Aus einem offenen Kampf war ein klaustrophobisches Alien-Szenario geworden. Die Bedrohung war nicht zu sehen, also war sie überall.

Vier Augen suchten hektisch das Bett ab, den Schreibtisch, die Wand, während sie fest davon überzeugt waren, dass acht Spinnenaugen ganz genau wussten, wo sie sich befanden.

„Da!", rief Nico plötzlich und deutete auf das Poster.

Laura entdeckte erst auf den zweiten Blick, was er meinte. Auf AJ's schwarzem Shirt bewegten sich kleine aber viel zu lange Beine.

Gott sei Dank!

„Okay", redete sich Nico Mut zu. „Tun wir's!"

Er machte einen schnellen Schritt nach vorne, stieg auf das Bett und stülpte das leere Glas über die Spinne, sodass sie in der Mitte der gläsernen Kuppel gefangen war.

Geschafft!

Er atmete deutlich hörbar auf.

„Gib mir ein Stück Pappe oder so was", verlangte er.

Laura machte sich sofort auf die Suche. Kurz darauf kletterte sie neben ihm aufs Bett und reichte ihm ein Blatt Papier, das in seiner Hand labberig in sich zusammenknickte. Er sah sie vorwurfsvoll an.

„Das ist Papier", kritisierte er.

„Ich hab nichts anderes."

Er gab es ihr zurück und sagte: „Dann falte es wenigstens einmal."

Sie tat es, reichte es ihm erneut, dieses Mal doppelt so dick. Nico drückte es an die Wand und schob die Kante an den Rand des Glases. Das Papier offenbarte, dass seine Hände zitterten.

„Du bist so ein Schisser", stichelte Laura grinsend.

Nico sah sie vorwurfsvoll an.

„Ich bin ein Mädchen", verteidigte sie sich sofort.

„Okay. Jetzt oder nie!", motivierte er sich selbst und begann den Rand des Glases langsam nach unten und über das Blatt Papier zu schieben.

Als das Glas gegen die hinteren Beine der Spinne stieß, geriet sie in Bewegung.

Zu sehen, wie elegant sie ein Bein vor das andere setzte – dann noch eins, und noch eins, und schließlich vier weitere – ließ ihn sich noch um ein Vielfaches unwohler fühlen.

Aus dieser Entfernung war aus dem schwarzen Punkt an der Wand ein wahres Mini-Monster geworden. Er konnte ihre Fangklauen und den viel zu dicken Hinterleib, der ihn an Fotos der Schwarzen Witwe erinnerte, sehen, und bildete sich sogar ein, ihre Augen erkennen zu können. Sein Puls beschleunigte sich noch einmal.

Die Vorderbeine wechselten vom Papier des Posters auf das weiße Papier in seiner Hand. Jetzt nichts überstürzen!

Er schob weiter. Nico war so sehr auf die Spinne fokussiert, dass er zu spät bemerkte, dass er zu viel Druck auf das Papier ausübte, es am oberen Ende aufschob und die Hinterbeine der Spinne zwischen Papier und Glasrand einklemmte.

„Vorsicht", meldete sich Lauras Beschützerinstinkt wieder, als sie sah, dass einem unschuldigen Lebewesen eine Verletzung drohte.

Oder war es nur die Angst, die Spinne könne doch noch entkommen?

Nico reduzierte den Druck auf das Glas und hob den hinteren Rand dazu kurz an. Das war ein Fehler! Das aufgeschobene Papier federte zurück und die Spinne mit ihm. Sie flutschte durch den Spalt in die Freiheit, konnte sich jedoch nicht wieder am Poster festklammern. Stattdessen segelte sie in die Tiefe. Über dem schwarzen Bettbezug verloren Nico und Laura sie auf der Hälfte des Weges aus den Augen, doch sie wussten, nur eine halbe Sekunde später war sie mit ihnen auf dem Bett.

Beide gerieten in Panik und sprangen von der Matratze. Dieses Mal gab es kein Halten mehr.

Das Zimmer war verloren.

Sie stürmten nach draußen und Laura schlug die Tür hinter sich zu. Nur langsam kamen beide wieder zur Ruhe. Sie starrten auf die Tür, als würden sie jeden Moment erwarten, dass sie von innen geöffnet wurde, und die Spinne sie weiter durchs Haus jagte.

„Wie alt werden Spinnen?", fragte Laura.

„Keine Ahnung."

„Gibt es sowas wie Eintags-Spinnen?"

„Keine Ahnung."

Sie nickte.

„Okay", erwiderte sie und wandte sich von der Tür ab und der Treppe zu. „Ich schlaf heute Nacht bei dir."

***

Jetzt in den Raum zu schauen, der früher ihr Schlafzimmer gewesen war, schmerzte ihn. Wie oft sie zusammen auf dem Bett gelegen hatten, von dem jetzt nur noch ein leeres Gestell übrig war.

Die Spinnen hatten den Raum tatsächlich erobert.

Nicht damals, denn nach einer Nacht bei Nico und zwei weiteren bei ihrem festen Freund Ben, hatte Laura die Rückkehr in ihr Zimmer gewagt, nachdem dieser es ausführlich durchsucht hatte.

Doch jetzt, dreiundzwanzig Jahre später, und zehn Jahre nachdem sie das Zimmer verlassen hatte, hatten sie es sich geholt. Das fahle Mondlicht, das durch das Fenster in der Dachschräge über dem Schreibtisch einfiel, fing sich in den zahlreichen mit Insekten gefüllten Netzen, die in allen Winkeln und Ecken gesponnen waren.

Nico hatte seine Angst vor den achtbeinigen Krabblern inzwischen abgelegt. Es war harte Arbeit gewesen und hatte sich über Jahre hingezogen, in denen er sich immer wieder gezwungen hatte, die kleinsten von ihnen aus seiner ersten eigenen Wohnung im Studentenwohnheim nach draußen zu bringen. Er würde die Achtbeiner niemals mögen, aber er hatte seine Vernunft so lange mit dem wiederkehrenden Mantra bestochen, dass Deutschlands Spinnen ihm nichts anhaben konnten, dass er sich letztlich daran gewöhnt hatte, es einfach zu tun.

Bei den Frauen im Studentenheim hatte es ihm den Ruf als Retter in der Not und sogar den ein oder anderen Sex eingebracht.

Diese antrainierte Lässigkeit im Umgang mit Spinnen funktionierte allerdings nur, solange sie ihn nicht überraschten, und er das Problem, das es zu lösen galt, klar und schwarz vor sich sah. Kribbelte es jedoch aus heiterem Himmel auf seinem Arm oder Kopf und er wollte sich kratzen und beförderte dabei plötzlich überraschend eine von ihnen in sein Blickfeld, verfiel er augenblicklich in alte Muster, sprang panisch im Kreis herum und stieß schon mal einen Schreckensschrei aus.

Er verzichtete darauf, Lauras altes Zimmer zu betreten. Zu wissen, dass Spinnen auf allen Seiten um ihn herum waren, war kein schöner Gedanke. Abgesehen davon war der Raum bis auf das Bettgestell und die Reste des zum Großteil von der Wand gerissenen Backstreet Boys-Posters sowieso leer.

Mehr als Erinnerungen waren dort nicht zu holen. Und Erinnerungen, so schön sie auch sein mochten, begannen zu schmerzen, sobald er sie wieder hinter sich ließ.

Nico sank im Türrahmen zu Boden. Er hatte sich seinen Weg vom Keller bis unters Dach gebahnt. Sein Bein hatte unter den vielen Stufen gelitten und er wollte ihm eine Pause gönnen, auch auf die Gefahr hin, nicht wieder auf die Füße zu kommen.

Das Haus hatte keine neuen Erkenntnisse gebracht. Es war ein leeres Skelett. Außer sperriger alter Möbel hatten Laura und ihre Familie nichts zurückgelassen. Er hatte keine vergessenen Kisten entdeckt. Keinen Papierkram, den er nach Hinweisen auf ihren Aufenthaltsort hätte durchwühlen können. Nur ein paar Kisten mit alten, muffigen Klamotten unten im Keller.

Nico versuchte, das Chaos in seinem Kopf zu ordnen. Fakten von Fantasie zu trennen. Ein klebriges Gewirr, wie er schnell feststellte.

Er hatte schlimme Träume gehabt, in denen sich die Welt um ihn und Laura herum verändert hatte und sie von bedrohlichen Gestalten verschleppt worden war. Die Tatsache, dass er im Flur seines Hauses von seiner Freundin aufgeweckt worden war, ließ ihn diese Geschichte allerdings unter Fantasie verbuchen.

Was noch?

Laura war verschwunden. Das war ein Fakt!

Sie hatte ihn angerufen. Auch wenn sie keine Nummer hinterlassen hatte, ordnete Nico es den Fakten zu. Sie konnte telefonieren und über Alltägliches reden. Also ging es ihr gut. Zumindest irgendwie.

In der ersten Zeit nach ihrem Verschwinden hatte er ein Verbrechen nicht ausgeschlossen. Eine Entführung, einen Mord. Er hatte nicht einmal ausgeschlossen, dass ihre Eltern etwas damit zu tun haben könnten, und hatte sie eine Zeit lang heimlich beschattet ... bis sie schließlich auch verschwunden waren ... über Nacht ... genau wie ihre Tochter. Das war ein weiterer Fakt! Das leere Haus, in dem er saß, bewies es.

Vielleicht hatte sie etwas beobachtet, das sie nicht hätte sehen dürfen? Und musste jetzt gegen Leute aussagen, mit denen man sich besser nicht anlegte.

Hatten vielleicht nicht Verbrecher sie verschwinden lassen, sondern die Gegenseite?

War sie möglicherweise in eine Art Zeugenschutzprogramm geraten? Und waren ihre Eltern mit etwas Verzögerung nachgeholt worden, als man entschieden hatte, dass es nun sicher für sie war? Gab es so etwas in dieser Form überhaupt im wirklichen Leben? Konnte man eine Familie in Deutschland spurlos verschwinden lassen? Oder nährte er seine Theorie gerade mit reinem Filmwissen?

Nico brummte der Schädel. Er hatte definitiv zu wenig geschlafen in den letzten achtundvierzig Stunden. *Wie spät war es überhaupt?*

Viertel vor drei Uhr nachts, verriet ihm sein Mobiltelefon.

Fuck!

Es wurde Zeit, das Bein einem letzten Belastungstest zu unterziehen. Aufstehen und dann drei Stockwerke Treppen steigen. Fünfundvierzig Stufen, glaubte er sich zu erinnern, als die erste davon unter der Last seines Fußes ächzte.

Er erreichte kurz darauf das erste Stockwerk und nahm die nächsten fünfzehn Stufen in Angriff, die ins Erdgeschoss führten und vor der Haustür endeten.

Nico probierte sein Glück mit dem Türgriff von innen, doch sie war verschlossen. Der Weg nach draußen würde also der Weg nach drinnen sein. Ein weiterer Kellerabgang, fünfzehn weitere Stufen nach unten. Fünfzehn Mal die Zähne zusammenbeißen. An die zusätzliche Kletterpartie draußen im Kellerabgang hatte er noch gar nicht gedacht. Der Hindernislauf war praktisch die Zugabe. Aber eins nach dem anderen.

Er setzte den Fuß auf die oberste Stufe zum Keller und sie knarzte und knackte bedrohlich.

Es ist ein altes Haus, versuchte er sich zu beruhigen und setzte den zweiten Fuß eine Stufe tiefer.

„Nico!", drang plötzlich Lauras Stimme aus dem Keller an sein Ohr.

Das Holz unter ihm gab nach. Er spürte, wie es sich durchbog und versuchte eilig, das Gewicht zu verlagern, weg aus der Mitte, hin zu den Seiten der Treppe, dort, wo die Wand ihnen zusätzliche Stabilität verlieh. Doch es war zu spät. Die untere der beiden Stufen, auf denen er stand, gab nach. Mit einem lauten *Knack* brach sie und Nicos linker Fuß sackte nach unten. Aus Reflex verlagerte er sein Gewicht auf das rechte Bein – und brachte mit dieser unüberlegten Verzweiflungstat auch die zweite Stufe zum Einbrechen.

Er hatte plötzlich keinen Boden mehr unter den Füßen und befand sich im freien Fall.

Mit wedelnden Armen griff er nach dem Treppengeländer, einer einfachen Holzstange, die entlang der

Wand angeschraubt war. Auch Wand und Stange protestierten sofort mit wütendem Knacken und Knarzen gegen die erste ernsthafte Belastungsprobe seit Jahrzehnten.

Nico tastete mit den Füßen nach unten und versuchte, einen neuen Stand zu finden, doch da war nichts, nur Luft.

Arme und Geländer mussten die Situation retten! Er zog sich mit aller Kraft nach oben. Seine Muskeln spielten zum Glück mit. Er war in diesem Moment über jede Wiederholung, die er mit seinem Kurzhantelset gemacht hatte, dankbar.

Das Holz spielte allerdings nicht mit. Die Stange selbst hielt zwar, aber die beiden Punkte, an denen sie mit Schrauben befestigt war, brachen einfach aus der Wand. Nico befand sich erneut im freien Fall. Er spürte seine Innereien einen Hüpfer machen, als die Schwerkraft seinen Körper gänzlich übernahm. Ein schönes Gefühl, das er aus den Momenten kannte, in denen die Achterbahn im Vergnügungspark nach langem Bergauf zum ersten Mal vornüber kippte und in Richtung Boden sauste. Nur dass diese Fahrt hier nicht mit einem Looping enden würde, sondern auf seinen angeschlagenen Beinen, irgendwo tief in der Dunkelheit.

Schmerz würde die Endstation sein.

Seine Augen tauchten in die Dunkelheit unter der Treppe ein, als sein Kopf unterhalb der Stufen verschwand. Die Geländerstange schlug hart auf den Stufen auf und bremste seinen Sturz ruckartig und zog seine Wirbelsäule in die Länge wie ein Akkordeon. Der Schmerz in den Beinen blieb aus, weil seine Hände nicht losgelassen hatten. Sie hatten getan, was seine Reflexe ihnen geraten hatten.

Wenn du fällst, klammere dich an irgendetwas fest!

Die Stange war zwar mit ihm gefallen, lag aber nun quer über dem Loch, durch das er gebrochen war, und gab ihm so weiter Halt. Er blickte nach unten in die Dunkelheit, doch er konnte nicht einmal seine strampelnden Füße erkennen, so finster war es in dem Loch unterhalb des Treppenabgangs.

Irgendetwas anderes vermochte es dafür umso besser und es packte seinen linken Fuß.

Im ersten Moment sagte ihm seine Vernunft, dass er ihn irgendwo eingeklemmt haben musste. Doch als das Zerren und Rucken begann, überkam ihn blanke Panik.

Irgendetwas war da unter ihm – und es hatte sein Bein! Er schrie und versuchte, sich zu befreien, doch die Umklammerung war wie ein Schraubstock. Ein Schraubstock voller Zähne, die sich nun brutal in sein Fleisch bohrten.

Nico spürte, wie sich die Holzstange, an die er sich klammerte, immer weiter nach unten durchbog, als das Monster unter der Treppe an ihm ruckte und versuchte, ihn zu sich hinunter in die Dunkelheit zu ziehen. Er schrie und klammerte sich mit aller Kraft an der Stange über seinem Kopf fest. Er wusste, wenn sie brach, war er verloren.

Als er den Blick erneut nach unten wandte, glaubte er in der Finsternis ein Paar schimmernder Augen zu erkennen, das ihn gierig fixierte. Darunter ein breites Grinsen voller weißer Zähne, die sich langsam rot färbten.

Er steckte im Kaninchenbau!, schoss es ihm durch den Kopf. *Und eine wahnsinnige Version der Grinsekatze versuchte, ihn tiefer hineinzuziehen.*

Er sah nach oben, zu den gebrochenen Holzdielen der Treppe ... zu der Stange, an der sein Leben hing. Er versuchte mit aller Kraft, sich nach oben zu ziehen, doch das Gewicht der Bestie zog zu schwer an ihm.

Nico trat mit dem rechten Bein nach dem Monster. Volltreffer! Dann folgte ein zweiter Tritt. Plötzlich war sein linkes Bein frei. Ein weiteres Mal mobilisierte er all seine Kräfte und zog sich nach oben. Er spürte das Holz zwischen seinen Händen förmlich splittern. Faser um Faser fraß sich ein Bruch von innen nach außen durch eine Schicht nach der anderen.

Jetzt oder nie!

Nicos Kopf stieg aus dem Loch in die Höhe, während unter ihm mörderische Kiefer laut zusammenschnappten und sein Blut und Fleisch wollten ... sein Leben! Doch hier, oberhalb der Treppenkante, schöpfte er neue Hoffnung.

Nur noch ein kleines Stück!, feuerte er sich an.

Er nahm die linke Hand von der Stange und griff nach der nächsthöheren Stufe. Er hoffte, dass diese stabiler war als die, die durchgebrochen waren. Vertrauen konnte er keinem Stück Holz um sich herum. Auch nicht der Stange, die ihm bisher das Leben gerettet hatte.

Endlich schaffte er es, sich aus dem Loch herauszuziehen und ließ sich erschöpft auf die Stufen sinken, die sich unterhalb davon befanden. Er achtete darauf, dass sein Körper auf möglichst vielen von ihnen lag, um sein

Gewicht großflächig auf das morsche Holz zu verteilen. Er reckte den Kopf und sah in Richtung Loch hinüber.

Vor dem dunklen Schlund zeichnete sich sein Fuß ab. Aber nur der rechte. Panik stieg in Nico auf. Erst danach bahnte sich sein Körpergefühl den Weg durch die Wand aus Adrenalin. Sein linkes Bein lag seltsam abgeknickt auf einer einzelnen Stufe, und sein Fuß klemmte angewinkelt zwischen der Wand und seinem Po.

Es war noch dran!

Er befreite es aus der misslichen Lage, immer darauf bedacht, die Tragfähigkeit der Treppe nicht zu sehr zu strapazieren.

Ein Auge wachsam auf das Loch in den Stufen gerichtet, untersuchte er sein Bein. Seine Jeans hatte einen Riss, die Wade darunter war aufgeschürft und blutete, doch kein Vergleich zu dem Schmerz, den er verspürt hatte, als das Monster nach ihm geschnappt hatte. Eher mit den Verletzungen an seiner rechten Wade, die er sich zugezogen hatte, als er im zersplitterten Holz der Kellertür stecken geblieben war.

Einigermaßen beruhigt, aber noch immer von Angst und Adrenalin erfüllt, widmete Nico seine Aufmerksamkeit wieder dem Loch im Boden. Er drehte sich auf den Treppenstufen vorsichtig um die eigene Achse und sammelte das Smartphone auf, das er fallengelassen hatte, als er nach Rettung gegriffen hatte. Der Bildschirm hatte einen Sprung, doch ansonsten schien es in Ordnung zu sein. Vor allem aber spendete es noch immer Licht. Nico robbte an die Einsturzstelle heran.

Er spähte langsam runter und schickte Licht in die zähnefletschende Dunkelheit.

Wider Erwarten wurde es weder von gierigen Augen noch von weißen Zähnen reflektiert.

Es entlarvte kein Monster, das unter der Treppe seiner besten Freundin lebte und auch keine boshafte Grinsekatze. Der Kaninchenbau endete bereits einen halben Meter unterhalb der Höhe, in der Nicos Füße gebaumelt haben mussten – auf dem Niveau des Kellerbodens. Der Hohlraum unter den Stufen barg kein Geheimnis.

Aber da war ja noch der Keller!

Hatte er nicht Lauras Stimme gehört, kurz bevor er eingebrochen war?

Er drehte sich einmal mehr um die eigene Achse und krabbelte auf allen vieren die restlichen Stufen hinab. Bevor er den Fuß auf den Kellerboden setzte, zögerte er allerdings kurz.

Was, wenn das Monster nicht mehr unter der Treppe war, weil es in den Keller geschlichen war?

Nico schüttelte den Kopf und verdrängte seine Angst. Er hatte den gesamten Hohlraum abgeleuchtet und keinen Durchgang gesehen, der in den eigentlichen Keller führte.

„Laura?", rief er und machte den Schritt von der Treppe hinunter. „Laura?"

Mit der Taschenlampe wanderte er einmal mehr alle Kellerräume ab. Immer wieder sah er über die Schulter, um sich zu vergewissern, dass sich wirklich nichts von hinten an ihn heranschlich.

Für den Partykeller nahm er sich etwas mehr Zeit als für die anderen Räume. Er leuchtete sogar unter die beiden großen Tische.

Als das Licht letztendlich den braunen Schnaps und die kleine Spinne fand, die gerade ein neues Netz vom Hals der Nachbarflasche hinüber spann, gestand er sich ein, dass er allein war.

Hier gab es kein Monster.

Und auch keine Laura.

21.

Als Nico den Wagen in die Einfahrt seines Elternhauses steuerte, dämmerte es bereits. Es war allerdings keine schöne Dämmerung. Keine Sonne, die sich über den Horizont schob und die Felder und Wälder um die kleine Stadt herum in malerischen Frühling tauchte und die Ziegel des alten Wasserturms am nördlichen Stadtrand in ihrem kräftigen rot und gelb erstrahlen ließ. Es wurde einfach nur weniger dunkel um Nico herum. Nach den Vorfällen der vergangenen Nacht immerhin ein guter Anfang.

Er schlich durch die Haustür und erblickte sofort die zweite Reisetasche, die neben seiner im Flur stand. Stimmen drangen an sein Ohr. Er ordnete sie sofort den beiden Frauen seines aktuellen Lebens zu. Seine Mutter und Nadine.

Als er kurz darauf erschöpft in den Türrahmen des Wohnzimmers trat, bestätigte sich sein Verdacht. Sie saßen am Esstisch und unterhielten sich bei einer Tasse Kaffee, wobei Nadine ihm den Rücken zugewandt hatte. Die Miene seiner Mutter hellte sich augenblicklich auf, als sie ihn erblickte.

„Da bist du ja!", rief sie erfreut und lenkte Nadines Aufmerksamkeit auf den Neuankömmling.

„Was machst du denn hier?", wollte Nico, für den Nadine eher der Neuankömmling war, wissen.

„Also Nico", tadelte seine Mutter ihn sofort für die lieblose, fast vorwurfsvolle Begrüßung.

„Nein, kein *Also Nico*", machte er ihr ebenso unmissverständlich klar, dass dies nicht ihre Angelegenheit war, und sie sich heraushalten sollte.

Gleichzeitig wusste er, dass seine Mutter das nicht tun würde. Dass sie sich immer einmischen würde, wenn sie mitbekam, dass etwas Ungerechtes geschah.

Eigentlich schätzte Nico das an ihr, aber es würde das hier in eine zwei-gegen-einen Situation verwandeln, und zwar nicht zu seinen Gunsten.

Für den Augenblick steckte sie jedoch erst einmal zurück, gekränkt durch den Tonfall, in dem ihr Sohn sie angefahren hatte.

„Ich hab dir gesagt, ich brauche ein bisschen Zeit für mich", erklärte er und nahm Nadine ins Visier.

„Ich weiß. Ich dachte nur …"

„Ich habe sie angerufen", sprang seine Mutter ihr zur Seite und stellte sich demonstrativ neben ihrer Wunsch-Schwiegertochter in spe auf. „Weil ich mir Sorgen gemacht habe. Und dann habe ich erfahren, dass sie sich auch Sorgen um dich macht."

„Niemand braucht sich Sorgen um mich zu machen!", sagte Nico, um den Einwand der beiden Frauen abzuschmettern.

Seine Mutter verschränkte demonstrativ die Arme vor der Brust. Sie ließ den Blick an ihm herabwandern. Nadine tat das gleiche. Ohne dass er ihren Blicken folgte, erinnerten sie ihn an seine zerfledderten Jeans und die blutigen aufgeschürften Beine. Wahrscheinlich hatte er weitere Kratzer und Schrammen an den Armen abbekommen, von denen er selbst noch gar nichts mitbekommen hatte. Abgesehen von den zehn Jahren Staub und Dreck, die ihm garantiert an Kleidern und Haut klebten.

„Wo warst du?“, wollte seine Mutter wissen.

„Unterwegs“, entgegnete er knurrend und wandte sich der Treppe zu.

Der wütende Schritt auf die unterste Stufe ließ ihn vor Schmerz zusammenzucken. Er taumelte und hielt sich am Treppengeländer fest. Sofort wurden Erinnerungen an die letzte Treppe in ihm wachgerufen. Nico war dankbar dafür, dass die in seinem Elternhaus aus stabilem Marmor bestand und keinen Mucks von sich gab.

Mit deutlich weniger Energie humpelte er die nächsten Stufen hinauf, während die beiden Frauen ihm besorgt hinterherschauten.

22.

Als Nadine zehn Minuten später die Tür zum Gästezimmer öffnete, das früher einmal sein Kinderzimmer gewesen war, und vorsichtig hineinspähte, fand sie ihn auf dem Bett liegend vor. Er sah sie an. Die Wut in seinen Augen war verraucht. Schmerz und Trauer hatten übernommen und ihn in ein gequältes Häufchen Elend verwandelt.

Nadine stieß die Tür weiter auf, trug seine und ihre Tasche ins Zimmer und stellte beide auf dem Boden ab.

Er hasste es, wenn sie schwere Dinge trug, obwohl er ganz in der Nähe war, aber heute machte er ihr keine Vorwürfe deswegen, denn sie hatte keine weiteren verdient. Außerdem hätte sein Bein dem Gentleman in ihm wahrscheinlich ohnehin einen Strich durch die Rechnung gemacht. Abgesehen davon, dass sein Verhalten im Wohnzimmer ihm sowieso ein Hausverbot im Gentlemen's Club verschafft hatte.

Trotz allem war Nadine die Erste, die um Verzeihung bat.

Nico schüttelte nur müde den Kopf, hatte nicht einmal mehr die Kraft, sich aufzusetzen.

„Nein, mir tut es leid", hauchte er erschöpft. „Ich war ein Arschloch."

„Aber du bist *mein* Arschloch", sagte sie liebevoll und setzte sich zu ihm auf die Bettkante.

Dann kramte sie in der Tasche ihrer Jeans herum und präsentierte ihm eine Blisterpackung Schmerztabletten.

„Ich hab dir was gegen die Schmerzen mitgebracht."

„Oh Gott, ich will sie alle", sagte Nico erfreut und streckte die Hand danach aus.

„Nimm erst mal nur eine", empfahl sie ihm, während er sich schon zwei in die Hand gedrückt hatte. „Oder zwei", fügte sie hinzu, als er sie in den Mund warf.

Sie reichte ihm die Wasserflasche, die neben seinem Bett stand. Bereitgestellt, als seine Eltern erfahren hatten, dass er zu Besuch kommen würde. Auf Mama war immer Verlass.

Er spülte die Tabletten mit einem großen Schluck runter und verspürte sofort eine Besserung. *Guter alter Placebo-Effekt!* Er hoffte, dass die echte Linderung schnell folgen würde.

Nadine streichelte ihm über den Kopf.

„Wo warst du?", wollte sie erneut wissen. „Ich hab bestimmt zehn Mal versucht, dich anzurufen, bevor ich mich in Köln auf den Weg gemacht habe, unterwegs und auch als ich schon hier war."

„Nein, hast du nicht", widersprach Nico und zog sein Handy aus der Hosentasche.

Zu seiner Überraschung sagte sie die Wahrheit, denn das Display zeigte zwölf Anrufe in Abwesenheit an. Neun von Nadine und drei vom Festnetzanschluss seiner Eltern aus.

„Das ist unmöglich", fasste er das Rasen der Gedanken in seinem Kopf zusammen. „Es hat nicht geklingelt."

„Vielleicht hast du es nicht gehört."

„Ich … hatte es fast die ganze Zeit in der Hand“, wurde
er konkreter. „Ich hab es als Taschenlampe benutzt.“

Sie sah ihn fragend an.

„Und wo warst du?“

„Bei Laura.“

Ihr Blick verfinsterte sich.

„Ich dachte, die wohnt nicht mehr hier.“

„Tut sie auch nicht. Ich war in ihrem alten Haus.
Dachte, ich finde da vielleicht irgendeine Spur oder so
was in der Art.“

Sie musterte ihn einmal mehr von Kopf bis Fuß, jeden
einzelnen seiner Kratzer.

„Na ja“, sagte sie schließlich, „Spuren hast du auf jeden Fall mitgebracht.“

Er lächelte müde.

„Was ist denn passiert?“, wollte sie wissen.

„Ich bin durch die Treppe gekracht.“

„*Was?*“ Sie konnte sich ein Lachen nicht verkneifen.

„Lach ruhig“, meinte er. „Hab ich wohl verdient.“

„Allerdings“, stimmte sie zu. „Und Schlaf hast du auch
ganz dringend verdient.“

Sie begann, ihn auszuziehen. Zuerst die zerfledderte
Jeans, dann das dreckige Shirt. Sie warf alles auf einen
Haufen neben das Bett. Dann kuschelte sie sich an ihn.
Der kleine Löffel. Sie legte seinen Arm um ihre Hüfte
und spürte seinen warmen Atem im Nacken. Am Anfang noch sorgenvoll und unregelmäßig, doch schließlich immer ruhiger und gleichmäßiger, bis er eingeschlafen war.

23.

Das Handy auf dem Nachttisch klingelte.

Nico tastete zuerst auf der falschen Seite, bis ihm einfiel, dass er nicht bei sich zu Hause war und der Nachttisch in seinem alten Kinderzimmer auf der anderen Seite des Bettes stand. Er fand das Handy, dessen Display einen Anruf mit unbekannter Nummer anzeigte. Er ging ran und raunte ein leises: „Ja?"

Da war sie wieder, diese allumfassende Stille. So viel toter als die Luft um ihn herum. Eine leere Leitung. Lauras weißes Rauschen.

„Hallo?", fragte er.

„Die Fledermaus hat mich geholt", erreichte Lauras Stimme schließlich durch das Nichts hindurch sein Ohr. „Du musst an das Monster glauben."

Er stützte sich auf die freie Hand, setzte sich im Bett auf – und schnappende Kiefer schossen aus der Dunkelheit am Fußende auf ihn zu.

Nico schreckte aus dem Albtraum hoch und stieß einen kurzen, schrillen Schrei aus. Er war noch immer im Gästebett seiner Eltern. Das Handy lag mit dunklem Display auf dem Nachttisch. Er streckte sich danach, hielt aber inne, als seine Hand den Rand des Bettes erreichte. Stattdessen beugte er sich vor und überzeugte sich davon, dass um das Bett herum nichts auf ihn lauerte. Dann angelte er sich das Mobiltelefon und ließ das

Display aufleuchten. Keine verpassten Anrufe. Er wechselte in den Speicher. Auch hier nichts Neues, seit den verpassten Anrufen seiner Freundin und seiner Eltern.

Er hatte nur geträumt. Er war überzeugter davon als all die anderen Male in den vergangenen Tagen. Was inzwischen jedoch längst nicht mehr bedeutete, dass er sich hundertprozentig sicher war.

Er sah zur Seite und entdeckte Nadine. Das war schon mal gut.

Draußen war es weder heller, noch dunkler geworden, doch das Handy hatte ihm verraten, dass es kurz nach Mittag war. Er hatte also zumindest ein paar Stunden geschlafen. Er legte sich wieder hin, starrte zur Decke und dachte an den Anruf.

Nein, an den Traum!, rückte er den Gedanken zurecht.

Dann dachte er an …

24.

... die Videothek.

Laura hatte hier zu jobben begonnen, als sie volljährig geworden war. Sie hatte Posten hinter dem Tresen bezogen, der einem direkt ins Auge sprang, wenn man das Gebäude mit den riesigen Glasfassaden vom Dorfplatz aus durch den Haupteingang betrat.

Für Nico, den Filmfreak, war ein Traum wahr geworden. Er hatte schon in seiner Jugend, als VHS-Kassetten noch den Großteil des Angebots ausmachten, jedes Wochenende Stunden in dem Glaskasten am Dorfplatz zugebracht. Jetzt – wo er volljährig war – eine Freundin zu haben, die in diesem Paradies arbeitete, brachte ihn seinen Tarantino-Träumen einen riesigen Schritt näher. Nachdem sie die Schule, die Pubertät und Hollywood im örtlichen Kino gemeinsam erkundet hatten, stand ihnen nun eine vollkommen neue Welt offen: Die Erwachsenen-Abteilung hinter der Trennwand auf der anderen Seite der Theke.

„Kannst du vorbeikommen?", hatte Laura fast schon flehend gefragt, und damals hatten das Telefon und ihre Stimme wie bei jedem anderen Anruf geklungen.

Dennoch: Verzweifelt klang sie auch damals.

Nico wusste, dass es nach fünf Tagen Einarbeiten mit erfahrenen Kollegen der erste Abend war, an dem sie allein Schicht hatte. Er hatte eigentlich nicht geplant vorbeizukommen, er wollte sie nicht stören und sie erst mal eine Routine finden lassen, doch nach „Bitte, bitte, bitte!" konnte er schließlich schlecht Nein sagen.

Als er ankam, sah sie ihn aus großen Augen über den fast brusthohen Tresen hinweg an, hinter dem sie sich verkrochen hatte. So schuldbewusst ihr Blick war, weil sie ihn hergelockt hatte, so dankbar war ihre Umarmung.

„Was ist denn los?", wollte er wissen.

„Das ist los!", antwortete sie und deutete auf einen riesigen Haufen bunter Schlüsselanhänger mit sorgsam darauf geschriebenen Zahlenfolgen, der sich auf ihrer Seite des Tresens auftürmte.

„Und?", fragte er und sah sich um.

Hunderte der gleichen Schlüsselanhänger-Schildchen hingen unter Hunderten von DVD-Hüllen um sie herum. Jeder stand für einen Film, der ausgeliehen werden wollte. Und die, die auf Lauras Tresen lagen, standen jeweils für einen Film, der zurückgegeben worden war, und darauf warteten, wieder an die Regale gehängt zu werden.

Laura deutete mit einem Kopfnicken auf den schmalen Korridor, der hinter dem Tresen um eine Ecke führte und sagte unheilschwanger: „Die müssen da rüber."

Nico sah sie verwirrt an.

„Und?", fragte er grinsend.

„Da sind dauernd Leute drin", antwortete sie angespannt.

Sie packte ihn am Arm, zog ihn hinter die Theke und richtete seine Aufmerksamkeit auf den kleinen Bildschirm in der Ecke. Das krisselige Schwarz-Weiß-Bild einer Überwachungskamera zeigte die gleichen Wände voller DVD-Hüllen wie überall um sie herum, nur ohne Fenster – und ohne Kinder, wie sie gerade einige Meter weiter die Zeichentrickfilme im Disney-Regal durchwühlten und sich dabei lautstark darüber stritten, ob *Herkules* oder *Der König der Löwen* der coolere Film war. Stattdessen schlichen in der Schwarz-Weiß-Welt jenseits des Vorhangs, die man als Gast durch einen separaten Eingang betrat, zwei Gestalten umher, wie sie nicht besser ins Klischee passen konnten. Mit langen Mänteln bekleidet, blickten sie sich immer wieder verhuscht um, bevor sie eine der zahlreichen Pornofilmhüllen aus dem Regal nahmen und sie mit dem eigenen Körper abschirmten, während sie sich die Inhaltsbeschreibung durchlasen ... oder die Bilder anschauten.

Als Laura und Nico in die Welt jenseits des Vorhangs eintauchten, wichen die Schwarz-Weiß-Bilder der Überwachungskamera dem fleischfarbenen Paradies unzähliger Jugendträume. Schon nach dem ersten Schritt blieb Nico überwältigt stehen, erdrückt von all dem nackten Fleisch, das ihm entgegenschlug.

„Oh fuck!", rief er staunend.

Die Erwachsenen-Abteilung war nicht annähernd so groß, wie die Familienvideothek auf der anderen Seite, wirkte aber, als hätte man den kleinen Raum nur so mit Stellwänden vollgestopft. Verstecke für die scheue Kundschaft, aus denen ihm lüsterne Blicke und feuchte Muschis entgegensprangen. Nico hatte noch nie so viele nackte Frauen gesehen. Er kannte ein gutes Dutzend davon, aus ein paar Magazinen, die er durchgeblättert hatte, aber das hier war eine vollkommen andere Welt.

„Soll ich dich lieber erst mal einen Moment allein lassen?", fragte Laura trocken.

Er schüttelte den Kopf und ließ die nackten Formen zu verwischter Farbe aller Hauttöne werden, bevor er Lauras braungrüne Augen wiederfand.

„Sorry, das ist nur ziemlich viel ...", begann er und sein Blick blieb an einer DVD haften, die hinter ihr im Regal verkündete: *Vier Stunden Inzest!!!* „ ... viel Inzest", beendete er den Satz anders als geplant.

Sie sah über die Schulter und entdeckte, was er meinte. Es war nicht besonders schwer, denn es gab eine ganze Reihe an Inzest-Pornos.

„Iiih!", rief sie und schüttelte sich. „Was ist bloß los mit den Leuten?"

„Weiß nicht. Anscheinend haben sie heiße Schwestern, oder ..."

Sie verpasste ihm einen spielerischen Schlag gegen die Schulter, der etwas härter geriet als geplant.

„Los jetzt", zischte sie. „Lass uns anfangen." Sie verschwand hinter einer der Stellwände.

Kurz darauf stieß sie einen hohen Schrei aus und eilte wieder zurück zu ihm.

„Eine Spinne?", fragte Nico stichelnd.

„Da ist einer von diesen Typen", zischte sie und versteckte sich hinter Nico.

Einen Augenblick später huschte eines der Klischeebilder im Trenchcoat auf der anderen Seite hinter der Stellwand hervor und eilte in Richtung Ausgang.

„Jetzt nicht mehr", klärte Nico Laura auf und eine Sekunde darauf hörten sie, wie die Tür auf und kurz darauf wieder zu ging.

„Gooott, das ist sooo schrecklich", stöhnte sie verzweifelt und musste selbst über ihr Verhalten lachen.

„Augen auf bei der Berufswahl."

Der zweite Kunde, den sie auf den Monitoren gesehen hatten, spähte hinter einer der Stellwände hervor, um herauszufinden, wer für die ungewohnte Stimmung in der Erwachsenen-Abteilung verantwortlich war.

Laura verkroch sich wieder eilig hinter Nico, der ihn mit einem Lächeln und einem Nicken grüßte. Dann zog sich der Kunde erneut hinter die Wand zurück. Er gehörte offenbar zur mutigen Sorte, denn er ließ sich nicht von zwei jungen, kichernden Menschen in die Flucht schlagen. Nicht mal, wenn einer davon eine Frau war.

„Ich kündige", sagte Laura hinter Nicos Rücken.

Es sollte zu ihrem Motto werden, wann immer es um die Verwaltung der Porno-Abteilung ging.

Nico war bei ihr, als ein Kunde zwei DVDs zum Thema Gruppensex auslieh und ein Päckchen Taschentücher dazu kaufte. Vorher waren ihr die Taschentücher im Regal neben der

Auswahl an Chips, Popcorn und anderen Snacks nie aufgefallen, doch mit zielsicherem Zeigefinger bewies der Kunde, dass er nur allzu gut um ihre Existenz wusste.

Hilfesuchend hatte sie zu Nico gesehen, der seitlich neben dem Tresen stand und sich ein Lachen verkniff, während sie starr darauf wartete, dass der Kunde den Laden verließ, bevor sie sich schüttelte und verkündete: „Ich kündige!"

Nico war auch bei ihr gewesen, als ein Kunde fünf Filme mit jeweils vier Stunden Laufzeit auslieh. Zwanzig Stunden Hardcore-Sex verschiedenster Spielarten ... die er bereits nach knapp sechzig Minuten mit deutlich entspanntem Gesichtsausdruck wieder zurückbrachte. Nico hatte ihr angesehen, dass sie sich in diesem Moment nichts sehnlicher wünschte als Einweghandschuhe. Außer auf der Stelle tot umzufallen vielleicht.

„Ich kündige!", hatte sie schon fast herausgeschrien und sich heftig geschüttelt, während sie die DVDs mit den Fingerspitzen wieder in das Regal hinter der Theke einsortierte.

Und Nico war dazugekommen, als ein Kunde sie in eine Unterhaltung über Pornos verwickeln wollte. Ihr fröhlich von der Leber weg erzählte, welche er mochte und warum, sie aber im gleichen Atemzug nach weiteren Empfehlungen fragte.

Sie hatte sich immer gefreut, wenn Nico sie auf der Arbeit besuchte, aber nie war sie glücklicher gewesen, ihn zu sehen, als in diesem Augenblick.

Und dann kam natürlich: „Ich kündige!"

Gegen überraschende Einzelaktionen war sie nie gefeit, aber immerhin gewöhnte sie sich mit der Zeit daran, die Porno-Abteilung zu betreten, auch wenn Kunden zwischen den Regalen gerade auf der Pirsch nach dem Wichs des Abends waren.

Im Gegensatz zu Spinnen, stimmte bei diesem Teil der Klientel immerhin die Aussage *die haben mehr Angst vor dir, als du vor ihnen*, denn dass jemand nach draußen flüchtete, sobald eine junge Frau – eine echte! – das Revier betrat, blieb kein Einzelfall. Und jeder, den sie vertrieb, war ihr nur recht.

„Ist Sex denn so schlimm?“, fragte Nico sie eines Tages.

Immerhin hatte sie schon welchen. Er hingegen träumte noch davon, wenn er schlief und wenn er wach war, und er fühlte sich permanent ertappt. Von Frauen, denen er auf die Brüste schaute, während er eigentlich Augenkontakt mit ihnen halten sollte oder von Freunden, die mit ihm sprachen, während sein Blick abschweifte und einer hübschen jungen Frau auf der anderen Straßenseite folgte. In solchen Situationen fiel es ihm manchmal schwer, die Legende aufrecht zu erhalten, dass er gar kein Interesse an Frauen hatte. Nach wie vor war Laura die Einzige, die es besser wusste.

Doch so sehr er sie auch liebte, er konnte beim besten Willen nicht nachvollziehen, warum sie solche Probleme mit all der nackten Haut in der Porno-Abteilung hatte, oder mit den Menschen, die sich dafür interessierten und daher für einen beachtlichen Anteil ihres Gehalts verantwortlich waren.

„Nein“, antwortete sie und wurde dabei ähnlich rot, wie er es an dem Tag gewesen sein musste, als sie ihm die nächste Stufe ihrer Freundschaft aufgezwungen hatte.

„Aber?“, hakte er nach.

„Muss einem *Nein* automatisch ein *Aber* folgen?“, fragte sie verwundert.

Er durchschaute sofort, dass sie nur vom Thema ablenken wollte.

„Sag du’s mir“, erwiderte er und biss sich fest.

Sie wich seiner Frage aus, aber ihre Augen hielten seinem Blick stand.

Das Telefon klingelte, doch Laura sah ihn weiter an.

Komm schon!, forderte er sie auf.

Er kannte die Antwort nicht, wollte sie aber wirklich gern wissen. Sein Freundeskreis war nie besonders redselig gewesen, wenn es um das Sexleben der einzelnen Mitglieder ging. Nicht mal die Jungs, mit denen er unterwegs war, seit er fünfzehn war, brüsteten sich mit ihren sexuellen Abenteuern. Und Nico selbst ... nun ja, er hatte noch nichts, womit er sich hätte brüsten können. Er hasste sich dafür, und im Stillen hasste er manchmal die anderen dafür, dass sie ihn nicht einmal virtuell an ihrem Sexleben teilhaben ließen.

Das Telefon klingelte erneut. Ein altes, metallisches Scheppern. Laura saß es ein zweites Mal aus, während sie ihm weiterhin in die Augen sah.

Er kannte diesen Moment. Er hatte ihn inzwischen dutzendfach erlebt. Es war der Moment, wenn sie ihn kitzelte. Wenn sie wusste, er wollte ihr etwas erzählen, sich aber nicht traute, mit der Sprache herauszurücken. Ein Moment, der bei ihm schon mal zwei oder drei Stunden andauern konnte. Einer, der manchmal begann, wenn er sie abends um acht in der Videothek besuchen kam, und endete, wenn sie um kurz nach Mitternacht abschloss und sie sich eigentlich schon voneinander verabschiedet hatten, bevor er schließlich doch mit der Sprache rausrückte.

Ich habe mich in diese verliebt, oder in jene, oder habe Probleme hiermit ...

Dieses Mal war es Laura, die im Netz zappelte und die Frage eigentlich beantworten wollte, und vielleicht schon lange darauf gewartet hatte, dass sie jemand darauf ansprach.

Das Telefon schepperte zum dritten Mal.

„Ich muss da rangehen", sagte sie und tastete blind nach dem Hörer.

Er griff an ihr vorbei, nahm ihn von der Gabel und drückte ihn ihr in die Hand. Laura war sichtlich überrascht, aber gleichzeitig dankbar dafür.

„Video World Mörfelden, hallo?", meldete sie sich und hörte dem Anrufer zu, bevor sie sagte: „Moment, ich schau mal nach."

Sie tippte etwas in die Tastatur des Rechners neben sich und sagte dann: „Ja, wir haben noch einen da. Wenn Sie innerhalb der nächsten halben Stunde kommen, kann ich ihn für Sie reservieren."

Sie verabschiedete sich und legte auf.

Nico wechselte das Thema und Laura nahm es dankbar an.

Als sie eine halbe Stunde später gemeinsam in die Erwachsenenabteilung wechselten, jeder mit einer Handvoll Anhänger bewaffnet, lenkten sie einander damit ab, sich abwechselnd DVDs mit besonders ausgefallenen Titeln unter die Nase zu halten und sich deren Klappentexte vorzulesen, bis sie sich vor Lachen kaum halten konnten.

Nico wagte nicht, sich vorzustellen, wie viele beschämte Kunden sie auf diese Art schon vergrault hatten. Gäbe es eine Auszeichnung zum Mitarbeiter des Monats, hätte Laura sie jedenfalls nicht verdient, soweit er es beurteilen konnte. Und er konnte einiges davon beurteilen, denn er verbrachte so viele Freitage und Samstage an ihrer Seite im Laden, dass die Filialleiterin sogar zwei Mal versucht hatte, ihn zu rekrutieren. Im Nachhinein hatte er sich manchmal gefragt, warum er abgelehnt hatte. Zum einen machte er den Umstand dafür verantwortlich, mit achtzehn noch nicht auf einen Job angewiesen zu sein. Zum anderen genoss er jede Minute, die er hier mit Laura verbrachte und fürchtete sich davor, auch nur eine einzige davon zu verlieren, wenn er plötzlich so viel Arbeitszeit hier verbrachte, dass er in seiner Freizeit womöglich nicht mehr hier sein wollte. Er kannte das Phänomen von seinem Vater, der sein Leben lang Lkw gefahren war und sich deshalb in seiner Freizeit vehement weigerte, weite Strecken mit dem Auto zu fahren. In den Urlaub wurden Flüge gebucht. Der Ausflug mit dem Wohnmobil in den Norden, von dem seine Mutter schon so lange träumte, wurde immer wieder aufgeschoben.

Kein Euro, den Nico hier verdienen könnte, war so wertvoll, wie die Zeit, die er mit Laura verbrachte. Vor allem, solange er nicht darauf angewiesen war.

So verbrachten sie Stunden damit, über Gott und die Welt zu sprechen, oder zumindest über das, was für zwei Achtzehnjährige Gott und die Welt war. Frauen, Männer, Filme, das vergangene Wochenende und das, das vor ihnen lag. Und wenn sie mit den wichtigen Themen fertig waren, kam auch schon mal Schwachsinn auf den Tisch.

„War irgendwas?", fragte Laura als sie an einem dieser Abende, an denen sie sich alles Wichtige bereits erzählt hatten, von der Toilette zurückkehrte.

Natürlich war nichts gewesen. Vor dem Tresen stand kein wartender Kunde, der etwas ausleihen oder kaufen wollte und den Nico mit einem „Einen Moment bitte, die Kollegin kommt gleich wieder" auf ihre Rückkehr vertröstet hatte. Alles andere konnte er inzwischen spielend selbst erledigen. Auf Filmtipps verstand er sich ohnehin wie kein Zweiter und wenn man ihn nach einem bestimmten Titel fragte, führte er die Kunden ohne Probleme zum richtigen Regal und warnte sie als besonderen Service davor, wenn der entsprechende Film nur in einer gekürzten Version im Verleih war. In den letzten fünf Minuten war die Videothek bis auf ihn selbst jedoch leer geblieben.

„Was, wenn ich dir erzählen würde, dass ich beobachtet habe, wie draußen vor der Tür gerade ein Mann von einer riesigen Fledermaus verschleppt wurde?", wollte er wissen.

„*Was*?", fragte sie skeptisch, warf aber doch einen Blick zur Tür und den mäßig beleuchteten Dorfplatz davor.

„Glaubst du mir?", hakte er nach.

„Nein", antwortete sie.

„Warum nicht?"

„Du hast nicht geschrien." Sie deutete zur Glastür hinaus, in Andeutung des imaginären Opfers. „Und er auch nicht. Außerdem siehst du nicht panisch aus."

„Okay, okay", bremste Nico sie aus. „Würdest du mir glauben, wenn ich panischer aussehen würde?"

„Ich … ähm …" Sie sah erneut zur Tür hinaus, dann wieder zu ihm.

„Komm schon! Einfache Frage", meinte er. „Würdest du mir das Undenkbare glauben oder würdest du denken, ich spinne oder will dich nur verarschen?"

Sie zog skeptisch eine Augenbraue in die Höhe.

„Eine riesige Fledermaus?", fragte sie noch einmal nach.

Nico nickte.

„Willst du mir damit sagen, dass ich dir Batman auf meinen Mitarbeiter-Rabatt ausleihen soll?"

Er lachte.

„Nein, ich will nur wissen, ob du mir genug vertraust, um mir so was zu glauben."

Sie dachte noch einen Moment lang darüber nach.

„Ich würde dir glauben", sagte sie schließlich und fügte nach kurzem Schweigen hinzu: „Und morgen früh gucke ich im Internet, ob irgendjemand heute Nacht spurlos verschwunden ist."

Sie lachten nun beide.

„Autsch."

„Hey, wir reden hier von einer menschenfressenden Riesenfledermaus. Also so in der Größenordnung von *was*? Zwei Metern?"

Er zuckte mit den Schultern. „Vermutlich."

„Du meinst das ernst, oder?", hakte Laura nach. „Du willst echt ne ernsthafte Antwort darauf?"

„Ja, will ich. Du kommst zurück, ich sitze da drüben in der Ecke, wimmere leise vor mich hin, zittere am ganzen Körper und behaupte, dass ich gerade gesehen habe wie eine ..."

„... riesige Fledermaus einen Mann weggeschleppt hat", vollendete Laura seinen Satz.

„Also? Würdest du mir glauben?"

„Ich würde es versuchen."

Doch da war immer noch dieses verräterische Blitzen in ihren Augen. Dieses *Ich kann das nicht ernst nehmen*, das beide einmal mehr zum Lachen brachte.

„Okay, vergiss es", beendete er das eigene Thema.

„Ich würde versuchen, dir zu glauben“, beharrte sie einmal mehr darauf.

„Schon okay“, sagte er und tat es ab, konnte es ja inzwischen selbst kaum noch ernst nehmen.

Als sie die Videothek eine halbe Stunde später verließen, hatten sie die Riesenfledermaus hinter sich gelassen. Sie hatten stattdessen über die Zukunft gesprochen. Das Abitur lag vor ihnen, ihr Leben würde sich im Laufe des Jahres gravierend verändern. Während der Zivildienst auf Nico wartete, hatte Laura die Qual der Wahl – und immer noch keinen Plan. Studieren hatte sie sich auf die Fahne geschrieben. Sie wusste nur noch nicht was und wo. Geschweige denn wofür. An diesem Punkt war ihr Leben ein riesiges Fragezeichen, an dem Nico sich die Zähne in ähnlichem Maße ausbiss, wie sie daran, ihn endlich in eine Beziehung zu bringen ... oder wenigstens ins Bett einer Frau.

Das erste Mal scheiterte die Schule an der Aufgabe, Schüler auf das Leben danach vorzubereiten.

Ohnehin hätten beide unterschrieben, dass man aus einem dreiminütigen Bruce Springsteen Song mehr Nützliches mitnahm als aus dreizehn Jahren Schulbildung.

An diesem Punkt in ihrem Leben machte es ihnen eine Heidenangst.

Als Laura an diesem Abend die Videothek abschloss, hielt sie inne.

„Wie einfach alles gerade ist“, sprach sie nachdenklich in Richtung der Glastür, ohne Nico dabei anzusehen. „Das müssen unsere Eltern gemeint haben, wenn sie uns immer gesagt haben, dass die Schule der einfachste Abschnitt unseres Lebens wird und wir uns nicht so anstellen sollen.“

Nico schob sein Fahrrad noch mal zurück in den Ständer vor der Tür. Er trat an sie heran und die beiden ließen sich auf den drei Stufen vor der Tür nieder und sahen auf den nächtlichen Dorfplatz. Er war verlassen, die Bürgersteige hochgeklappt. Mörfelden eben.

Er legte ihr aufmunternd die Hand auf den Oberschenkel und sah sie an.

„Aber wir können mehr als nur einfach“, sagte er überzeugt.

Er hoffte nur, es war auch überzeugend. Laura sah ihn aus großen, feuchten Augen an.

„Du hast leicht reden“, meinte sie. „Du hast ja einen Plan.“

„Ja genau“, stimmte er zu. „Ich geh zur Filmschule, dann erobere ich Hollywood. Ein, zwei Oscars, ein, zwei Starlets, Entzugsklinik und dann …“

„… das große Comeback“, beendete sie den Traum, den er ihr so oft vorgeträumt hatte und ihn mit so vielen Details ausgeschmückt hatte, dass er sich für sie schon fast so real anfühlte, als habe er es bereits geschafft.

Sie lächelten beide.

„Wenn dir nichts einfällt, kann ich dich immer noch mitnehmen“, stellte er ihr in Aussicht. „Du kannst jederzeit die Ehefrau werden, die ich mit all den hübschen Hollywood-Beautys betrüge.“

„Na solange du mir dafür auch Brad Pitt vorstellst.“

„Ist nur fair.“

Sie lächelte und legte ihre Hand auf seine.

„Ich bin noch nicht so weit“, beschloss sie.

„Ich weiß", sagte er. „Weil da draußen auch noch irgendwo ein Traum auf dich wartet."

„Aber wenn ich den nicht gefunden habe bis ..." Sie dachte nach. „... sagen wir, bis ich vierzig bin, und du dann noch Interesse hast."

„Und es Ben nicht mehr gibt", fügte Nico hinzu.

„Jaaa ...", meinte sie angespannt und wiegte den Kopf hin und her. „Ich denke eher nicht."

Nico wurde hellhörig. Er sah sie fragend an.

„Was soll das denn heißen?", bohrte er nach.

„Nichts", sagte sie und traute sich nicht mehr, ihn anzusehen.

„Dein Ernst? Nico'st du mich etwa gerade?", fragte er, als er merkte, dass sie den ganzen Abend um das wichtigste Thema herumgeredet hatte.

„Vergiss einfach, was ich gesagt habe", erwiderte sie, stand auf und marschierte auf ihr Fahrrad zu.

Nico lachte auf. Als ob das zwischen ihnen so laufen würde!

„Oh nein", meinte er und folgte ihr. „So leicht kommst du mir nicht davon."

Plötzlich huschte ein Schatten über ihn hinweg. Er spürte einen Luftzug in seinem Haar, zog reflexartig den Kopf ein und sah nach oben. Im gleichen Augenblick stieß etwas vom Himmel herab. Ein schwarzer Schatten auf den Schwingen der Nacht, so dünn, dass das Licht der nahen Straßenlaterne hindurchschimmerte und ein Geflecht aus Adern und Sehnen unter der hautartigen Membran sichtbar machte.

Das Monster vergrub seine Klauen in Lauras Schultern, durchbohrte mit den Krallen mühelos Stoff, Haut und Fleisch. Dann spreizte es die Flügel und offenbarte seine wahre Größe und Form. Ein fledermausartiges Wesen, mannsgroß, mit einer Spannweite von über zwei Metern.

Laura wusste noch gar nicht richtig, wie ihr geschah. Sie stieß einen Schrei aus, der halb aus Schmerz und halb aus Schreck bestand. Dann schlug das Biest mit den Flügeln. Der Windzug blies Nico scharf ins Gesicht, sodass er die Augen zusammenkneifen musste, bevor sein Blick das Gesicht der Bestie erreicht hatte.

Der Wind wurde stärker, als die Flügelschläge schneller wurden.

Laura verlor den Boden unter den Füßen und wurde in die Luft gehoben.

„Nico!", schrie sie panisch und streckte die Hand nach ihm aus.

Er rannte auf sie zu, musste jedoch dabei zusehen, wie das Monster schnell an Höhe gewann.

Daran, nach ihrer ausgestreckten Hand zu greifen, war nicht mehr zu denken. Er sprang auf den Fahrradständer und bekam ihren rechten Fuß zu fassen. Er klammerte sich beidhändig an ihren Knöchel. Er spürte, wie die riesige Fledermaus unter der zusätzlichen Last absackte, bestimmt einen halben Meter an Höhe verlor, diesen aber mit drei weiteren kräftigen Flügelschlägen wieder ausglich – und dann weiter in den Nachthimmel stieg.

Nico sah zu Laura und der Bestie hinauf, suchte nach Möglichkeiten, beide voneinander zu trennen.

Dann fand er das Gesicht des Monsters – und doch auch nicht. Aus dem Schwarz des Nachthimmels fauchte ihm die wütende Grinsekatze entgegen, nichts als Augen und Maul, formlos und doch teuflisch.

Das Monster begann Laura heftig durchzuschütteln, es versuchte, den ungebetenen Passagier abzuschütteln.

Nicos Finger rutschten ab. Er kämpfte um jeden Zentimeter, doch das Monster wirbelte Laura und ihn herum wie Puppen.

Wo war es hergekommen? Er hatte sich das Ganze doch nur ausgedacht! Wie konnte es plötzlich real sein?

„Gib nicht auf!", schrie Laura ihn verzweifelt an, während sie seinem Griff Stück für Stück entglitt.

Er sah das Dach der Videothek auf Augenhöhe neben sich und warf einen Blick nach unten. Er war inzwischen mindestens acht Meter in der Luft. Nur Fingerspitzen und unbedingter Wille klammerten sich noch an Laura. Dann rutschte ihr Fuß aus dem Turnschuh.

Mit nichts als einem Sneaker in der Hand, stürzte Nico in Richtung Boden, während er zusah, wie die monströse Fledermaus mit dem teuflischen Grinsen, an die Laura nun ganz sicher glaubte, sie weiter in den Nachthimmel schleppte. Sie schrie ...

und Nico schlug mit den Beinen voraus auf den Metallstangen des Fahrradständers auf. Er hörte Knochen knacken, als sie brachen. So ziemlich alle, die er hatte. Er spürte Splitter davon durch seine Haut stechen. Nico öffnete den Mund, um Lauras Schrei voller Schmerz vom Boden aus zu erwidern ...

... und saß plötzlich aufrecht in seinem Bett, als er es schließlich tat. Er starrte auf seine Beine, sah die Knochen herausragen, das Fleisch in blutigen Fetzen herabhängen. Dann schob sich Nadines Gesicht in sein Blickfeld.

„Was ist los?“, schrie sie ihn fast schon panisch an, um seinen eigenen Schrei zu übertönen, und überhaupt zu ihm durchzudringen. „Nico, was ist denn los?“

„Meine Beine!“, schrie er zurück. „Meine Beine!“

Sie sah an ihm hinunter und versperrte ihm dadurch noch immer die Sicht.

„Hast du wieder Schmerzen?“, fragte sie besorgt.

Soll das ein beschissener Scherz sein? Das ist ja wohl nicht mal annähernd der Situation angemessen!

Dann gab sie den Blick nach unten frei ... auf seine unversehrten Beine, mit denen er die Decke von sich gestrampelt hatte.

Sein Herz raste. Sein Verstand ebenso. Was war passiert? Er hatte über Laura nachgedacht, über die Videothek, die gemeinsamen Zeiten, die sie dort verbracht hatten ... und dann?

Er musste irgendwann eingeschlafen sein. Seine Gedanken waren in die Traumwelt abgedriftet, und diese wurde aktuell nun mal von Sorgen und Alpträumen bestimmt.

Nadine legte ihm die Arme um die Schultern und drückte ihn an ihre weiche, warme Brust.

„Du hattest einen Albtraum“, bestätigte sie seinen Gedankengang.

Scheiße ja! Und was für einen Albtraum!

„Was ist nur los mit mir?“, fragte er sich verzweifelt und die Worte fanden gerade so als erstickter Lufthauch den Weg aus seinem Mund.

„Gar nichts“, antwortete Nadine und streichelte ihm tröstend durchs Haar. „Alles ist gut, Baby.“

Warum zur Hölle fühlte es sich dann nicht so an?

25.

Nicos Bein schmerzte und erinnerte ihn mit aller Macht an die Vorfälle der vergangenen vierundzwanzig Stunden. Die realen in Lauras Elternhaus, ebenso wie die aus seinem Albtraum ... und die fließenden Übergänge zwischen beiden. Denn schon die schnappenden Kiefer in der Dunkelheit unter der Kellertreppe waren nur schwer mit der Realität zu vereinen, vor allem, nachdem Nico den dunklen Hohlraum mit der Taschenlampe abgeleuchtet und nichts Monströses darin gefunden hatte.

Er verschmähte das Abendessen. Hatte keinen Appetit. Stattdessen blieb er im Bett, obwohl es aus dem Erdgeschoss köstlich nach Steak und Bratkartoffeln duftete. Nadine entschuldigte die beiden und kehrte kurz darauf mit einer Tasse Tee zurück, die sie auf dem Nachttisch abstellte.

„Vielleicht sollten wir lieber zurück nach Hause fahren", regte sie an.

Sie fuhr fort, versuchte, ihm zu vermitteln, dass Köln eine wesentlich größere Dichte an Spezialisten habe. Für sein Bein ebenso wie für alle anderen Beschwerden, die ihn quälten. Sie hätte sich die Mühe sparen können. Nichts hielt ihn noch hier. Er wollte weg, und zwar dringend. Also nickte er zu jedem ihrer Argumente. Er konnte sich nicht einmal daran erinnern, wie

er sich angezogen hatte, als er eine Dreiviertelstunde
später zusammengesunken auf dem Beifahrersitz seines Wagens hing und durch das Seitenfenster beobachtete, wie Nadine sich von seinen Eltern verabschiedete,
bevor sie hinter dem Steuer Platz nahm. Sie schob den
Schlüssel ins Zündschloss und startete den Motor.
Bruce Springsteens *Glory Days* dröhnte aus den Boxen
und ließ sie zusammenzucken.

„Nein, nein, nein", protestierte sie und drückte eilig
die Ausgabetaste.

Der Player spuckte die CD aus und sie atmete auf.

Wie konnte man den Boss *nur so sehr hassen?*, fragte
sich Nico und hielt es für den ersten klaren Gedanken,
den er hatte, seit er am Nachmittag aufgewacht war.

Seine Eltern winkten den beiden hinterher. Nico hob
die Hand zu einer müden Erwiderung, als Nadine den
BMW in die Straßenmitte steuerte.

Nico hatte noch Pläne gehabt. Er hatte seiner Oma
versprochen, sie ein zweites Mal zu besuchen. Er würde
sich telefonisch bei ihr entschuldigen, wenn sie zurück
in Köln waren. Er hatte auch vorgehabt, die leer stehende Videothek aufzusuchen. Allein der Gedanke daran jagte ihm jetzt eine Gänsehaut über den Rücken. Er
verbuchte daher seinen nachmittäglichen Albtraum
als Besuch, denn er fürchtete sich davor, dass das Fle-
dermausmonster, das er erschaffen hatte, das leer stehende Gebäude als seine Höhle bezogen hatte und dort
noch immer auf ihn lauerte. So wie es die Grinsekatze
unter der Treppe des leer stehenden Hauses getan
hatte.

Glaubte er das wirklich?, fragte er sich in Gedanken. *Dass eine riesige Fledermaus seine beste Freundin verschleppt hatte? War es nicht genau das gewesen, wozu er Laura hatte bringen wollen? Und hatte sie nicht genau das Gleiche von ihm gefordert, bevor er sich in einer Mischung aus Erinnerung und Albtraum in die Vergangenheit begeben hatte? Am Telefon?* Er geriet ins Stocken. *Hatte es diesen Anruf überhaupt gegeben? Oder reichte sein Traum vielleicht schon wesentlich weiter zurück? War er gar nicht aufgewacht, nachdem sich Nadine zu ihm ins Bett gekuschelt hatte und bevor ... bevor er aus zehn Metern Höhe auf den Fahrradständern aufgeschlagen war? War der Anruf nur ein kleiner fieser Trick seines Unterbewusstseins gewesen? Und vielleicht nicht nur dieser eine? Schließlich gab es keinerlei Hinweise darauf, dass die Anrufe je stattgefunden hatten. Kein Eintrag im Nummernspeicher, abgesehen von einer unbekannten Rufnummer in der ersten Nacht, an die er sich klammerte. Nur seine Erinnerung daran. Aber konnte er der noch trauen?*

„Versuch, noch ein bisschen zu schlafen", empfahl ihm Nadine und berührte ihn mit dem Handrücken sanft an der Wange.

Teufel nein! Das Letzte, was er vorhatte, war sich wieder der Dunkelheit seiner Augenlider hinzugeben, und dem, was sein Gehirn von innen darauf projizierte, wie auf eine Kinoleinwand.

Stattdessen starrte er nach draußen ins Scheinwerferlicht und fürchtete sich vor der hereinbrechenden Dunkelheit. In unregelmäßigen Abständen klatschten Insekten gegen die Windschutzscheibe und hinterließen hässliche Flecken aus Chitin und Blut. Er fürchtete sich davor, dass aus dem Dunkel der Nacht etwas wesentlich Größeres auf sie zuschießen könnte. Etwas, das die Windschutzscheibe mit seinen Klauen durchstoßen würde, um ihn zu packen und mit sich in den Nachthimmel zu reißen.

Es gibt keine Monster!, versuchte er sich klarzumachen. Doch immer wieder schlich sich der Gedanke ein, dass Laura ihn gebeten hatte, an sie zu glauben.

26.

Den folgenden Tag verbrachte er damit, von einem Arzt zum nächsten zu tingeln. Er war mehr als frustriert, als keiner der Spezialisten, bei denen er Termine hatte, etwas Schlimmes feststellen konnte.

„Ist doch gut", versuchte Nadine seine Wahrnehmung geradezurücken.

Sie hatte ja recht. Er verlor sich zusehends in negativen Gedanken.

Er suchte sogar einen Psychiater auf, einen alten Freund von Nadine, der ihm spontan einen Termin ermöglichte.

Nico war über seinen Schatten gesprungen und hatte sich geöffnet. Zumindest soweit er es für nötig hielt. Er erzählte Doktor Herzog, dass er unter Schlafstörungen litt, sowie unter Alpträumen, bei denen es ihm manchmal schwerfiel, sie klar von der Realität abzugrenzen.

„Wenn wir zu wenig schlafen, spielt unser Gehirn uns schon mal einen Streich", erklärte der Arzt ihm mit ruhiger Stimme.

„Ja, aber meins übertreibt eindeutig."

„Stehen Sie momentan unter Druck?"

Tat er das? Eigentlich nicht. Ganz im Gegenteil. Er hatte gerade einen Job hinter sich gebracht und daher

Freizeit vor sich. Vielleicht war ja genau das das Problem. Vielleicht hatte er sich in seiner Freizeit in etwas verrannt, wovon er sich besser ablenken sollte.

„Sie müssen es mir nicht sagen", meinte der Doktor. „Aber dass sie darüber nachdenken, ist schon mal ein guter Anfang."

Ein kompetenter Mann. Er respektierte seine Grübelei. Nico war vor dem Besuch bei Doktor Herzog zurückgeschreckt, weil er Dinge gern mit sich selbst ausmachte. Aber der Mann mit der unglaublich beruhigenden Ausstrahlung ließ ihm seinen Freiraum, und statt ihn zu weiteren Gesprächen zu drängen, bot er ihm an, dass er sich jederzeit melden könne, wenn er das Gefühl habe, dass es ihm guttue. Bis dahin verschrieb er ihm etwas, das ihm helfen würde besser zu schlafen und ein leichtes Mittel, das ihm helfen würde, seine Gedanken ein wenig zu ordnen, wie er es ausdrückte.

Oh man, dachte Nico, als er das Rezept des Psychiaters entgegennahm. *Langsam schlucke ich mehr Pillen als meine Oma.*

„Wir sollten uns nicht gegen Dinge stemmen, die uns helfen", meinte der Arzt, als hätte er seine Gedanken erraten. „Ich sehe Ihren skeptischen Blick", fügte er hinzu, als wollte er unterstreichen, dass er nicht über diese Fähigkeit verfügte.

Nico lächelte müde und ließ die Tabletten in der Tasche seiner Lederjacke verschwinden.

Seit wann war er so leicht zu lesen?

27.

Als er nach Hause kam, wartete Nadine bereits mit einer Überraschung auf ihn.

„Rate!“, forderte sie ihn auf.

Nico fischte im Trüben.

„Gerry ist krank“, sagte sie triumphierend.

Er blickte sie fragend an.

„Gerry Casper“, wurde sie konkreter und sah ihn freudestrahlend an. „Der Chef-Kameramann des Films, für den ich ab übermorgen vor der Kamera stehe.“

„Oh ja, Gerry!“ Nico konnte kein Gesicht mit dem Namen in Einklang bringen, aber er glaubte, sich zu erinnern, ihn zumindest flüchtig zu kennen.

„Es ist wohl was Langwieriges“, fuhr Nadine fort und Nico wusste noch immer nicht so genau, was daran sie so zum Strahlen brachte. „Der Produktionsleiter hat mich gerade angerufen. Er fragt, ob du Zeit hättest, einzuspringen.“ Das Lächeln in ihrem Gesicht wurde noch breiter, als sie verkündete: „Wir würden die nächsten vier Wochen zusammen drehen.“ Sie hielt ihm ihr Handy entgegen. „Du brauchst nur zurückzurufen und Ja zu sagen.“

Nico dachte keine Sekunde darüber nach. Er nahm das Angebot dankbar an. Die fehlende Vorbereitungszeit störte ihn zwar auf professioneller Ebene, aber menschlich war es genau das, was er jetzt brauchte. Arbeit und Ablenkung. Zumindest hoffte er das. Dass Nadine dabei an seiner Seite sein würde, gab ihm eine Sicherheit, die er in seinem Zustand sonst nicht gehabt hätte.

Er tätigte den Anruf und sagte zu.

28.

Der Spaß kehrte in Nicos Leben zurück. Er arbeitete hart, bevor er abends erschöpft in die Arme seiner Freundin sank.

Die Zeit verflog nur so und ehe Nico sich versah, waren vier Jahreszeiten vergangen und die fünfte stand vor der Tür und drängte sich mit aller Kraft am 11. November zwischen Herbst und Winter. Zumindest in Köln. Nico und Nadine waren mittendrin, als pünktlich um 11:11 Uhr ein dreifaches „Kölle Alaaf!" von der Bühne auf dem Heumarkt durch die Gassen der Altstadt donnerte.

Zehntausende Jecken hatten Übergangsjacken gegen luftige Kostüme getauscht und verschmolzen farbenfroh zum Wahnsinn des Kölner Karnevals, der die Stadt bis Ende Februar in seinem Würgegriff aus Luftschlangen und guter Laune gefangen halten würde.

Nico liebte es!

Als gebürtiger Südhesse keine Selbstverständlichkeit. Früher hatte Karneval für ihn Fasching geheißen und war eher eine Attraktion für Kinder gewesen. In Mörfelden hatte es im Februar einen kleinen Umzug gegeben und im Anschluss Kinder-Maskenbälle. Manchmal war er sich nicht sicher, ob man dort überhaupt wusste, dass die Saison bereits im November begann. Das Feiern tat es jedenfalls nicht. In seinem ersten Jahr als Kölner war er aus diesem Grund am Morgen des 11.11. noch aus der Stadt geflüchtet, hatte mit all den *maskierten Idioten*, wie er sie genannt hatte, nichts zu tun haben wollen. In Mörfelden war er zum ersten Mal mit völligem Unverständnis von seinem Vater begrüßt worden. Aus dem Wohnzimmer hatte er laute Musik bis in den Flur dröhnen gehört, gesungen wurde in kölschem Dialekt, von dem er damals noch kein einziges Wort verstand.

„Was willst du denn hier?“, hatte sein Vater gefragt, und wann immer Nico an diesen Moment zurückdachte, sagte er es auf Kölsch, auch wenn Nico ihn diesen Dialekt niemals sprechen gehört hatte.

Er hatte ihn mit ins Wohnzimmer genommen, wo die Saisoneröffnungsfeier auf dem Fernsehbildschirm flimmerte, so wie jedes Jahr. Bernd Geiss war ein großer Karnevals-Fan, auch wenn sich diese Liebe auf die Teilnahme vor dem Fernseher beschränkte. Nico hatte sich nie groß für die Sitzungen und das ganze Drumherum interessiert, die im Hause Geiss alljährlich zwischen Mitte November und Ende Februar liefen. Erst an diesem Tag, als sein Vater auf die riesige bunte Menschenmenge deutete, der von einer Band in rot-weißen Hosen mächtig eingeheizt wurde, wurde er sich bewusst, was Karneval wirklich war. Eine Party! Und Nico liebte Partys!

„Da solltest du jetzt doch eigentlich sein“, hatte sein Vater vorwurfsvoll gesagt.

Dann hatte er ihn rausgeschmissen. Zum ersten und einzigen Mal in seinem Leben hatte er ihn wirklich rausgeschmissen. Seine Mutter hätte das vielleicht verhindert, doch sie war nicht da gewesen.

„Wenn ich dich im Fernsehen sehe und du keinen Spaß hast, lass ich dich nächstes Jahr wieder rein", hatte sein Vater gesagt und ihm dann die Tür vor der Nase zugeschlagen.

Bis zum heutigen Tag hatte Nico nie wieder einen Karnevalstag in Mörfelden verbracht. Nicht einmal außerhalb der Kölner Stadtgrenze.

An Weiberfastnacht im darauffolgenden Februar hatte er Laura gezwungen ihn zu besu...

Nadine drückte ihm einen Kuss auf die Wange und riss ihn aus seinen Erinnerungen, bevor sie wieder schmerzhaft wurden, schrie ihm ein „Hey Kölle, du ming Stadt am Rhing, hä wo ich jroß jeworden bin!" ins Gesicht. Er lächelte und stimmte in den Song mit ein, den die Höhner gerade live auf der großen Bühne schmetterten, während sein Kumpel Ingo ihre kleine Runde mit frischem Kölsch versorgte.

Zu sechst waren sie dieses Jahr unterwegs. Eine mittelgroße Runde. Zwischen zwei und zwanzig hatte Nico schon alles durch. Dieses Mal waren es Ingo und seine Frau Pauline, Nicos Kameraassistentin Julia und Jessica, mit der sie beim Dreh zu *Raser* beschlossen hatten, Karneval in diesem Jahr gemeinsam zu feiern.

Sie stießen zusammen an und machten sich daran das Gott-weiß-wie-vielte Kölsch zu leeren. Das Gott-weiß-wie-vielte um viertel nach zwölf am Morgen! Aber was das anging, waren an Karneval sämtliche Gepflogenheiten wie *Kein Bier vor vier* aufgehoben.

Die Band stimmte jetzt *Superjeilezick* an. Nadine hakte sich links bei Nico unter, Jessica rechts. Dann sprangen sie – so wie der Rest des überfüllten Platzes – auf und ab und verteilten die Hälfte ihrer Biere auf dem Boden und auf sich selbst.

Auf die Höhner folgten die Bläck Föös, auf Springen Schunkeln und auf Kölsch Kölsch. Singen wurde mehr und mehr zu Grölen und Gespräche zu Lallen. Der Stimmung tat es allerdings keinen Abbruch.

Nico sammelte und verteilte fleißig Bützjer, die traditionellen, unverfänglichen Karnevalsküsschen auf die Wange. Dann spürte er plötzlich weniger unverfänglich Lippen zart und weich auf seinen eigenen und sah überrascht in Jessicas grüne Augen. Ein flüchtiger Moment, dann war das schöne Gefühl auch schon vorbei. Ein verschmitztes Lächeln folgte und schon tanzte Jessy weiter, als wäre nichts geschehen.

Nico sah sich verunsichert um. Er wusste, dass Nadine mit Pauline losgezogen war, um die nächste Runde Bier zu organisieren. Er entdeckte auch Julia und Ingo. Beide standen in einigem Abstand und waren damit beschäftigt, neue Freundschaften zu knüpfen. Keine vorwurfsvollen Blicke von Frauenseite, keine verschwörerischen von Männerseite. Anscheinend war der Kuss ihr kleines Geheimnis. Sein Blick kehrte zurück zu Jessica, die ihm zuzwinkerte, als wollte sie sagen: *Entspann dich.*

Nico versuchte es ... versuchte, sich einzureden, dass nichts geschehen war. Zumindest nichts, was der Rede wert wäre. Sie hatte ihn lediglich bützen wollen und er hatte in einem ungünstigen Moment den Kopf gedreht.

Lippen auf Lippen statt Lippen auf Wange. Nur ein flüchtiger Moment, den sie

schnell wieder beendet hatten. Nicht ganz so schnell, wie man es getan hätte, wenn man wirklich erschrocken gewesen wäre, aber hey, er war auch nur ein Mann!

Einer, der wusste, was für eine beschissene Entschuldigung das in Wirklichkeit war.

Er versuchte, es sich weiter schön zu reden. Schließlich hatten Nadine und sie deutlich mehr miteinander geteilt als einen flüchtigen Kuss auf die Lippen. Ausgleichende Gerechtigkeit war also seine zweite schlechte Entschuldigung.

Fuck, er beneidete Jessy um die Leichtigkeit, mit der sie den Vorfall wegtanzte. Er zuckte fast schon panisch zusammen, als Nadine ihm das nächste Kölsch unter die Nase hielt und fühlte sich sofort ertappt. *Aus welcher Richtung war sie gekommen? War sie vielleicht schon auf dem Rückweg gewesen und hatte aus der Ferne gesehen, was passiert war?*

Das Bier landete in seiner Hand und nicht in seinem Gesicht. Ein gutes Zeichen, dass dies nicht der Fall war. Als ihre Lippen kurz darauf seine berührten, war er sich sicher ... und fühlte sich unglaublich schuldig. So schuldig, dass er nicht wie bei den meisten Küssen, die Augen schloss. Was Jessy ausnutzte, um ihm über die Schulter ihrer besten Freundin hinweg ein verführerisches Lächeln zu schenken. Er schloss daraufhin schnell die Augen und log sich vor, sich voll und ganz auf den Kuss seiner Freundin einzulassen. Doch er wusste es besser. Sie zum Glück nicht. Als ihre Zunge dazu kam, wurde es ihm zu viel. Er löste sich von ihren Lippen und meinte: „Ich muss mal pinkeln.“

Nico begann sich seinen Weg durch die Menge zu bahnen. Er wehrte eine Frau ab, die Bützjer mit ihm austauschen wollte und schob sie unsanft beiseite, aus Angst, dass Nadine ihm hinterhersah, auch wenn sie ihn an diesem Tag bereits ein gutes Dutzend davon hatte verteilen sehen, ohne sich daran zu stören. Der eine Kuss, der dazwischen gerutscht war, hatte aber zumindest für ihn alles verändert.

Die wogende Menge auf dem Platz machte es ihm schwer, voranzukommen. So als wollte sie nicht, dass er die Party verließ.

29.

Vor Jahren hatte er sich einer ähnlichen Herausforderung gegenübergesehen. Damals war er als Hippie verkleidet gewesen und ein Kuss war nicht der Grund für seine Flucht, sondern der, aus dem er gerne noch länger geblieben wäre.

Seit er in Köln war, lief es mit den Frauen. Er hatte keine feste Freundin, aber die suchte er auch nicht wirklich. Er hatte einige vielversprechende Flirts in der Uni und im Wohnheim gehabt, und das Bedürfnis alles nachzuholen, was er in den vergangenen Jahren verpasst hatte.

Mit dem süßen Ding im Mia Wallace-Kostüm, die seit einer Viertelstunde an seinen Lippen klebte, war er auf einem guten Weg, einige Punkte auf der Liste abzuhaken.

Das war gewesen, bevor Laura kreidebleich von der Toilette zurückgekehrt war und verkündete, wie schlecht ihr nach zweimaligem Kotzen noch immer war.

„Scheiße!"

Er hatte die kleine Mrs. Mia Wallace und ihre weichen Lippen erst mal beiseitegeschoben und Laura den ersten alkoholfreien Drink – ein Wasser – seit dem Frühstück vor acht Stunden besorgt. Sie hatte es in kleinen Schlucken heruntergezwungen, doch Farbe und

Lebensenergie wollten nicht in ihr Gesicht zurückkehren. Sie hatte ihn verzweifelt angesehen und geflüstert: „Ich glaub, ich fahr zu dir."

Anschließend hatte sie versucht, ihm die Straßenbahn-Verbindungen aufzuzählen, die sie zu seiner Wohnung bringen würden. Er hatte sie reden lassen, hatte Mrs. Mia Wallace einen Abschiedskuss gegeben und war mit der schwankenden Laura im Schlepptau auf dem Weg aus der tanzenden, feiernden Menge.

Er wehrte Jecken ab, die sie dabei aufhalten wollten, sie auf ein Bier oder einfach nur zum Mittanzen einladen wollten.

„Du musst wirklich nicht mitkommen", sagte Laura schuldbewusst. „Ich glaub, die Kleine steht auf dich."

„Zu unsicher. Die kennt mich doch erst seit ner halben Stunde", scherzte Nico. „Du bist so betrunken, dich kann ich auf jeden Fall mit nach Hause nehmen."

„Oh ja und ich kotze", lallte sie. „Voll sexy."

Er lachte.

„Ich hab keine hohen Ansprüche."

Sie schafften es raus aus der wogenden, schunkelnden Menge und ließen sich von der am Platz vorbeifließenden, wandernden Menge durch die Straßen und Gassen der Altstadt in Richtung Hauptbahnhof treiben.

„Nico, ich bin total froh, dass du mich gezwungen hast mitzukommen", sagte sie. Als die beiden die Domplatte überquerten, legte sie den Kopf in den Nacken und sah zu den zwei schwarzen Türmen auf. „Is das der Dom?", fragte sie mit schriller, aufgeregter Stimme, obwohl sie ihn nicht zum ersten Mal sah.

„Ja, das ist er", erwiderte Nico lachend.

„Der is sooo hoch."

„Ja, ist er.“

„Nico, ich bin betrunken.“

„Japp.“

Sie blieb unvermittelt stehen und bremste damit auch ihn ruckartig auf Null.

„Aber wir können ruhig weiterfeiern“, meinte sie halbwegs überzeugt von sich selbst. „Ich wollte dir doch helfen, ein Mädchen abzuschleppen.“

Gott, wie er es liebte, betrunkene Diskussionen mit ihr zu führen. Er liebte es wirklich!

„Ich glaube, wir feiern lieber morgen weiter“, meinte er.

„Okay“, stimmte sie zu. „Dann brauch ich aber dringend noch was zu essen.“

„Sicher? Du hast gerade erst Pommes ausgespuckt.“

„Quatsch“, protestierte sie mit betrunkener Entschlossenheit. „Die sind längst verdaut. Jetzt will ich Pizza!“

Nico holte ihr eine mit Salami am nächsten Dönerladen. Nicht unbedingt ein Garant für gute Pizza, aber in ihrem Zustand spielte das wahrscheinlich keine große Rolle mehr. An der Straßenbahn-Haltestelle machte sie sich gierig darüber her. Nico sah sich nach einer Toilette um, fand jedoch keine. Was nichts an der Tatsache änderte, dass er dringend eine brauchte.

„Warte hier“, sagte er. „Ich bin gleich wieder da. Steig nicht in die Bahn ein, klar?“

„Ich bin betrunken, nicht blöd“, erwiderte sie schmollend bei einem weiteren Bissen Pizza. „Wo willst du hin?“

„Ich muss mal pinkeln.“

Er marschierte in Richtung einer kleinen Grünanlage auf der anderen Straßenseite.

„Soll ich ihn halten?", rief Laura ihm hinterher.

„Das wäre ein guter Titel für die Pornoabteilung", rief er zurück.

„Bah, du bist eklig!"

Bei der Erinnerung an den Fleischpalast schüttelte es sie unweigerlich.

„Du hast damit angefangen", gab er lachend zu bedenken.

„Ich kündige!", schrie sie.

Als Nico wenige Minuten später erleichtert zurückkehrte, war die Pizza verschwunden. Die beiden stiegen in die einfahrende Bahn und machten sich auf den Heimweg. Beim ersten Umsteigen und dem Anblick einer McDonalds Filiale verkündete Laura: „Boah, ich will nen Burger!"

„Du weißt schon, dass du gerade erst ne Pizza hattest?"

„Willst du etwa sagen, ich bin fett?"

„Ich will nur nicht, dass du wieder kotzt."

„Tse ... ich kotze nie!"

Widerspruch war sinnlos, also folgten sie einmal mehr einem Strom kostümierter Jecken in die Schlange bei McDonalds. Sie deckten sich mit Burgern ein und aßen sie auf einer Bank am Barbarossaplatz, wo das Leben noch immer tobte. Die Stadt war mit ihnen betrunken geworden. Die Leute grölten und sangen schiefe Karnevalslieder. In dunklen Ecken wurde entweder gekotzt, gepinkelt oder rumgemacht. Nico schloss nicht aus, dass in manchen davon mehreres direkt nebeneinander geschah.

„Weißt du was?", wandte sich Laura an ihn, als sie den letzten Bissen ihres Cheeseburgers runtergeschlungen hatte. „Wir sollten irgendwann Karneval in New Orleans feiern."

„Gestern wolltest du noch nicht mal nach Köln kommen", gab Nico zu bedenken.

„Tse!", tat sie es ab. „Gestern, gestern ... bis gestern war ja auch noch Fasching. Jetzt ist Karneval!"

Nico lachte.

„Nein, ganz im Ernst", beharrte Laura auf ihrer Idee. „New Orleans, Baby. Du willst doch eh nach Hollywood. Und ich wollte schon immer mal nach Amerika. Also lass uns zusammen dort hin und in New Orleans Karneval feiern. Mardi ... Mardi ... Karneval."

„Mardi Gras", half Nico ihr mit dem richtigen Wort aus.

„Mardi Gras is Party Gras", rief sie enthusiastisch. „Bei denen is Dienstag der größte Tag, weißt du. Wir feiern Rosenmontag in Köln und dann steigen wir in den Flieger, und der dreht die Zeit zurück ... sechs oder sieben Stunden oder so ... und dann sind wir rechtzeitig zum Fat Tuesday in New Orleans."

Nico lachte weiter.

„Lach nicht! Ich mein das ernst. Komm schon, lass es uns tun! Sag ja. Bütte, bütte, bütte, büüütte!"

„Also gut", gab Nico schließlich nach. „Tun wirs."

„Yay!", freute sie sich. „Lass uns das schriftlich machen", beschloss sie. „Du bist ziemlich betrunken und ich auch ein bisschen. Nicht, dass wir uns morgen nicht mehr dran erinnern können."

Sie öffnete ihre Handtasche und griff hinein, um nach einem Zettel und einem Stift zu wühlen. Ihre Finger durchforsteten die magische Frauenwelt in den wenigen Quadratzentimetern Leder und Stoff, ertasteten Schminke, Taschentücher, eine Sammlung Bonbons, ein paar Tabletten, das Portemonnaie, eine Scheibe Salami, Käse ...

Sie stoppte in der Bewegung, sah erst Nico an, warf dann einen Blick in ihre Tasche zurück, und dann wieder zu Nico.

„Nico?", fragte sie leise. „Warum hab ich eine zusammengerollte Pizza in meiner Handtasche?"

„Was?" *Hatte er da gerade richtig gehört?*

Als Beweis förderte sie ein zusammengerolltes Stück Teig aus der Tasche, aus dessen hinterem Ende Fett und flüssiger Käse auf all die anderen kleinen Schätze in ihrer Handtasche tropften.

Keiner von beiden versuchte sich an einer Erklärung in Worten. Beide waren viel zu sehr damit beschäftigt, sich totzulachen.

„Ich hab mich schon gewundert, was aus der geworden ist", sagte Nico, bevor ihn das Lachen wieder überkam.

30.

Der Gedanke an diese ganz besondere Art von Pizzatasche, amüsierte Nico auch heute noch, trotz des bitteren Nachgeschmacks von Lauras Verschwinden. So wühlte er sich mit einem melancholischen Lächeln aus der Menschenmenge auf dem Heumarkt und ordnete sich in den Strom der vorbeiziehenden Jecken ein, der ihn in Richtung einer schmalen Seitenstraße führen würde, wo er mehr oder weniger ungestört Wasser lassen konnte.

Die Pizza hatte den New Orleans Plan verdrängt. Genau wie der Kater am nächsten Morgen. Doch er war wiedergekommen, im darauffolgenden Jahr, als Laura ihn erneut in Köln besucht hatte und auch zwischendurch. Manchmal feilten sie sogar nüchtern daran, wobei sie immerhin von dem halsbrecherischen Plan absahen, Rosenmontag in Köln und Fat Tuesday in Orleans zu feiern.

„Wir werden schließlich auch nicht jünger", redeten sie sich aus der Sache raus, hielten aber doch an dem Plan fest, eines Tages den Mardi Gras in New Orleans zu feiern.

Nico wurde auf eine kleine Gasse zu seiner Linken zugetrieben. Er schob sich hindurch bis an die Außenseite der wandernden Menge, schaffte den Absprung und taumelte zwischen die eng beieinanderstehenden Altstadthäuschen, deren Dächer sich einander entgegen neigten, als wollten sie ihm den wenigen Ausblick auf den wolkenlosen Himmel verbauen. Dunkel, eng und menschenleer – die perfekte Karnevalstoilette. Die Pfützen und Rinnsale, durch die er watete, bewiesen, dass er nicht der Erste war, der das dachte. Er fand einen kleinen Mauervorsprung zwischen zwei Hauswänden, die ebenfalls schon bis auf Hüfthöhe mit Urin begossen waren, entschied, dass ein Penis mehr das auch nicht mehr verschlimmern würde, und befreite ihn aus der Hose. Kurz darauf stöhnte er vor Erleichterung.

Er dachte unwillkürlich an den Kuss zurück. An Jessys weiche, feuchte Lippen, die ihn in die Flucht geschlagen hatten.

Was hatte sie sich nur dabei gedacht?

Die Gedanken an Laura und ihren ersten gemeinsamen Karneval in Köln waren eine willkommene Ablenkung gewesen. Ausnahmsweise. Doch es war nur ein Verdrängen des aktuellen, akuten Problems. *Wie sollte er mit dieser Sache umgehen, wenn er wieder zurück zu den anderen kam, und sollte er damit in der näheren Zukunft umgehen? Musste er es beichten?* Er musste gar nichts. Sollte *er es beichten?* Es war nur ein flüchtiger Kuss gewesen. Dazu noch an Karneval. Als waschechter Kölner würde man wahrscheinlich sagen, er hatte keine Bedeutung. Dummerweise war er kein waschechter Kölner, und dummerweise hatte er sich so gut angefühlt, dass er schon wieder daran dachte, wie es gewesen war.

Plötzlich traf Pisse seine Schuhe. Nico sah nach unten und stellte fest, dass es nicht seine eigene war, sondern ein Strahl, der ihm entgegen schoss. Er sprang einen schnellen Schritt zurück.

„Hey Mann! Pass doch auf!", fuhr er den Typen an, der neben ihm am Mauervorsprung Stellung bezogen hatte.

Eine düstere Gestalt starrte ihn aus dem Schutz einer aufwendig geschminkten Totenkopfmaske unter der Krempe eines schwarzen Zylinders heraus an und verzog keine Miene. Stattdessen schwenkte sie ihren Schlauch ein weiteres Mal in seine Richtung und trieb ihn noch einen Schritt nach hinten.

„Scheiße, was stimmt denn nicht mit dir?", schnauzte Nico ihn an.

Der Mann mit dem Totenkopf-Make-up begann hysterisch zu lachen, entblößte Zähne, die zwischen seinen weiß geschminkten Lippen besonders gelb und verrottet schimmerten.

„Wichser", zischte Nico, während er den Reißverschluss seiner Hose schloss.

Er war nicht ganz fertig geworden, wollte aber nur noch weg von diesem Freak, der ihn noch immer grinsend anstarrte und deutlich mehr Halloween als Karneval verkörperte.

Um nicht an ihm vorbeizumüssen – die Enge der Gasse hätte ihn automatisch wieder in die Reichweite des Strahls der Knochenfresse gebracht – ging Nico nicht in die Richtung zurück, aus der er gekommen war, sondern steuerte das gegenüberliegende Ende des Gässchens an. Er sah noch einmal zurück, um auf Nummer Sicher zu gehen, dass der Freak ihm auch nicht folgte. Tat er nicht. Nico erreichte das Ende der Straße, warf einen letzten Blick zurück und das Skelett winkte ihm zu. Er schüttelte genervt den Kopf, rannte blindlings in jemanden hinein und starrte entsetzt in das Skelettgesicht vor sich.

Er taumelte erschrocken zurück und ballte die Faust. Erst kurz bevor er zuschlug, merkte er, dass er in eine ganze Gruppe der Knochengesichter hineingestolpert war. Männer und Frauen, die Gesichter allesamt unter schwarz-weißer Schminke verborgen. Manche von ihnen trugen lange Mäntel, Zylinder und Gehstöcke mit weiteren kleinen Totenköpfen als Knauf. Und der, in den er gerade hineingedonnert war, streckte die Hände nach Nico aus, der sich daraufhin reflexartig wegduckte, ihm aber nicht entgehen konnte und plötzlich eine kalte Berührung an seinem Hals spürte.

Kalte, tote Finger, dachte er zuerst panisch, doch dann sah er, dass sich die Hände der Gestalt schon wieder zurückgezogen hatten. Das kalte Gefühl blieb jedoch, es kam von einer billigen Perlenkette aus Plastik, die der Typ ihm um den Hals gelegt hatte.

Die Truppe der Skelette zog weiter, folgte der Straße, unter den Balkonen der kreolischen Stadthäuser hindurch, die den Bürgersteig zu beiden Seiten überspannten.

Nico konnte sich nicht daran erinnern, hier schon einmal gewesen zu sein. Er war kein geborener Kölner, aber er lebte inzwischen sein halbes Leben lang hier und dachte eigentlich, dass er die ganze Altstadt kannte. Doch dieser Straßenzug schien eine vollkommen fremde Welt zu sein. Die Architektur der Gebäude zu beiden Seiten der Straße hatte nichts Kölsches an sich, auch wenn die Stadt seit dem Wiederaufbau nach dem Zweiten Weltkrieg keinem erkennbaren Bebauungsprinzip mehr folgte.

Doch hier waren die berühmten römischen Bauten, wegen denen in Köln schon das ein oder andere ambitionierte Großbauvorhaben gescheitert war, zwei- und dreistöckigen Häusern der Kolonialzeit gewichen, jedes davon mit exotischen schmiedeeisernen Terrassen und Balkonen, die um das gesamte Gebäude herumführten und von denen Menschen die billigen Perlenketten herunterregnen ließen, von denen auch Nico eine um den Hals trug.

Um ihn herum freuten sich Skelette und andere dunkle Gestalten, Voodoo-Priester und Jecken, die ihre Gesichter unter gruseligen Harlekin-Masken verbargen. Wobei sich Nico gar nicht mal so sicher war, dass Jecken noch das richtige Wort für die Gestalten war, die in dieser Straße feierten. Er wusste nicht einmal, ob Karneval noch richtig war ... oder Köln. Die Straße schien sogar ihr eigenes Klima zu haben. Die Luft war auf einmal heiß und stickig und schmeckte nach Kanal.

Plötzlich bog ein Spielmannszug in die Straße ein und wurde von den Feiernden jubelnd willkommen geheißen. Die Kapelle bestand gesammelt aus Afro-Amerikanern in einheitlichen Uniformen und sie spielte traditionellen Jazz, der nicht weiter von kölschen Karnevalshits hätte entfernt sein können.

Was ging hier nur vor sich?

Er sah einmal mehr zurück in die schmale Gasse, aus der er gekommen war. In dem engen Nadelöhr wimmelte es inzwischen ebenfalls vor gruseligen Gestalten.

Sie war offensichtlich kein Ausweg mehr. Ein simples Zurück schien es nicht zu geben.

Nico drehte sich einmal um die eigene Achse und erspähte plötzlich etwas, das ihm Hoffnung machte. Über den Dächern der alten Kolonialbauten erblickte er den ultimativen Köln-Wegweiser; die fast schwarzen Spitzen der beiden Türme des Kölner Doms.

Er war also doch noch in der richtigen Stadt ... in der richtigen Welt! Er befand sich irgendwo im dichten Straßengeflecht zwischen Heumarkt, Rathaus und Alter Markt und war tatsächlich nur auf eine Ecke von Köln gestoßen, in die es ihn zuvor noch nie verschlagen hatte.

Zwischen Neumarkt, Dom und Heumarkt, hieß es in einem kölschen Karnevalshit, *ja da haben wir Kölner das Paradies.*

Und anscheinend noch so einiges anderes, dachte er und folgte der Straße, die schwarzen Turmspitzen immer fest im Blick. Hin und wieder verlor er sie aus den Augen, wenn ein höheres Gebäude ihm die Sicht versperrte oder die Straße zu eng wurde, als dass der Winkel noch ausreichte, um von hier unten über die Häuser hinweg zu sehen. Doch er hielt sich an dem Wissen fest, dass der Dom da war. Dass Nico von seiner Heimat umgeben war.

Wahrscheinlich war er einfach nur in die Motto-Party eines der unzähligen Karnevalsvereine der Stadt hineingestolpert. Die logischste Schlussfolgerung, die er einer in ihm aufkeimenden Angst entgegenstellte, nämlich der, dass seine Gedanken gerade wieder abdrifteten, an einen Ort, an denen er sie nicht kontrollieren konnte. Falls er sie überhaupt noch kontrollieren konnte. Er brauchte sich nicht einzureden, dass er nicht genau wusste, um welche Art Motto-Party es sich um ihn herum handelte. Es war eine Mardi Gras Party, wie sie gerade am anderen Ende der Welt auf den Straßen von New Orleans gefeiert wurde, und dass er noch vor wenigen Minuten an New Orleans gedacht hatte ... und an Laura. Gedanken, die schon so einiges in seinem Kopf hatten wachsen lassen in den vergangenen Wochen. Gedanken, gegen die er Tabletten nahm, die ihn im Hier und Jetzt verankern sollten. Die seinem Verstand ein Kompass sein sollten, der ihm die Wirklichkeit zeigte, so wie der Dom ihm den Weg zeigen sollte. Doch die beiden Türme waren verschwunden. Nico lief schneller und schneller, bis er endlich die nächste Seitenstraße erreichte, die in Richtung der gotischen Kathedrale führte, und wo ihm kein Haus die Aussicht versperrte. Doch der Dom blieb verschwunden. Stattdessen blickte er eine weitere Straße im French Quarter von New Orleans entlang.

Das war unmöglich!

Er spürte die Unruhe in seinem Innern anschwellen und zu Angst heranwachsen. Die Skelette tanzten um ihn herum und streckten sich nach den Mardi Gras Ketten, die von den Balkonen regneten. Einige der Frauen hoben ihre Tops und zeigten ihre Brüste für eine höhere Ausbeute.

Plötzlich blieb Nico wie angewurzelt stehen. Die Menge vor ihm teilte sich wie durch Geisterhand, und gab den Blick auf die Voodoo-Königin frei, die in der Straßenmitte stand. In einer Menge voller Bewegung stand sie regungslos da und starrte ihn an, die linke Gesichtshälfte zum Totenkopf geschminkt, die rechte unverborgen. Doch selbst mit vollem Make-up hätte Nico Laura sofort erkannt.

Da stand sie! In einem wallenden schwarzen Rock bis zum Knöchel, darunter und darüber barfuß und barbusig, der Oberkörper verziert mit rituellen Zeichnungen und Symbolen. Um ihren linken Unterarm wand sich eine Schlange, die auf ihrem Handrücken züngelte und mit ihrem gespaltenen Sinnesorgan den Gegenstand untersuchte, den Laura, die Voodoo-Queen in der Hand hielt.

„Laura!", rief Nico, doch Jazzkapelle und Gegröle schluckten seine Stimme.

Er marschierte auf sie zu und als er bis auf zehn Meter an sie herangekommen war, erkannte er, was sie da in der Hand hielt. Das bunte Gebinde aus Stoff war eine kleine Version von Nico. Eine Puppe im gleichen Piratenkostüm, wie er es trug. Ausgearbeitet bis ins kleinste Detail. In ihrer rechten Hand präsentierte sie ihm eine lange silberne Stricknadel, die im Licht der Straßenlaternen wie ein Messer funkelte, neben dem Mini-Nico in ihrer Hand sogar eher wie ein Langschwert. Er ging trotzdem weiter auf sie zu und musste dabei zusehen, wie sie die Nadel auf die Puppe in ihrer Hand zuführte.

„Laura!", schrie er auf die kürzere Distanz erneut und war sich dieses Mal sicher, dass sie ihn nun hören konnte.

Sie ließ die Nadel langsam am Körper der Voodoo-Puppe hinab wandern. Dann stach sie die Spitze tief in seinen linken Oberschenkel.

Der Schmerz setzte augenblicklich ein und bohrte sich zusammen mit der Nadel tief in sein Fleisch. Er stieß einen Schmerzensschrei aus, und sein Bein knickte weg, als er den Fuß zum nächsten Schritt aufsetzen wollte. Nico sackte zusammen und sank stöhnend auf die Knie.

Laura sah ihn mitleidsvoll an. Er kämpfte sich wieder auf die Füße, doch sie drehte die Nadel in seinem Bein und zwang ihn so erneut in die Knie.

Als Nico wieder aufsah, hatte Laura ihm den Rücken zugewandt und entfernte sich von ihm. Und wie das Rote Meer sich zwischen Moses und den Ägyptern geschlossen hatte, so schloss sich auch die Menschenmenge zwischen ihr und Nico, rückte enger zusammen und drohte, ihm Blick und Weg zu versperren.

Nico stemmte sich in die Höhe, humpelte los, schob Skelette und andere Gruselgestalten beiseite und rief ihren Namen. Sie blieb nicht stehen, sah nicht zurück, wurde aber auch nicht schneller. Trotz aller Widrigkeiten und Schmerzen machte er Meter um Meter wett und holte langsam auf.

Ein weiterer Stich ins Bein der Voodoo-Puppe stellte die alten Verhältnisse allerdings schnell wieder her. Nico schrie auf und stürzte, fing sich mit den Händen ab und kämpfte sich sofort wieder hoch. Er reckte den Hals, blickte über die Köpfe der Menschen hinweg, die sich zwischen sie gedrängt hatten, und suchte nach Laura. Er fand sie, als sie in einer Nebenstraße verschwand. Nico eilte ihr hinterher, kämpfte bei jedem Schritt gegen den anschwellenden Schmerz an.

Er wusste, er würde genau so weit kommen, wie Laura es zuließ. Das Mitleid, das er in ihren Augen gesehen hatte, machte ihm Hoffnung, doch das nächste Drehen der Nadel in seinem Bein zerstörte sie wieder.

Dieses Mal stürzte Nico nicht, sondern glich den vorübergehenden Ausfall seines linken Beins aus, indem er die nächsten drei Schritte auf dem rechten hüpfend absolvierte. Er erreichte die Ecke, hinter der Laura verschwunden war, stützte sich mit der Hand an der Hauswand ab, um sein Bein zu entlasten, und bog in die kleine Gasse ein.

Mit einem Mal stand er Laura Auge in Auge gegenüber. Er konnte es selbst kaum glauben.

„Lau...", setzte er einmal mehr an, ihren Namen zu sagen.

Ihr Mund kam seinem jedoch zuvor. Ihre Lippen pressten sich auf seine. Ihre Hände umfassten von beiden Seiten sein Gesicht und zogen ihn an sie heran. Er wollte protestieren und murmelte etwas Unverständliches.

Laura nutzte diesen Moment aus. Ihre Zunge drängte sich in seinen Mund und brachte ihn endgültig zum Schweigen. Neben ihrer Zunge in seinem Mund, kitzelte die der Schlange, die noch immer um ihre Hand gewickelt war, in seinem Auge. Er schloss es hastig. Er spürte, wie Laura ihn rücklings gegen eine Hauswand drückte und sich gleichzeitig von vorne gegen ihn presste. Er war gefangen zwischen der Härte der Steine und ihren weichen Brüsten. Er begann ihre Zunge in seinem Mund zu genießen und spürte plötzlich noch etwas, das zwischen Weich und Hart gefangen war.

Als sich ihre Hand von oben in seine Hose schob und zugriff, riss er die Augen wieder auf – und sah Jessica vor sich.

Die Nacht war verschwunden, ebenso New Orleans und die Gestalten, die es bevölkert hatten. Kölsche Musik dröhnte von allen Seiten auf Nico ein, die Luft war kühl und trocken. Was geblieben war, war der Schmerz in seinem Bein und die Zunge einer Frau in seinem Mund, die dort nicht hingehörte.

31.

Er löste sich von ihren Lippen und drängte Jessica einige Zentimeter zurück. Sie lächelte verführerisch und hielt noch immer seine anschwellende Härte in der Hand. Nico griff nach ihrem Handgelenk und wollte sie aus seiner Hose verbannen, als plötzlich eine weitere Hand mit zarten Fingern sein Kinn umfasste und seinen Kopf nach rechts drehte. Nadine lehnte neben ihm an der Wand, presste ihre Lippen auf seine, während seine Härte in den Fingern ihrer besten Freundin pulsierte.

„Zwischen Neumarkt, Dom und Heumarkt", dröhnte ein Song der Höhner aus der Tür einer nahen Kneipe irgendwo um die Ecke, „Haben wir Kölschen das Paradies."

Wie wahr!, dachte Nico nur, als Nadines Zunge in seinem Mund von Jessicas abgelöst wurde.

New Orleans war vergessen. Der Schmerz nur noch Nebensache. Das überwältigende Gefühl zwischen seinen Beinen war eine gute Ablenkung.

Die drei verkrochen sich auf den Rücksitz eines Taxis, verbrachten die zehn Fahrminuten wild knutschend. Nadine war es, die schließlich seine Hand unter ihrem Hippie-Kleidchen heraus und unter den knappen Rock von Jessicas Teufelskostüm führte, wo sie seine Finger bereits feucht und heiß erwartete. Nadine schob für ihn den Stoff des Slips beiseite (viel war es sowieso nicht), dirigierte seine Finger zwischen ihre Schenkel und zusammen verwöhnten sie ihre gemeinsame Freundin – heute ihre Gespielin – in einem Rhythmus, den Nadine vorgab.

Zu Hause angekommen ließen sie dann alle Hemmungen fallen. Die ersten Kleidungsstücke fielen schon auf dem Weg durch den Flur und die Treppe hinauf. Als Jessica im Schlafzimmer vor ihm auf die Knie sank und dabei seine Hose mit nach unten bis zu seinen Knöcheln zog, trug sie nichts mehr außer den bezeichnenden Teufelshörnchen auf ihrem Kopf. Und dieses kleine Teufelchen nahm seine pralle Erregung in den Mund, als wäre es das Selbstverständlichste auf der Welt, während Nadine weiter oben an Nicos Zunge saugte und sich aus ihrem Kostüm strampelte.

„Gefällt dir das?", fragte sie, stellte damit die dümmste Frage der Welt und klang dabei doch so verführerisch, als sie ihre Hand auf Jessys Kopf legte und begann, deren Auf und Ab in Geschwindigkeit und Tiefe zu lenken.

„Oh ja", stöhnte Nico verloren, bevor Nadines Zunge in seinem Mund ihn wieder verstummen ließ.

Dann machte auch sie sich auf die Reise nach unten, küsste sich über seine Brust und seinen Bauch hinab und kniete sich neben ihre Freundin. Jessica reagierte sofort auf die Verstärkung. Die beiden Frauen küssten sich, züngelten miteinander – und er war mittendrin. Sie verwöhnten ihn dazwischen immer wieder abwechselnd mit dem Mund, bevor es die drei aufs Bett verschlug. Jessy stieß Nadine rücklings auf die Matratze und wischte sich die Teufelshörnchen vom Kopf, während sie zwischen deren Schenkel krabbelte und ihr Gesicht in Nadines Schoß vergrub.

Nico beobachtete, wie ein wohliger Schauer den Körper seiner Freundin erfasste. Ihr Stöhnen kam einer Erlösung gleich. Als hätte sie all die Jahre immer wieder an ihre Nacht mit Jessy zurückgedacht, und diesen Teil ganz besonders vermisst. Vielleicht ging für sie ja gerade der gleiche, langersehnte Traum in Erfüllung, wie für ihn.

Jessy streckte ihm ihren Po entgegen und schwenkte ihn fast schon hypnotisch hin und her. Er konnte ihre zartrosafarbenen Schamlippen sehen, geschwollen und so nass, dass sie schon tropfte. Was ihr Körper wollte, stand außer Frage. Er musste nicht an sich heruntersehen, um zu wissen, dass es bei ihm genauso war, er spürte es mit jeder Faser seines Seins.

Nadine öffnete die Augen und sah ihn über Jessy hinweg lüstern an, als wolle sie ihn auffordern, seiner Lust freien Lauf zu lassen. Dann brachte Jessy sie wieder lustvoll zum Stöhnen und zwang sie, die Augen zu schließen und sich voll und ganz ihrer Lust hinzugeben.

Nico trat zwischen Jessys Unterschenkel, die über den Rand der Matratze hinausragten. Sein Eindringen brachte ihr Zungenspiel kurzzeitig aus dem Rhythmus und gönnte Nadine unter ihr eine Pause, die diese nutzte, um dabei zuzusehen, wie ihr Freund in eine andere eindrang. Dann holte sie sich Jessys Kopf erneut in ihren Schoß und ließ sich weiter lecken, während sie es genoss, wie Nico darüber seine Härte immer wieder tief in Jessy stieß.

Der Gast in ihrem Bett brachte sie beide zum Höhepunkt. Jessy lag auf dem Rücken und ließ sich von Nico ficken, während er Nadine dabei in die Augen sah, die jetzt auf Jessys Gesicht saß und ihre Zunge in sich spürte. Sie ließ ihr Becken dabei sanft kreisen, während ihre Atmung immer schneller wurde.

„Ich will, dass du in ihr kommst", flüsterte sie ihm lasziv zu und ließ sich dann selbst in ihren Orgasmus fallen.

Der Anblick und das Gefühl der engen Wärme, die ihn umschloss und von allen Seiten reizte, machte Nico schier wahnsinnig. Er spürte, wie sich ein Kribbeln in seinem gesamten Körper ausbreitete und ihn vollkommen erfüllte. Er konnte nicht eine Sekunde länger widerstehen und während der nächsten drei Stöße explodierte er förmlich in Jessica, bevor er in ihr verharrte und der Rest seines Körpers sich über ihr beinahe verkrampfte. Nico spürte, wie er in kräftigen Schüben weiter in ihr kam.

Kurz darauf sackten sie alle drei erschöpft über- und ineinander zusammen, erfüllten den Raum mit schwerem Atmen und befriedigter Erschöpfung.

Nadine war die Erste, die wieder bei Kräften war. Sie krabbelte um Jessica herum, küsste Nico, schob ihn dann beiseite und nahm seinen Platz zwischen Jessicas Schenkeln ein. Sie spreizte deren geschwollene Lippen mit den Fingern, sodass er und sie Nicos Sperma in ihr sehen konnten. Dann warf sie ihrem Freund einen lasziven Blick zu, vergrub ihr Gesicht in Jessys Schoß und begann sie zu lecken, als wollte sie ihm alles zeigen, wovon er je geträumt hatte.

32.

„Was zur Hölle war das?“, wollte Nico wissen, als er mit Nadine allein im zerwühlten Bett lag und sie die Dusche durch zwei offene Türen und den Flur hinweg plätschern hörten.

Verspielt lächelnd zuckte sie die Schultern.

„Eine betrunkene Dummheit“, antwortete sie und fügte nach einer kurzen Pause hinzu: „Aber wir betrinken uns ja öfter mal.“

„Du meinst, dass wir ...“ Er traute sich nicht, die Hoffnung auszusprechen.

„... sowas ruhig öfter machen können?“, ließ sie die Antwort nach einer fast schon unschuldigen Frage klingen.

„Du bist der Hammer“, sagte er kopfschüttelnd.

„Du lobst die falsche“, meinte sie mit einem frechen Grinsen und einem Nicken in Richtung Zimmertür und rauschender Dusche. „Ich hab doch fast gar nichts gemacht.“

Er konnte nicht anders als sie zu küssen. Schmeckte sie alle drei dabei auf ihren Lippen und ihrer Zunge und spürte, wie sein Blut sofort wieder in Wallung geriet.

„Du kriegst wohl nie genug“, meinte sie, als sie das Zucken seiner Männlichkeit bemerkte.

Nadine stand auf und entzog sich seinem Griff, gerade, als er sich über sie knien wollte.

Sie streckte ihm die Hand entgegen.

„Komm“, flüsterte sie verführerisch. „Lass uns duschen gehen.“

33.

Zwei Dinge sollten sich nach diesem Tag einbürgern. Wann immer Jessica in der Stadt war – und das war in den folgenden Wochen häufig der Fall – verabredeten sich die drei, gingen zusammen essen, trinken oder feiern und hatten Spaß, bevor sie dann zu Nico und Nadine nach Hause fuhren, wo sie noch mehr Spaß hatten. Eifersucht spielte dabei keine Rolle, oder falls doch, dann nur auf eine sinnliche Art und Weise. Eine, bei der es Nico erregte, eifersüchtig darauf zu sein, wie spielend leicht Jessica seine Freundin mit Zunge und Fingern um den Verstand bringen konnte, bis sie keinen Gedanken mehr an ihn verschwendete.

Alles war absolut perfekt ... bis auf die Anrufe. Denn zur gleichen Zeit wurde das Klingeln des Handys regelmäßiger. Tief in der Nacht, wenn sie alle drei in einen erschöpften Schlaf aus nackten Gliedmaßen versunken waren, begann es. Es brummte erbarmungslos vor sich hin und drehte dabei seine kleinen Kreise auf dem Nachttisch, so lange, bis Nico davon wach wurde.

Beim ersten Mal war er verwirrt gewesen, und hatte eine Menge Arme und Beine beiseite heben müssen, um überhaupt bis an die Bettkante zu kommen. In dem Moment, in dem er das Handy in der Hand hatte und sah, dass eine Nummer auf dem Display angezeigt wurde, hatte der Anrufer auch schon aufgelegt. Das Display wurde dunkel und verschluckte die Nummer. Nico ließ es wieder aufleuchten, doch der verpasste Anruf wurde nicht auf dem Startbildschirm angezeigt, auch nicht in der Anrufliste oder der automatischen Rückruffunktion. *Hatte er es sich nur eingebildet? War das Brummen vielleicht von einem anderen Handy gekommen?* Nadines lag irgendwo im Zimmer und Jessicas Handtasche befand sich auf dem Boden neben der Tür und ihr Smartphone steckte bestimmt darin. *War er vielleicht einfach auf das Display gekommen, als er sich sein Telefon geangelt hatte, und die Nummer, die er gesehen zu haben glaubte, war in Wirklichkeit nur die Uhrzeit gewesen?*

Mit zwei nackten Traumfrauen im Bett fiel es ihm deutlich leichter, all diese Vielleichts als Antwort zu akzeptieren. Er legte das Mobiltelefon wieder auf den Nachttisch zurück und kuschelte sich zwischen vier weiche Brüste.

In der nächsten Nacht sollte es ihm ungleich schwerer gemacht werden. Hob er anfangs noch den Kopf, um über die schlafende Jessica hinweg zu sehen und erkannte eindeutig, dass es sein Handy war, das den Lärm veranstaltete, entschied er sich dafür, es einfach klingeln zu lassen. Er legte den Kopf wieder zurück aufs Kissen und ließ es brummen. Nico hatte das Gefühl, es wurde jedes Mal lauter. Dem Geräusch einer Bohrmaschine am frühen Morgen nicht unähnlich, grub es sich in seinen Kopf, bis er nicht mehr daran glaubte, dass es einfach aufhören würde.

Er beugte sich über Jessica hinweg, griff danach und sah auf das Display. Es zeigte wieder eine Nummer an.

Dieses Mal verschwand sie nicht sofort vor seinen Augen, sondern lag brummend in seiner Hand. Sie war lang, begann mit einem Pluszeichen, die sie als Anruf aus dem Ausland auszeichnete. Die nächste Ziffer war eine 1. Der Anruf kam also aus den USA.

Laura!, war sein erster Gedanke. *Hollywood*, sein zweiter. Er wusste nicht, welcher davon absurder war. Aber er nahm den Anruf entgegen.

„Hello?", meldete er sich vorsichtshalber in englischer Sprache.

Stille. Echte Stille. Eine Stille, aus der kein Hollywood-Produzent anrufen würde. Es war die Stille, die Geister umgab. Oder zumindest den Geist der Vergangenheit, der Nico plagte.

„Laura?", fragte er in sie hinein und spürte förmlich, wie seine Stimme vom Nichts geschluckt wurde.

„Hab ich's doch noch geschafft, dir eine Frau klarzumachen", flüsterte ihre Stimme in sein Ohr.

Nico sah auf Jessica und Nadine, die tief und fest neben ihm schliefen. Es gab kein Knacken oder etwas Ähnliches in der Leitung und doch wusste er sofort, dass Laura aufgelegt hatte. Falls sie dazu überhaupt in der Lage war. Langsam zweifelte er daran, dass sie während dieser Gespräche ein Telefon in der Hand hielt, in das sie sprach, wie er es tat.

Er mochte sich wohler fühlen, wenn er sagte, sie habe ihn *ge-Bobby-Jeaned*, aber langsam begann er zu glauben, dass sie ihn wirklich ghostete, und zwar in einem gänzlich anderen Sinn als den, in dem die Jugend das Wort benutzte.

Andererseits hatte dieser Geist gerade zum ersten Mal eine Nummer gehabt.

Er nahm das Smartphone vom Ohr und warf einen Blick auf das Display.

Die Nummer war weg.

Genau wie Laura.

Fuck! Er wünschte sich, er hätte der Nummer mehr Aufmerksamkeit geschenkt, anstatt sie einmal mehr an den kryptischen Mist zu verschwenden, der ihn in der Leitung erwartet hatte.

Er ließ den Kopf zurück aufs Kissen sinken, zwischen die zwei Traumfrauen mit den vier Traumbrüsten, die sich verschlafen von beiden Seiten an ihn kuschelten.

Dieses Mal hatte er jedoch kein Auge für irgendetwas davon. Zum ersten Mal dachte er an das, was geschehen war, bevor er in einer kleinen Seitenstraße der Kölner Altstadt zu sich gekommen war, mit Jessys Zunge in seinem Mund. Er erinnerte sich an die Zunge, die er vorher darin gespürt hatte. An Laura, die Voodoo-Queen. An die Nadel, die Voodoo-Puppe und den Schmerz in seinem Bein, den sie damit ausgelöst hatte. An den Straßenzug in New Orleans und an den Mardi Gras mitten in Köln. An ein kleines Plus, das zwei Nullen ersetzte und eine Eins. 001. Die internationale Vorwahl der Vereinigten Staaten von Amerika. An Lauras Stimme, die sagte: *Finde mich!*

Als das Handy das nächste Mal klingelte, war es das altbekannte Spiel: Keine Nummer wurde angezeigt. Nico nahm den Anruf dennoch entgegen. Statt Lauras Stimme erwarteten ihn dieses Mal Trompeten, Klarinetten, Posaunen, ein Klavier und eine Tuba – eine ganze Jazzband – am anderen Ende der Leitung und bliesen ihm fast die Ohren weg. Er zuckte zusammen und ließ das Handy vor Schreck fallen. Er tastete eilig danach, denn er hatte Angst, die Frauen würden von der jazzigen Version von *City of New Orleans* aufwachen, die noch immer laut und deutlich an sein Ohr drang, obwohl das Telefon irgendwo zwischen Decken, Kissen und nackten Körpern verschwunden war. Er tastete danach, schlug die Decke zurück und griff plötzlich in etwas Warmes, Feuchtes.

Zuerst dachte er, sein Samen klebte noch an einem der Körper seiner Gespielinnen, doch je mehr er die Matratze mit den Fingern erforschte, desto größer war der Fleck. Zu viel – selbst bei den Anstrengungen der beiden Frauen.

Er fand das Handy, nahm es an sich und ließ das Display aufleuchten. Das fahle Licht reichte nicht weit, aber es offenbarte eindeutig, dass das, was an seiner Hand klebte, keine Form flüssiger Lust war, sondern Blut.

Mit geübten Fingerbewegungen wechselte er im Menü zur Taschenlampenfunktion und aktivierte diese. Die Matratze war blutgetränkt und er saß mittendrin. Nadine und Jessy lagen seelenruhig da – und würden auch nie wieder etwas anderes tun. Ihre Körper waren von der Brust bis zum Schambein aufgeschnitten und ihre Gedärme quollen heraus. Von beiden Seiten starrten sie ihn vorwurfsvoll aus toten Augen an.

City of New Orleans verstummte und ging nahtlos in *Bobby Jean* über, das Bruce Springsteen dieses Mal zum Klang der Marschkapelle sang ... während Nico zwischen Blut und Leichen ausrastete.

Er krabbelte über Jessys toten Körper hinweg und versuchte, zu vermeiden, diesen zu berühren. Er erreichte die Bettkante und sprang von der Matratze. Seine Füße traten ins Leere. Da war kein Zimmerboden, der ihn vierzig Zentimeter tiefer erwartete, sondern nur schwarze Leere, in die er stürzte. Verzweifelt griff er nach oben und bekam etwas Weiches, Feuchtes zu fassen. Ein Seil aus Gedärmen, an das er sich klammerte. Nur dass das andere Ende nirgendwo festgebunden war, sondern nachgab, als es über ihm nach und nach aus Jessys Bauchhöhle glitt. Immer wieder griff Nico weiter nach oben und versuchte, sich hochzuziehen, während die herunterpurzelnden Därme ihn doch konstant auf gleicher Höhe hielten. Als versuche er, in entgegengesetzter Laufrichtung eine Rolltreppe hinaufzurennen.

Als eine Hand über die Bettkante hinweg griff, glaubte er, dass Jessys Innereien an ihrem Ende angekommen waren. Nicos ganzes Gewicht nun an ihrem Körper ruckte und ihn mit auf den Abgrund zuzog. Die Frau brachte höchstens achtundfünfzig Kilo auf die Waage. Selbst, wenn ihre Gedärme hielten, würde Nico sie mit zwanzig Kilo mehr spielend über die Kante ziehen und mit sich in die Tiefe reißen.

Doch statt ihren toten Augen, war es Laura, die plötzlich ihren Kopf über die Bettkante streckte und die Hand nach ihm ausstreckte.

„Halt dich fest!", rief sie ihm zu.

Er tat es. Mit einem weiteren Griff nach oben bekam er die ausgestreckte Hand zu fassen, doch etwas anderes packte ihn gleichzeitig von unten. Es umschlang sein linkes Bein und krallte sich schmerzhaft daran fest. Nico schrie auf und sah panisch nach unten.

Die monströse Grinsekatze war zurückgekehrt. Sie war ihm aus Lauras Keller gefolgt und hatte sich in einer neuen Dunkelheit eingerichtet, in der sie ihre scheußlichen weißen Zähne und ihr tödliches Lächeln zeigen konnte.

Nico sah zu Laura auf. Der Schmerz ließ ihre Formen vor seinen Augen verschwimmen.

„Lass nicht los!", schrie sie ihm entgegen. „Bleib bei mir!"

Er schloss die Augen und mit einem kräftigen Zug riss das Monster ihn aus ihrem Griff und zog ihn hinunter in die Dunkelheit.

34.

Nico krachte hart auf den Rücken. Er schlug wie wild um sich und ignorierte die Angst, seine Fäuste könnten dabei in den Schlund der Bestie geraten, hoffte einen Glückstreffer auf ihr Auge zu landen, ihre Nase, oder was auch immer das Biest sonst so im Gesicht haben mochte.

Seine linke Hand wurde fixiert. Der Schmerz von Zähnen, die sie durchbohrten, wie er es von seinem Bein kannte, blieb aber aus. Kurz darauf war auch seine rechte Hand bewegungsunfähig.

„Nico", drang eine Stimme an sein Ohr. „Nico, hör auf! Alles ist gut, hörst du?"

Das war nicht Laura.

„Wach auf", sagte die Stimme fast schon flehend vor Sorge. „Bitte, wach auf."

Er öffnete die Augen und sah in Nadines besorgtes Gesicht. Sie hatte seine linke Hand fest im Griff, während Jessy seinen rechten Arm umklammert hielt. Die Bettkante befand sich vierzig Zentimeter über ihm. Nico lag auf festem Boden und stürzte nicht in die Tiefe einer Grube – oder den Schlund eines Monsters.

Sein Bein pochte dennoch. Er musste ungünstig darauf gelandet sein.

Nadine ließ seine Hand los, als sie merkte, dass er zurück war.

„Du hast nur schlecht geträumt", sagte sie und streichelte liebevoll seine Wange. „Alles ist gut."

Auch Jessy ließ ihn los und ging einen Schritt auf Abstand. Sie wollte sich offenbar nicht in etwas einmischen, das sie nichts anging, und zog außerhalb des Bettes eine klare Trennlinie zwischen sich und Nicos Freundin.

„Nur ein Albtraum", wiederholte diese, und versuchte, ihn zu beruhigen.

Dann half sie ihm, sich aufzusetzen. Verloren sah er Nadine an. Er streckte die Beine aus und massierte seinen linken Oberschenkel. Das Stechen tief im Fleisch ließ ihn zurückzucken.

„Dieser Schmerz treibt mich noch zum Wahnsinn", sagte er und stöhnte gequält auf.

Nadine nahm die Schmerztabletten vom Nachttisch und drückte Nico zwei aus dem Blister in die Hand.

„Ich dachte, das wäre unser Job", scherzte sie mit Blick zu Jessica, die an die beiden herantrat und Nadine dabei half, Nico hoch auf die Bettkante zu hieven.

Plötzlich griff Nadine hinter ihn aufs Bett und eine halbe Sekunde später hielt sie ihm sein Smartphone vors Gesicht.

„Hattest du etwa wieder einen Anruf?", fragte sie fast vorwurfsvoll.

„Ja", sagte er, dachte dann kurz nach und revidierte: „Nein. Ich meine ... ich weiß es nicht."

„Das geht so nicht weiter."

Das wusste er selbst.

„Vielleicht solltest du dir einfach eine neue Nummer besorgen", regte sie an.

„Ja, vielleicht", stimmte er ihr zu.

Doch er hatte seine Zweifel, dass das etwas bringen würde. Geister, die kein Telefon benutzten, brauchten bestimmt auch kein Telefonbuch, um ihn finden zu können. Und der Wahnsinn in seinem Kopf erst recht nicht.

„Wir werden uns morgen darum kümmern“, meinte Nadine und er nickte nur erschöpft.

Als beide Frauen seine Schenkel entlang nach oben streichelten, sollte aus Trost schnell Ablenkung werden. Doch er hielt ihre Hände fest, kurz bevor sie ihr Ziel zwischen seinen Beinen erreichten. Ohne Erklärung stand er auf und entzog sich ihnen, indem er ins Badezimmer flüchtete, um den Kopf unters kalte Wasser zu halten.

Als er zurückkam, war Nadine allein und notdürftig mit einem Mindestmaß aus bauchfreiem Top und Slip aus leicht transparentem Stoff gekleidet.

„Ich hab Jessy gebeten zu gehen“, erklärte sie mitfühlend, stellte aber sofort in Aussicht: „Das heißt aber nicht, dass sie nicht wiederkommen kann, wenn du möchtest.“

Er wusste beides zu schätzen, doch erst einmal wollte er es nicht.

Er wollte auch nicht, dass die nächtlichen Anrufe weitergingen, doch Laura schien deutlich weniger Verständnis für seine Wünsche zu haben als Nadine.

Nacht für Nacht riss ihn das Klingeln des Handys aus dem Schlaf. Wie er erwartet hatte, machte die neue Rufnummer keinen Unterschied.

Zu Wort meldete sie sich dabei nur noch selten. Entweder erwartete ihn New Orleans-Jazz oder *der Boss* am anderen Ende der Leitung. Was ihm zumindest Zeit

ließ, sich auf die Nummer zu konzentrieren, die immer
wieder verschwand, sobald das Gespräch beendet war.
Meistens schon nach einigen wenigen Sekunden Musik. Anfangs hatte Nico die Anrufe selbst abgebrochen,
aus Angst, es könnte wieder etwas Schlimmes geschehen, wenn er sich ihnen zu lange aussetzte. Doch auch
wenn er die Verbindung nicht unterbrach, verstummte
die Musik meist nach wenigen Sekunden. Genug Zeit
für ihn, um herauszufinden, dass die Nummern, von
denen aus bei ihm angerufen wurde, zwar immer un-
terschiedlich waren, die Vorwahl aber stets die von
New Orleans, Louisiana blieb. Er begann, sich die einzelnen Nummern zu notieren, und gab sie im Internet
ein. Die Erste, die er vollständig hatte, war die des *Mu-
late's*, einem traditionellen Cajun-Food Restaurant. Die
zweite führte ihn zur Homepage des *French Market*, eines Touristen-Restaurants am gleichnamigen Platz
nahe des Mississippi. Die dritte Nummer war die eines
Jazz-Clubs auf der Bourbon Street. Die vierte gehörte zu
einem Hotel am Rande des legendären French Quarters. Das erste Recherche-Ergebnis, das ihn sofort aus
dem Bett trieb.

Drei Uhr nachts hier hieß, dass es in New Orleans gerade neunzehn Uhr abends war. Wenn er wartete, bis
zum nächsten Morgen, wäre es in Louisiana mitten in
der Nacht und er würde bis zum Nachmittag warten
müssen, bevor er am anderen Ende der Leitung jemanden erreichen würde.

Er schlich also mit dem Handy raus in den Flur und
wählte die entsprechende Nummer. Sein Englisch war
ganz gut, und so bereitete ihm das Gespräch mit der

Empfangsdame, die er kurz darauf in der Leitung hatte, keine Probleme.

„Hi, ich wollte fragen, ob bei Ihnen gerade eine Laura Neuer wohnt", sagte er mit einem vertretbar schwachen deutschen Akzent.

Er gab der Dame am anderen Ende Zeit, um die Information in ihren Computer einzugeben oder in der Gästeliste nachzuschlagen. Die Antwort war ein ernüchterndes: „Nein."

Natürlich nicht. Wäre ja auch zu einfach gewesen.

„Ich wurde gerade von dieser Nummer aus angerufen", wählte Nico einen anderen Ansatz. „Waren Sie das?"

„Nein, Sir."

„Hat irgendjemand anderes von dieser Nummer aus bei mir angerufen?"

„Das kann ich Ihnen nicht sagen", erwiderte die Empfangsdame. „Alle ausgehenden Anrufe aus dem Haus werden unter dieser Nummer angezeigt."

„Haben Sie momentan Gäste aus Deutschland?", fasste Nico den Rahmen weiter.

„Wir haben Gäste aus aller Welt", antwortete sie wie selbstverständlich. „Kann ich sonst noch irgendetwas für Sie tun?"

Er dachte nach. Konnte sie nicht. Er bedankte sich und legte auf.

Dann ging er wieder online. Er löschte die Telefonnummer des Hotels aus der Suchfunktion und ersetzte sie durch *Flüge nach New Orleans.*

35.

„Ist das dein verdammter Ernst?“, fragte Nadine, als er ihr am Morgen offenbarte, dass er am Mittag in die USA fliegen würde.

Nico hatte den ersten verfügbaren Flug gebucht. So kurzfristig hatte ihn das Ticket eine saftige Stange Geld gekostet.

Er wusste, dass Nadine seine Entscheidung nicht verstehen und erst recht nicht gutheißen würde. Er hatte erwartet, dass sie mit aller Kraft und Logik dagegen ankämpfen würde, und da er ihr keine schweren Geschütze entgegenzusetzen hatte, durfte er ihr nicht viel Zeit lassen, seinen Entschluss auszuhebeln und seine Stellung einzunehmen. Er hatte es ihr beim Frühstück erzählt und war danach direkt nach oben gegangen, um seinen Koffer zu packen.

Dort hatte sie ihn letztendlich gestellt und unter Beschuss genommen. *Wollte er nicht lieber noch mal in Ruhe darüber nachdenken? Vielleicht würde ihm ein Gespräch mit Doktor Herzog ja guttun? Erklär es wenigstens auch deinen Eltern und hör dir an, was sie dazu sagen.*

„Ich bin doch nur ein paar Tage weg“, versuchte er, sie zu beruhigen. „Sieh es einfach als Kurzurlaub an.“

„Ja, ein Kurzurlaub von mir“, erwiderte sie mit Tränen in den Augen. „Sehr aufheiternd.“

„Mit dir hat das nichts zu tun.“

„Mit Urlaub aber auch nicht!“, schmetterte sie ihm entgegen. „Du spielst Detektiv. Was denkst du, wer du bist? Ein beschissener Dick Tracy? Das bist du nicht. Du bist ein stinknormaler Typ, der noch nie ne Runde Cluedo gewonnen hat!“

Fuck, sie fand sogar logische Argumente, mit denen Nico nie gerechnet hätte.

Mit Gesellschaftsspielen hatte er einfach kein Glück. Das betraf nicht nur die, bei denen man Detektiv spielen musste, und so stopfte Nico unbeirrt weiter Klamotten in seinen Koffer.

„Sie hat das nicht verdient“, sagte Nadine, wechselte ihre Strategie und hatte damit mehr Erfolg.

Nico legte den Stapel Shirts, die er gerade aus dem Schrank geholt hatte, auf dem Bett ab, statt im Koffer.

„Sie ist abgehauen, ohne ein Wort zu sagen“, schlug Nadine weiter in die Kerbe. „Sie hat dich hängen lassen, um Gott weiß was zu tun. Wahrscheinlich hat sie einfach irgendnen Typen kennengelernt, dem es ein Dorn im Auge war, dass sie einen männlichen besten Freund hat. Er hat sie vor die Wahl gestellt, sich zwischen eurer fünfundzwanzigjährigen Freundschaft und seinem sexy Sixpack zu entscheiden, und rate mal, was sie gesagt hat.“

„Das würde sie nicht machen“, widersprach er ihr entschieden.

„Gott, bist du blind oder blöd oder beides? Das haben wir doch alle schon getan. Sieh dich doch an! Sie schnipst nach zehn Jahren mit dem Finger und du ruinierst bereitwillig dein ganzes Leben für sie. Du weißt, ich bin kein eifersüchtiger Mensch. Gott, und wie du das weißt. Aber hast du überhaupt mal drüber nachgedacht, wie es mir dabei geht, wenn du alles stehen und liegen lässt, mich eingeschlossen, um einer anderen Frau nachzujagen?"

Hatte er nicht. Diese Frage hatte sich für ihn ehrlich gesagt nie gestellt. Frau oder nicht, er hatte Laura nie als Konkurrenz für seine Freundin gesehen. Zwischen den beiden war nie etwas gelaufen, das ihren jeweiligen Beziehungen hätte schaden können ... gäbe es da nicht das weitverbreitete Vorurteil, dass ein Mann und eine Frau nicht einfach nur Freunde sein konnten. Keine Küsse, kein Fummeln, kein Blowjob aus Langeweile, keine gemeinsame Nacht, um herauszufinden, ob zwischen ihnen nicht vielleicht doch mehr war als nur Freundschaft. Dank Laura störte ihn daran schon allein die Formulierung *mehr* als Freundschaft. Etwas *anderes* als Freundschaft fand er treffender.

Er machte einen Schritt auf Nadine zu, fasste sie an den Armen und erklärte ihr mit ruhiger Stimme: „Ich suche nach meiner besten Freundin. Wenn ich sie gefunden habe, komme ich zu dir zurück."

„Und wenn du sie nicht findest?", fragte sie mit feuchten Augen. „Fliegst du dann ins nächste Land? Reist um die ganze Welt um sie zu finden? Du steigerst dich da in was rein, Nico. Du verrennst dich total. Du hast doch ein gutes Leben. Halt daran fest."

Er verfrachtete den Stapel T-Shirts in den Koffer und machte damit klar, dass er nicht von seinem Plan abweichen würde. Ihre ersten Tränen kullerten.

„Ich habe zum ersten Mal in zehn Jahren eine Spur", erklärte er und hoffte auf ihr Verständnis. „Ich muss das tun."

„Eine Spur ...", gab sie zu bedenken, „... gegen zehn gute Jahre."

Er sah sie ernst an und sagte: „Das hier ist doch kein Tausch."

„Doch, ist es", meinte sie. „Es fühlt sich auf jeden Fall so an."

Er unterbrach das Packen einmal mehr und kam zu ihr, umfasste ihr Gesicht und streichelte sanft ihre Wangen. Er hasste es, sie weinen zu sehen.

„Du weißt doch nicht mal, ob die Anrufe echt waren", sagte sie und schlug damit in die nächste Kerbe. „Bist du dir wirklich sicher, dass du nicht nur einem Phantom in deinem Kopf nachjagst?"

War er nicht. Er wusste selbst, dass er Geistern nachjagte. Er schloss nicht einmal mehr vollständig aus, dass er es sogar im wörtlichen Sinne tat. Er konnte nicht sagen, was von dem, das er in den letzten Wochen erlebt hatte, real war und was nicht. Aber Laura hatte ihn aufgefordert, daran zu glauben und sie zu finden.

„Es tut mir leid", sagte er Nadine ins Gesicht, „aber ich weiß, ich werde keine Ruhe finden, wenn ich dieser Spur nicht nachgehe. Und so wie in den letzten Wochen kann ich einfach nicht mehr weiterleben."

Die Tränen kullerten munter weiter.

„Weißt du eigentlich, was du da sagst?", wollte sie wissen, ohne dabei vorwurfsvoll zu klingen. „War dein Leben denn so schlimm?"

„Darum geht es doch gar nicht und das weißt du. Eine Freundin braucht meine Hilfe."

„Und du brauchst meine", erklärte Nadine. „Aber wenn du jetzt fährst, sagst du mir, dass ich dir nicht mehr helfen kann."

„Ich komme wieder", versicherte ihr Nico.

„Dann geh erst gar nicht weg."

Er hauchte ihr einen Kuss auf die Lippen. Sie versuchte, ihm ihre Zunge dazwischen zu schieben, doch er wusste, mehr würde nur zu mehr führen, und dafür war keine Zeit.

„Ich muss los", sagte er und enttäuschte ihre letzten Hoffnungen. Er schnappte sich seinen Koffer und verließ das Zimmer.

36.

Nadine hatte ihn nicht zum Flughafen begleitet. Er hatte es auch nicht erwartet. Er wusste, wenn er zurückkam, hatte er einiges gutzumachen. Doch eins nach dem anderen. Als er aus dem kleinen Fenster heraus dabei zusah, wie die Markierungen der Startbahn immer schneller an ihm vorbei huschten und sein Magen von einem wohligen Kribbeln erfüllt wurde, als die Räder der Boing sich schließlich vom Asphalt lösten und die Maschine und alles in ihr dem Himmel übergaben, ließ er die Welt, wie er sie kannte, mit all ihren Problemen und Sorgen hinter sich. Acht Stunden würde der Flug dauern und acht Stunden weit würden sie die Zeit währenddessen zurückdrehen. Er würde amerikanischen Boden etwa zur gleichen Zeit betreten, zu der er deutschen verlassen hatte, und doch war er darauf vorbereitet, dass diese Zeitreise ihn zehn Jahre in die Vergangenheit zurück katapultieren würde.

Nico liebte es, zu fliegen. Das Gefühl, bei der Beschleunigung auf dem Boden in den Sitz gepresst zu werden und der kleine Hüpfer, den die inneren Organe machten, wenn der Körper den Boden verließ, waren nur der Anfang. Danach genoss er es dabei zuzusehen, wie die Welt unter ihm immer kleiner wurde. Nach der ersten Flugminute sah er Mörfelden unter sich.

Nicht, dass es nicht schon immer winzig gewesen wäre, aber früher, als diese Geschichte begonnen hatte, war es ihre ganze Welt gewesen. Nicos und Lauras. Ihre Schule war da, ihre Freunde, ihre Familien. Jede Party, die sie gefeiert und jedes wichtige Gespräch, das sie geführt hatten.

All das erschien inzwischen so lächerlich weit weg.

Stück für Stück war ihre Welt nach der Schule gewachsen. Eigentlich schon in den zwei Jahren zuvor, seit Laura als Erste von ihnen beiden ihren Führerschein gemacht hatte. Die Partys hatten sich auf Frankfurt und Darmstadt ausgeweitet und schließlich bis nach Köln, als Nico dorthin gezogen war, um zu studieren. Jetzt kam also Amerika dazu. Der logische nächste Schritt. Sie hatten in Köln geplant, ihn gemeinsam zu machen. Er hoffte nur, dass Laura auch wirklich dort war. Dass es ihr gut ging, und ihre Welt in Zukunft wieder gemeinsam wachsen würde.

Er ignorierte die kleine Plastiktüte, in der ihm die Airline ein paar billiger In-Ear Kopfhörer zur Verfügung stellte, um das Multi-Media Programm zu nutzen, stöpselte stattdessen seine eigenen ein und überflog das reichhaltige Filmprogramm. Er entschied sich dagegen, einen der brandneuen hundert Millionen Dollar Blockbuster auf dem 20x30 Zentimeter Bildschirm in der Rückenlehne vor sich zu schauen, durchforstete stattdessen die Musikbibliothek und entschied sich natürlich für Springsteen. Dann kramte er einen Zettel und einen Stift aus seinem Handgepäck, das er unter dem Sitz verstaut hatte, und begann die Liste zu rekonstruieren, die er und Laura gemeinsam gemacht hatten, als sie begannen, ihren New Orleans Trip zu planen.

37.

„Sich von einer Wahrsagerin die Zukunft vorhersagen lassen", steuerte Laura bei. „So ne richtig billige, die an einem Tisch irgendwo am Straßenrand sitzt."

Nico notierte es.

„Ich will Alligatorenfleisch probieren", ergänzte er die Liste.

„Und ich Gumbo und Shrimps und Po Boys!"

„Langsam", bremste Nico sie, der mit dem Schreiben kaum noch hinterherkam.

„Und ich will einen Alligator streicheln", fuhr sie fort und meinte mit vorwurfsvollem Blick: „Das ist viel besser als einen zu essen!"

„Das können wir doch bestimmt kombinieren", erwiderte Nico scherzend.

„Du isst nicht den, den ich streichele", protestierte Laura mit erhobenem Zeigefinger und hielt ihm gleichzeitig ihr Handy unter die Nase, das ein Foto einer der riesigen Echsen zeigte. „Wie kannst du überhaupt daran denken, die zu essen?", wollte sie fast schon entsetzt wissen. „Guck doch mal, wie süß der lächelt."

„Na gut, dann will ich aber ne Airboat-Tour machen, unten in den Bayous."

„Auf jeden Fall", stimmte Laura begeistert zu.

„Und Moonshine probieren", fügte er hinzu.

„Moonshine?"

„Ein Schnaps", erklärte Nico.

„Auf jeden Fall!"

„Der von Hinterwäldlern selbst in ihrer Badewanne gebrannt wird."

„Igitt", rief sie und ruderte zurück.

„Was denn? Land und Leute oder weiße Socken in Sandalen?", erinnerte er sie an ihre Abmachung, zum ersten Mal keinen typischen Touristenurlaub machen zu wollen.

„Na gut", gab sie sich geschlagen. „Dann halt ekliger Schnaps aus der Badewanne."

Sie stießen mit dem normalen Bier aus einer sauberen Brauerei an.

„Auf Badewannen-Schnaps!"

„Auf Badewannen-Schnaps", klang Laura weitaus weniger begeistert. „Ach ja, und ich will meine Titten zeigen", fügte sie beiläufig hinzu.

Nico spuckte fast sein Bier aus, verschluckte sich stattdessen bei dem Versuch, es drinnen zu behalten und die Kehle hinunterzuwürgen, um darauf antworten zu können. Ein kräftiges Husten und ein überraschtes „*Was?*" war das Einzige, wofür er sich die Mühe gemacht hatte.

„Das macht man doch in New Orleans, oder nicht? Man zeigt seine Titten und dafür kriegt man dann diese billigen Perlenketten aus Plastik zugeworfen, oder?"

„Na ja … ähm … ja", druckste Nico herum, der selbst nicht sagen konnte, ob man das wirklich tat oder ob es nur etwas war, das man in Filmen erzählt bekam. „Schätze schon."

„Dann schreib's auf!", verlangte Laura und tippte mit dem Zeigefinger auf das Blatt Papier vor ihm.

Er setzte den Stift an, stoppte aber schon nach dem ersten Strich wieder und fragte: „Und was soll ich schreiben?“

Sie zuckte mit den Schultern.

„Na Titten zeigen.“ Sie vollführte mit den Fingern eine Schreibbewegung in der Luft. „Aber du musst weggucken.“

„*Was?*“, fragte er, lachte überrascht auf und setzte den Stift erneut ab. „Ganz New Orleans darf sie sehen, nur ich nicht?“

„Japp“, antwortete sie schadenfroh.

Nico legte den Stift beiseite.

„Dann schreib ich’s auch nicht auf.“

Die beiden lachten ausgelassen.

„Du Blödmann!“

„Nein, ich meins ernst“, beharrte er auf seinem Standpunkt. „So schreib ich das nicht auf.“

„Die interessieren dich doch gar nicht“, meinte Laura und presste ihre Brüste dabei demonstrativ zwischen den Armen zusammen.

Nico verschränkte die Arme vor der Brust, um seinen Protest zu verdeutlichen. *Arbeit niedergelegt!* Keiner von beiden konnte die ernsthafte Fassade länger als ein paar Sekunden aufrechterhalten, bevor sie erneut in Gelächter ausbrachen.

„Vielleicht darfst du mal kurz blinzeln“, stellte Laura in Aussicht. „Und jetzt schreib auf!“

Nico griff nach dem Stift und notierte es.

„Du machst es eh nicht“, sagte er abgeklärt.

„Ach nein?“

„Ich denke nicht.“

„Wart’s ab!“

38.

Auch im Flugzeug hatte Nico den Stift in der Mitte des Wortes *Titten* abgesetzt.

Titten zeigen würde ihn wohl kaum bei seiner Suche weiterbringen. Er überlegte, die drei Buchstaben, die er bereits aufs Papier gebracht hatte, wieder auszustreichen. Stattdessen vervollständigte er den Eintrag letztendlich doch – aus nostalgischen Gründen. Immerhin hatte ihn die Erinnerung an die Diskussion zum Lächeln gebracht.

Er lächelte immer noch, als er in die nächste Reihe das Wort *Voodoo-Puppe* schrieb.

39.

„Und ich will Nadeln in eine Voodoo-Puppe stecken, die aussieht wie Nathalie", verkündete Laura voller Stolz und Hass.

Nico sah sie geschockt an.

„Was denn?", verteidigte sie ihren Wunsch. „Sie war immer Scheiße zu dir. Sie hat dich hingehalten, dich benutzt, um ihren Ex eifersüchtig zu machen ... und außerdem konnte ich sie noch nie leiden."

„Ich hab's gewusst!", sagte Nico und klatschte in die Hände.

„Natürlich hast du's gewusst. Weil du weißt, dass ich will, dass es dir gut geht. Und es ging dir lange genug beschissen wegen ihr, um Nadeln in sie reinzustechen."

Nico war gerührt. Trotzdem verlangte er: „Aber nicht in ihr Gesicht oder ... ihren Körper."

Laura sah ihn strafend an. „Nicht verhandelbar", sagte sie und betonte dabei jedes der beiden Worte mit der Wichtigkeit eines vor Gericht ausgesprochenen Todesurteils.

„Aber ... sie ist heiß", gab er in Ermangelung besserer Argumente zu bedenken.

Laura hatte die Faxen satt. Schnell wie eine Klapperschlange schnappte sie ihm den Kugelschreiber aus der Hand und setzte *Nadeln in Nathalie stecken* auf die Liste.

40.

Nicos Bein meldete sich schmerzhaft, als er daran dachte, wie Laura, die Voodoo-Königin, ihn selbst mit einer Stricknadel traktiert hatte. Ihm lief ein Schauer den Rücken herunter, als er daran zurückdachte, welche Schatten sein Trip nach New Orleans vorausgeworfen hatte.

Er massierte seinen Oberschenkel und bereute, dass er sich aus kindlicher Freude für den Fensterplatz entschieden hatte, anstatt den am Gang, wo er das Bein hätte ausstrecken können, in der Hoffnung, den Schmerz zu lindern. Nun ja, er würde versuchen, sich an anderen kindlichen Freuden aufrechtzuhalten. Als nach der Hälfte der Flugdauer das Essen ausgeteilt wurde, konnte er die abwertenden Blicke der anderen Passagiere um sich herum nicht verstehen. Er liebte Flugzeugessen, seit er ein kleines Kind gewesen war. Dabei war er eigentlich über lange Jahre hinweg ein skeptischer Esser gewesen. *Was der Bauer nicht kennt, isst er nicht.* Dieses Motto hatte er sich früh auf die Fahne geschrieben und so ziemlich alles darunter einsortiert, was der normale Bauer anpflanzte und ganz genau kannte. Nico hatte konsequent Salat und Gemüse verweigert. Seine Eltern hatten ihn zum Ausgleich mit Obst vollgestopft, aus Angst der Kinderarzt könne eines Tages eine Mangelernährung bei ihm feststellen. Selbst Köstlichkeiten wie Pizza, die während seines Studiums zu seinem Lebensretter wurde, hatte er lange Zeit gemieden, weil ihm Essengehen beim Italiener zu exotisch erschien. Ein Restaurant ohne Pommes frites und Schnitzel? Nein danke!

Bis heute hatte er nur etwa ein Viertel der Auswahl in der Gemüseabteilung im Supermarkt zu seinem Speiseplan hinzugefügt. Manches davon so weit verkocht, dass es seinen natürlichen Geschmack bereits verloren hatte, bevor es in seinem Mund landete. Und dennoch: Flugzeugessen hatte er immer schon geliebt. Es war ihm sogar vollkommen egal, was sich in den kleinen, portionierten Schälchen befand. Was die Stewardess ihm hinstellte, wurde gegessen. Davon hatte seine Mutter damals nur träumen können.

Auf dem Flug nach New Orleans gab es etwas, das sie als Thai-Curry bezeichneten. Nico stürzte sich mit riesiger Vorfreude darauf und löffelte es in sich hinein, während der junge Thailänder neben ihm nur beleidigt die Nase rümpfte. Als Nico fertig war, dachte er darüber nach, ihn zu fragen, ob er seine Portion haben könne, machte sich dann aber doch lieber über den eigenen Nachtisch, ein kleines Stückchen Apfel-Streuselkuchen her. Schließlich erwarteten ihn in New Orleans Alligator, Gumbo und Po' Boys ... und das waren nur die Dinge, die auf einer zwölf Jahre alten Liste standen.

Auf ihrer nächsten Runde ließ er sich von der Stewardess zwei kleine Plastikfläschchen geben, eins mit Jack Daniels, das andere mit Baileys und trank beide aus einem separaten Plastikbecher voller Eiswürfel. Damit hatte er all seine Flugrituale durch. Er schloss die Augen und ließ sich für den Augenblick glücklich von Bruce Springsteen den *River* entlang treiben. Ein Song über Hoffnung im Angesicht übermächtiger Hoffnungslosigkeit.

Wie passend, dachte er beim Gedanken an den achtstündigen Flug ans andere Ende der Welt. Er verkaufte sich selbst die Idee, dass er einer echten Spur nachging. *Doch hatte sich in Wirklichkeit nicht einfach nur der Heuhaufen drastisch vergrößert, während die Nadel die gleiche geblieben war?*

Egal! Er würde darin wühlen, bis der Heuschnupfen ihn umbrachte!

41.

Die Klimazone, die er vor dem Flughafenterminal in New Orleans betrat, kannte er schon. Vom 11.11. des vergangenen Jahres, als er im Karnevalsgetümmel der Kölner Altstadt um die falsche Ecke gebogen war und plötzlich im French Quarter gestanden hatte.

Die Luft und ihre feuchte Dichte fühlten sich so vertraut an, dass er ausschloss, sich den kurzen Abstecher nach Louisiana vor drei Monaten nur eingebildet zu haben. Es war mehr als das. Er war bereits hier gewesen. Oder das *Hier* war zumindest für einen flüchtigen Augenblick zu ihm gekommen. Er zweifelte nicht daran, dass er die Straße finden würde, in der er damals gestanden hatte – und zwar eins zu eins – wenn er nur lange genug suchte, und er fürchtete sich insgeheim davor, dass sie ihn finden könnte.

Gleichzeitig wusste Nico, wie verrückt diese Gedanken waren ... wie Nadine reagieren würde, würde er sie ihr gegenüber äußern ... oder seine Eltern ... oder Doktor Herzog, der bestimmt wie all seine Kollegen stets bemüht war zu sagen, dass es so etwas wie Verrücktheit nicht gäbe. Er würde das passende Krankheitsbild zu Nicos Wahnsinn bemühen, was es allerdings keinen Deut besser machen würde, dass Nico daran glaubte. Zumindest teilweise. Und der Teil, der dazu bereit war, zu glauben, wuchs beständig, seit er sich dazu entschlossen hatte, nach New Orleans aufzubrechen.

Nachdem er in der Nacht den Flug gebucht hatte, hatte er noch einmal im *Château-Hotel* angerufen, aus dem der letzte nächtliche Anruf bei ihm eingegangen war, um nach einem freien Zimmer zu fragen. Die Empfangsdame hatte ihm mitgeteilt, dass bei ihnen leider nichts mehr frei sei.

Online hatte er ein anderes Hotel am Rande des French Quarter, nahe der Frenchman Street gefunden, in dem er ein Einzelzimmer gebucht hatte. So kurzfristig hatte es ihn ein weiteres Mal verdammt viel Geld gekostet. Aber Geld war zum Glück kein Problem. Er hatte genug und würde mehr davon verdienen, wenn er wieder zurück in Deutschland war.

Eigentlich hatte er generell wenige Probleme in seinem Leben gehabt, außer denen, die er sich selbst geschaffen hatte und die ihn hier, an die Mündung des mächtigen Mississippi, geführt hatten. Bis auf sein verdammtes Bein, das auch jetzt wieder heftig pochte, als es sich auf ein neues Klima einstellte.

Er nahm ein Yellow Cab vom Flughafen zum Hotel und wunderte sich eine halbe Stunde lang, wie hässlich die Stadt im Vergleich zu dem war, was er von Bildern und aus Filmen kannte.

Das Taxi fuhr durch heruntergekommene Suburbs, in denen der Großteil der Häuser langsam in sich zusammenfiel. Die langfristigen Spuren, die Hurricane Katrina 2005 hinterlassen hatte, als sie New Orleans von einer Millionenstadt in eine dreihunderttausend Seelengemeinde verwandelt hatte. Viele waren damals geflohen – die wenigsten von ihnen wiedergekommen.

Zu groß war die Angst, dass sich das Schicksal der Stadt wiederholen würde. Jedes Jahr zitterte die Küstenregion von Louisiana ein oder zwei Mal, während sich über dem Golf von Mexiko die schwärzesten Wolken zum Angriff sammelten und wechselweise über die Küste von Texas, Florida, aber meistens doch über Louisiana herfielen und einen Pfad der Zerstörung auf ihrem Weg landeinwärts hinterließen.

Nico konnte sich nicht vorstellen, wie es sein musste, jedes Jahr aufs Neue Existenzängste durchzustehen. Von der Angst, um das eigene Leben und das seiner Familie ganz zu schweigen. Und doch hatte die Stadt den Spitznamen *The Big Easy*, wegen ihrer vergleichsweise großzügig ausgelegten Gesetze im Umgang mit Alkohol und Nacktheit, aber auch wegen der Lebensfreude ihrer Bewohner. Ein bisschen erinnerte sie ihn schon jetzt an Köln, und doch fühlte er sich irgendwie unwohl. Ein Gefühl, das ihn auch nicht verließ, als das Taxi schließlich in das Postkarten-Idyll New Orleans' einbog, mit dem die Stadt warb. Ein Geflecht aus engen Gassen, die meisten davon nur in eine Richtung befahrbar. Die hässliche graue Skyline verschwand fast gänzlich hinter den Fassaden alter kreolischer Stadthäuser mit bunten Fassaden und ihren einladenden Balkonen, die die Bürgersteige ganzer Straßenzüge überdachten. Schlingpflanzen und Flaggen wehten von ihnen herab. Nico erkannte die amerikanische *Old Glory*, aber auch vereinzelte französische Fahnen, sowie die regenbogenfarbenen Pride-Flaggen.

Und doch blieb das Gefühl, dass diese Idylle etwas vor ihm verbarg. Etwas Dunkles, Bedrohliches. Dass sie nicht ehrlich zu ihm war.

Das Taxi stoppte vor seinem Hotel. Er bezahlte den Fahrer, der ihm sein Gepäck aus dem Kofferraum hob, es auf dem Bordstein abstellte und ihm einen schönen Aufenthalt wünschte.

Von außen wie von innen versprühte das Hotel den ganzen Charme der Stadt. Hölzerne Fensterläden waren einladend geöffnet, oben auf dem Balkon im ersten Stock saßen zwei Gäste und tranken Bier aus Dosen. Der Farbige hinterm Empfangstresen hieß ihn in fettem Louisiana-Südstaaten-Dialekt und mit ebenso fettem Lächeln willkommen und erzählte eine Reihe von Geschichten, während er den neuen Gast eincheckte. Nico lächelte und nickte viel, hatte aber große Probleme, den Mann zu verstehen. So tief im Süden hatte sein Schulenglisch definitiv Grenzen. Der Mann hinterm Tresen schien es nicht zu bemerken, oder war es gewöhnt. Er sprudelte einfach fröhlich weiter und übergab ihm schließlich seinen Zimmerschlüssel. Was folgte, war eine kurze Wegbeschreibung, der Nico aufgrund der Handbewegungen zum Glück folgen konnte und eine warme Verabschiedung mit dem Hinweis, sich bei ihm – Jerome – zu melden, wenn er noch irgendetwas brauche. Nico bedankte sich und durchquerte den idyllischen Innenhof mit dem kristallklaren, halbrunden Pool und einem fröhlich vor sich hinplätschernden Springbrunnen, stieg auf dessen anderer Seite eine knarzende Holztreppe hinauf bis zum Rundgang des ersten Stocks, wo er schließlich sein Reich entdeckte. Er öffnete die Tür und fand ein Zimmer vor, das größer war, als er erwartet hatte. Den Mittelpunkt bildete ein französisches Doppelbett, in jedem anderen Teil der USA Queensize genannt. Drumherum waren zwei Nachttische, ein Kleiderschrank, ein Schreibtisch und eine Mischung aus Lehnstuhl und Sessel verteilt, die sich zu einem gemütlichen Gesamtbild zusammenfügten. Gegenüber der Zimmertür führte ein schmaler Durchgang ins Badezimmer, dessen Tür nur angelehnt war, sodass Nico sich selbst aus dem Spiegel hinten in der Dunkelheit entgegenblickte.

Er trat ein, marschierte auf die Badezimmertür zu und zog sie ins Schloss.

Im Moment mochte er es sein, der ihm aus dem dunklen Spalt entgegenblickte, aber er fürchtete, ein anderes Mal könnte ihn dort ein breites, diabolisches Grinsen voll scharfer Zähne erwarten. Die Tür zu schließen, gab ihm Sicherheit.

Nico warf seinen Koffer auf das Bett, woraufhin dieser einen kleinen Hüpfer machte, bevor er zur Ruhe kam. Ein gut gefedertes Bett ... dazu auch noch mit einer Matratze auf Hüfthöhe. Perfekt für guten Sex. Zum ersten Mal bereute er es, dass Nadine nicht bei ihm war. Er schob den Gedanken schnell beiseite. Er war schließlich aus anderen Gründen hier.

Er öffnete den Koffer und passte seine Kleidung dem neuen Klima an. Er schätzte die Luft draußen auf dreißig Grad und entschied sich daher für eine Jeans und ein luftiges Hemd aus beigem Leinen mit kurzen Ärmeln. Er verteilte Portemonnaie, Handy und Zimmerschlüssel auf verschiedene Taschen, faltete den Notizzettel, den er im Flugzeug geschrieben hatte, um das Foto von sich und Laura und steckte beides in die Brusttasche des Hemds. Dann marschierte er los. Ohne Ziel. Denn er war bereits am Ziel: das French Quarter von New Orleans. Der Ort, an den er und Laura zusammen

hatten reisen wollen – und von dem aus er, seit Tagen
nächtliche Anrufe bekam. Er sah auf die Uhr seines Te-
lefons, die sich automatisch umgestellt hatte, und überlegte, selbst einen nächtlichen Anruf zu tätigen. Stattdessen schrieb er Nadine eine Nachricht, dass er gut angekommen war und sich am nächsten Tag bei ihr melden würde.

Als erstes Ziel gab er das Restaurant *French Market*
bei Google Maps ein und stattete dem Laden einen Besuch ab. Ein emsiger Kellner wollte ihn sofort an einen
der wenigen freien Tische führen und mit einer Speisekarte versorgen, doch Nico bremste den Mann und
zeigte ihm stattdessen das Foto von Laura, hielt dabei
die andere Hälfte, die sein eigenes Gesicht zeigte, allerdings mit dem Finger bedeckt.

„War diese Frau in den letzten Tagen hier zu Gast?"

Der Kellner zuckte mit den Schultern, nahm sich
dann die Zeit für einen zweiten Blick und ließ ein Kopfschütteln folgen. Nico bedankte sich und fragte zwei
weitere Angestellte, bevor er weiterzog.

Vor der Tür erblickte er die hohen Schornsteine eines
alten Raddampfers auf der anderen Seite des Platzes. Er
stattete dem Mississippi einen kurzen Besuch ab, weil
er glaubte, dass Laura das Gleiche tun würde. Als er den
mächtigen Strom entlangblickte, fragte er sich unwillkürlich, ob Springsteen dieses Monster im Kopf gehabt
hatte, als er *The River* geschrieben hatte. Nico schenkte
der Anblick jedenfalls genau den Funken Hoffnung,
den *der Boss* besang.

42.

Eher zufällig fand er den Weg auf die Bourbon Street, die Lebensader des French Quarters.

Ausgerechnet der Tod hatte ihn hierhergeführt.

Als er sich vom mächtigen Strom des Mississippis gelöst hatte, hatte der Fluss seine Gedanken mit auf die Reise genommen. Nico hatte sich nicht um sein Mobiltelefon geschert. Keinen Stadtplan gesucht oder ein Ziel bei Google Maps eingegeben. Wie die zahllosen Stücke Holz, die er vom Ufer aus beobachtet hatte, ließ er sich einfach treiben. Er konnte nicht mit Bestimmtheit sagen, wie lange er aufs Wasser hinaus gestarrt hatte. Auch nicht, wie lange er selbst das Treibgut in den Straßen des French Quarters war. Sein Körper kreiselte in einem Strom, seine Gedanken in einem anderen.

Erst der Klang von Trompeten, Klarinette, Posaune und Tuba führte beides wieder an einem Ort zusammen, inmitten der Kreuzung zweier schmaler Straßen, und inmitten eines traditionellen Trauermarsches.

Die fünfköpfige Jazzkapelle führte ihn an, und irgendwie war Nico zwischen sie und den Sarg geraten, der von sechs kräftigen Männern getragen wurde und dem schließlich der Rest der Trauergemeinde folgte; schwarz gekleidet, mit gesenkten Häuptern.

Jeder in diesem Trauerzug hatte seinen Platz. Jeder außer Nico. Er fühlte sich nicht nur fehl am Platz, er war es tatsächlich und auch wenn ihn keiner seiner unfreiwilligen Begleiter schief ansah, wollte er so schnell wie möglich raus aus dieser Gruppe. Die enge Gasse, durch die sie alle gemeinsam zogen, machte es ihm allerdings nicht leicht. Mit zwei schnellen Schritten sprang er beiseite und drückte sich dicht an eine Hauswand. Trotzdem zogen die Schultern der Sargträger nur wenige Zentimeter an ihm vorüber, als wollten sie ihn noch nicht aus ihrer Mitte entlassen.

Er starrte dem tiefschwarzen Sarg hinterher, während die Gäste weinend und klagend an ihm vorüberzogen. Er wollte vermeiden, ihnen in die Augen zu sehen, nachdem er sie in ihrer Trauer gestört hatte.

Als der Letzte von ihnen an ihm vorbeigegangen war, flüchtete Nico in die nächste Seitenstraße und war an deren anderem Ende mitten hineingestolpert, in das wilde Treiben auf die Bourbon Street.

Auf zwei Meilen reihten sich hier Restaurants, Bars, Souvenirshops und Livemusik-Clubs aneinander. Touristen und Einheimische pilgerten gleichermaßen die Straße auf und ab. Andere sahen von den Balkons auf beiden Seiten auf den stetig fließenden Strom aus Menschen herab, dem sich nun auch Nico anschloss.

Der Jazz hatte den Kampf um die Straße längst verloren. Hier und da reckte ein Club den Kopf, dessen Leuchtreklame verkündete, dass im Innern noch echter New Orleans Jazz gespielt wurde. Aus den meisten offenen Fenstern und Türen dröhnte jedoch ein Gemisch aus Rockgitarren und R'n'B-Röhren, so laut, dass die Combos aus Trompete, Klarinette und Co, die verzweifelt am Jazz festhielten, wohl auch noch auf der eigenen Bühne etwas davon mitbekamen, während sie versuchten, ihren eigenen Takt zu halten und die wenigen Gäste zu verwöhnen, die ihnen noch lauschten.

Ansonsten drängte sich Nico das Bild eines kreolischen Mallorcas auf – zum Glück trotz eines Mangels an Jazz noch mit deutlich besserer und meist handgemachter Musik. Leute taumelten mit riesigen Plastikgefäßen über die Straße, die mit alkoholischen Cocktails in allen Regenbogenfarben (und deren Neonvarianten) gefüllt waren, andere tranken Bier aus Dosen. Was in Köln das Normalste der Welt war, war für die Amerikaner ein echtes Highlight, denn das sogenannte Open Container Law erlaubte es in New Orleans, innerhalb der Grenzen des French Quarters Alkohol in der Öffentlichkeit zu konsumieren, solange man es nicht aus einer Flasche oder einem Glas tat, und ausnahmslos jeder außer Nico, schien dieses Recht wahrzunehmen.

Nico glaubte sich daran, zu erinnern, dass die einzige andere Stadt in den Vereinigten Staaten, in der etwas Ähnliches galt, Las Vegas war. Die Amerikaner schienen darauf zu stehen, in extremen Wetterregionen zu feiern und diese durch freizügigere Regeln zum Thema Alkohol attraktiver zu machen.

Es war heiß. Heißer als er gedacht hatte, als er im Hotel aufgebrochen war. Die feuchte Hitze steckte in den engen Gassen fest. Es stank nach Kanal. Nico erinnerte sich, dass er das auch gerochen hatte, als er seinen ersten kurzen Abstecher nach New Orleans gemacht hatte.

Er wusste, die Stadt lag unterhalb des Meeresspiegels. Einer der Gründe, warum Hochwasser und Überschwemmungen hier eine so große Bedrohung darstellten, und Grund dafür, dass das Kanalisationssystem

von New Orleans weniger tief lag, als in anderen Groß-
städten, was es Gasen erleichterte, an die Oberfläche zu
entweichen.

Und Ratten, dachte Nico erschrocken, als einer der
Nager, von der Größe einer Katze, die Straße unmittelbar vor ihm kreuzte und furchtlos zwischen den Beinen aufgescheuchter Touristen und abgebrühter Ein-
heimischer hindurch huschte.

Nico dachte darüber nach, mit den Wölfen zu heulen,
und sich an einem der zahlreichen Shops entlang der
Straße ein Bier im Plastikbecher zu holen. Stattdessen
entschied er sich für einen halben Liter Wasser, den er
in einem der Souvenirshops aus der Kühlung nahm.

Er war schließlich nicht hier, um zu feiern! Es war der
ursprünglichste aller New Orleans-Pläne gewesen,
aber dieser war für ihn auf ewig mit Laura verknüpft.
Auch wenn die ausgelassene Stimmung und die wech-
selnden Bands alle paar Meter äußerst einladend waren und er ab und zu ein paar Zeilen eines John Mellen-
camp oder Kansas Song mitträllerte, war er weiterhin
auf der Suche nach seiner besten Freundin.

Wenn er sie fand, würde es vielleicht Grund zum Feiern geben. Das hoffte er zumindest. Er hoffte außerdem, er jagte keinem Geist hinterher. Weder im sprich-
wörtlichen Sinne, aber ganz besonders nicht im wörtlichen.

Sie hat dich ge-Bobby-Jean'ed, rief er sich noch einmal
aufmunternd ins Gedächtnis. *Nicht geghostet!*

Die Nadel war da, er musste nur daran glauben, und
dieser Glaube trieb ihn voran und ließ ihn weitergehen.
Schritt für Schritt wühlte er sich tiefer in den Heuhaufen hinein.

43.

Das *Maison Bourbon* war der erste Club, den er betrat. Eine sechsköpfige Jazzkapelle stand auf der Bühne und schmetterte gerade eine beschwingte Version von Louis Armstrongs *No more meat and no potatoes* gegen die von Verstärkern getragene Rockmusik aus dem Laden auf der gegenüberliegenden Seite der Straße an. Einige Tische waren besetzt. Gäste tranken Bier, Wein und Whiskey und rauften sich vor der Bühne zusammen, um die Band, wegen der sie gekommen waren, überhaupt hören zu können.

Nico trat an die Theke. Der Barkeeper war gerade beschäftigt, und so lauschte er der Truppe eine Minute, wippte unwillkürlich mit dem Fuß im Takt der Musik und bekam eine Gänsehaut. Er war tatsächlich in New Orleans und lauschte einer Jazz Band!

Und doch hätte es noch so viel schöner sein können.

Der Laden war nicht grundlos seine erste Anlaufstelle.

Jazz hören auf der Bourbon Street stand auf der Liste, die er aus seiner Brusttasche zog und das Foto daraus befreite, als der Barkeeper zu ihm rüberkam.

„Hey!", grüßte er. „Was darfs sein?"

Nico zeigte ihm das Foto von sich und Laura. Das Einzige, das er von ihr hatte.

„Haben Sie diese Frau schon mal gesehen?"

Der junge Mann warf einen Blick darauf, sah kurz zu Nico, als wolle er sich noch einmal überzeugen, dass dieser die andere Person auf dem Bild war. Dann schüttelte er den Kopf.

„Nope."

„Ganz sicher? Sie müsste inzwischen in meinem Alter sein."

Der Barkeeper nickte, ohne noch mal einen Blick auf das Foto zu werfen. Dann widmete er sich dem nächsten Gast, der an den Tresen trat.

Nico sah sich um. Weitere Service-Kräfte waren nicht in Sicht. Er dachte darüber nach, zu warten, bis die Band eine Pause machte. Der junge Trompeter in der Bühnenmitte war nämlich genau Lauras Typ. Zumindest damals. Der lange drahtige Kerl am Klavier auch, und Laura war eine hübsche Frau, die garantiert der Typ jedes jungen Musikers in der Stadt war. Vielleicht erinnerte sich einer von ihnen an sie oder kannte sie sogar. Es war zehn Jahre her, seit sie verschwunden war. Er musste davon ausgehen, dass sie vielleicht schon seit Jahren hier lebte, einen Alltag hatte, Freunde, Familie oder einen Ehemann. Vielleicht hatte sie aber auch vor Jahren einen Haken hinter den Punkt *Einen Jazz-Club besuchen* gemacht und danach nie wieder einen Fuß in einen gesetzt. Rock und Pop waren eher ihr Ding gewesen.

Nico entschied sich dazu, nicht auf eine Pause der Band zu warten. Er wollte nicht sinnlos herumstehen. Nicht einmal eine halbe Stunde lang, wenn er sie vielleicht besser nutzen konnte.

Um sinnlos herumzulaufen, zum Beispiel, warf er sich selbst vor, entschied sich aber trotzdem dafür.

Er verließ das *Maison Bourbon*. Draußen auf der Straße hatte sich eine Gruppe Jugendlicher zusammengefunden, die auf Plastikeimern trommelten und damit Touristen um sich scharten – und es dem Drummer im Innern des Jazzclubs sicher fast unmöglich machte, seinen eigenen Takt zu halten. Trotzdem musste Nico zugeben, dass sie eine geile Show ablieferten und es ihm nicht leichtfiel, sich von ihnen loszureißen, um seine Suche fortzusetzen. Er zückte sein Handy und gab das *Château-Hotel* als nächstes Ziel ein. Es führte ihn von der Bourbon Street in eine Seitenstraße und direkt an den Tisch einer alten Frau mit roten Haaren, die an einer Zigarette nuckelte.

„Ich habe schon auf dich gewartet", verkündete sie und blies eine blaue Dunstwolke aus.

Auf dem kleinen Klapptisch vor ihr lag ein Stapel Tarotkarten, die sie mit der freien Hand auffächerte.

Natürlich, dachte Nico sarkastisch.

„Möchtest du etwas über deine Zukunft erfahren?", wollte die Alte wissen.

Er wollte höflich ablehnen und gehen, aber wer sagte ihm, dass dies nicht genau die billige Wahrsagerin am Straßenrand war, die auf seiner Liste stand? Auf ihrer Liste. Einmal mehr zückte er das Foto und sagte: „Eigentlich bin ich eher auf der Suche nach etwas aus meiner Vergangenheit."

„Das liegt manchmal näher beieinander, als man denkt", murmelte die Wahrsagerin und schaffte es tatsächlich, mysteriös zu klingen. Sie bot ihm den klapprigen Gartenstuhl auf der anderen Seite des Tisches an und sagte: „Setz dich."

Er nahm Platz, hielt ihr das Foto entgegen und fragte: „Haben Sie diese Frau ge…"

Sie interessierte sich nicht für das Bild. Stattdessen ergriff sie seine freie, linke Hand und zog sie an sich heran, dann starrte sie in seine Handfläche.

„Du kommst von weit her", flüsterte sie.

Kunststück bei meinem Akzent, dachte er abfällig.

„Und du bist auf der Suche nach jemandem."

Oh, komm schon, dachte er und verlor fast die Geduld. *Die Antwort hab ich dir ja wohl gerade selbst gegeben.*

Sie verstummte.

Wars das etwa schon? Fällt dir nichts mehr ein?

Dann bemerkte Nico, dass ihre Hände, mit denen sie seine eigene umschlossen hielt, zitterten. Die alte Frau wurde kreidebleich, während sie weiter in seine Hand starrte.

„Die Vergangenheit bringt dir kein Glück", sagte sie schließlich mit leiser Stimme und sah ihn aus Augen an, die Schreckliches gesehen haben mussten. „Du musst in der Gegenwart leben, sonst bist du verloren." Sie sah zum ersten Mal auf das Foto in seiner anderen Hand und zischte: „Und sie auch."

Nico zog seine Hand aus ihrem immer fester werdenden Griff und sprang vom Gartenstuhl auf. Die alte Frau, die mehr ein Gerippe war als ein Mensch, machte ihm Angst. Er hatte jeden Knochen in ihren dürren Händen gespürt, als sie zugedrückt hatte, mit einer Kraft, die sie in ihrem Alter und mit ihrem Körperbau eigentlich nicht haben sollte. Und ihre Augen hatten sich in riesige Warnschilder verwandelt.

Obwohl sie nichts als Plattitüden losgelassen hatte, hatte sie es geschafft, ihn zutiefst zu verunsichern. Trotzdem trat er die Flucht nach vorne an und hielt ihr das Foto noch einmal vors Gesicht.

„Sie haben sie gesehen", sagte er mit Bestimmtheit. „Nicht wahr?"

„Ich sehe alles", erging sie sich in neuerlichen Wortnebeln und Nico konnte zusehen, wie sich ihre Pupillen von altem, ausgeblasstem Blau in cremiges Weiß verfärbten, bevor sie hinzufügte: „Und gar nichts." Trotzdem starrte sie ihn aus ihrer neuen Blindheit heraus zielgenau an und zischte: „Genau wie du."

Dann riss sie den Mund weit auf. Zu weit! Sie renkte sich dabei den Unterkiefer aus und aus der Dunkelheit ihres Rachens starrte ihm Laura entgegen. Klein und in weiter Ferne, aber er konnte deutlich Panik und Verzweiflung in ihrem Gesicht erkennen.

„Nico!", schrie sie ihm entgegen und der Mund der alten Hexe ließ ihrer Stimme ein hohles Echo folgen.

Die Wahrsagerin schloss den Mund, renkte den Kiefer mit einem ruckartigen Knacken wieder ein, dann legte sie den Kopf in den Nacken und begann Laura herunterzuwürgen.

„Nein!", schrie Nico und stieß den Tisch zwischen ihnen beiseite, sodass die Tarotkarten durch die Luft wirbelten und sich auf der Straße verteilten.

Mit beiden Händen ergriff er den Kopf der Wahrsagerin und drückte ihn wieder nach unten. Er schob seine Finger zwischen ihre Lippen und versuchte, ihre Kiefer auseinanderzudrücken, so wie die sich schließenden Türen einer Straßenbahn. Er wusste, er kämpfte gerade gegen den stärksten Muskel im menschlichen Körper an, zumindest im Verhältnis zu seiner Größe. Und nachdem er die Kraft in ihren Händen zu spüren bekommen hatte, rechnete er nicht damit, dass ihre Kaumuskeln mit dem Alter an Stärke verloren hatten. Dennoch gelang es ihm, seine Finger zwischen ihre Zahnreihen zu schieben, auch auf die Gefahr hin, sie könne sie abbeißen, wenn sie die Chance dazu bekam. Mit aller Kraft schob er ihre Kiefer auseinander und spürte, wie ihm ihr Sabber über die Finger lief. Er blickte in ihren Rachen – und das monströse, gesichtslose Grinsen starrte an Lauras Stelle zurück. Kiefer schossen ihm aus dem Mund der alten Frau entgegen und schnappten nach ihm.

Nico ließ von der Hexe ab und stürzte nach hinten. Er landete hart auf dem Bürgersteig, von wo aus er in das Gesicht der Wahrsagerin blickte. Sie war nur noch eine ungepflegte alte Frau, alles Unheimliche war verschwunden. Sie sah ihn aus ihren verwaschenen, einst himmelblauen Augen an, ebenso wie eine Gruppe betrunkener Männer, die gerade von der Bourbon Street aus in die kleine Gasse einbog.

„Guck mal", meinte einer von ihnen lachend und zeigte dabei auf Nico. „Der is ja sogar noch betrunkener als wir."

Nico rappelte sich auf. Er sah sich panisch um. *Was war gerade geschehen?*

Er starrte die Wahrsagerin an, die ebenso überrascht zu sein schien, wie er. *Wann hatte die Realität geendet? Wann war sie wieder zurückgekehrt? Was hatte die Alte wirklich gesagt und was nicht?* Sie machte jedenfalls nicht länger den Eindruck, als wüsste sie irgendetwas, das über billige Taschenspielertricks hinausging.

Aber er hatte auch nicht den Mut, es genauer herauszufinden. Er wollte einfach nur weg. Nico wandte sich ab, bemerkte aber, dass zwischen ihren Tarotkarten auch noch das Foto von ihm und Laura auf dem Tisch lag. Mit einer schnellen Bewegung sprang er vorwärts, schnappte es sich und zog Foto und Hand eilig wieder aus ihrer Reichweite.

„Sorry", stammelte er. „Ich muss los."

Dann lief er davon, überholte die Gruppe der betrunkenen Jungs und bog um die nächste Ecke. Er rannte gegen den Schmerz an, bis er die Geschwindigkeit nicht mehr halten konnte. Erst dann presste er sich an die Wand eines Hauses in einer schmalen Seitenstraße und atmete tief durch. Er zitterte am ganzen Körper. Mit den Spitzen von Zeige- und Mittelfinger rieb er sich die Schläfen so heftig, dass es wehtat. Vielleicht konnte er den Wahnsinn ja heraus massieren! Die Gesichter von Menschen und Monstern, die in den Kehlen anderer Leute steckten. *Denn was konnte es anderes sein als sein eigener Wahnsinn?*

Er kniff die Augen zusammen, bis er Lichtblitze sah, und versuchte, seine Atmung zu kontrollieren. Körper und Geist waren eins. Um das eine zu kontrollieren, musste man auch Kontrolle über das andere haben.

Als sich sein Herzschlag wieder beruhigte, wurde auch das Karussell in seinem Kopf in geregelte Bahnen gelenkt. Er war müde, fühlte sich kaputt und geschafft. Die Zeiten, in denen er gut geschlafen hatte, dank Medikamenten und weil zwei Traumfrauen ihn jede Nacht in den Schlaf gevögelt hatten, waren vorbei. Sie wurden im Grunde schon verwässert seit dem Moment, als die Anrufe aus New Orleans begonnen hatten. Dazu kam noch der Jetlag. In Deutschland war es jetzt mitten in der Nacht. Nico würde eigentlich schon lange im Bett liegen und sich wenigstens seine kurzen Phasen Schlaf erkämpfen. Doch hier ging die Sonne gerade erst unter. Der Abend war noch jung und er wollte keine Zeit verschwenden. Noch war die Spur heiß, und nirgendwo war sie heißer als in dem Hotel, aus dem der letzte Anruf gekommen war.

44.

Als es dunkel wurde, veränderte sich die Stadt. Die Gaslaternen, die unter den Balkons zahlreicher Kreolenhäuser schwangen, verliehen *The Big Easy* etwas magisches. Sie schwebten in der Luft wie Irrlichter, warfen ihren warmen Schein auf Hauswände und Straßen und tauchten Stein und Asphalt in sanfte Rottöne.

Plötzlich wurde sie ihrem Ruf als mysteriöse Schönheit der Südstaaten gerecht.

Vielleicht hatte Nico auch nur dieses Gefühl, weil er die Feiermeile hinter sich ließ und in ruhigere Ecken des French Quarters vordrang.

Er passierte Bars, die nur von schummrigem Kerzenlicht beleuchtet wurden. Von draußen sah es so aus, als würden die Gesichter der Menschen, die einander an Tischen mit den Kerzen gegenüber saßen, im Raum schweben. Voodoo-Shops erstrahlten in mystischem Glanz und machten verlockende Versprechungen, die seit Einbruch der Dunkelheit nicht mehr ganz so sehr nach Betrug und Geldmacherei rochen, wie zuvor.

Und hinter dem Fenster eines Hauses spielten vier Waschbären Poker.

Nico blieb stehen, um die Szenerie eines genaueren Blickes zu unterziehen. Die kleinen Racker waren echt. Nicht lebendig, aber doch echt. Ausgestopfte Jagdtrophäen, die auf Stühlen um einen kleinen Tisch herum drapiert waren. Man hatte sie in ausgefallene Kleidungsstücke gesteckt, um sie noch menschlicher wirken zu lassen. Aus ihren kleinen

leblosen Augen heraus starrten sie Nico an, als fürchteten sie, er würde ihnen in die Karten schauen.

Der Rest der Wohnung, die sich hinter der illustren Runde erstreckte, war ähnlich grotesk und doch faszinierend gestaltet – und wurde noch viel faszinierender, als eine hübsche junge Afroamerikanerin in den von der Straße gut einsehbaren Raum trat, die nur einen weißen Tanga und eine offene Bluse trug. Statt sich zu verstecken, als sie den Beobachter am Fenster bemerkte, platzierte sie sich freizügig im Türrahmen, aus dem sie gerade gekommen war und flirtete mit Nico. Sie winkte ihm zu und wie in Trance winkte er zurück. Dann warf sie ihm ein Küsschen zu und bot ihm mit einer lockenden Fingerbewegung an, ihn hereinzulassen, wenn er es wollte ... und zwar nicht nur zur Tür.

In seiner Hose wollte es auf jeden Fall jemand.

Der Schock des Aufeinandertreffens mit der Wahrsagerin saß ihm jedoch noch tief in den Knochen, daher würde er seinem Penis ganz sicher nicht in einen Raum voll ausgestopfter Waschbären folgen, ganz gleich wie verlockend der Rest auch war.

Er schüttelte den Kopf und verwies entschuldigend auf die imaginäre Armbanduhr an seinem Handgelenk. *Keine Zeit.*

Sie zog die Mundwinkel nach unten, schmollte unfassbar verlockend und brachte Nicos Welt einmal mehr ins Stocken, als er spürte, wie seine Lust weiter unten lautlos durch die Jeans an das Fensterglas klopfte.

Lass mich rein!, schrie sein kleiner Freund.

Nico schüttelte den Kopf. *Was machte er hier bloß? Er war hergekommen, um Laura zu finden. Und er hatte die beste Frau der Welt, die zu Hause auf ihn wartete. Wollte er sie wirklich betrügen?*

Einen flüchtigen Moment lang klammerte er sich an den Gedanken, dass Nadine es vielleicht sogar heiß finden würde, wenn er ihr erzählte, dass er es mit einer anderen getrieben hatte. So wie er es heiß gefunden hatte, als sie ihm von sich und Jessica erzählt hatte.

Er verwarf die Idee wieder. Sie hasste ihn bereits dafür, dass er überhaupt nach New Orleans geflogen war. Und auch wenn sie sich in den vergangenen Monaten als Wundertüte sexueller Geheimnisse entpuppt hatte, bildete er sich nicht ein, dass es sie feucht machen würde, zu erfahren, dass er sie auf dieser Reise auch noch betrogen hatte.

Er zuckte mit den Schultern, um seine Entscheidung optisch zu untermauern, dann hinterließ er der kreolischen Schönheit seine Kusssignatur auf der Scheibe und wandte sich ab.

Nico zuckte erschrocken zusammen, als er sich einmal mehr dem Lindwurm aus schwarzen Kleidern und goldenen Blasinstrumenten gegenübersah. Der Trauermarsch hatte ihn wiedergefunden.

45.

Musiker, Sargträger und Trauergäste – sie alle standen reglos am Straßenrand, hintereinander aufgereiht, zehn, fünfzehn Meter lang, wie ein Bus, der darauf wartete, dass jemand einstieg.

Ich, dachte Nico beim Blick auf den Sarg, dessen Kopfende auf einer Höhe mit ihm war. *Sie warten, dass ich einsteige!*

Und doch schenkte ihm niemand Beachtung. Nicht ein einziges Augenpaar war auf ihn gerichtet. Alle blickten sie starr geradeaus, die Straßen hinunter.

Statt Blicken spürte er plötzlich etwas anderes. Winzig kleine Hände huschten über seinen Körper und betasteten ihn mit flinken Fingern.

Nico blickte an sich herunter und sah pelzige Hände. Mindestens sechs davon. Vielleicht auch mehr. Sie waren zu schnell und zu wuselig, um sie zählen zu können, und Nico zu unkonzentriert. Er griff nach einer der pelzigen Miniaturhände und zog daran. Etwa drei Kilo Gewicht hingen an seiner Hand, als er sie vor sein Gesicht führte. Ein Waschbär mit einer schicken Ray Ban Sonnenbrille fauchte ihn an und kratzte mit seinen drei verbliebenen Pfoten an seinem Unterarm. Bevor er sich auch noch in seine Hand verbeißen konnte, schleuderte Nico ihn von sich auf die Straße zwischen die Sargträger.

Als wäre es der Einsatz, auf den sie gewartet hatten, begann die Band aus vollen Lungen zu spielen und füllte die Straße mit einer lärmenden Form von Jazz, so laut und schief, dass es Nico in den Ohren wehtat.

Er konnte sie jedoch nicht zuhalten, da er beide Hände brauchte, um hektisch die anderen Waschbären von seinem Körper zu pflücken, und in verschiedene Richtungen zu schleudern, wo sie sich benommen aufrappelten und zum nächsten Angriff bereitmachten.

Der, den er unter den Sarg geworfen hatte, wurde gestoppt, als die Sargträger den Sarg unvermittelt absetzten und das Vieh darunter zerquetschten. Blut spritzte, kleine Pfoten ragten unter dem schweren Holz hervor, das den Rest des kleinen Biests plattgemacht hatte.

Die Sargträger hoben nun den Deckel des Sarges hoch und gaben den Blick ins Innere der Kiste frei – auf die kreolische Schönheit, die eben noch auf der anderen Seite der Scheibe mit Nico geflirtet hatte. Jetzt bedeckten Münzen für den Fährmann ihre verführerischen Augen.

Verwirrt wirbelte er um die eigene Achse. Dass die Scheibe nicht mehr da war, überraschte ihn nicht, hatte sie doch schon den Weg für die Waschbären freigemacht, deren Pokerkarten noch immer auf dem Tisch lagen, an dem sie vor einer Minute noch ausgestopft gesessen hatten. Und so wie die Waschbären vom Tod ins Leben zurückgekehrt waren, war das Leben aus der dunkelhäutigen Schönheit gewichen und der Tod starrte Nico nun aus blutunterlaufenen Augen in ihrem aschfahlen Gesicht an. Leichenflecken hatten sich auf ihren bis eben noch so perfekten Brüsten gebildet und wanderten über ihren Hals hoch ins Gesicht, über das sie sich wie eine totenkopfförmige Maske gelegt hatten.

Sie griff nach Nico, bekam ihn zu fassen und presste ihre kalten Lippen auf seine. Ihre Zunge schmeckte nach Formaldehyd.

Ihm wurde übel. Er kämpfte gegen ihre Umarmung an, doch sie zog ihn über die Türschwelle ins Haus, ließ sich fallen und sie stürzten gemeinsam.

Nico schlug hart auf dem Rücken auf, die tote Schönheit landete auf ihm und presste ihm die restliche Luft aus seiner Lunge. Sie drückte ihre Lippen erneut auf seine. Dieses Mal schmeckte ihr Kuss nach Erde. Würmer fielen aus ihrem Mund in seinen und wanden sich darin.

Die Totenflecken in ihrem Gesicht waren nun in Verwesung übergegangen. Ihre Augen waren zu Höhlen voller Maden geworden, die Nico ins Gesicht rieselten.

Sie hielt seine Handgelenke fest umschlossen und drückte sie links und rechts neben seinem Kopf auf den Boden, während er verzweifelt versuchte, sich ihr zu entziehen. Den Schraubstöcken, die seine Arme hielten, den Schenkeln, die seine Hüfte umschlangen ... ganz besonders jedoch ihrer fauligen Zunge, die gemeinsam mit Maden und Würmern an seiner kitzelte.

Plötzlich machten seine Gedärme einen Hüpfer. Er war dem, den er vom Start eines Flugzeuges kannte, nicht unähnlich. Und er verstärkte die aufsteigende Übelkeit noch zusätzlich. Dann begann der Boden, auf dem er lag, hin und her zu schaukeln.

Was zur Hölle geschah hier?

Der Lärm der Jazzband brannte ihm noch immer in den Ohren, als sich die tote Schönheit über ihm aufrichtete.

Die verwesende Leiche, korrigierte er sich, denn nichts mehr als das war sie. Von ihrer Schönheit war nichts mehr übrig. Von ihrer Haut auch nicht viel mehr. Ihr Gesicht war kaum mehr als ein nackter, von Fleischresten und Insekten bedeckter Totenschädel, und doch ritt sie auf ihm, als wäre sie quicklebendig. Sie rieb ihren welken, knochigen Schoß an der Härte zwischen seinen Beinen.

Nico dankte dem Erfinder der Jeans, wie auch immer er geheißen hatte. Er war dankbar über das millimeterdicke Verhütungsmittel aus Baumwolle, das verhinderte, dass er in das rutschen konnte, was von ihrem Schoß noch übrig war, während sie auf ihm ritt und dabei zusehends verweste, bis sie nur noch ein zappelndes Skelett war – endlich leicht genug, um sich aus ihrer Umklammerung zu befreien.

Nico stieß sie von sich und krabbelte panisch in die entgegengesetzte Richtung davon. Seine Flucht endete bereits nach wenigen Zentimetern, als er mit dem Hinterkopf gegen eine Wand stieß. Er sah sich hektisch um. Sie umgab ihn, war aber nicht höher als fünfzig Zentimeter.

Er richtete sich auf und sah darüber hinweg … fand sich in dem schaukelnden Sarg wieder, den die sechs Sargträger auf ihren Schultern trugen.

Plötzlich umschlangen ihn die knochigen Arme des Kreolinnen-Skeletts von hinten und legten sich um seinen Hals. Auch die kleinen, flinken Hände betasteten ihn wieder. Er sah über die Schulter – in den Brustkorb des Skeletts, der nicht länger von verlockenden, karamellfarbenen Brüsten verdeckt wurde. Zwischen den Rippen tummelten sich die vier Waschbären, fletschten ihre kleinen spitzen Zähne und griffen nach Nico. Immer wieder spürte er ihre kleinen Krallen in seine Haut ritzen und blutige Striemen hinterlassen.

In Panik schlug er wild um sich, riss sich los und flüchtete in die einzige Richtung, die ihm noch blieb: Über den Rand des Sarges und dann steil nach unten.

46.

Als Nico auf dem Asphalt aufschlug, verstummte die Jazzkapelle augenblicklich.

Um mich zu umzingeln, schoss es ihm durch den Kopf. *Um mich zurück in den Sarg zu stecken! Zu ihr!*

Er drehte sich auf den Rücken, bereit mit Händen und Füßen gegen die Musiker und Sargträger anzukämpfen.

Doch er war allein.

Zumindest hier draußen auf der Straße. Er sah sich verwirrt um.

Da war das Haus. Die Waschbären spielten Karten – waren tot. Die kreolische Schönheit stand auf der anderen Seite der Scheibe und presste ihre Brüste gegen das kalte Glas. Verlockend wie eh und je und vor allem lebendig. Sie lachte amüsiert über ihn. Über den Trottel, der so viel Angst vor einem Paar Titten hatte, dass er den Randstein hinuntergestolpert war. Mit *The Big Easy* hatte er nicht viel zu tun.

Dennoch stand ihr Angebot noch, genauso wie ihre Brustwarzen. Sie presste ihre vollen weichen Lippen gegen die Fensterscheibe und erwiderte damit den Kuss, an der Stelle, an der er ihn von außen darauf gedrückt hatte.

Nicos Blick sauste von ihr zu den Waschbären, und dann wieder zurück zu ihr.

Was tot war, war wieder tot. Was lebendig war, wieder lebendig.

Trotzdem wollte er kein Stück davon. Von nichts. Er wollte nur noch weg.

47.

Zu seiner Überraschung fand Nico das Hotel im Herzen des French Quarter als Ruine vor. Er glich die Adresse noch zwei Mal mit der auf seinem Smartphone ab, aber das schief über die vernagelte Eingangstür herabhängende Schild verkündete es eigentlich unmissverständlich: *Château-Hotel New Orleans.* Ein kreolisches Stadthaus, ähnlich wie das Hotel, in dem er selbst untergekommen war. Nur weniger einladend. Durch ein Panoramafenster neben der Tür konnte er in den ehemaligen Empfangsbereich schauen. Er spürte das kühle Glas dabei angenehm an seiner Stirn.

Er sah die alte verstaubte Theke, von der er bis vor wenigen Minuten angenommen hatte, dass er mit einer Dame dahinter telefoniert hatte.

Er wählte erneut die Nummer des Hotels, nahm das Handy an ein Ohr und drückte das andere gegen das Fensterglas. Er lauschte. Kein Klingeln von der anderen Seite.

Er beendete den Anruf, wandte sich ab und ging davon. Auf halbem Weg zur anderen Straßenseite klingelte sein Handy. Er warf einen Blick aufs Display. Ein unbekannter Anrufer.

Nico zögerte kurz, doch dann nahm er den Anruf entgegen.

Ein Knacken in der Leitung, danach die Stille, die er inzwischen nur allzu gut kannte. Er atmete hinein und das Geräusch wurde sofort erstickt.

„Laura?", fragte er hoffnungsvoll, fürchtete sich aber gleichzeitig vor der Antwort.

New Orleans war nicht Köln. Die Welten schienen hier dichter beieinander zu liegen. Das Irdische und das Überirdische. Leben und Tod. Als würden sie sich in der feuchten, Voodoo-geschwängerten Luft vermischen.

„Geh nicht weg", drang ihre Stimme durch die Leere an sein Ohr – entstellt und verzerrt, sodass er Zweifel hatte, ob es überhaupt Laura war. „Komm zurück."

Nico drehte sich um und sah hinüber zum Hotel.

„Wo bist du?", fragte er und wagte nicht mehr als ein Flüstern.

„Wo bist du?", erwiderte sie. „Kannst du mich nicht sehen?"

Er ging erneut auf das große Panoramafenster zu, doch hinter der Scheibe war nur undurchdringliche Dunkelheit zu sehen.

„Nein", antwortete er, als er wieder auf den Bürgersteig trat.

Er beugte sich an die Scheibe heran, schirmte das Licht der nächsten Straßenlaterne mit der freien Hand von seinen Augen ab und formte einen Tunnel zwischen ihnen und dem Glas, der es ihm ermöglichte, nach drinnen zu sehen.

Es war das gleiche Bild wie vor einer halben Minute. Ein alter Empfangstresen, ein paar klapprige Stühle, die in der vorderen Ecke aufgetürmt waren, dazu viel Dreck und Staub.

„Du bist nicht hier", sagte Nico in das Telefon, das noch so viel leerer erschien als der Raum, in den er blickte.

Dennoch sprach er hinein.

„Ich komme rein", beschloss er.

In diesem Moment knackte es im Hörer und das Gespräch war vorbei.

Nico hasste sich bereits für seine letzte Entscheidung. War das French Quarter mit Anbruch der Dunkelheit zu einem unheimlichen Ort geworden, dann war dieses alte leer stehende Hotel das Schloss des Monsters. Und Nico wusste, dass das Monster ein riesiges Lächeln voller spitzer Zähne hatte und Augen, die im Dunkeln leuchteten.

Trotzdem gab es für ihn kein Zurück mehr. Die Begründung, dass es wesentlich unrealistischer war, dass er Laura in einer leeren Telefonleitung hörte, als die Möglichkeit, dass sie in einem leer stehenden Hotel sein könnte, mochte einem vernünftig denkenden Menschen gegenüber nicht stichhaltig sein, aber Nico sah hier draußen keinen. Hier war nur er. Und er hatte es schon lange aufgegeben, beurteilen zu wollen, was real sein konnte und was nicht.

In seiner Welt geschahen Dinge. Punkt aus!

Er ging die Fassade des *Château-Hotels* ab, die um eine Ecke in eine noch schmalere Nebenstraße führte. Es gab mehrere Türen und außerdem ein großes Einfahrtstor. Er rüttelte an allen davon, doch sie waren verschlossen.

Was waren seine Optionen? Ein Fenster? Es gab das Panoramafenster am Empfang sowie einige Zimmerfenster, die aber von massiven Holzrollos bedeckt waren. Er traute sich nicht, eine Scheibe einzuschlagen, oder einen Stein hindurchzuschleudern. Das gehörte zwar auch zu den ewigen Träumen eines jeden großen Jungen, genau wie das Eintreten einer Tür, aber im Gegensatz zur klapprigen Kellertür in seinem Heimatdorf hatte er keine Ahnung, wem diese Hotelruine gehörte. Außerdem war er in einem fremden Land, vor dessen Polizei er weitaus mehr Respekt hatte als vor ihren deutschen Kollegen. Dafür hatten die US-Cops mit der Darstellung ihrer Außenwirkung in Filmen und Serien, vor allem aber in Nachrichtensendungen gesorgt. Auf dieser Seite des Atlantiks hatte man die Hand schnell an der Waffe, und das galt nicht mal nur für Cops. Wenn er jetzt ein Fenster einschlug, wäre das mit Lärm verbunden und vielleicht würde ein Nachbar mit gezogener 45er Magnum aus seinem Haus stürmen, um den potenziellen Plünderer zur Strecke zu bringen.

Alle anderen Fenster waren mit Holz verdeckt. Entweder hinter verschlossenen Fensterläden oder vernagelt mit Balken. Er ruckelte an einigen davon, aber es war nichts zu machen. Die Bewohner von New Orleans hatten Erfahrung darin, ihre Häuser zu vernageln. Sie übten es bei jedem Hurricane, der über sie hinwegfegte.

Als Nico das Ende des Gebäudes erreichte, fand er die Schwachstelle der Festung. Von Weitem hatte es ausgesehen, als teilten sich das Hotel und sein Nachbargebäude eine gemeinsame Außenwand. Als er jedoch direkt an der Grundstücksgrenze stand, entdeckte er den kleinen Spalt zwischen den Häusern. Er war allerdings nicht gänzlich frei von Hindernissen. Eine Mauer war dazwischen hochgezogen, die in der Schlucht zwischen

den beiden Häusern entlangführte und weiter hinten
ihre Innenhöfe voneinander trennen würde. Nico
schätzte sie auf gute zwei Meter Höhe. Der Spalt zwischen den Gebäuden war zudem äußerst eng. So eng,
dass er nur seitlich gehend hindurch passen würde. Es
würde das Klettern auf die Mauer zusätzlich erschwe-
ren. Abgesehen davon war es aber nur Klettern.

Das war eine Challenge, die er seit dem Kindergarten
beherrschte. Tausendfach erprobt und ohne Sachbeschädigung. Er suchte die Wände der beiden angren-
zenden Gebäude nach irgendetwas ab, das ihm helfen
würde, in den schmalen Schlitz zu gelangen. Die Regen-
rinne des *Château-Hotels* bot eine überstehende Halterung.

Nicht so komfortabel wie eine Treppe oder Leiter,
aber es musste genügen.

Er schwang den rechten Fuß in die Höhe und sofort
protestierte der linke dagegen, dass er sein gesamtes
Körpergewicht für einen Moment allein tragen musste.
Dafür bekam er danach eine kurze Verschnaufpause,
als Nico das Gewicht auf den höheren rechten Fuß verlagerte, sich nach oben schraubte und die Hände auf
den Mauerrand bekam. Er fühlte sich fast sportlich, als
er sich in einer flüssigen Bewegung auf die Mauer
schwang und sich zwischen die beiden Häuser
zwängte. Im Krebsgang drängte er sich durch die Eng-
stelle und war froh, dass er nicht muskulöser oder dicker war.

Jeder Schritt, den er tiefer zwischen die beiden Gebäude kroch, fühlte sich gefährlich an, so als würde er
zwischen die Backen einer gigantischen Müllpresse
kriechen, die sich jederzeit um ihn schließen könnte.

Immer wieder sah er von einem Ende des Durchgangs, der eigentlich keiner war, zum anderen, nur um sich abzusichern, dass sie beide frei waren, und ihn niemand hier oben in die Falle lockte, dunkel, einsam und ohne eine Möglichkeit schnell zu entkommen.

Die unheimliche Grinsekatze liebte Orte wie diesen.

Nico machte drei Kreuze, als er das andere Ende erreichte. Die Wand des Nachbarhauses ging weiter. Gut! So konnte niemand vom Nachbargrundstück aus sehen, wie er sich von der Mauer herunter in den Hof des Hotels hangelte. Sein Bein schickte ihm ein weiteres Mal die Quittung und so humpelte er die ersten Schritte durch den dunklen Hof. Er zog das Mobiltelefon aus der Tasche, suchte nach der Taschenlampenfunktion und lief noch im gleichen Moment scheppernd gegen etwas. Eine Sekunde später entpuppte es sich im Lichtkegel als eine rostige Gartenmöbel-Sitzgruppe.

Nico schaltete das Licht schnell wieder aus, duckte sich, sah sich in alle Richtungen um und suchte nach Fenstern, die geöffnet wurden oder hinter denen Lichter angingen. Fehlanzeige. Falls jemand den Krach gehört hatte, hatte er es vermutlich auf eine streunende Katze geschoben oder eine Ratte, die hier so groß wurden, wie Katzen. Vielleicht sogar noch größer.

Fledermausgröße, dachte Nico und ihm lief ein Schauer über den Rücken, als er sich zum ersten Mal seit Langem an seinen Albtraum erinnerte.

Er schaltete die Taschenlampe wieder ein und folgte dem schmalen Lichtkegel durch den verwinkelten Hof. Er ließ ihn hinter jedem Rascheln her huschen, leuchtete Ecken und Winkel ab, um auf Nummer Sicher zu gehen, dass dort nichts lauerte.

Manchmal hasste er seine blühende Fantasie.

Über ihm verliefen die Balkone, die zu den Zimmern der oberen Stockwerke führten, drei auf der einen Seite, drei auf der anderen. Dazu die Wand des Nachbargebäudes und eine rund drei

Meter hohe Mauer am hinteren Ende des Hofes, die mit Fresken verziert einst bestimmt eine malerische Kulisse zusammen mit dem lungenförmigen Pool und den beiden Springbrunnen links und rechts davon gebildet hatte.

Plötzlich fragte sich Nico, ob es besser war, in diesem Hof zu sein, als in dem Durchgang zwischen den beiden Häusern zu stecken. *War die Freude darüber, dass er aus dem engen Gang raus war, verfrüht gewesen?* Schließlich war er aus einem Spalt mit zwei Ausgängen in eine Grube ohne einen einzigen geraten.

Super, Nico, dachte er trocken. *Mach dir nur Mut!*

Er ließ die Taschenlampe einmal im Kreis wandern, doch bis jetzt gab es keinen Grund zur Sorge. Das alles war nur in seinem Kopf.

„Laura?“, rief er so leise in den Hof hinein, dass es eher ein geräuschvolles Zischen war.

„Laura?“, zischte es überraschend aus der Dunkelheit um ihn herum zurück.

Nico sah sich hektisch um, entdeckte aber niemanden.

War es nur ein Echo seiner eigenen Stimme gewesen, die zwischen den hoch aufsteigenden Wänden gefangen war?

Irgendetwas sagte ihm, dass es nicht so war.

Plötzlich ertönte ein Scheppern über ihm. Nico blickte nach oben – gerade noch rechtzeitig, um zu sehen, dass etwas aus dem dunklen Nachthimmel auf ihn herabstürzte.

48.

Eine Fledermaus!, war seine erste Reaktion.

Er sprang nach vorne und rollte sich gekonnt auf dem Boden ab. Das Stück Metallgeländer schlug lautstark an der Stelle ein, an der er noch einen Herzschlag zuvor gestanden hatte.

Keine Riesenfledermaus. Nur ein Stück Metall, schwer genug, um ihm den Schädel zu zerschmettern.

Fuck, das war knapp!

Sein Herz raste.

Über ihm erklangen Schritte. Holz knarrte, Metall quietschte.

Nico sah nach oben. Er entdeckte die Lücke im Geländer des Balkons der zweiten Etage und erblickte die Gestalt, die daran entlang rannte.

„Laura?", rief er dieses Mal lauter und mutiger nach oben.

Er versuchte, einen freien Blick auf die Gestalt zu erhaschen, doch Dunkelheit und die verwinkelte Bauweise des Hotels machten es ihm nicht leicht. Außerdem hatte er mit einem Mal das Gefühl, hier unten auf dem Präsentierteller zu sitzen.

Er erblickte eine der Treppen nach oben und sprang die Stufen hinauf bis in den ersten Stock. Die Treppe endete dort und führte erst am anderen Ende des Balkons weiter nach oben.

Nico legte die Strecke im Sprint zurück, während er immer wieder nach oben blickte, um sein Ziel ein Stockwerk über sich nicht aus den Augen zu verlieren.

Der Boden ächzte unter seinen Schritten, bog sich an manchen Stellen sogar bedrohlich durch. Nico hatte Angst, durch das Holz zu brechen, und schaltete daher einen Gang zurück, erreichte aber schließlich das andere Ende des Balkons und nahm die Stufen der nächsten Treppe in Angriff, die ihn auf eine Ebene mit der dunklen Gestalt brachte – jedoch auf der anderen Seite des Innenhofs. Trotzdem spürte er die Erschütterungen, die ihre Schritte auslösten, bis hier rüber. Als er die Verfolgung aufnahm, fürchtete er, dass die ganze Etage mit ihnen beiden darauf unter der Belastung zusammenbrechen und ihn mit sich in die Tiefe reißen könnte.

New Orleans' riesige Ratten würden sich garantiert über eine Mahlzeit mit gebrochenen Gliedern oder Rückgrat freuen.

Trotzdem bremste er nicht ab. Sein Bein tat das ohnehin schon, sodass er kaum Hoffnung hatte, die dunkle Gestalt einzuholen. *Und wenn er sie erreichte? Was dann? War es Laura? Warum sollte sie dann vor ihm davonlaufen? Hatte sie sich vielleicht erschrocken, als das Geländer-Element in die Tiefe gestürzt war und ihn fast erschlagen hatte? Oder war es jemand anderes? Jemand, der das Geländer möglicherweise sogar absichtlich hatte herunterstürzen lassen? Und wenn ja, was wäre er bereit, zu tun, wenn Nico ihn stellte?*

Er richtete sich innerlich auf einen Kampf ein. Eine weitere Sache, die er in seiner Jugend ausgelassen hatte. Er war immer zufrieden damit gewesen, doch jetzt wünschte er sich, er hätte Erfahrungen darin gesammelt. Sich das ein oder andere blaue Auge geholt. Gelernt, wie man einsteckt, aber eben auch austeilt.

Nico erreichte die Stelle, an der das Stück gusseisernes Geländer fehlte, das beinahe sein Schicksal besiegelt hätte. Er hörte weitere Schrauben fallen und klirrend unten im Hof auf alte Metallmöbel treffen.

Die Worte der Wahrsagerin echoten in Nicos Kopf. Er müsse aufhören, der Vergangenheit nachzujagen. Sie würde ihm nur Ärger bringen.

Scheiße ja!, dachte er. *Das war noch milde ausgedrückt.*

Sie hatte ihm auch gesagt, er müsse in der Gegenwart leben.

Das Adrenalin, das gerade seinen Körper flutete, war sowas von die Gegenwart!

Er hielt sich mit einer Hand am Geländer fest, um die Kurve am Ende des Hofs ungebremst nehmen zu können, und schleuderte sich förmlich auf die nächste Gerade.

Sie schwankte wie die aufgebockte Steilkurve der verdammten Carrerabahn aus Kindertagen, dachte er, wenn er schon bei der Vergangenheit war.

Nico schaltete einen Gang zurück, als er sah, wie die flüchtige Gestalt durch eine Tür verschwand. Er wollte nicht in eine weitere Falle tappen. Er warf die Tür schwungvoll auf und blickte in die Dunkelheit eines Treppenhauses.

Verdammt! Er hatte nicht damit gerechnet, dass es außer den Außentreppen noch weitere Möglichkeiten gab, das Stockwerk zu wechseln. Er hörte Schritte, die

die Stufen nach unten mit schnellen Sprüngen nahmen. Die Luft war also rein. Der Verfolgte lauerte nicht hinter irgendeiner Ecke, sondern war noch immer auf der Flucht.

„Warte", rief er ins Treppenhaus hinunter, doch die Schritte wurden nicht langsamer.

Nico setzte die Jagd fort.

Die Treppe führte ihn durch einen schmalen Ausgang am unteren Ende in die überdachte Einfahrt, auf der Innenseite des großen Haupttors, an dem er vorhin noch von außen gerüttelt hatte. Er sah sich um und erblickte den Flüchtigen, der um eine Ecke in Richtung Innenhof verschwand. Einmal mehr jagte Nico ihm hinterher, sah gerade noch, wie eine halbhohe, halbrunde Holztür in der Innenwand der Mauer zufiel. Er schob die Hände zwischen Tür und Rahmen und zog sie auf, spürte einen Luftzug von drinnen, der vielleicht das Kühlste war, das er bisher überhaupt gespürt hatte, seit er in New Orleans war. Eine Gänsehaut wanderte seinen Arm entlang. Dann packte ihn plötzlich jemand von hinten. Finger schraubten sich in beide seine Schultern und quetschten Nerven und Muskeln, die ohnehin schon verspannt waren. Ein kurzer, scharfer Schmerz folgte, dann wurde er ruckartig nach hinten gezogen und landete auf dem Rücken mit Blick zum Himmel.

Zwei Gestalten drängten von beiden Seiten in sein Blickfeld und als sie sich zu ihm hinunter beugten, erkannte er schwarze Uniformen und Polizeimützen. Der Lauf einer 9mm Pistole glänzte über seinem Gesicht.

„Don't move!", schrie ihn der Cop mit der Waffe an, während der andere sich zu ihm hinunterbeugte.

Die Hände des Gesetzes griffen erneut zu. Der Cop drehte Nico schwungvoll auf den Bauch, drückte ihm das Knie in den Nacken und schrie: „Hands behind your back!"

Noch bevor Nico der Aufforderung nachkommen konnte, hatte der Cop ihm die erste Hand unsanft hinter den Rücken gedreht. Nico ließ die zweite eilig folgen. Er spürte kaltes Metall an seinem Handgelenk, dann hörte er die Handschellen klicken.

49.

Das Polizeirevier von New Orleans unterschied sich nicht groß von den Bars und Restaurants des *Big Easy*. Torbögen und rissige Steinwände bestimmten das Interieur. Ein bisschen alt, ein bisschen heruntergekommen. Es roch ein wenig muffig, weil das Gebäude – zumindest im Erdgeschoss – anscheinend die ein oder andere Überschwemmung miterlebt hatte.

Selbst das Klientel unterschied sich kaum von dem draußen auf der Bourbon Street und in ihren Clubs und Attraktionen.

Nico sah leicht bekleidete Damen, vermutlich Prostituierte, und sturzbetrunkene Männer. Dazwischen den ein oder anderen Kleinkriminellen. Was fehlte, war nur eine ordentliche Jazzband.

Er blickte rüber zur Tür des Großraumbüros, als diese ein weiteres Mal geöffnet wurde, als hoffte er, dass tatsächlich ein sechsköpfiges Gespann mit auf Hochglanz polierten Blasinstrumenten hineingestoßen wurde.

Stattdessen waren es zwei weitere Trunkenbolde, die ohne die Hilfe der drei Polizisten, die sie unter den mit Handschellen gefesselten Armen gepackt hatten, kaum noch stehen konnten. Sie wurden an Nico vorbei zur Treppe am hinteren Ende des Saals geführt und verschwanden im Keller.

Nico hatte auf einem klapprigen Stuhl, an dessen Armlehne er mit Handschellen gefesselt war, die bei jeder Bewegung rasselten wie schwere Ketten, warten müssen. Sie waren zu eng und schnitten schmerzhaft in seine Handgelenke ein.

Er hatte den Vorgang schon einige Male beobachtet, seit er hier saß. Nach wenigen Minuten kamen die Cops aus dem Keller zurück, ihre Gefangenen jedoch nie. Vermutlich steckten sie im Untergeschoss in irgendeiner Ausnüchterungszelle.

Nico konnte sich offenbar glücklich schätzen, dass er hier oben gelandet war, wo man sich wenigstens noch um die Verhafteten kümmerte.

Er hatte den Polizisten, die ihn abgeführt hatten, mehrfach gesagt, dass er ein deutscher Tourist war und nichts getrunken hatte. Er hatte sie aufgefordert, einen Alkoholtest zu machen, doch sie hatten sich recht wenig darum geschert, was er ihnen zu erzählen hatte.

Als er es auch im Foyer des Reviers wiederholte, und einige der Detectives auf ihn aufmerksam wurden, hatte einer von ihnen, ein rundlicher Mann, den die Streifenpolizisten als Detective Moore angesprochen hatten, ihn zu sich gewunken und gesagt, er würde ihn übernehmen.

Die Streifenpolizisten freuten sich, ihn loszuwerden und wieder zurück auf die Straße zu kommen.

Moore ließ ihn auf dem Flur warten und erledigte in seinem Büro, was auch immer er noch zu erledigen hatte. Schließlich baute er sich vor Nico auf und fragte: „Sie werden mir doch keinen Ärger machen, oder?"

Nico schüttelte den Kopf. „Nein, Sir."

Der Detective nahm ihm die Handschellen ab und bedeutete ihm, ihm in sein Büro zu folgen.

„Setzen Sie sich", sagte er.

Die Handschellen warf er scheppernd auf den Schreibtisch zwischen den beiden Stühlen. Das Geräusch dröhnte in Nicos Ohren und ließ ihn zusammenzucken.

Moore angelte sich den Personalausweis, den die Kollegen von der Streife ihm mit dem Gefangenen zusammen übergeben hatten.

„Mister Nico Geiss?", fragte er und glich die Daten ab.

„Ja", antwortete Nico.

„Mister Geiss, Sie wurden aufgegriffen, als sie sich widerrechtlich auf einem Privatgrundstück rumgetrieben haben", rekapitulierte Moore, was die Kollegen ihm gesagt hatten.

„Ja, das stimmt."

Der Polizist sah ihn überrascht an.

„Möchten Sie dem irgendetwas hinzufügen?"

„Ich war auf der Suche nach meiner besten Freundin", erklärte Nico. „Die ich hiermit als vermisst melden möchte."

Moore sah ihn skeptisch an und tastete im kontrollierten Chaos seines Schreibtischs blind nach einem Blatt Papier und einem Kugelschreiber und machte sich Notizen.

„Name?", fragte er.

„Laura Neuer."

Er notierte den Namen und ging eine Zeile tiefer für die nächste Notiz.

„Und seit wann wird sie vermisst?"

„Seit zehn Jahren."

Er sparte sich das Schreiben, legte den Stift beiseite und sah Nico skeptisch an.

„Seit zehn Jahren?“

Nico nickte. „Denke ich zumindest.“

„Denken Sie?“

Er nickte erneut, dieses Mal verhaltener.

„Ist sie amerikanische Staatsbürgerin?“, fragte Detective Moore.

„Nein.“

„Und ist sie hier in den Vereinigten Staaten verschwunden?“

„Nein.“ Er sah Moores Interesse schwinden. „Aber wer in Deutschland verschwindet, kann auch hier wieder auftauchen.“

Der skeptische Polizistenblick blieb. *Wie weit konnte dieser Mann seine verdammte rechte Augenbraue denn noch nach oben ziehen?*

„So wie jemand, der aus Deutschland kommt, trotzdem auch hier Hausfriedensbruch begehen kann?“, versuchte Moore das Gespräch wieder auf den aktuellen Tatvorwurf zu lenken.

Nico senkte schuldbewusst den Blick, war aber nicht dazu bereit, das Thema zu wechseln.

„Ich bekomme seit einigen Monaten Anrufe mitten in der Nacht“, erklärte er. „Wechselnde Nummern. Nie spricht jemand. Aber alle kommen aus New Orleans. Ich glaube, es ist Laura.“

„Also hat sich Sherlock Holmes in den Flieger gesetzt und ist losgeflogen, um ein bisschen Detektiv zu spielen“, schlussfolgerte Moore.

Nico verschränkte die Arme vor der Brust. Es war eine rhetorische Frage, die keiner Antwort bedurfte.

Den Sarkasmus ließ er unkommentiert und schluckte die kleine Stichelei.

„Also gut", erwiderte Moore und wurde etwas ernster. „Sie glauben also, dass Ihre beste Freundin mitten in der Nacht bei Ihnen anruft. Wechselnde Nummern, aber immer N'Orleans."

Er nickte.

„Und warum sagt sie nichts?"

„Sie legt auf, wenn ich abnehme."

Moore nahm den Stift erneut vom Tisch und zeigte Bereitschaft, ihn wieder ernst zu nehmen.

„Diese Nummern", fragte er, „haben Sie die noch?"

„Sie gehören zu Restaurants", berichtete Nico. „Dem *Mulates* und dem *French Market.* Dem *Maison Bourbon* Jazzclub, und dem *Château-Hotel.*"

„Nur dass das *Château-Hotel* nicht mehr existiert", gab Detective Moore zu bedenken.

„Ich habe vor ein paar Tagen mit dem Empfang telefoniert", erklärte Nico.

Der Polizist legte den Stift wieder nieder und sah ihn fragend an.

„Sie haben das Hotel gesehen", meinte er skeptisch. „Hatten Sie das Gefühl, dass Sie da vor ein paar Tagen wirklich mit jemandem telefoniert haben?"

Definitiv nicht. Aber so allumfänglich wollte Nico das nicht einräumen.

„Vielleicht ist die Nummer noch aktiv", vermutete er stattdessen. „Ich meine ... es ist doch nicht total abwegig, dass Entführer ihr Opfer in einem leer stehenden Hotel verstecken, oder?"

„Nachdem sie diese zum Essen ins *Mulates* ausgeführt haben und sich eine Jazz Band auf der Bourbon

Street mit ihr angesehen haben?“, streute Moore weiterhin Zweifel.

Begründete Zweifel, wie Nico zugeben musste.

Für ihn machte seine Geschichte Sinn, für seine Freundin und seine Eltern nicht. Wie konnte er da annehmen, dass sie es für einen Polizisten in einem fremden Land tun würde?

„Ich weiß, das klingt alles verrückt“, gab er deshalb zu, „aber bitte glauben Sie mir. Laura braucht Hilfe.“

„Wurde Ihre Freundin in Deutschland als vermisst gemeldet?“, wollte Moore wissen.

„Nein“, antwortete Nico kleinlaut.

Die Augenbraue des Detectives schoss wieder nach oben.

Game over, dachte Nico.

„Und trotzdem reisen Sie um die halbe Welt, um sie zu suchen?“, fragte Moore weiter.

Offensichtlich.

„Sie scheinen ein netter Kerl zu sein und ich werde Ihnen wegen des Einstiegs in ein leer stehendes Hotel nicht auf die Finger hauen“, sagte Moore gönnerisch, bevor er mit ernstem, fast bedrohlichem Unterton fortfuhr, „aber ich will Ihnen einen Rat geben. Sie sollten Ihre Sachen packen, nach Hause fliegen und Ihr Leben weiterleben, denn ich schätze mal, in keinem Land der Welt wird Ihnen ein Cop dabei helfen, wenn eine erwachsene Frau entscheidet, keinen Kontakt mehr mit Ihnen haben zu wollen.“

„Hören Sie …“, wollte Nico protestieren.

„Nein, Sie hören jetzt zu“, unterbrach ihn Moore ruppig, „denn danach muss ich mich wieder um echte Ver-

brechen kümmern. Und hier sehe ich keins. Weder aufseiten Ihrer Freundin noch auf Ihrer. Ich kann Ihnen
nur raten, diesen Freifahrtschein heute anzunehmen
und meinen Rat zu befolgen. Bei Hausfriedensbruch
drücke ich ein Auge zu, bei Stalking nicht. Und am
Ende sitzen meistens aufdringliche Männer auf der anderen Seite meines Schreibtisches, die ein Nein einfach
nicht verstehen wollen.“

50.

„Ich glaub's nicht, dass ich das schon wieder mache", schimpfte Nico mit sich selbst.

Dann sprang er von der Mauer und landete zum zweiten Mal im Innenhof des *Château-Hotels*.

Detective Moore würde garantiert nicht begeistert darüber sein, wenn er heute Nacht ein zweites Mal in seinem Büro landete.

Aber die Spur war heiß.

Außerdem würden die Cops sicher nicht damit rechnen, dass er seine Dummheit wiederholte, sobald er aus dem Präsidium raus war. Er wusste, er spielte mit dem Feuer.

Ein Ausländer, der in den Staaten straffällig wurde ... die Konsequenzen waren weitreichend. Er konnte ausgewiesen werden. Mit einer Vorstrafe hieß das, dass er nie wieder in die Vereinigten Staaten zurückkehren könnte. Von dem Risiko, ein amerikanisches Gefängnis von innen kennenzulernen, einmal ganz abgesehen.

Detective Moore würde sich auf die abschreckende Wirkung verlassen, als er ihn mit einem blauen Auge hatte davonkommen lassen. Hoffte Nico zumindest.

Trotzdem würde er dieses Mal ganz besonders vorsichtig sein. Und besonders leise. Er schlich auf Katzenpfoten in den Hof, verzichtete sogar auf das Licht der

Taschenlampe. Immerhin kannte er die Umgebung dieses Mal schon. Er machte einen Bogen um die verrosteten Gartenmöbel und kurz darauf auch um das am Boden liegende Geländer. Das Donnern und Scheppern, mit dem es aufgeschlagen war, hatte bei seinem ersten Besuch sicher die Aufmerksamkeit der Nachbarn erregt. Dann das Trampeln und Stampfen auf den alten, maroden Balkonen.

Auch um sie würde Nico dieses Mal einen Bogen machen. Trotzdem behielt er sie im Blick, denn er wollte nicht noch eine unschöne Überraschung von oben erleben.

Aber sein Ziel war hier unten.

Er schlich zur Einfahrt und tastete sich die Mauer entlang bis zu der kleinen, hölzernen Einstiegsluke, die ihm gerade bis zur Hüfte reichte. Er sicherte sich einmal ringsum ab. Das große Einfahrtstor war augenscheinlich verschlossen, doch die Cops mussten hindurch gekommen sein, um ihn beim letzten Mal von hinten überraschen zu können. Möglicherweise hatten sie einen Schlüssel, oder sie hatten es mit Gewalt geöffnet. Beides bedeutete, dass es nicht sicher war.

Er grub die Fingerspitzen in den Spalt zwischen Einstiegsluke und Mauerwerk und zog sie auf. Sie ächzte und knarrte, wehrte sich dagegen, geöffnet zu werden ... krallte sich hundert Kilo schwer in der Wand fest.

Nico stemmte sich mit dem Fuß gegen die Wand, um eine bessere Hebelwirkung zu haben. Langsam zog er sie Stück für Stück auf. Die bekannte kalte Brise schlug ihm aus dem Mauerwerk entgegen. Wahrscheinlich hatten sich Tür und Rahmen wegen der beiden unterschiedlichen Klimazonen verzogen, die seit Jahrzehnten von beiden Seiten gegen sie pressten.

Mit dem erbärmlichen Jammern eines Rudels geprügelter Hunde bekam Nico die Tür letzten Endes auf. Er atmete mehrmals tief durch und wunderte sich, wie es der Mann, den er gejagt hatte, so schnell und mühelos geschafft hatte, auf diesem Weg zu entkommen. Er schloss mit an Sicherheit grenzender Wahrscheinlichkeit aus, dass es eine Frau gewesen sein könnte. Laura war zwar sportlich, aber wenn sie die vergangenen zehn Jahre nicht in einem Fitnessstudio gelebt hatte – einem altmodischen, voller Gewichte und Hantelbänken – wäre sie zu diesem Kraftakt sicher nicht in der Lage.

Er hoffte, nicht nur einem Obdachlosen nachzujagen, der das alte Hotel als sein Zuhause und Nico als Eindringling angesehen hatte.

Er zückte das Handy, ließ jetzt doch die Taschenlampe aufflackern und leuchtete in das dunkle, kühle Loch, das er freigelegt hatte. Eine Treppe führte direkt ins Mauerwerk. Ein Abstieg, so eng wie der Weg, auf dem er schon zwei Mal in das Hotel gelangt war ... nur dass dieser hier direkt unter die Erde führte. Der Gedanke an den Abstieg gefiel ihm ganz und gar nicht.

Er spielte mit dem Gedanken, selbst die Polizei zu Hilfe zu rufen. Vielleicht unter irgendeinem Vorwand. Sich als besorgter Nachbar auszugeben, der schon wieder Lärm aus dem Hof des alten Hotels gehört hatte und sie zu der offenstehenden Luke zu lotsen. *Aber würden sie wirklich hineingehen?*

Schon bei seiner Festnahme hatte er den beiden Streifenpolizisten mehrfach gesagt, dass jemand durch die halbhohe Tür geflohen wäre. Er hatte kein Problem damit, dass sie ihn verhaftet hatten. Er wollte nur, dass sie sich auch um den mysteriösen Fremden kümmerten, der versucht hatte, ihn mit einem herabstürzenden Geländer zu töten.

Sie hatten ihm kein Wort geglaubt, oder sich einfach nicht dafür interessiert, dem Mysterium nachzugehen, das in den vergangenen Wochen ein so großer Teil seines Lebens geworden war.

Er hatte in der Hektik ein paar Worte aufgeschnappt, die die Cops daraufhin miteinander gewechselt hatten. Der eine hatte seinen Kollegen darüber aufgeklärt, dass es sich um einen alten Schmugglertunnel handelte, durch den während der Prohibition in den Dreißigerjahren Moonshine in die Flüsterkneipen der Stadt gebracht worden war.

Wenn es den Gang wirklich noch gab, dann hätte er ohnehin einen zweiten Ausgang, hatte der Cop gesagt, und der Geflüchtete wäre sicher schon längst über alle Berge.

Moonshine, ging es Nico seitdem nicht mehr aus dem Kopf.

Er dachte an die Liste, die er mit Laura für ihren gemeinsamen Aufenthalt in New Orleans erstellt hatte.

Moonshine hatte auch darauf gestanden.

Er hatte gehofft, dass diese Spur ihn irgendwo nach Süden in die Sümpfe führen würde und nicht steil nach unten, in die Hölle. Aber so passte es viel besser in seine Welt.

Nico ließ den Schein der Taschenlampe einmal um sich kreisen und landete auf einer soliden dreißig Zentimeter langen Metallstange, die irgendwo aus einem Balkon gebrochen war und auf dem Boden des Innenhofs lag. Er hob sie auf, wiegte sie in der Hand und schwang sie zwei Mal vor dem Körper. Kompakt und trotzdem schwer. Wer damit eins übergezogen bekam, der hatte nichts mehr zu lachen.

Er schrieb Nadine eine Nachricht und versuchte, die richtigen Worte zu finden, für die falschen, die er überbringen musste.

Wenn du morgen nach dem Aufwachen nichts von mir gehört hast, ruf die Polizei von New Orleans an. Schmugglergang im Château-Hotel, verschickte er schließlich.

Gerade als er die Taschenlampe wieder aktivieren wollte, klingelte das Telefon.

Nadine!

Er hatte die Zeitverschiebung vergessen. Sie war natürlich schon wach und vermutlich in höchster Sorge über seine seltsame Nachricht.

Nico nahm den Anruf an, obwohl er wusste, dass es ein Fehler war.

„Was auch immer du gerade vorhast", polterte sie sofort los, „tu es bloß nicht!"

„Wahrscheinlich ist es gar nichts", versuchte er, sie zu beruhigen. „Ich wollte nur nicht, dass du dir ..."

„... Sorgen machst?", unterbrach sie ihn. „Glückwunsch! Super hinbekommen. Ich mach mir Sorgen, seit du weg bist. Jetzt hab ich ne scheiß Angst! Und du schreibst diese Nachricht nicht mitten in der Nacht, weil du nicht willst, dass ich mir Sorgen mache, sondern weil du auch ne scheiß Angst hast!"

Sie hatte nicht unrecht. Nico wollte sie nicht auch noch anlügen. Er fühlte sich schon mies genug.

„Komm bitte einfach zurück zu mir", flehte Nadine, doch der Empfang verschlechterte sich zusehends, verzerrte die Worte und schluckte Teile davon. „Hörst du?"

„Der Empfang ist ganz schlecht", sagte Nico. Verstanden hatte er sie trotzdem.

„Komm mir jetzt nicht so", drangen ihre abgehackten Worte durch die Leitung. „Ich bitte dich. Vergiss sie einfach. Tu es für uns."

„Es tut mir leid", bereute Nico ehrlich, das nicht zu können, und machte die ersten Schritte in den Schmugglergang hinein.

Das Rauschen in der Leitung wurde stärker, als das Handy von den dicken Wänden umschlossen wurde. Nadines nächste Worte verstand er schon nicht mehr. Dann brach die Verbindung komplett ab und aus dem Telefon wurde wieder eine Taschenlampe.

51.

Die Luft war kühl, roch aber feucht und alt. Als Nico die letzte Treppenstufe erreichte, hoffte er nur, dass es genug davon hier unten gab. Das Wissen, mehr als fünfzehn Meter unterhalb des Meeresspiegels zu sein, in einer Stadt, die sich das Meer nur allzu gerne mal für ein paar Tage einverleibte, machte ihm das Atmen ohnehin schwer genug. Der Boden war matschig. Entweder noch von der letzten Flut oder weil er zu nah am Grundwasser war. Es schmatzte bei jedem Schritt, den Nico weiter in die Dunkelheit hinein machte.

Er musste gebückt gehen, schätzte die Deckenhöhe auf knapp einen Meter siebzig – und das auch nur in der Mitte des Gewölbes.

Der Lichtkegel tanzte über das Mauerwerk. Immerhin schien der Tunnel stabil zu sein. Gute alte Handwerksarbeit. Wahrscheinlich sogar stabiler als die meisten oberirdischen Bauten in diesem Land, das irgendwann beschlossen hatte, auf Holz und Fertigbauhäuser zu setzen – gegen Hurricanes, Tornados und Erdbeben.

Sollten sie doch weiter lautstark zu jeder Gelegenheit *USA! USA!* skandieren. Hier unten hatten noch Europäer gebaut und dafür war er dankbar.

Der Tunnel entpuppte sich als schier endlose Röhre, die – mal breiter, mal schmaler – strikt geradeaus führte.

Nico hatte das Gefühl, Kilometer zurückzulegen. Wenigstens konnte man sich geradeaus nur schwer verirren.

Ab und zu blitzte ein Paar Augen vor ihm im Licht der Taschenlampe auf. Die Angst vor der Grinsekatze flammte jedes Mal aufs Neue auf, doch es waren stets Ratten, die entweder schnell davonhuschten, oder ihn manchmal ein Stück seines Weges begleiteten. Ihre Anwesenheit hatte sogar etwas Beruhigendes an sich. Zu sehen, dass die kleinen Biester hier unten lebten, nahm ihm die Atemnot ein bisschen, die ihn immer wieder dazu bewegen wollte, zurückzukehren.

In einer Reportage über Bergbau hatte er mal gehört, dass man einem Stollen auf mechanische Weise frische Luft von der Oberfläche zuführen musste, damit die Bergleute im Innern nicht erstickten.

Obwohl ihm die kalte Brise, die ihn bisher auf dem ganzen Weg begleitete, die Nachricht *Frischluft* quasi ins Gesicht blies, genügte es nicht, seine Ängste vollkommen zu zerstreuen.

Jedenfalls konnte er verstehen, warum die Cops kein Interesse daran gehabt hatten, hier herunterzusteigen.

Nico fragte sich, wie lange er dem Tunnel noch folgen würde. Er hatte das Gefühl, die Wanderung hatte schon lange den Sinn verloren. Er hoffte, wenigstens näher an ihrem Ende zu sein als an dem Eingang, den er gewählt hatte. Es würde sonst irgendwann ein verdammt langer Rückweg werden. Wenn er ihn jedoch verfrüht antrat, würde er niemals erfahren, ob er vielleicht nur wenige Meter vor dem Ziel kehrtgemacht hatte.

Er beschloss daher, nicht zurückzugehen. Er würde dem Tunnel folgen, bis er ihn irgendwo anders ausspuckte.

Die Schmuggler, die ihren Alkohol hier durchgeschleppt hatten, taten ihm leid. Er war froh, nur sein Handy und ein halbes Kilo Metall in den Händen zu haben.

Ob Nadine inzwischen schon die Polizei gerufen hatte? Möglicherweise sofort nachdem die Verbindung abgebrochen war. Er könnte es ihr nicht verübeln. Er ließ sie durch die Hölle gehen, dabei wollte sie nur den Himmel auf Erden für ihn.

Nico versuchte, sich ihr Gesicht vorzustellen, merkte aber selbst, dass es immer wieder Züge seiner Jugendliebe Nathalie annahm. Die beiden waren sich immer ähnlich gewesen. Im Grunde hatte er sich seine Traumfrau aus Jugendtagen nachträglich doch noch geholt. Sogar eine verbesserte Version. Dass sie jetzt in seiner Erinnerung verschwammen, ließ die Angst wieder hochkochen, dass er möglicherweise doch unter Sauerstoffmangel litt.

Als hätte Nadine einen neuen Weg gefunden, ihn zum Umkehren zu bewegen.

Gott, er wünschte sich so sehr, wieder in einer verlässlichen Realität zu leben.

Nicht umkehren!, schärfte er sich ein und hielt an seinem ursprünglichen Plan fest.

Er lenkte sich ab, indem er seine Schritte zählte. Hoffte, dass Aussetzer ihn darauf hinweisen würden, falls er wirklich unter Sauerstoffmangel litt und die Ratten doch kein zuverlässiger Indikator waren. *Wie viel Luft konnte eine Ratte wohl brauchen, im Vergleich zu einem ausgewachsenen Menschen?* Dennoch knackte Nico problemlos die dreihundert, ohne sich zu verzählen, bevor ihn etwas anderes aus der Konzentration riss.

Der Tunnel veränderte sich. Stein ging in Schlamm über, der von einem Gerüst aus Wurzeln in Form gehalten wurde.

Nicht unbedingt vertrauenserweckend, dachte Nico.

Er legte die Hand auf die Wand und drückte dagegen. Wasser quoll heraus, wie aus einem vollgesogenen Schwamm. Ein Ende der endlosen Röhre war noch immer nicht in Sicht.

No way! Hier endete seine Reise!

Er machte kehrt und im gleichen Moment erlosch das Licht seines Handys.

„Oh komm schon!", schimpfte er angespannt und schüttelte das kleine Ding, wie man es mit einer klassischen Taschenlampe getan hätte, in der Hoffnung, dass nur einer der Batteriekontakte verrutscht war.

„Scheiße!"

Er tippte auf dem Display herum und hoffte auf eine Reaktion, doch das Smartphone reagierte nicht. Er drückte auf die An/Aus-Taste, den einzigen echten Knopf, den diese modernen Dinger noch hatten und hielt ihn lange unten. Als er ihn losließ, leuchtete zumindest das Display auf und fragte nach seinem Passwort. Er tippte sein Geburtsdatum ein und kurz darauf hieß ihn das Menü wieder willkommen.

Gott sei Dank!

Der Akku war zwar auf vierzehn Prozent runter, würde ihn aber wenigstens noch ein gutes Stück des Rückweges begleiten.

Nico aktivierte die Taschenlampenfunktion und schickte das Licht den Tunnel entlang, in die Richtung, aus der er gekommen war – und in der die Grinsekatze bereits auf ihn wartete. In dem Moment, als ihre Augen und Zähne das Licht reflektierten, stürmte sie auch schon auf ihn zu. Ihr breites Lächeln klappte auf und schlug geräuschvoll zu, immer wieder und wieder.

Nico stolperte rückwärts und landete im Matsch. Hier drinnen gab es keinen Weg an den gigantischen zuschnappenden Kiefern vorbei. Nur den Weg zwischen die Wurzeln und das feuchte Erdreich.

Er rappelte sich auf. Das tödliche Grinsen hatte bereits die Hälfte des Abstands zwischen ihnen gefressen.

Nico rannte los.

Der schlammige Untergrund ließ ihn kaum vorankommen. Gleichzeitig hörte er das Schnappen der Kiefer näherkommen, traute sich aber nicht, zurückzusehen. Als er es doch tat, verlor er den Boden unter den Füßen und stürzte.

52.

Nico klatschte mit einem mächtigen Bauchplatscher ins Wasser und ging komplett unter. Er strampelte mit den Beinen, wedelte mit den Armen, als hätte er nie schwimmen gelernt. Er kämpfte sich an die Oberfläche und spuckte einen Mundvoll brackiger Brühe aus, in dem er Dreck und Insekten schmeckte.

Er ging zu ersten gelernten Schwimmbewegungen über, um sich an der Oberfläche zu halten und ruderte dabei im Kreis. Er fand den Ausgang des Schmugglertunnels hinter sich, direkt in der Uferböschung des ekligen Sumpftümpels, in dem er trieb.

Nico wandte sich schnell wieder ab. Er erwartete, dass das grinsende Monster ebenfalls jede Sekunde aus dem schwarzen Loch herausschießen und sich ins Wasser stürzen würde. Mit hektischen Kraulbewegungen durchquerte er den Tümpel zum nächstgelegenen Ufer und krabbelte heraus. Er warf einen weiteren Blick rüber zum Tunnel.

Doch das Monster kam nicht. Scheinbar hatte es die Verfolgung abgebrochen. Vielleicht war es hier draußen unter den Sternen zu hell, als dass es weiter existieren konnte.

Nicos Atmung beruhigte sich nur langsam, während er sich einen Überblick über seine neue Umgebung verschaffte.

Er war definitiv nicht mehr in New Orleans. Weder im malerischen und doch unheimlichen French Quarter noch im hässlicheren modernen Teil der Stadt, mit seinen Wolkenkratzern und Superdomes.

Um ihn herum nichts als Bäume, Sträucher und Sümpfe. Frösche veranstalteten ein fast ohrenbetäubendes Konzert. Riesige Grillen stellten die Streicher dazu. Vögel oben in den Bäumen waren die Solisten. Die natürliche Swamp-Music hatte den Jazz abgelöst.

Nico war anscheinend in den Bayous irgendwo südwestlich der Stadt. *Wie konnte das sein?* Er hätte unter dem Mississippi hindurch gemusst. Nico konnte sich nicht vorstellen, dass der Schmugglertunnel dafür tief genug gelegen war.

Außerdem: Wie lange war er unterwegs gewesen? Eine Stunde? Vielleicht anderthalb? Er war alles andere als schnell gewesen, von den letzten paar Metern einmal abgesehen. *Wie hätte er es also so weit schaffen können, dass er noch nicht einmal mehr die Skyline von New Orleans in den Lücken der Baumspitzen finden konnte?*

Ein Frauenschrei ließ seine Gedanken verstummen, genau wie den restlichen Sumpf.

Nico wirbelte herum.

Laura!

Er rannte los. Stemmte sich bei jedem Schritt gegen den Schmerz in seinem Bein, der in der feuchten Hitze des Sumpfes erneut erbarmungslos anschwoll. Er schälte sich in vollem Tempo durch dichte Büsche, die ihm das Leinenhemd zerrissen und blutige Kratzer in seine Haut schlugen.

„Laura!", rief er ihren Namen in den Sumpf hinein und bekam erneut einen gequälten Schrei als Antwort.

Als er durch die nächste Reihe an Ästen und Büschen brach, tauchte ein dunkles Haus vor ihm auf. Eigentlich eher eine Hütte, windschief und aus altem verfaulendem Holz, nur viel zu groß dafür. Er stürmte hinein, bereit zum Kampf. Bereit sich auf alles und jeden zu stürzen, das seine beste Freundin bedrohte – und sie möglicherweise die letzten zehn Jahre von ihm ferngehalten hatte.

Plötzlich trat eine alte Frau vor ihm auf den Flur. Sie war blutverschmiert, starrte ihn aus irren Augen an und hielt ein Fleischerbeil in die Höhe.

Nico bremste abrupt ab und kam zum Stehen. Er stand ihr Auge in Auge gegenüber. Verzweiflung in seinen, Verrücktheit in ihren.

„Wo ist Laura?", wollte er wissen.

Für die Alte offenbar ein Startschuss. Sie stieß den Kampfschrei einer Furie aus.

Möglicherweise auch nur den einer Amerikanerin, die ihr Haus gegen einen Eindringling verteidigt, dachte Nico.

Doch in diesem Moment machte das für ihn keinen Unterschied. Sie stürmte auf ihn zu und schwang ein Beil über dem Kopf. Und sie stand zwischen ihm und den gequälten Schreien seiner Freundin!

Die Alte schlug zu. Nico machte einen Ausfallschritt nach hinten, sah die Klinge der Küchenaxt in Zeitlupe an seinem Gesicht vorbeisausen. Sie verfehlte ihn um Haaresbreite und hackte einen Sekundenbruchteil später in die hölzerne Flurwand zu seiner Linken.

Nicos Reaktion folgte auf dem Fuße. Er würde der alten Furie nicht die Zeit geben, die Klinge wieder aus dem Holz zu ziehen. Er holte mit der Eisenstange aus, schlug zu und traf.

Gesichtsknochen waren klein und fragil. Nico hörte eine ganze Reihe davon knacken und splittern, als die Metallstange ihr Ziel fand.

Blut schoss ihr wie ein Wasserfall aus dem Mund und der schiefen, zertrümmerten Nase. Die Alte sank auf die Knie.

Noch bevor Nico richtig realisierte, was er tat, ließ er den Knüppel ein zweites Mal auf ihren Kopf herabsausen.

Blut spritzte ihm warm ins Gesicht.

Blut ist Leben pflegte man zu sagen. Er hatte es gerade genommen.

Der leere Blick der alten Furie machte es überdeutlich. Verrücktheit und Lebensfunke waren verloschen.

Übelkeit stieg in ihm hoch. Er wollte sich hinsetzen und aufhören. Aufhören zu kämpfen, aufhören zu töten, aufhören zu leben.

Wie hatte sein Leben innerhalb so kurzer Zeit so beschissen werden können?

Als Laura verzweifelt seinen Namen schrie, schob er einmal mehr alle Zweifel beiseite. Das Adrenalin schwappte erneut über die aufkeimende Übelkeit hinweg und spülte sie aus seinem Körper.

Nico folgte dem Korridor. Zwischen den Wänden aus Wellblech hatte sich die Hitze des Tages und der vergangenen Wochen gestaut und ebenso die sumpfige Feuchtigkeit der Jahrhunderte. Fast so, als würde er durch stinkendes, brackiges Gelee waten. Durch Löcher und Risse im Blech sah er den Sumpf und hörte dessen Bewohner. Das Quaken der Frösche, das Röhren der brünstigen Alligatoren. Das Zwitschern und Schnattern von Vögeln und das Zirpen von Grillen.

Und immer wieder die schmerzerfüllten Schreie von Laura, zwischen denen sie seinen Namen schrie und die ihn weiter antrieben, so schwer ihm sein Bein inzwischen auch jeden weiteren Schritt machte. Er humpelte und musste den linken Fuß fast schon hinter sich herziehen, stützte sich immer wieder an den ächzenden Wellblechwänden ab. Doch er war nicht bereit, stehen zu bleiben.

Er musste sich zusammenreißen, um nicht auf Lauras verzweifelte Schreie zu antworten. Er wollte, dass sie ihn hörte. Wollte ihr Hoffnung machen. Rettung war unterwegs! Gleichzeitig wollte er sich aber nicht verraten. Er wusste schließlich nicht, was ihn erwartete, aber es war bestimmt nicht schlecht, das Überraschungsmoment auf seiner Seite zu haben.

Er erreichte eine Tür, die schief im Rahmen hing und stieß sie auf. Auf einmal war er wieder draußen im Freien. Er hatte das Ende des Bretterverschlags erreicht, dieser Baracke, die wirklich Menschen als Behausung diente und stand nun in einer Art Garten. Zur rechten, befand sich ein Pferch voller Schweine, die ihn laut grunzend an der frischen Luft begrüßten. Zur linken sah er einen Unterstand. Ein einfaches Dach, getragen von vier Holzpfählen, unter dem eine Destille stand und beißend süßlichen Alkoholdunst ausstieß, während der Moonshine darin gärte.

Der beschissene Moonshine, der sie hier überhaupt erst rausgeführt hatte.

„Nico!", drang Lauras Stimme erneut an sein Ohr und zog seine Aufmerksamkeit auf das Gebäude am anderen Ende dieses Sumpfgartens.

Eine nächste Hütte Marke Eigenbau. Über einen Steg aus morschem Holz gelangte er über stehendes Sumpfwasser hinweg zur Tür.

Nico öffnete sie so leise und vorsichtig wie möglich und schlich nach drinnen. Er fand sich in einer Art Vorratsraum wieder, an dessen einer Wand eine Leiter zu einem kleinen Ausstieg im Dach führte.

Lauras Schreie erklangen hinter der nächsten Tür. Diese stand einen Spaltbreit offen. Außerdem hörte Nico ein Grunzen, wie von einem Tier, auch wenn er es nicht wirklich zuordnen konnte. Er umfasste den Knüppel fest mit beiden Händen. Einmal hatte er ihm bereits gute Dienste geleistet. Das Blut, das an seiner Spitze langsam trocknete und gerann, war stiller Zeuge davon. Er hatte einen Menschen umgebracht. Es war nicht schön gewesen, aber nötig. Er würde sich später damit auseinandersetzen ... wenn er wusste, wie viele er bis zum Ende dieser Schreckensnacht noch töten musste.

Er näherte sich der Tür und spähte durch den offenen Spalt in den Raum dahinter. Dieser war weitläufig und größer als die Kammer, in der er sich befand. Nico machte eine Gestalt darin aus. Einen Mann, der etwa zehn Meter entfernt an der Wand lehnte und hämisch über irgendetwas lachte. Außerdem hielt er dabei seinen Schwanz in der Hand und wichste ihn.

Was zur Hölle ging hier nur vor?

Das Gute war, dass Männer, die mit ihrem Schwanz beschäftigt waren, meistens nicht die aufmerksamsten waren. Die widerliche wichsende Sumpfratte würde sich entscheiden müssen, ob er seine hässliche Gurke erst wegpackte, bevor er sich mit dem heranstürmenden Eindringling beschäftigte und so wertvolle Sekunden vergeudete, oder ob er ihn frei schwingen ließ und sich sofort in den Kampf stürzte.

Nico konnte sich nicht vorstellen, dass sich viele Männer für Option B entschieden. Zu groß war die Sorge um das beste Stück. Bei normalen Männern würde auch noch die über Generationen anerzogene Scham hinzukommen, aber bei den Gestalten, mit denen er es hier mitten in den Sümpfen zu tun hatte, wagte er es nicht, sich auf diesen Bonus zu verlassen.

Laura schrie noch immer. Nico wollte gerade die Tür aufstoßen und in den Raum dahinter stürmen, als sich der Hinterwäldler von der Wand löste und mit zwei Schritten aus seinem Blickfeld verschwand.

„Lass mich auch mal", raunte er notgeil.

„Verpiss dich", hörte Nico eine zweite, tiefere Stimme, die ihn einen zweiten, größeren Mann erwarten ließ.

Auf jeden Fall aber waren es zwei.

„Mama sagt, wir sollen teilen", fuhr der, dem er bis eben noch beim Wichsen zugesehen hatte, seinen Bruder an.

„Halts Maul!", war die Antwort des Großen, gefolgt von dem animalischen Grunzen, das Nico bereits zuvor aufgefallen war.

Die beiden waren sich uneins und stritten fast schon. Ein weiterer kleiner Vorteil. Außerdem war das Letzte, was Nico mit Bestimmtheit gesehen hatte, dass einer der beiden Männer, der ihn in dem Moment gesehen hätte, in dem er zur Tür hineingestürmt wäre, ihm gerade den Rücken zugewandt hatte. Wenn er Glück hatte, galt das für beide. Wenn sie noch dazu abgelenkt waren ...

Das Schlechte war die Art der Ablenkung. Das Wichsen, die Aufforderung zu Teilen, das widerliche Grunzen ... und dazu Lauras verzweifelte Schreie ... Nico wagte nicht, sich vorzustellen, was die beiden entstellten Rednecks und ihre ungewaschenen Hinterwäldler-Schwänze gerade ablenkte. Er verdrängte den Gedanken, der drohte, ihn zu brechen und ihm bereits Tränen in die Augen trieb. Er musste jetzt handeln. Alle seelischen Wunden, seine genauso wie ihre, mussten später heilen. Nico nahm die linke Hand vom Knüppel und schob damit die Tür weiter auf. Sie knarzte leise, aber das taten die restlichen Dielen und Planken des Hauses unter den Schritten und Bewegungen seiner Bewohner auch und so betrat er unentdeckt den Raum.

Der dürre Hinterwäldler keulte sich noch immer den Schwanz, aber er stand wirklich mit dem Rücken zur Tür. Sein Bruder, der tatsächlich größer und stämmiger war, befand sich einen Meter weiter, mit heruntergelassener Hose und streckte Nico den blanken Arsch entgegen.

Auch eine Art von Moonshining, dachte er beim Anblick der kalkweißen Backen, deren Muskeln sich bei jedem Stoß anspannten und wieder lockerließen. Eines war klar: Er befriedigte sich nicht selbst. Übelkeit stieg in Nico auf, als er die zierlichen nackten Frauenbeine sah, die links und rechts neben denen des Riesen von einer Art Tischplatte herab hingen und mit den Zehenspitzen gerade so den Boden berührten. Bei jedem Stoß zuckten sie.

Dafür würden diese Schweine büßen!

Nico schlich sich an sie heran, wiegte den Knüppel in den Händen, um sich mit seinem Gewicht vertraut zu machen. Er versuchte, sich einen Plan zurechtzulegen ... wen er zuerst attackieren würde. Aus welcher Richtung er zuschlagen würde, um danach möglichst schnell für einen zweiten Schlag bereit zu sein, doch er merkte bald, dass er die einzelnen Antworten nicht aneinandergereiht bekam. Das Adrenalin pumpte mit Hochdruck durch seinen Körper und bereitete ihn auf den Kampf vor, aber es schaltete gleichzeitig seinen Kopf aus. Kämpfen auf Leben und Tod war angesagt. Und da er nie eine militärische Ausbildung genossen oder Kampfsport betrieben hatte, hatte er auch nie gelernt, dabei auch noch zu denken. Er würde einfach schlagen, so lange und so hart er konnte. Auf alles andere, alles Unvorhergesehene, würde sein Körper instinktiv reagieren müssen. Reflexe würden komplexe Gedanken ersetzen. Er hoffte nur, dass sein Bein durchhielt. Doch auch hier leistete das Adrenalin gerade ganze Arbeit und ließ ihn den Schmerz fast gänzlich vergessen.

Er hatte gesehen, wie der Schädel einer alten Frau zerplatzt war, und es hatte ihn nicht umgehauen. Mehr noch: Er hatte es gespürt. Er hatte ihn selbst zum Platzen gebracht, hatte einen Blick hineingeworfen, auf Hirn und Schädeldecke. Das konnte er schon mal ab, egal ob er es gelernt hatte oder nicht. Er schlich auf die Ecke zu, die ihm noch den Blick auf Laura verbaute. Er war noch vier Meter von den beiden Rednecks und ihrem Opfer entfernt, das noch immer seinen Namen winselte, als wüsste sie, dass er hier war … dass er sich vom anderen Ende der Welt aus auf den Weg gemacht hatte, um sie zu retten. Warum auch nicht? *Außerkörperliche Erfahrung nennt man das*, dachte er, *oder so ähnlich.*

Warum sollte er nicht daran glauben, dass sie welche gehabt hatte? Schließlich hatte er sie in Köln gesehen! Er hatte lange selbst nicht daran geglaubt und schon gar nicht die Menschen um ihn herum, aber all das, all diese flüchtigen Momente, ihre kurzen Besuche, die Anrufe aus der toten Leitung … all das hatte ihn schlussendlich hierhergeführt. Und wenn er sie hatte sehen können, warum dann nicht auch umgekehrt? Ihre Verbindung zueinander war stark. Ja, sie wusste, dass er zu ihr kam. Dass er da war!

Nico schlich um die Ecke herum und sah sie. Zum ersten Mal seit einer gefühlten Ewigkeit, in einer Situation, die ihn mehr schmerzte als alles andere auf der Welt.

Sie lag bäuchlings auf einem massiven Holztisch, die Arme mit Seilen oberhalb des Kopfes an einer Stange fixiert, sodass ihr Po und ihr Schoß exakt auf Höhe der Tischkante lagen und ihre Beine, die Nico bereits von hinten gesehen hatte, darüber herausragten.

Der verdammte zottelhaarige Riese hinter ihr hatte leichtes Spiel und Zugriff auf alles, was er wollte. Er rammte seine widerliche Inzuchtlatte voller Genuss in einen frischen, unverbrauchten Genpool. Lauras Gesicht war geschwollen, ihr Körper von zahlreichen

Wunden und Blutergüssen gezeichnet. Sie hatte sich offensichtlich gewehrt, solange sie noch die Kraft dazu gehabt hatte. Trotz dieser Qualen, dieses Martyriums, das sie durchmachte, seit Gott-weiß-wie-lange, sah sie noch immer jung aus und hatte sich gut gehalten. Sie sah aus wie eine geschundene, angeschwollene Version der Frau auf seinem Foto.

Jetzt, da er mit Sicherheit wusste, was mit ihr geschah, fiel es ihm schwer, nicht sofort loszustürmen und sich mit dem lautesten Kampfschrei auf die beiden verdammten Hinterwäldler zu stürzen, den seine Lungen hergaben. Er verlor jedoch nicht die Beherrschung. Stattdessen schlich er weiter um die Ecke und in den Raum hinein. Wenn er einen der beiden von hinten überraschen und ihn ausschalten konnte, noch bevor die beiden Scheißfressen überhaupt etwas von seiner Anwesenheit wussten, würde das seine Chancen im Kampf Mann gegen Mann immens verbessern.

Er machte einen weiteren Schritt nach vorne, ließ die Ecke endgültig hinter sich und trat in den offenen Raum hinein, wo er wie angewurzelt stehen blieb. Sein Herz setzte einen Schlag lang aus. Seine ganze Welt stoppte, als er den zweiten Gefangenen der Hinterwäldler erblickte.

53.

Keine drei Meter von Laura entfernt, erlitt er seine ganz eigene Form der Qual. Mit gefesselten Händen an einem Fleischerhaken hängend, über einer Grube voller Brackwasser baumelnd.

Nico sah sich selbst. Im gleichen Alter wie Laura hing er da. Den Kopf geneigt, das Kinn auf der Brust liegend, nackt. Das linke Bein war unterhalb des Knies abgerissen, der Oberschenkel hing in blutigen Fetzen aus Fleisch, Haut und Muskeln herab. Zwischen den frischen, klaffenden Wunden war der Stumpf von einer dicken, verkohlten Kruste bedeckt.

Gleichzeitig schwoll das pochende Brennen im Bein des zehn Jahre älteren Nicos an und wurde fast unerträglich. Er sah dabei zu, wie ihm – seinem jüngeren Ich – der Sabber in langen Fäden aus dem Mund tropfte.

Nicos Welt drehte sich. Seine Gedanken fuhren nicht nur Karussell, sondern Achterbahn.

Er stand hier.

Er hing da.

Nico wusste, er konnte nicht an zwei Orten gleichzeitig sein. Er wusste, Zeitreisen gab es nur in Filmen und Büchern. Genau wie Geister und Monster. Sie alle waren nur Fantasien. Aber er hatte sie gesehen. Zumindest der vierzigjährige Nico.

Der dreißigjährige hatte das Grauen gesehen – Vergewaltigung, Qual, Schmerz, die Bestie Mensch – und
letztendlich die Augen und den Geist davor verschlossen. Verdrängung war eine mächtige Verbündete im
Kampf gegen Leid. Doch nun kapitulierte sie. Sie
streckte die Waffen und ließ Nico allein.

So wie er Laura allein gelassen hatte.

Nicht sie war Bobby Jean, sondern er. Er hatte sich da-
vongestohlen und sie allein zurückgelassen, und das
ohne Vorwarnung. ER war in ein besseres Leben geflüchtet, in dem ihn nichts an die Qualen erinnern
sollte, die er tatsächlich durchlitt. Denn wenn ihm
diese Begegnung mit sich selbst eines unmissverständlich klar machte, dann, dass nur einer von ihnen real
war. Und Laura schrie seinen Namen in die andere
Richtung.

54.

Nico riss die dreißigjährigen Augen auf, die er vor dem Leid verschlossen hatte, und sah Laura an. Ihre Blicke trafen sich, und in ihrem machte sich Hoffnung daran, den Schmerz und das Leid zu verdrängen, das ihr immer wieder mit Wucht zwischen die Schenkel getrieben wurde.

„Pass auf", schrie sie und ihr Blick wanderte an Nicos Körper nach unten.

Seiner folgte der Bewegung ihrer Augen und blickte hinab in die Fratze der monströsen Grinsekatze. Ein breites, fieses Lächeln, doch dieses Mal blitzten die spitzen weißen Zähne nicht in undurchdringlicher Dunkelheit, sondern im Maul des riesigen Alligators, der unter ihm in der Grube mit Brackwasser lauerte und gerade das nächste Mal nach dem Stumpf schnappte, der einmal sein linkes Bein gewesen war.

Nico reagierte. Er brachte all seine Kraft auf, zog sich nach oben und entging den zuschnappenden Kiefern der Bestie um Zentimeter.

Wie viel Sinn plötzlich alles machte!

Die Risse in der sonst so perfekten Welt, in die sein Verstand geflüchtet war. Die Grube unterhalb der Kellertreppe in Lauras Haus. Die Stange über seinem Kopf, an die er sich geklammert hatte, um Dunkelheit und

Zähnen zu entkommen, der Schmerz, den er dabei in seinem Bein gespürt hatte.

Es war ein Zerrbild der Realität gewesen.

Nico schwang über der Grube hin und her, während der Alligator darauf wartete, dass das Fleischpendel wieder zum Stillstand kam.

„Sieh mal einer an, wer da wieder munter geworden ist", meinte die Rattenvisage spöttisch und lachte, als er sein hässliches Gesicht und seinen hässlichen Schwanz in Nicos Richtung drehte.

Sein großer Bruder hingegen schenkte weder ihm noch Nico Beachtung.

Nico bemerkte, dass Lauras Augen nach oben wanderten. Dass sie etwas sah, das er noch nicht entdeckt hatte. Einmal mehr folgte er ihrem Blick. Doch seine Sicht wurde immer wieder unscharf und so dauerte es einige Sekunden, bis er glaubte, zu verstehen, was genau sie sah.

Seine Handgelenke waren mit einer Kette gefesselt. Diese Kette hing an einem s-förmigen Fleischerhaken, dessen anderes Ende wiederum an der Stange über seinem Kopf eingehängt war, jedoch ohne irgendeine Form von Verriegelung. Er hing da – und nur ein kleiner Überhang aus Metall und sein eigenes Körpergewicht verhinderten, dass er den Haken einfach nach oben von der Stange schob.

Er machte sich keine falsche Hoffnung. Er war schwer verletzt. Spürte die Schwäche durch Folter und Blutverlust in jeder Faser seines Körpers. Er würde nicht die Kraft aufbringen können, sich mit einem Ruck so viel Schwung zu verschaffen, dass er sich nach oben katapultieren konnte, sodass er die Halterung des Hakens von der Stange heben konnte.

Langsam schwang er aus. Er wusste, dass der Alligator ihn beobachtete und nur darauf wartete, dass er wieder zum Stillstand kam und zu einer leichten Mahlzeit wurde.

Außerdem hatte der Rattenjunge Kurs auf ihn genommen, dafür sogar von seinem Schwanz abgelassen, der halbsteif aus dem Reißverschluss seiner Hose baumelte. Stattdessen schnappte er sich einen langen Holzstab und trat auf die Umrandung der Grube.

Es raubte Nico den Atem, als er ihm das stumpfe Ende des Stabs gegen die Brust rammte. Er tat es nicht wirklich, um ihm Schmerzen zuzufügen, sondern um seine Schwingbewegung schneller zum Stillstand zu bringen ... um sein verdammtes, bissiges vier Meter langes Haustier zu füttern.

Nico war noch immer in Bewegung, spürte aber deutlich, dass der Alligator ihn für einen nächsten Biss anvisierte. Auch die Stabspitze bewegte sich erneut auf ihn zu.

Der Alligator machte den ersten Zug, Nico seinen sofort darauf. Die riesigen Kiefer unter ihm rissen auf und die Panzerechse stemmte sich nach oben, um zuzubeißen. Nico reagierte geistesgegenwärtig. Er drehte den linken Stumpf aus der Reichweite des Tieres, brachte stattdessen das rechte, unversehrte Bein in Position und stützte sich mit seinem einzigen verbliebenen Fuß auf dem Kopf der emporschießenden Bestie ab. Er überließ es dem Alligator, ihm den nötigen Schwung nach oben zu verschaffen. Er hörte die Kiefer der Bestie einmal mehr unter sich zuschnappen und wusste, dass der verzweifelte Versuch ihn seinen zweiten Fuß kosten konnte, doch der Schmerz blieb aus. Über ihm vernahm er das Geräusch von Metall, das über Metall rieb. Dann hatte er das Gefühl von Schwerelosigkeit, als Stahlrohr und Fleischerhaken seinen Körper dem freien Fall übergaben.

Dem freien Fall in die Alligatorengrube!

Nico reagierte intuitiv. Er streckte die gefesselten Arme nach vorne, schob die Kette um das obere Ende des Holzstabs, der sein Schicksal hätte besiegeln sollen, und der nun dem Rattenjungen zum Verhängnis wurde. Der plötzliche Zug an der langen Stange brachte den Hinterwäldler aus dem Gleichgewicht. Als er auf die Idee kam, den Stab fallenzulassen, war es bereits zu spät und er stürzte selbst vorneüber ins Brackwasser, direkt vor das hungrige Todesgrinsen.

„Verdammt, was treibstn du da?", fuhr ihn sein großer Bruder an und ließ genervt von Laura ab, gerade rechtzeitig, um mitanzusehen, wie der Alligator zubiss und seine Zähne in den Kopf des Rattenjungen versenkte.

Der kleine Mistkerl schrie vor Schmerzen. Dann warfen sich vierhundert Kilo Muskeln und Schuppen in die Todesrolle, drehten sich um sich selbst, schneller als ein Mensch hätte reagieren können, und sechsundsiebzig Zähne verdrehten Muskeln, Fleisch und Knochen weiter als vom menschlichen Körper vorgesehen. Alligator und Kopf machten eine volle Umdrehung, Knochen knackten und der Hals des kleinen Hinterwäldlers riss auf. Blut spritzte, Fleisch und Knochen quollen heraus. Der Alligator vermochte es nicht vollends, seinen Kopf vom Rumpf zu trennen, doch für das Leben des Mannes machte das keinen Unterschied mehr. Es war vorbei.

Sein großer Bruder schrie eine unmenschliche Mischung aus Schmerz und Wut heraus und stapfte wütend auf Nico zu.

„Du Bastard!", brüllte er.

Nico orientierte sich, versuchte es zumindest, denn Fieber, Entzündungen und Blutverlust arbeiteten gegen ihn. Er lag im Brackwasser der Grube. Der einzige Grund, aus dem er nicht Opfer des Alligators geworden war, war der, dass der kleinere der beiden Hinterwäldler dem Reptil direkt vors Maul gestürzt war. Doch Nicos verbliebenes rechtes Bein befand sich noch immer in Reichweite der mächtigen Kiefer. Das musste er unbedingt ändern. Er kroch nach hinten, bis sein Rücken gegen die Umrandung des Grabens stieß.

Der Alligator war immer noch beschäftigt, drehte sich ein weiteres Mal um die eigene horizontale Achse und riss dieses Mal den Kopf endgültig vom Rumpf seiner Beute und begann sofort darauf herumzukauen.

Der grausame Anblick ließ den großen Bruder in blinde Raserei verfallen. Er wollte Rache. Er umkreiste die Grube und erreichte die gegenüberliegende Seite, wo Nico kauerte. Er griff über die Umrandung hinweg und schloss beide Hände, wahre Pranken, um seinen Hals und drückte erbarmungslos zu.

Doch auch Nico hatte jede Scheu verloren. Er wusste, er kämpfte auf verlorenem Posten, doch er kämpfte mit dem Mut der Verzweiflung – und allem, was ihm sonst noch zur Verfügung stand. Er schlug blind nach oben, über den eigenen Kopf hinweg, und donnerte dem tumben Hinterwäldler die Kette, mit dem seine Handgelenke noch immer gefesselt waren, mitten ins Gesicht. Der Riese taumelte benommen zurück, rieb sich die gebrochene Nase, aus der das Blut schoss, wie aus einem Geysir. Dann ging er wieder auf Nico los, wie ein gereizter Stier auf das rote Tuch des Toreros.

Nico sah ihn über die Schulter hinweg auf ihn zu stürmen. Er sortierte die Mischung aus stählernen Gliedern und Spitzen in seinen Händen neu und wartete ab, bis sich die Pranken des Riesen erneut um seinen Hals legten und zudrückten ... ihn hochhoben, als wiege er gar nichts. Bis seine Beine – sein eines Bein! – in der Luft baumelte. Er spürte, wie ihm der Atem wegblieb, Luft- und Speiseröhre gequetscht wurden und sein Kehlkopf drohte, das gleiche Schicksal zu erleiden. Sein sicheres Todesurteil.

Nico schlug einmal mehr nach hinten aus, dieses Mal beide Hände fest um den Fleischerhaken geschlossen. Der Hinterwäldler schrie schmerzerfüllt auf, als sich die Spitze seitlich in seinen Hals grub. Sein Griff um Nicos Kehle lockerte sich schlagartig, als er versuchte, nach dem Haken zu greifen und ihn aus seinem Fleisch zu ziehen. Ein folgenschwerer Fehler!

Nico glitt aus seinem Griff und stürzte nach unten, das hintere Ende des Hakens noch immer fest umklammert. Er riss das kalte, erbarmungslose Metall vom Nacken des Hinterwäldlers herunter, zerfetzte dessen Hauptschlagader und riss seinen Kehlkopf heraus, bevor er sich seinen Weg zurück in die Freiheit bahnte.

Der Schrei des Bastards verwandelte sich in ein feuchtes Röcheln, während Nico wieder im Brackwasser landete. Warmes Hinterwäldlerblut ergoss sich über seinen Kopf, bevor der Körper des Riesen über ihm zusammensackte.

Zwei Moonshiner waren tot. Der Alligator lebte, schien sich aber für den Moment mit seiner Beute zufriedenzugeben.

Laura traute ihren Augen kaum, als sich ihr bester Freund aus der Grube erhob, seinen erschöpften und verkrüppelten Körper über die Umrandung stemmte und sich auf deren andere Seite hievte. Es steckte kaum noch Leben in ihm, aber ihr ging es da nicht anders. Trotzdem lebten sie beide und das gab ihr Hoffnung. Und Hoffnung starb bekanntlich zuletzt!

55.

THE COLD HARD TRUTH.

Baby-Alligatoren waren wohl das Süßeste, das Laura je gesehen hatte.

Sie knabberten sanft an ihren Fingern, die sie über den Rand des Airboats hinweg ins Wasser streckte, und genoss die zarte Massage der winzigen Zähnchen.

Definitiv nichts für kitzelige Menschen!, dachte sie, während die dritte kleine Echse dazu kam und sich ihren Mittelfinger vornahm.

„Oh mein Gott, sieh dir das an", sagte sie schon fast mütterlich schnurrend zu Nico, der über ihrer Schulter hing und zusah, wie sie die Aufmerksamkeit der kleinen Beißer genoss.

„Du weißt schon, dass sie dich eigentlich fressen wollen, oder?", sagte er scherzend und hielt es doch für die Wahrheit.

„Halt die Klappe", widersprach ihm Laura überzeugt. „Die wollen nur spielen. Man, guck doch mal, wie süß die sind."

Sie bekam sich kaum ein. So hatte er sie vorher nur mit Hundewelpen erlebt.

„Du darfst die nicht mehr essen", forderte sie und tatsächlich verging ihm der Appetit auf die leckere Mischung irgendwo zwischen Fleisch, Fisch und Geflügel, die er in den vergangenen Tagen in New Orleans lieben

gelernt hatte. Egal ob auf einem Teller mit schwarz ver-
kohlter Gewürzkruste, einfach nur gegrillt, oder pa-
niert zwischen den zwei getoasteten Baguettehälften
eines Po Boy Sandwichs … er bereute plötzlich jeden
Bissen, wenn er sich vorstellte, dass er auf einem der
kleinen Racker herumgekaut hatte. Ferkel oder Kälber
hatten ihn nie in diese Sinnkrise gestürzt.

„Schwör es!", forderte Laura vehement.

„Versprochen", stimmte er ohne Gegenwehr zu und
strich sein neues Lieblingsgericht nach einer Woche
wieder von der Speisekarte.

„Hört ihr das?", verkündete sie den Baby-Alligatoren
nicht ohne Stolz. „Der böse Onkel isst euch nicht mehr."
Dann zog sie plötzlich die Hand aus dem Wasser und
stöhnte ein leises: „Autsch!"

Nico konnte sich ein schadenfrohes Lachen nicht verkneifen.

„Na, hat einer von den Kleinen doch schon scharfe
Zähne?"

„Sei'n Se besser vorsichtisch, Ma'am", mahnte der
junge Mann mit der Rattenvisage, der weiter hinten am
Steuer des Airboats saß, in tiefstem Louisiana-Dialekt.
„Die Kleinen finden schnell Gefallen an Fingerfood."

Tatsächlich begann der kleine Kratzer in ihrem Zeigefinger sofort zu bluten.

„Sie schmecken bestimmt lecker", schickte er von
dem leicht erhöhten Hartschalensitz vor dem großen
Propeller des Bootes hinterher und dachte offenbar,
das eilig nachgeschobene: „Könnt ich mir jedenfalls
vorstellen", wäre eine angemessene Entschuldigung.

Stattdessen schüttelte sich Laura innerlich vor Ekel.

Sie waren weit runter in Richtung Süden gefahren. Es gab Sumpftouren in der Nähe von New Orleans, aber ein wenig Recherche hatte ergeben, dass es sich dabei um reine Touristenfallen handelte. Private oder gar künstlich angelegte Stücke Sumpfland, die von den Veranstaltern als Bayous beworben wurden, in Wirklichkeit aber nichts mit dem echten Feuchtland zu tun hatten, das sich südlich von New Orleans und im Cajun County bis hinunter zum Golf von Mexiko erstreckte, dort, wo Städte zu Gemeinden und Gemeinden zu Dörfern wurden und die letzten Straßen endeten. Wo Asphalt zu Wasser wurde und Autos den lärmenden, propellerbetriebenen Sumpfbooten der Einheimischen wichen, die man gemeinhin gerne als Hinterwäldler belächelte.

Blickte man in das Gesicht des Rattenjungen, der ihr Sumpfboot steuerte, beantwortete sich die Frage nach dem Warum von selbst. Falls es ein unteres Ende eines Genpools gab, der aus Inzest entstanden war, so war der Rattenjunge in der Latzhose sicherlich dort zu finden.

Damit war er eigentlich genau, wonach Nico und Laura gesucht hatten.

Eine Airboat-Tour durch die Bayous von Louisiana? Check!

Vor Stunden hatten sie das Auto zurückgelassen, weil sie keine andere Wahl gehabt hatten. Das Geflecht schlechter Straßen, das sie hier hinuntergeführt hatte, hatte geendet, als der Asphalt zwischen dem Geflecht aus Flüssen und Bächen keinen Weg mehr gefunden hatte, sich zu entfalten. Eine kleine Siedlung, eine lose Ansammmlung von Häusern, war das letzte Zeichen von

Zivilisation gewesen, das sie gesehen hatten. In einer Mischung aus Tankstelle für Autos und Boote und Ködershop hatten sie nach Möglichkeiten gefragt, tiefer in die Bayous vorzustoßen. Sie hatten den zahnlosen alten Mann hinter dem Tresen nach einer Airboat-Tour gefragt, aber auch nach der Möglichkeit, irgendwo mit Einheimischen deren selbstgebrannten Schnaps zu trinken.

Der Zahnlose hatte sie an den Rattenjungen verwiesen, den er Antoine Roarke genannt hatte. Über selbst gebrauten Moonshine gab er vor, nichts zu wissen, auch wenn die Fahne, die aus seinem Mund über den Tresen waberte, etwas anderes nahelegte.

Rattenjunge Roarke war da weniger zurückhaltend gewesen. Er hatte bereits eine farblose Flüssigkeit aus einem alten Einmachglas getrunken, als Laura und Nico sein Boot bestiegen hatten.

Und er trank sie noch immer, als er den lärmenden Propeller jetzt wieder anließ und das Sumpfboot beschleunigte, ohne dabei Rücksicht auf die Baby-Alligatoren zu nehmen, die sich noch immer an Steuerbord tummelten und im Wasser kräftig durchgewirbelt wurden.

Er ließ das flache Oberflächenboot durch eine Reihe von Sumpfgewächsen pflügen und amüsierte sich darüber, wie sie Laura und Nico ins Gesicht klatschten, während er auf seinem erhöhten Ausguck in Sicherheit war.

Sie brachen auf der anderen Seite aus dem Geäst heraus und er peitschte das Airboat über eine offene Wasserfläche und an deren anderem Ende ungebremst in ein Geflecht aus schmalen Kanälen. Laura grinste bis über beide Ohren, während die Fliehkräfte sie und Nico im Einklang nach links und rechts drückten, wobei sie sich immer wieder aneinander festklammerten, um sich gegenseitig Halt zu geben. Brackiges Sumpfwasser spritzte ihnen ins Gesicht, gehörte aber einfach dazu. Keinen von beiden störte es. Zu groß war der Spaß, den sie hatten.

Es waren die beiden letzten Punkte auf ihrer Liste, die noch ausstanden. Sie hatten gegessen, was sie hatten essen wollen und würden es noch eine weitere Woche lang machen, bevor sie zurück nach Deutschland flogen. Abgesehen von den verschiedenen Alligatoren-Gerichten, die es Nico so angetan hatten natürlich.

Sie hatten sich von einer Wahrsagerin aus der Hand lesen lassen und sich danach lange und ausgiebig totgelacht über die Plattitüden, die ihnen dabei prophezeit worden waren. Sie hatten Jazz Bands auf der Bourbon Street gelauscht und – weil das Angebot dort kleiner war, als vermutet – an anderen Abenden in den Jazzclubs der Frenchman Street.

Gleich am ersten Abend hatte Laura eine Voodoo-Puppe in *Madame Laveau's Voodoo-Shop* gekauft und sie auf den Namen Nathalie getauft. Seitdem hielt Nico sie davon ab, Nadeln in das arme Ding hineinzurammen. Aber das würde sie noch. Oh ja, das würde sie noch.

Heute Abend würden sie eine Sumpfboot-Tour in die Bayous von der Liste streichen können, ebenso wie Moonshine trinken mit einem Mann namens Antoine Roarke.

Danach würden sie sich gegenseitig ärgern. Laura ihn mit der Nathalie-Puppe, während er sie weiter damit aufzog, dass sie ihre Brüste noch nicht gezeigt hatte.

Antoine Roarke manövrierte sicher zwischen den Wurzeln von aus dem Wasser ragenden Mangrovenbäumen hindurch. Immer wieder zogen sie die Köpfe ein, um deren tief hängenden Ästen auszuweichen, die an nasse Trauerweiden erinnerten.

Über eine Stunde lang peitschte er das Boot mit den beiden Touristen durch die Sümpfe. Zu guter Letzt warf er es in eine schnelle Folge von engen Kurven, die weiter in die Mangrovenwälder führten. Immer wieder entdeckte Laura Alligatoren zwischen den Wurzeln und am Ufer, die außer ihrem breiten Grinsen so gar nichts mehr mit den kleinen Babys gemeinsam hatten, die sie so bereitwillig an ihren Finger hatte knabbern lassen. Die Brocken, die hier im Unterholz lauerten, würden gleich den ganzen Arm nehmen, da war sie sich sicher.

Die feuchte Luft stand und stank unter dem Dach aus Bäumen. Hier und da stach die Sonne in einzelnen Strahlen durch die Baumkronen und bohrte sich in das trübe Wasser, doch alles in allem schien der Tag zu weichen, je tiefer das Boot in die Wälder steuerte. Als sie sich schließlich so dicht um sie herum zusammenzogen, dass Roarke das Tempo drosseln musste, bekamen sie etwas Erdrückendes, Unheimliches.

Plötzlich schrie Laura auf und krallte sich mit beiden Händen tief in Nicos Arm.

„Was ist denn los?", wollte er besorgt wissen.

Sie deutete ins Geäst der Bäume über sich. Nico begriff sofort, was sie meinte. Dutzende riesige Spinnen saßen und hangelten in weitläufigen Netzen in den Bäumen. Haarlose achtbeinige Monster für Laura, groß wie ihre Hände, mit langen dünnen Beinen, die wie die Körper gelb und schwarz leuchteten.

„Oh Gott“, stammelte sie. „Oh Gott, oh Gott, oh Gott, Nico.“

Sie drückte sich fest an ihn, als wollte sie in ihm verschwinden und kletterte ihm fast auf den Schoss.

Nico fiel nichts ein, womit er sie hätte beruhigen können. Er hatte sich die Angst vor den kleinen Krabblern inzwischen zwar abgewöhnt, aber das galt wirklich vor allem für die Kleinen. Dennoch übten diese grellen Exoten eine seltsame Faszination auf ihn aus. Sie waren so groß, so andersartig, dass er sie nur bedingt unter seinem Bild einer Spinne einordnen konnte. Was blieb, war einzig die Sorge vor dem Fremden. Kräftige Signalfarben dienten in der Natur für gewöhnlich der Warnung. Als prangte ein Totenkopf von einer Flasche Putzmittel, mit der Aufschrift *Giftig!* darunter.

Er sah nach hinten zu Roarke, der sich gerade unter einem der tiefer gespannten Netze wegducken musste.

„Sind die giftig?“, fragte Nico auf englisch und schrie dabei gegen den Lärm des riesigen Propellers an.

„Die?“, fragte Roarke und angelte demonstrativ einen der Achtbeiner aus seinem Netz und ließ ihn über seine Hand krabbeln. „Nein, die tun nix.“

Er lachte spöttisch, als er merkte, dass Laura so weit wie möglich von ihm wegkrabbelte, bis sie die Kante des Boots erreicht hatte und – absichtlich oder nicht – die Spinne glitt ihm aus der Hand. Ihr gelb-schwarzer Körper landete auf dem weißen Boot, wo sie eilig Abstand zwischen sich und den lauten Propeller brachte –

und damit den Abstand zwischen ihr und Laura gleichzeitig verkleinerte.

„Nico!", schrie sie fast hysterisch, als sie bemerkte, dass sie nirgendwo mehr hinkonnte.

Sie wurde starr vor Angst, ihre Augen hafteten auf der Spinne, die auf sie zukam.

Auch Nico hatte das Krabbeltier fest im Blick. Er zögerte und dachte nach.

Eigentlich war sie zu groß, als dass er sie beruhigt hätte anfassen können. Andererseits zu anders, als dass seine Arachnophobie vollumfänglich anschlug. Und außerdem ungefährlich, wie Roarke ihnen versichert hatte. Nur nicht für Laura, die sich so fest an ihn drückte, dass er ihr Herz rasen spürte. In ihrem Innern brannte es, während ihr Körper nach außen hin den Dienst eingestellt hatte.

Nico fasste sich ein Herz. Er machte eine schnelle Bewegung nach vorne, schob die Hand mit ausgestreckten Fingern seitlich unter die Spinne, die sofort antizipierte und einige ihrer langen Beine auf seine Finger verlagerte. Dann verschaffte er ihr mit einer ruckartigen Aufwärtsbewegung einen Freiflug vom Boot ins Wasser. Sofort kehrte er zu Laura zurück und versicherte ihr: „Sie ist weg, hörst du? Keine Sorge. Sie ist weg."

Doch hinter ihr sah er schon die nächste kommen. Ein tief hängendes Netz auf Höhe von Lauras Kopf, in dessen Mitte einer der gelb-schwarzen Viecher hockte und auf Beute lauerte. Stattdessen würden er und sein Netz gleich Bekanntschaft mit Lauras Hinterkopf machen.

„Komm her“, sagte Nico und versuchte, dabei ruhig zu klingen.

Er umfasste ihren Hinterkopf und drückte sie sanft nach vorne an seine Brust. Sie verfehlte das Spinnennetz knapp, sah dessen bunten Bewohner aber im Augenwinkel dicht neben ihrem Kopf vorbei wandern. Sie stieß einen weiteren schrillen Schrei aus und wechselte auf Nicos andere Seite, nur um sich dort weiteren Spinnen gegenüberzusehen.

„Ich will hier weg“, flehte sie mit heiserer, fast schon erstickter Stimme. „Nico, ich will hier weg.“

„Alles ist gut, Laura“, sagte er. „Alles ist in Ordnung. Beruhig dich.“

„Die sind hier überall“, rief Laura und drohte hysterisch zu werden.

Nico fixierte ihren Kopf mit beiden Händen, um zu verhindern, dass sie sich umsah, denn sie hatte recht. Die kleinen Biester hingen überall um sie herum in den Bäumen. Hunderte, wenn nicht sogar Tausende von ihnen.

„Sieh mich an“, sagte er mit sanfter Stimme. „Die tun dir nichts. Einfach nicht hingucken.“

Sie hatte Tränen in den Augen.

„Hey Antoine“, rief er, ohne den Blick von ihr abzuwenden.

Der Fahrtwind trug seine Stimme ans Ohr des Kapitäns.

„Kannst du uns irgendwie aus den Bäumen rausbringen?“

„Wir sind gleich da!“, schrie Roarke zurück und deutete geradeaus. „Da vorne!“

„Hörst du das?" Nico wandte sich wieder Laura zu. „Wir haben's gleich geschafft."

Hinter der nächsten Biegung kam ein Steg in Sicht, der zu einer Hütte gehörte. Roarke steuerte darauf zu. Er stoppte den Propeller und es wurde still im Sumpf. Dann schwollen die Geräusche der Tiere, die ihn bevölkerten, an, bis sie fast genauso laut erschienen, wie der Bootsmotor zuvor.

„Wie schaffst du das nur?", fragte Laura mit zittriger Stimme.

„Was denn?"

„Wie kannst du so ruhig hier sitzen?"

„Ziemlich sexy, he?"

Ein kurzes Auflachen brach durch ihre Anspannung hindurch.

„Ich bin von zu Hause weggegangen", erklärte Nico, „und war dann allein. Keiner, den ich zur Hilfe holen konnte. Aber Spinnen gibts auch in Köln. Genau wie Frauen, die vor ihnen Angst haben. Und die kriegt man schlecht ins Bett, wenn man schreiend mit ihnen aus dem Zimmer rennt."

„Das ist der Trick?"

„Das ist der Trick."

„Das ist tatsächlich ziemlich sexy", gestand sie und brachte ihn damit zum Lächeln.

Roarke sprang von seinem Sitz und brachte das Boot heftig zum Schwanken. Er drängte sich an den beiden vorbei und meinte auf dem Weg zum Bug: „Keine Sorge, kleine Lady, jetzt ham wir's gleich geschafft!"

Ein weiteres heftiges Schwanken folgte, als er vom Boot auf den Steg sprang und beides miteinander vertäute.

„Voila", verkündete Antoine Roarke mit einer einladenden Geste in Richtung der Hütte. „Die beste Bar in den Bayous."

56.

Die beste Bar in den Bayous war ein Bretterverschlag aus Holz und Wellblech, windschief und mit Löchern in Wänden und Decke. Die Luft um den Verschlag herum war alkoholgeschwängert. Die schwere Feuchte drückte den süßlichen Dunst nach unten, wo er zwischen den Bäumen waberte wie Nebel.

Im Innern blubberten die Destillen, Marke Eigenbau. In Kupferkolben köchelte die Maische über offener Flamme vor sich hin, stieg als Dunst auf und wurde durch Kupferrohre geleitet, gekühlt und tropfte an deren anderem Ende als hochprozentiger Selbstgebrannter wieder heraus, und zwar in eine alte ...

„Das ist ja wirklich eine scheiß Badewanne", stellte Laura fest, als sie – sich noch immer vor den Spinnen wegduckend – nach drinnen flüchtete.

Und tatsächlich: Das Destillat tropfte in eine alte Badewanne, die in einer Ecke des Raums stand.

Hunderte Liter Hinterwäldlerschnaps ... Moonshine.

Roarke atmete tief ein. Der Alkoholdunst zeigte sofort seine Wirkung und ließ ihn heftig husten.

„Home, sweet home", verkündete er und eine Hängematte in der Ecke ließ vermuten, dass er es tatsächlich ernst meinte.

Er schnappte sich den langen Holzstiel, der an der Wanne lehnte und rührte den Moonshine um.

„Na?", fragte er mit einem ebenso stolzen wie dämlichen Grinsen im Gesicht. „Ist euch das autho… authäm… aut…"

„Authentisch?", half ihm Nico auf die Sprünge.

„Genau! Authemtisch genug?", schoss Roarke weiter knapp am Ziel vorbei. „Das is die beste Destille, die ihr im Süden finden werdet. Vielleicht sogar im ganzen Land", schmückte er sich mit dem großen Eigenbau. „Die Roarkes brauen damit seit meinem Großvater." Er schlug mit der flachen Hand auf den Kupferbehälter. „In der Badewanne hat schon meine Urgroßoma gebadet." Er hakte die Finger unter den Hosenträgern ein. Fehlte nur noch, dass er auf einem Grashalm kaute. Voller Stolz verkündete er: „Und ich halt alles in Schuss."

„Nicht schlecht", lobte Nico, vor allem, weil er nicht wusste, wie er anders als mit einem Kompliment auf so viel Hinterwäldler-Stolz reagieren sollte. Es war fast zu klischeebehaftet, um es ernst nehmen zu können.

„Na dann trinken wa doch mal nen Glas, oder?", sagte Roarke erfreut, nahm zwei Einmachgläser von der Anrichte und war kurz darauf mit einer Schöpfkelle auf dem Weg zur Badewanne.

Einmal mehr krallte sich Laura in Nicos Unterarm.

„Ich will das nicht trinken", knurrte sie auf Deutsch durch die zusammengebissenen Zähne. „Ganz bestimmt nicht aus Omas Badewanne."

„Uromas Badewanne", korrigierte er sie.

„Klingt lustig, wie ihr da so sprechen tut", kauderwelschte Roarke in fettem Louisiana-Slang und zwang sie damit zurück ins Englische, während er ihnen die beiden Gläser reichte und sich selbst ein drittes abfüllte.

Laura roch an der durchsichtigen Flüssigkeit und rümpfte die Nase.

„Wie viele Prozent hat der?“, wollte sie wissen.

Roarke lachte nur.

„Genug, um die Spinnen da draußen zu vergessen“, meinte er und hielt den beiden Touristen sein Glas zum Anstoßen entgegen. „Cheers!“

Sie stießen an, Laura etwas zurückhaltender als Nico. Das Trinken stürzte sie beide in die gleiche Krise. Sie verzogen die Gesichter und stimmten ein ausgelassenes Hustkonzert an. Einmal mehr lachte sich Roarke schlapp.

„Is schon was anderes als das Zeug oben in N’Orleans, he?“

„Eher wie das Zeug, das da an der Tankstelle aus dem Zapfhahn kommt“, sagte Nico keuchend.

Der Schnaps aus Lauras Partykeller war geschlagen ... um Längen.

Roarke gefiel das.

„Joaaa“, blökte er amüsiert.

Laura schnappte lautstark nach Luft, das erste Mal, seit sie das Zeug die Kehle runtergeschüttet hatte. Vorher hatte sie sich nicht getraut, aus Angst, sich übergeben zu müssen. Sie befeuerte Roarkes Lachen noch zusätzlich. Er amüsierte sich köstlich über diese ausländischen Städter. Ohne zu fragen, sammelte er die Gläser ein und füllte nach. Laura sah Nico hilfesuchend an, doch der zuckte mit den Schultern.

„Moonshine trinken mit Hillbillies", sagte er auf Deutsch und zeichnete mit dem Finger einen Haken in die Luft.

Beim Wort Hillbillies wurde Roarke hellhörig. *Hatten die Ausländer über ihn gelästert? So wie es Städter gerne tun?* Auch er machte einen Haken dran. *Drauf geschissen!* Er würde bestimmt keinen Streit anfangen. Die Kleine war viel zu heiß, um sich zu zoffen.

„Kannst du danach überhaupt noch Boot fahren?", fragte Nico, als er das zweite Mal mit Roarke anstieß.

„Noch viel schneller sogar", antwortete der und streckte die Zunge zwischen seinen schiefen Zähnen raus.

Nico machte gute Miene zum bösen Spiel und lachte mit.

Plötzlich ging die Tür des Schuppens auf.

„Wir haben Besuch?", grollte eine tiefe Stimme, die klang, als würde sie aus einer Kehle voll feuchter Erde kommen.

Alle Augen waren auf die Tür gerichtet. Der Rahmen wurde von einer Masse aus Mensch ausgefüllt.

„Ezra", grüßte Antoine eingeschüchtert, als der Koloss den Schuppen betrat.

„Willst du mir deine Freunde nicht vorstellen?", fragte der Riese.

„J... ja", stotterte Antoine. „Das sind Nico und Laura." Dann sagte er in die andere Richtung: „Leute, das ist mein großer Bruder Ezra."

Als Ezra ins Licht trat, offenbarte er ein von Narben zerfurchtes Gesicht, das früher vielleicht sogar einmal schön gewesen war.

Nico streckte ihm die Hand hin, doch Ezra marschierte einfach daran vorbei, ergriff stattdessen Lauras und küsste ihren Handrücken.

„Angenehm", sagte er und ließ einen Hauch des berühmten Südstaaten-Charmes aufflackern, gleichwohl in der Monster-Version.

Er zwinkerte ihr zu, wobei das Narbengewebe und die geschädigten Nerven seiner linken Gesichtshälfte ein seltsames Ballett veranstalteten.

„Ich sehe, ihr trinkt die Hausmarke", sagte er und wies auf die Gläser in ihren Händen. „Aber nicht ohne mich!"

Er schnappte sich ein eigenes Einmachglas und tauchte es in die Wanne, ohne den Umweg über die Schöpfkelle.

„Auf neue Freunde", brachte er einen Toast aus und stieß mit Laura an, während er sich herzlich wenig um seinen kleinen Bruder und Nico scherte.

Sie tranken trotzdem alle zusammen ... fingen zumindest zusammen an. Letzten Endes sahen Nico und Laura ungläubig dabei zu, wie Ezra Roarke das Glas mit einem Zug leerte, ohne eine Miene zu verziehen. Er stieß einen kräftigen Rülpser aus, den man wahrscheinlich hätte anzünden können und stapfte zurück zur Badewanne, um nachzutanken.

„Ich glaube, du hast einen Verehrer", flüsterte Nico Laura auf Deutsch ins Ohr.

„Woher kommt ihr zwei?", fragte Ezra, als er die fremde Sprache vernahm.

„Deutschland", antwortete Nico.

„Deutschland?", hakte Ezra nach. „Unser Opa war mal da."

„Wirklich?", entgegnete Laura und zeigte gespieltes Interesse, hatte aber in der Woche, die sie inzwischen in den Staaten waren, gelernt, dass jeder Amerikaner Vorfahren in Deutschland hatte. Sie hielt es für eine reine Höflichkeitsfloskel.

„Ja", antwortete Ezra und wischte jegliche Höflichkeit beiseite, als er hinzufügte: „Um Nazis zu töten." Er wandte sich ihnen zu und richtete sich zu seiner vollen Größe auf, und fragte mit ernstem Blick und noch ernsterer Stimme: „Seid ihr Nazis?"

Stille folgte. Auch darauf waren Nico und Laura eigentlich vorbereitet ... dass Amerikaner in der Schule vor allem in amerikanischer Geschichte unterrichtet wurden und sich nicht groß um den Rest der Welt scherten. Manche von ihnen wussten nicht einmal, dass Adolf Hitler nicht mehr Staatsoberhaupt Deutschlands war. Und doch waren sie nicht darauf vorbereitet, dass ein zwei Meter großer Schrank von einem Mann mit einem vernarbten Gesicht, der wohl in jedem Horrorfilm den Killer gespielt hätte, sie dafür auf seine Abschussliste setzte.

Eine Sekunde später verzog sich das Gesicht des Riesen zu einem fiesen Grinsen und wurde schließlich zu einem tiefen, grollenden Lachen.

„Ich verarsch euch nur", ließ er die Deutschen vom Haken. „Wir wissen, dass da keine Nazis mehr sind."

Sehr vereinfacht, dachte Laura, sah aber davon ab, ihn aufzuklären, denn sie war froh, dass das Thema vom Tisch war.

„Glaub nicht, dass Opa zurückgekommen wäre, solange er noch welche vor die Flinte gekriegt hätte, was,

Antoine?" Er schlug seinem kleinen Bruder mit der flachen Hand auf den Rücken, sodass er heftig durchgeschüttelt wurde.

„Hast recht, Ezra", stimmte er zu.

„Wer weiß", meinte Ezra und lachte schadenfroh. „Vielleicht kennen sich unsere Familien ja schon."

Nico und Laura schenkten ihm ein gezwungenes Lächeln.

Die Stimmung hatte sich seit seiner Ankunft nicht gerade verbessert, auch wenn der Riese das sicher anders sah. Wäre Nico allein, hätte er die bittere Pille geschluckt und wäre sicherlich noch geblieben, aber er merkte Laura an, dass sie sich unwohl fühlte. Er warf daher einen Alibiblick auf die Uhr seines Handys und meinte: „Ich glaube, wir sollten uns langsam auf den Rückweg machen."

„Das glaub ich aber nicht", widersprach ihm Ezra überraschend.

Laura und Nico wechselten einen überraschten Blick, der drohte in Besorgnis umzuschlagen.

„Draußen zieht gerade ein heftiges Gewitter auf", erklärte Ezra und dass er überhaupt einen Grund nannte, beruhigte beide etwas.

Der Riese wandte sich an den Rattenjungen und fragte: „Wo hast du die beiden aufgegabelt, Bruderherz? Hickory Point?"

Antoine nickte und Ezra wandte sich wieder den Gästen zu.

„Das ist über ne halbe Stunde mit dem Airboat und dann wieder ne halbe zurück für meinen Bruder. Und das auch nur, wenn das Wetter sich nicht schon auf dem Weg verschlechtert. Zu riskant, glaubt mir. Ihr wollt nicht da draußen sein, wenn es schüttet und stürmt. Wenn das Boot sinkt, seid ihr im Arsch. Ihr habt die Alligatoren ja sicher gesehen, die da draußen lauern." Er fuhr die längste Narbe in seinem Gesicht mit dem Finger nach. „So was machen die mit euch."

Laura und Nico wechselten weitere besorgte, verlorene und unwissende Blicke. *Was sollten sie jetzt tun?* Sie hatten kein eigenes Boot und wussten nicht, wie man eins steuerte. Mal ganz davon abgesehen, dass sie den Sumpf nicht kannten und wahrscheinlich irgendwo im Golf von Mexiko enden würden – wenn nicht sogar im Bauch eines hungrigen Alligators.

„Wie lang wird das Gewitter dauern?", fragte Nico.

„Oh, meistens dauern die nicht ewig", erwiderte Ezra und machte ihnen Hoffnung. „Aber danach wirds dunkel, und das wollt ihr auch nicht."

„Und was schlägst du stattdessen vor?", wollte Nico wissen.

Ezra zuckte mit den Schultern.

„Schätze ihr seid am Arsch", sagte er.

Wieder verwandelte sich seine starre Miene in ein nicht gerade weniger beunruhigendes Grinsen. „Ich verarsch euch nur wieder."

Wenigstens einer hatte hier seinen Spaß.

„Ihr bleibt heute bei uns", meinte er und Lauras Begeisterung wuchs nicht gerade.

„Ich weiß nicht so recht", sagte sie und ließ ihre Zweifel durchschimmern.

„Keine Widerrede", bestand er darauf. „Mal abgesehen davon, dass ihr keine Wahl habt. Mama macht das beste Gumbo südlich von N'Orleans und wir haben genug Zimmer, also genießt ein bisschen südstaatliche

Gastfreundschaft." Er sah sich in dem Schuppen um, als könnte er Lauras Gedanken lesen. „Was denn? Dachtet ihr etwa, wir wohnen hier drinnen?"

Er lachte so laut, dass der tiefe Bass sogar Lauras Innereien vibrieren ließ. „Keine Sorge, wir haben Betten, Türen und sogar ´n Scheißhaus. Na los, kommt mit!"

Er füllte sein Glas noch einmal nach und stapfte dann los in Richtung Tür.

Laura warf Nico einen besorgten Blick zu. Er konnte nur die Achseln zucken und sagen: „Was bleibt uns anderes übrig? Allein kommen wir hier nicht weg."

Er streckte seine Hand aus, sie ergriff sie und dann folgten sie dem Riesen zur Tür hinaus.

57.

Laura hatte zum Himmel hinaufgesehen. Zumindest so gut es die dichten Baumkronen erlaubten. Es hatte sich tatsächlich zugezogen, regnete aber noch nicht.

Ezra führte die beiden eine Reihe schmaler Wege entlang und letztendlich über einen Steg hinweg, der einen Wasserarm überbrückte. Nico war froh, dass neue Sorgen Laura von den Spinnen ablenkten, die auch hier überall über ihnen in den Bäumen hockten.

Hundert Meter von der Destille und dem Sumpf entfernt erwartete sie ein winziges Dorf. Eine Ansammlung aus Hütten, gebaut aus Holz, Blech und Schrott. Manche davon waren bereits in sich zusammengefallen, andere notdürftig repariert und geflickt. Laura zählte ein Dutzend der Bauten, jedes ein Unikat in Material und Bauweise, aber auch in Verfall. Lediglich in zwei der Hütten flackerte Licht.

Kerzen oder Gaslampen, vermutete sie.

Dann war da noch das Haupthaus. Ein feudaler Bau. Eine Art Herrenhaus, nur aus Holz. Zweistöckig, mit Balkons, die von Säulen getragen wurden, ähnlich denen in New Orleans und in Richtung Baton Rouge. Eine Villa, an einem Ort, an den sie nicht hingehörte. Aber immerhin schien sie bewohnt zu sein, denn mehrere Fenster im Erdgeschoss und der oberen Etage waren beleuchtet. Auf dem lang gestreckten Balkon saß eine glatzköpfige Gestalt in einem Schaukelstuhl, zupfte an einem Banjo und verfolgte den Weg der Neuankömmlinge. Er trug ein ausgewaschenes altes Lynyrd Skynyrd Shirt.

Dass der Mann hier draußen in den Sümpfen das Shirt einer Band trug, deren Flugzeug in den Sümpfen abgestürzt war, erschien Nico irgendwie zynisch, auch wenn es einige Hundert Meilen weiter nördlich passiert war.

In Mississippi, glaubte er sich zu erinnern.

„Mama!", rief Ezra Roarke in das Haus hinein, als sie die Eingangshalle betraten. „Wir haben Besuch."

Drinnen roch es modrig und feucht. Das Haus trotzte dem Wetter wahrscheinlich schon seit Generationen. Holz war dafür in dieser lebensfeindlichen Umgebung möglicherweise nicht das beste Material, außer man war ein Baum.

Statt einer feudalen Eingangshalle, wie in den Villen weiter nördlich von New Orleans, gelangten sie durch die Eingangstür in einen engen Flur. Das Haus schien augenblicklich zu schrumpfen, als sie es betraten. Von innen war es gebaut wie ein gewöhnliches Einfamilienhaus. Eine Holztreppe, die beim Anschauen bereits knarzte, führte an der Wand gegenüber unauffällig ins erste Stockwerk.

Ezra führte die Gäste einen weiteren Flur entlang, zu dessen beiden Seiten Türen abgingen. Laura musste sich korrigieren. Das Haus war nicht wirklich kleiner geworden, sondern hatte sich nur in ein verwinkeltes Labyrinth verwandelt.

Sie rückte dicht an Nico heran und klammerte sich an seinen Unterarm. Jeder Schritt, der sie weiter von der Haustür weg ins Innere führte, fühlte sich falsch an.

Mama hatte sich auch noch nicht zu Wort gemeldet. *Gab es sie überhaupt?* Laura fühlte sich an Dutzende, wahrscheinlich Hunderte von Horrorfilmen erinnert, die genauso begannen. Mit einem Ausflug in den Wald, nichts ahnenden Touristen, einem unheimlichen Haus ... Gott, sogar den Typ mit dem Banjo oben auf dem Balkon kannte sie. Und der entstellte Zweimeter-Mann war immer der Killer.

Ezra Roarke benahm sich ja sogar wie einer. *Oder bildete sie sich das nur ein, aufgrund all der Klischees, die sie aus Filmen kannte?*

„Ezra?", ertönte eine krächzende Stimme und plötzlich streckte eine alte Frau mit dicken, roten Backen den Kopf aus einer der Türen zu ihrer Rechten. „Hast du was gesagt?"

Ihre blutunterlaufenen Augen begannen zu leuchten, als sie Laura und Nico erblickte.

„Oh, wir haben Gäste", stellte sie fest und trat auf den Flur hinaus.

Sie trug eine schmutzige Schürze und wischte sich die grauen Haare beiseite, die ihr strähnig im Gesicht hingen.

„Mein Gott, Junge, sag doch was", beschwerte sie sich, während sie eilig versuchte, Haare und Bluse zurechtzuzupfen. „Ich hätte mich doch schick gemacht."

Ezra trat an das gebrechliche alte Ding heran, überragte sie um anderthalb Köpfe und war fast ein bisschen süß, als er mit seinem tiefen Bass sagte: „Aber du bist doch schon die schönste Frau auf der Welt."

Die Alte lächelte geschmeichelt.

Weniger süß war der Blick, den er gleich darauf Laura zuwarf. Starr und zielgenau an Nico vorbei.

„Mrs. Roarke." Nico trat vor und gab ihr die Hand. „Freut mich, Sie kennenzulernen. Ich bin Nico und das ist Laura."

Sie winkte Mama Roarke verhalten freundlich zu, aber ohne sich ganz hinter Nicos Rücken hervorzuwagen.

Nico fuhr fort: „Ihr Sohn war so freundlich und hat uns zum Essen eingeladen. Ich hoffe, das macht Ihnen keine Umstände."

„Oh nein, überhaupt nicht", sagte Mrs. Roarke. „Ich habe heute Morgen frisches Gumbo gekocht. Einen riesigen Topf." Sie streichelte Ezra den Arm. „Mit einem Vielfraß wie dem im Haus, hat man besser immer genug zu Essen da." Sie sah zu ihm hoch. „Wo steckt denn dein Bruder?"

„Hier bin ich, Mama", rief Antoine just in diesem Moment und polterte um die Ecke. „Ich bin schon da."

„Wusst ich`s doch", scherzte seine Mutter. „Bei Essen und hübschen Frauen ist der nie weit weg. Na kommt ... kommt!"

Sie winkte Laura und Nico hinter sich her und führte sie am Ende des Flurs durch eine Flügeltür in einen Raum, dessen Mittelpunkt ein gigantischer rechteckiger Holztisch mit Stühlen darum war. Laura zählte einundzwanzig. Zehn zu jeder Seite und einer, der Einzige mit Armlehnen, am Kopfende.

An den Wänden des Raums hingen Bilder. Malereien wechselten sich mit einer Art Ahnengalerie ab. Verblasste Bilder aus den frühen Tagen der Fotografie.

Gruppenbilder einer Großfamilie sowie Porträts einzelner Familienmitglieder, beides über Generationen hinweg. Die Familie wuchs und schrumpfte, doch eins blieb immer gleich: Die Männer blickten mit ernster Miene in die Kamera und präsentierten stolz ihre Flinten.

Der riesige Esstisch schien alle Generationen miterlebt zu haben. Hier und da hatten sich Termiten durch das Holz gefressen und kleine Löcher hineingebohrt. In der Mitte hatten heiße Töpfe und Pfannen kreisrunde schwarze Abdrücke hinterlassen. An manchen Plätzen war das Holz mit Messern bearbeitet worden oder zeigte deutliche Abnutzungsspuren.

„Setzt euch", sagte Ezra und rückte ihnen zwei Stühle zurecht. Dann wandte er sich an seinen kleinen Bruder. „Ruf die anderen! Mama hat den ganzen Tag für uns in der Küche gestanden."

Antoine flitzte sofort los. Laura hörte, wie er bereits im Flur Namen zu rufen begann und glaubte Russel und Lucious zu verstehen.

Mrs. Roarke wandte sich an ihren älteren Sohn und meinte: „Ezra, sei ein Schatz und hol den Topf aus der Küche. Er ist zu groß für mich."

Schweren Herzens ließ der Riese von den beiden Stühlen ab, hatte vermutlich darauf gewartet, Laura ihren – ganz Südstaaten-Gentlemen – zurechtrücken zu dürfen.

Sie war froh, dass er abkommandiert wurde und – ganz guter Sohn – gehorchte und nahm eilig ohne seine Hilfe Platz.

„Und es wird nicht genascht", rief Mrs. Roarke ihm streng hinterher, bevor sie sich ihren Gästen zuwandte.

„Wie schön“, sagte sie erfreut und nahm drei Stühle weiter, direkt neben dem Lehnstuhl am Kopfende Platz. „Wir hatten lange keinen Besuch mehr hier draußen.“

Antoine Roarke war der Erste, der wieder ins Esszimmer zurückkehrte. Er keuchte, war vermutlich den ganzen Weg durch beide Stockwerke gerannt und hatte dabei weiter Namen gerufen, um möglichst schnell wieder unten zu sein. *Wie hatte Mama Roarke gesagt?* Beim Essen und den hübschen Frauen.

Zielstrebig steuerte er einen Stuhl auf der anderen Seite des Tischs an, weit entfernt vom Kopfende, nahm Platz und pflückte sich die Baseballkappe vom Kopf, die er unterm Tisch auf seinem Schoß verschwinden ließ.

Weitere Schritte kamen den Flur entlang und Mrs. Roarke stellte ihnen den Neuankömmling vor: „Das ist mein Neffe Russel.“

Laura und Nico sahen beide zur Tür, wo der Mann stand, den sie zuvor bereits mit dem Banjo auf dem Balkon gesehen hatten. Sein Blick wanderte von einem Anwesenden zum nächsten,

bis er alle durch hatte. Dann nickte er den Gästen verhuscht zu und nahm einen Platz weiter unten auf ihrer Tischseite ein.

„Und mein Bruder Lucious“, sagte sie, als Mrs. Roarke den nächsten Gast im Türrahmen erblickte.

Lucious war hochgewachsen wie Ezra, aber nur halb so breit. Sein drahtiger Körper war auf Sehnen und Muskeln reduziert, wie unter seiner offenen Jeansweste deutlich zu erkennen war. Für sein Alter, Laura schätzte ihn auf Mitte sechzig, war er in bestechender

Form. Sie tippte allerdings weniger auf Sport als viel mehr auf ein entbehrungsreiches Leben voll körperlicher Arbeit hier draußen in den Sümpfen. Mit seinem zotteligen Vollbart, der die Familienähnlichkeit mit seiner Schwester verbarg und den krausen schmutzgrauen Haaren sah er aus wie das Klischee eines alten Hillbillies. Einem, der es liebte, beim Angeln Bier aus Dosen zu trinken und sich hin und wieder aus dem Boot zu stürzen, um im knietiefen Wasser mit einem Alligator zu ringen.

„Ma'am", grüßte er Laura höflich und offenbarte dabei sein unvollständiges Gebiss, bevor er auch Nico mit einem kurzen Nicken bedachte und den Platz Mrs. Roarke gegenüber einnahm.

Was für eine Truppe, dachte Laura.

Die Hillbilly-Experience konnten sie auf jeden Fall von ihrer Liste streichen.

Sie fuhr erschrocken zusammen, als Ezra den riesigen Topf über ihren Kopf hinweg und vor ihr in die Mitte des Tischs wuchtete, sodass Besteck und Teller einen kleinen Hüpfer machten. Innerhalb von Sekunden füllte sich der Raum mit dem Geruch leckeren Cajun-Essens. Eine pikante Schärfe lag in der Luft und umschmeichelte die Aromen von Fisch und Fleischeinlage des Gumbos.

Ezra umrundete den Tisch. Einen Moment lang erwartete Laura, dass er auf dem Lehnstuhl am Kopfende Platz nehmen würde, doch er setzte seinen Weg fort und ließ sich auf dem Stuhl ihr gegenüber nieder.

Dann endete der Strom der Hinterwäldler. Mama Roarke stand auf und streckte die Hände nach den Tellern der beiden unerwarteten Gäste aus und machte sie mit der Schöpfkelle randvoll.

Bei der weiteren Ausgabe schien es eine klare Hierarchie zu geben. Vom Kopfende des Tischs an bekam Onkel Lucious zuerst, gefolgt von Ezra, bevor sich Mrs. Roarke selbst den Teller füllte. Antoine und sein Cousin Russel standen auf und kamen auf Antoines Seite zum Topf, wo Mama Roarke auch ihre Teller füllte und sie zu ihren Plätzen zurückkehrten.

Laura fand es befremdlich, dass sie alle so weit auseinandersaßen, wo doch drei Viertel der Plätze am Tisch leer geblieben waren.

Mama Roarke sah Laura und Nico an und fragte: „Möchte einer von euch das Tischgebet sprechen?"

Die beiden wechselten einen verunsicherten Blick. *Erwarteten ihre Gastgeber das?*

„Ich glaube, wir sind beide nicht besonders bibelfest", erklärte Laura schließlich höflich verhalten und lehnte ab, machte aber trotzdem Anstalten, die Hände zu falten, um sich den Gepflogenheiten ihrer Gastgeber anzuschließen.

Nico ebenso.

„Das passt mir gut", krächzte Mama Roarke und setzte sich hin. „Hier draußen kommt sowieso niemand in den Himmel."

Sie versenkte ihren Löffel in ihrem Teller und fuhr sich die erste Ladung Gumbo ein. Der Rest der Familie folgte ihrem Beispiel. Innerhalb von Sekunden landete Suppe auf dem Tisch, auf Kleidern und klebte in Bärten. Es wurde geschmatzt, gestöhnt und mit offenem

Mund gekaut. Eine befremdliche Situation für Laura und Nico, die auch dieses Mal überlegten, sich den Moonshinern anzupassen. *War es höflich, aus Sympathie unhöflich zu sein? Oder fühlten sich ihre Gastgeber möglicherweise veralbert, wenn sie sich ihnen anpassten?*

„Es tut mir leid", meldete sich Mama Roarke zu Wort und deutete mit einem Nicken in die Runde. „So habe ich meine Jungs nicht erzogen."

Der Rest der Familie stellte das Kauen ein. Blicke wurden gewechselt.

„Habt ihr alles vergessen, was euer Vater euch eingeprügelt hat?", fuhr sie ihre Kinder an und nahm dann Onkel Lucious in die Pflicht: „Und du stachele sie nicht auch noch an! Wir haben schließlich Gäste."

Seltsamerweise schienen Laura und Nico die Einzigen zu sein, denen die Standpauke der alten Frau wirklich unangenehm war.

Onkel Lucious zog geräuschvoll die Rotze hoch und stellte dann auf feine Essmanieren um. An dem Geschlabber in seinem vergilbten Bart änderte das nichts mehr. Die anderen machten es ihm nach, manche besser, Antoine schlechter.

Mama Roarke wandte sich an Laura und sagte dankbar lächelnd: „Es ist schön, mal wieder eine Frau im Haus zu haben."

„Leben Sie hier etwa ganz allein mit ihren ... Jungs?"

Die Alte zuckte mit den Schultern.

„Manche Frauen können nur Jungs", sagte sie. „Ich ganze sechs davon." Und dann mit Blick zu ihrem Bruder: „Und seit Amy-Lou uns verlassen hat ..."

Lucious hörte kurz auf, zu kauen, als der Name seiner verstorbenen Frau fiel. Er sah nicht auf, sondern starrte auf seinen Teller, bis der Moment des Gedenkens vorbei war.

Mama Roarke deutete auf die Ahnengalerie an den Wänden und erzählte: „Die Roarkes gibt es hier unten in den Bayous schon ewig, aber es ist ein hartes Leben."

„Haben Sie mal dran gedacht, von hier wegzugehen?", fragte Nico und sofort waren alle Blicke auf ihn gerichtet.

„Wir haben uns nicht siebzig Jahre mit den verdammten Murdochs abgeplagt, um jetzt von hier zu verschwinden", meldete sich Ezra schmatzend zu Wort. „Die Roarkes leben hier seit dreihundert Jahren. Das endet bestimmt nicht mit uns."

„Könnte mir denken, dass die Auswahl an Frauen hier draußen nicht besonders groß ist, oder?", meinte Laura und bereute es sofort, als alle Blicke von Nico zu ihr wechselten.

„Manchmal verirrt sich eine her", sagte Ezra und schickte ihr einmal mehr sein zuckendes Zwinkern über den Tisch.

Sein Bruder und sein Cousin lachten.

„Das schmeckt wirklich gut", sagte Laura, um das Thema zu wechseln, und spielte den Ball wieder zu Mama Roarke, ihrem einzigen Lichtblick, abgesehen von Nico zu ihrer Rechten. „Was ist da drin?"

„Alles, was der Sumpf uns gibt, Schätzchen."

„Alligator?", wollte Nico wissen.

„Unter anderem."

Er sah Laura entschuldigend an, dafür, dass er sein frisch gegebenes Versprechen noch am selben Tag gebrochen hatte, gab ihr aber zu verstehen, dass sie das Gleiche auf ihrem Teller hatte wie er.

„Halt die Klappe", zischte sie und aß den nächsten Löffel mit weniger Enthusiasmus.

Nico dafür umso amüsierter.

„Wo sind denn Ihre anderen Söhne?", fragte er Mama Roarke.

„Wir essen den Alligator ... und manchmal isst der Alligator uns", sagte sie beiläufig.

Laura und Nico unterbrachen geschockt ihr Mahl. An dem Kloß, der ihnen plötzlich im Hals stecken geblieben war, hätten sie nicht einmal mehr Suppe vorbei bekommen.

„Uncle Sam hat sich auch einen geholt", fuhr Mama Roarke fort. „Und Buddy ist im Kindbett gestorben. Da konnte keiner was für."

„Tut ... tut mir sehr leid", bekundete Laura ihr Beileid.

„So is das hier draußen. Früher waren's die Murdochs ... und heute halt irgendwas anderes", sagte Mama Roarke trocken und sachlich.

„Die Murdochs?", fragte Laura, nachdem der Name innerhalb kürzester Zeit ein zweites Mal gefallen war, und bemerkte sofort, dass Nico ihr einen verurteilenden Blick zuwarf.

Klang nicht nach schöneren Geschichten.

„Verdammte Sumpfratten!", schimpfte Ezra voll inbrünstigem Hass.

Onkel Lucious schlug mit der flachen Hand auf den Tisch und wieder machte das herumliegende Geschirr

einen Hüpfer. Ezra verstummte schlagartig. Niemand
traute sich, auch nur mit der Gabel zu klappern.

„Wir reden bei Tisch nicht über dieses verdammte
Pack!", knurrte der Alte.

„Tut mir leid", entschuldigte sich Laura. „Ich wollte
nicht …" Sie brach den Satz ab, aus Angst noch etwas
Falsches zu sagen und wiederholte kleinlaut: „Tut mir
leid."

58.

Das restliche Abendessen lang stellten sich die beiden Städter den Fragen ihrer Gastgeber. Verneinten ein Paar zu sein, erzählten von Deutschland und ihrem Leben dort.

Das Interesse der Hinterwäldler hielt sich in Grenzen. Nur Mama Roarke hing an ihren Lippen und schien in ihren Erzählungen förmlich Urlaub vom Sumpf zu machen.

Sie berichteten vom Karneval in Köln und ihrem Traum, den Gegenpart in New Orleans zu erleben. Auch vom Rest ihrer To-do-Liste, inklusive dem Moonshine, der sie letztendlich hier raus in die Bayous geführt hatte.

„Und, wie findet ihr Lucious' Hausmarke?", wollte Mama Roarke wissen, während es ihren zotteligen Bruder nicht wirklich zu interessieren schien.

„Stark", sagte Nico, dem es bei der Erinnerung noch immer alles zusammenzog.

Die Roarke-Männer lachten spöttisch.

„Ich bin auch eher ein Fan Ihres Gumbos, Ma'am", stimmte Laura zu.

Die Alte winkte geschmeichelt ab.

Nach dem Essen – Ezra war nach vier Tellern der Letzte, der den Löffel beiseitelegte – fragten sie, ob sie beim Abwasch helfen konnten, doch Mama Roarke lehnte dankend ab. Was wäre sie für eine Gastgeberin, wenn sie das erlaubte? Sie empfahl den Gästen, sich noch etwas mit ihren Jungs zu amüsieren, und schnappte sich dann mühelos den fast geleerten Topf. Sie werde ihnen später ein Gästezimmer herrichten.

Laura war nicht danach, noch mehr Zeit mit den Roarke-Jungs zu verbringen, aber was blieb ihnen anderes übrig? Wenn sie der alten Frau schon nicht in der Küche helfen durfte, wollte sie ihr wenigstens ein bisschen Zeit lassen und sie nicht noch damit stressen, dass sie sich lieber sofort in ein Zimmer verkriechen wollte ... mit einer Tür! Denn die hatten sie hier draußen, wie Ezra berichtet hatte. *Vielleicht ja sogar einen Schlüssel, um sie auch abzuschließen.*

Plötzlich ruckte ihr Stuhl zurück. Sie stieß ein erschrockenes Quietschen aus und wollte sich am Tisch festkrallen, doch er war bereits außer Reichweite.

„Kommt, ich zeig euch meinen Großen", sagte Ezra Roarke, der ihren Stuhl zurückgezogen hatte und ihr den Unterarm hinstreckte, damit sie sich bei ihm einhaken konnte.

Die Ankündigung sorgte dafür, dass Laura innerlich verkrampfte und reflexartig die Schenkel zusammenkniff. *Sie wollte seinen Großen ganz bestimmt nicht sehen!*

Seine ungestüme Gentlemen-Attitüde legte jedoch nicht nahe, dass er das meinte, was sie befürchtete. Also nahm sie die Geste an und ließ sich von ihm aufhelfen.

Ezra führte die beiden daraufhin durch ein Gewirr aus Fluren und durch die Hintertür wieder aus dem Herrenhaus hinaus an die frische Luft. Der Regen plätscherte auf die Blätter über ihnen. Vereinzelte Tropfen fanden ihren Weg bis auf den Boden, doch der Tropensturm, den der große Moonshiner in Aussicht gestellt hatte, schien auszubleiben. Es war ein durchschnittlich schlimmes Gewitter – nach deutschen Maßstäben. Laura dachte an die alljährlichen Bilder des überschwemmten New Orleans oder seiner Nachbargemeinden und war sich sicher, hier unten würden sie es als eher leicht einordnen. Sie wusste nicht, was sie mehr ärgerte. Dass sie sich nicht auf den Rückweg gemacht hatten, oder dass sie nicht in einem Horrorsturm hier draußen festsaß. Es hätte auf jeden Fall zur Horrorumgebung gepasst.

Die kleine Gruppe, der sich auch Antoine angeschlossen hatte, folgte einem ausgetretenen Waldweg, vorbei an einem Schweinepferch zu einem klapprigen Holzsteg, der über einen

brackigen Sumpftümpel hinwegführte, auf dessen anderer Seite sich eine weitere Hütte befand. Die Bauweise aus Blech und Holz ähnelte der der Destille, nur dass das Gebäude vor ihnen wesentlich größer war und keinen billigen Fusel ausdünstete.

Im Innern erwartete sie schließlich *der Große*. Mit offenem Maul lag er in einer Grube in der Mitte des Gebäudes, starrte sie aus glasigen Augen an und schenkte ihnen sein hungrigstes Lächeln zur Begrüßung.

Der Alligator war ein wahres Biest, bei dessen Anblick Laura und Nico automatisch auf Abstand blieben und sich nicht ganz bis an die niedrige Mauer heranwagten, die kreisrund um die Grube errichtet worden war.

„Ganz schöner Brocken, was?", meldete sich Antoine zu Wort und sprang auf die Mauer.

Der Alligator drehte den Kopf nur ein kleines Stück, um die potenzielle Beute optimal im Blick zu haben. Der kleine Moonshiner balancierte auf der Mauer im Kreis, als wolle er die riesige Echse ärgern.

„Da drin stecken anderthalb Roarkes", verkündete Ezra und deutete einmal mehr auf sein vernarbtes Gesicht.

Übelkeit stieg in Laura auf. *Meinte er das ernst? War das der Alligator, der seinen Bruder getötet hatte?* Erst auf den zweiten Blick erkannte sie, dass die linke Gesichtshälfte der Echse von einer Reihe von Narben entstellt war, ganz ähnlich denen in Ezras Visage.

„Das mit meinem Bruder konnte ich ihm verzeihen", meinte Ezra. „Aber was er mit meinem hübschen Gesicht angestellt hat ... Auge um Auge, wie man so schön sagt."

„Warum habt ihr ihn behalten?", fragte Laura ungläubig.

„Na ja", sagte Ezra lachend, „er ist immerhin das, was einem Grab für Jim-Bob am nächsten kommt. Inzwischen gehört er fast selbst zur Familie. Nicht wahr, Antoine?"

Ezra verpasste seinem kleinen Bruder einen heftigen Stoß, als dieser gerade die erste Umrundung der Grube abgeschlossen hatte. Der Rattenjunge verlor das Gleichgewicht und segelte in die Grube. Er zog die Beine hoch, flog im Spagat über den Alligator hinweg und landete zwei Meter weiter im Schlamm und startete sofort durch. Er entging den schnappenden Kiefern hinter sich und sprang auf der gegenüberliegenden Seite der Grube wieder auf die Mauer. Zu Lauras Überraschung war er nicht wütend, sondern lachte sich gemeinsam mit seinem großen Bruder schlapp.

Wirklich ein gelungener Spaß, dachte sie sarkastisch, während sich der Alligator in der Grube neu einrichtete und wieder zur Ruhe kam.

„Wie groß ist er?", fragte Nico.

„Fast fünf beschissene Meter", antwortete Ezra ehrfürchtig. „Das größte und gemeinste Viech, das ich je in den Bayous gesehen hab."

„Deshalb versteht ihr euch auch so gut", scherzte Antoine überdreht von der sicheren Seite der Grube aus.

„Halt's Maul, Antoine", schimpfte Ezra und feuerte eine leere Bierdose in seine Richtung, als wollte er sagen, vor mir bist du nirgendwo sicher.

Antoine wich gekonnt aus. Reflexe hatte der Junge – und musste er in dieser Familie vermutlich auch haben, um zwischen fünf Meter langen Alligatoren und zwei Meter großen Brüdern zu überleben.

Ezra wandte sich wieder den beiden Besuchern zu.

„Morgen früh füttern wir ihn", sagte er mit einem breiten Grinsen im Gesicht.

Bei dem Gedanken daran, was sie bisher über seine Fressgewohnheiten wusste, jagte der Gedanke Laura einen Schauder über den Rücken.

Anschließend lud Ezra auf einen Absacker nach dem Abendessen ein und die Brüder gingen mit ihren Gästen zurück zur Destille. Aus der Ferne hörte Laura bereits das Zupfen des Banjos.

Cousin Russel saß in einem Schaukelstuhl am Bootsanleger und spielte ein Stück, das Nico als *Duelling Banjos* aus dem Film *Beim Sterben ist jeder der erste* zu erkennen glaubte. Er hatte sich bereits ein Glas Moonshine geholt.

„Setzt euch“, sagte Ezra, bot ihnen die restlichen Stühle an und pfiff dann seinen kleinen Bruder an: „Bring uns was zu trinken.“

Antoine gehorchte und verschwand in der Hütte.

Laura würde das Zeug also noch mal trinken müssen. Dabei hatte sie das Gefühl, die Luft um die Destille herum einzuatmen reichte bereits aus, um sie betrunken zu machen.

Sie setzten sich und lauschten Russels Banjo. Seine Finger rasten den schmalen Hals des Instruments mit beeindruckender Leichtigkeit auf und ab.

Ezra setzte sich nicht, sondern lehnte sich an einen der Stützbalken des Vordachs und verschränkte die muskulösen Arme vor dem Körper, um sie besonders gut zur Geltung zu bringen. Eine Pose, die Marlon Brando besser gestanden hatte, als ihm, doch Laura war sich sicher, dass er sie aus den gleichen Gründen wählte, wie Brando es getan hatte: Um gut auszusehen … für sie. Wie sehr sie sich den jungen Marlon Brando jetzt an seiner Stelle wünschte.

Antoine kehrte aus dem Schuppen zurück und verteilte volle Gläser an alle. Dann verschwand er ein zweites Mal und kehrte mit einem Tonkrug zurück, setzte sich neben seinen Cousin und blies einen unspektakulären, aber soliden Bass auf dem Krug zu Russels beschwingter Melodie.

„So kommt ihr auch noch in den Genuss eines echten Bayou-Konzertes“, rief Ezra den Besuchern durch die Musik hindurch zu und trat dann an sie heran und stieß mit ihnen an.

Er bemerkte, dass Laura das Gesicht verzog, bei dem Gedanken daran, das Zeug gleich wieder trinken zu müssen.

„Na komm, Süße", forderte er sie auf, „das macht dich zu nem richtigen Sumpfgewächs. Danach kannst du nachher auch so kräftig blasen wie Antoine."

Dann kippte er seinen eigenen Moonshine die Kehle runter, um mit gutem Beispiel voran zu gehen.

Schade, dass spätestens sein letzter Spruch das mit dem guten Beispiel versaut hatte.

Statt über seinen blöden Witz zu lachen, sah Laura hilfesuchend zu Nico. Sein Blick zeugte von Verständnis, doch letztendlich saßen sie hier zusammen fest.

„Einen noch aus Höflichkeit", versuchte er sie auf Deutsch zu trösten, „und dann gehen wir schlafen."

„Weil Höflichkeit hier ja auch so großgeschrieben wird", kommentierte Laura zynisch.

Nico zuckte mit den Schultern.

„Tu's für Mama", meinte er und stieß sein Glas einmal mehr gegen ihres.

Und einmal mehr verzog es ihnen erst die Gesichter und dann die Gedärme.

Nico wunderte es nicht, dass man in Filmen und Serien häufig sah, wie eine Schwarzbrennerei explodierte. Das Zeug brannte sicher lichterloh.

Ezra amüsierte sich einmal mehr köstlich über die weichgespülten Ausländer.

„Das gibt Haare auf der Brust", zog er Nico auf.

„Ich hab eher das Gefühl, die auf dem Kopf fallen mir aus", keuchte dieser zurück und brachte damit alle Roarkes zum Lachen.

„Du bist in Ordnung für nen Nazi aus der Großstadt“, lobte Ezra ihn.

„Darauf trinke sogar ich noch einen“, verkündete Nico und hob einmal mehr sein Glas.

Er hätte es nicht gesagt, wenn es nicht ohnehin noch halb voll gewesen wäre. Ezra ließ sich nicht zwei Mal bitten und stieß erneut mit ihm an.

„Wir machen noch echte Sumpfratten aus euch“, meinte er lachend. „Hey Russ! Spiel mal den Dixie für unsere neuen Freunde.“

Cousin Russell ging von der schnellen Nummer direkt in den Dixie über, die inoffizielle Hymne der US-Südstaaten. Ein Stück, das untrennbar mit dem amerikanischen Bürgerkrieg verbunden war. Der perfekte Klangteppich für Ezra, um eine Geschichtsstunde einzuläuten.

„Die Roarkes haben im Bürgerkrieg gekämpft. Mein Urgroßvater stand Seite an Seite mit Merle Murdoch und sie haben den verdammten Yankees die Hölle heißgemacht. Wir hatten keine Sklaven oder so was. Haben uns auch nicht dafür interessiert, ob unsere Politik aus Washington oder Richmond kommt. Das Einzige, was wir hatten und wofür wir gekämpft haben, war unsere Heimat und unsere Familie. Und beides war nun mal im Süden. Damals waren die Murdochs wie Brüder für uns. Merle Murdoch verlor einen Sohn im Krieg und wir verloren einen. Schweißt uns enger zusammen, sollte man denken. Aber falsch gedacht! Denn anstatt die versprochene Tochter an einen von Urgroßvaters anderen Söhnen zu geben, verheiratete Murdoch, der gierige Scheißkerl, sie an einen Yankee-

Offizier aus New Hampshire. Holt die verdammte Yankee-Ratte hier runter ins Bayou und behandelt ihn wie einen Sohn. Und diese verdammte blaue Ratte benimmt sich, als sei der Krieg noch immer nicht vorbei. Die verdammten Murdochs schlucken es runter, denn er versorgt sie mit guten Yankee-Dollars. Aber auf einer Feier legt er sich mit dem Falschen an ... mit Henry Roarke macht man so was nicht, scheißegal wie viele Dollars man in der Tasche hat. Also hat Urgroßvater den verdammten Yankee-Bastard bluten lassen. Hat dem alten Murdoch nicht geschmeckt. Das war das Ende der Freundschaft und der Beginn von siebzig Jahren Blutfehde."

„Blutfehde?", fragte Nico nach. „So wie die Hatfields und die McCoys?"

„Ich kenn keine Hatfields", meinte Ezra. „Un auch keine McCoys." Seine Miene hellte sich auf. Er hob sein Glas in die Höhe und sagte feierlich: „Ich kenn aber auch keine scheiß Murdochs mehr!"

Die anderen Roarkes hoben ebenfalls ihre Gläser. Selbst Russell unterbrach sein Konzert für diesen Toast auf Mord und Totschlag.

Laura und Nico hielten sich zurück, auch wenn sie ihre Gläser am liebsten sofort leer hätten.

Ezra kehrte mit einer Gelassenheit zu ihnen zurück, als würde er erzählen, was er am heutigen Tag getan hatte. Irgendetwas zwischen Wäschemachen, Kinder zur Schule bringen und Kochen. Nur dass er sagte: „Siebenunddreißig Jahre ist es her, seit Onkel Lucious den letzten dieser Bastarde erwischt hat."

Laura sah hilfesuchend zu Nico.

Hatte Ezra ihnen gerade einen Mord gestanden?

„Hatte sich draußen im Sumpf versteckt wie die kleine Ratte, die er war", fügte Antoine eifernd hinzu.

„Und da is er dann auch geblieben", meinte plötzlich eine kratzige Stimme.

Onkel Lucious stand direkt hinter Laura. Hatte sich angeschlichen.

So wie er sich auch an den letzten Murdoch-Jungen draußen im Sumpf rangeschlichen hatte?

Mit einem Messer? Mit bloßen Händen? Oder doch mit der Flinte, mit der er auf einigen der Fotos in der Ahnengalerie posierte? Es machte keinen Unterschied. Sie hatte gerade erfahren, dass der Mann getötet hatte. Ihn jetzt hinter sich zu wissen, hier draußen im Sumpf, machte sie nervös. Als könnte sie seinen warmen Atem im Nacken spüren, obwohl er zwei Meter entfernt stand.

Siebenunddreißig Jahre war es her, hatte Ezra gesagt. *Hatte er den Großteil dieser Zeit im Knast verbracht?*

Laura glaubte es eher nicht.

Seine Familie feierte ihn wie einen Helden. Einen, der das Richtige getan hatte. Und dass sich der Sumpf um Dinge kümmerte, wusste sie spätestens, seit Ezra ihnen *seinen Großen* gezeigt hatte. Onkel Lucious sah aus und benahm sich wie einer, der die letzten vierzig Jahre seines Lebens im Sumpf verbracht hatte, nicht in einer Zelle. Er gehörte zu der Sorte Mensch, die es in Gefangenschaft nicht ein einziges Jahr lang aushielt. Wahrscheinlich hätte er sich eher einen Strick genommen oder sich ins Maul eines Alligators geworfen, bevor er die Gittertür hinter sich ins Schloss fallen hörte.

Seelenruhig schlenderte er zwischen Laura und Nico hindurch, verschwand in der Hütte und kam kurz darauf mit einem Glas Moonshine zurück.

Laura stieß Nico mit dem Ellbogen an. Er nickte ihr zu und beide standen auf.

„Wir würden morgen gerne früh zurückfahren", sagte Nico. „Wir haben Termine in New Orleans. Also wenn uns einer von euch relativ zeitig zu unserem Wagen bringen könnte, wären wir euch echt dankbar."

„Das kriegen wir hin", versicherte Ezra ihnen.

„Dann würden wir jetzt langsam schlafen gehen."

„Was, schon?", fragte Ezra verwundert. „Ist doch noch früh."

„War ein langer Tag", meinte Nico.

„Ich bin total kaputt", stand Laura ihm bei und hoffte, dass die Moonshiners ihre Entscheidung leichter akzeptieren würden.

Schließlich bestand ihr Weltbild aus männlichen Klischees. Sie gehörte dem schwachen Geschlecht an, wurde früh müde, brauchte ihren Schönheitsschlaf, vertrug nicht viel Alkohol. Sei's drum! Sollten sie doch von ihr denken, was sie wollten. Schließlich hatte sie auch nicht gerade die höchste Meinung von den Hinterwäldlern.

„Na dann", zeigte Ezra tatsächlich sofort Verständnis, wandte sich jedoch wieder Nico zu, „wird das wohl ein Männerabend, was?"

„Ich glaube, ich werde heute auch nicht mehr alt", erwiderte Nico und schüttelte den Kopf. „Werd wohl auch schlafen gehen."

„Was läuft'n da?", fragte Ezra und wurde hellhörig. „Dachte, ihr seid kein Paar?"

„Sind wir auch nicht", bestätigte Nico. „Wir sind nur beide müde."

Ezra sah Laura an und fragte zwinkernd: „Hast du etwa nur mit meinen Gefühlen gespielt, Kleine?"

„Du weißt doch, wie wir Mädels aus der Stadt sind", entgegnete Laura staubtrocken. „Treiben's einfach wahllos mit jedem."

Sie packte Nico am Kragen seines Shirts und zog ihn verführerisch hinter sich her.

„Also gute Nacht, Jungs", verabschiedete sie sich in die Runde.

Nico zuckte mit den Schultern und meinte entschuldigend: „Ihr versteht das sicher", während er sich von Laura abschleppen ließ.

Antoine sprang auf.

„Ich bring euch zum Haus", bot er an und hängte sich an die beiden ran.

Ezra stieß einen kurzen hohen Pfiff aus und sein kleiner Bruder stoppte wie ein gut erzogener Hund.

„Die schaffen das schon allein", meinte Ezra und knurrte missmutig. „Also pflanz dich wieder hin!"

Widerwillig trat Antoine den Rückweg an und setzte sich zwischen Bruder und Cousin.

Laura war heilfroh darüber, sie alle auf einen Schlag hinter sich zu lassen. Als sie mit Nico allein war, switchte sie sofort zurück in ihre Muttersprache und meinte: „Du beschützt mich gefälligst vor Spinnen und Alligatoren, hörst du?"

„Für mein kleines Großstadtluder tu ich doch alles", erwiderte er lachend.

59.

Mama Roarke begrüßte ihre Gäste, als sie ins Herrenhaus zurückkehrten. Laura und Nico hatten ihren Kuschelkurs beendet. Sie sahen keinen Grund, der alten Frau etwas vorzuspielen.

Diese führte sie hoch ins Obergeschoss und den langen Flur runter, vorbei an zahlreichen Türen bis zu den letzten beiden. Die am Ende des Flures stieß sie auf und gab den Blick in ein spartanisch eingerichtetes Zimmer frei.

Sie entschuldigte sich dafür, dass es nichts Besonderes sei, aber die Betten immerhin gut und bequem. Dann zeigte sie ihnen das Bad am anderen Ende des Flurs, wünschte ihnen eine gute Nacht und ließ die beiden allein.

Sobald die Alte außer Sichtweite war, tastete Laura um die offene Zimmertür herum, fand den Türgriff auf der anderen Seite, das Schloss – aber keinen Schlüssel. Sie versuchte es bei dem anderen Zimmer. Gleiches Ergebnis. Sie sah Nico ernst an.

„Lass mich bloß nicht allein!"

Er fragte: „Zu mir oder zu dir?"

Laura warf einen kurzen Blick in beide Zimmer und sagte: „Ich hab das größere Bett."

Er nickte. Sie schlossen die Tür zu ihrer rechten und verschwanden zusammen in dem Zimmer mit dem Queensize-Bett am Ende des Flurs.

Sie waren nicht auf eine Übernachtung vorbereitet gewesen und hatten daher nichts dabei, außer den Klamotten, die sie am Körper trugen und die sich nach dem Tag in den Bayous selbst anfühlten wie ein Sumpf. Dass man den ganzen Tag schwitzte, merkte man hier draußen kaum, weil die Luft, durch die man sich bewegte, genauso feucht war, wie der eigene Körper. So hatte Laura auch wenig Hoffnung, dass es etwas bringen würde, dass sie sich bis auf ihren Slip und ihren BH auszog und ihre Sachen fein säuberlich auf den zwei Stühlen im Raum zum Trocknen aufhing.

Zähneputzen war auch nicht drin, da keiner von ihnen eine Zahnbürste dabeihatte. Es wäre ihr unangenehm gewesen, ihre Gastgeberin danach zu fragen. Sie wollte sie nicht in Verlegenheit bringen, falls sie keine dahatte. Angesichts der gelben Zähne, die die Münder von Ezra und Lucious füllten, und die wenigen schiefen in Antoines Mund, fühlte sich Laura schon fast als Teil der Familie.

„Machst du das Fenster auf?", bat sie Nico und wedelte sich dabei mit der Hand Luft ins Gesicht.

Er nickte und öffnete es. Ein Konzert aus Ochsenfröschen, riesigen Grillen und röhrenden Alligatoren schlug ihm von draußen entgegen. Außerdem nutzten drei riesige Insekten die Chance und brummten an ihm vorbei ins Zimmer. Eilig schloss er das Fenster wieder. Laura sah ihn fragend an.

„Wenn du morgen noch einen Tropfen Blut im Körper haben willst, würde ich sagen, wir lassen das lieber."

Nico klatschte die Hände vor seinem Gesicht zusammen und reduzierte die Zahl der ungebetenen Gäste damit auf zwei.

„Machen wir jetzt rum, oder was?"

Laura ließ sich mit ausgebreiteten Armen aufs Bett
fallen und blieb regungslos liegen.

„Zu warm", stöhnte sie gequält. „Aber ich werd mich
auch nicht wehren. Also wenn du mich willst, nimm
mich einfach."

Nico ließ sich auf das bisschen Bett fallen, das sie ihm
noch an Platz gelassen hatte.

„Vergiss es", meinte er. „Du stinkst."

„Tu ich nicht!" Sie roch an ihrer Achsel und ruderte
dann zurück. „Oder vielleicht doch."

„Ich bin mir sicher, dass du von allen hier im Haus am
besten riechst."

„Na toll", sagte sie und ihre Freude blieb verhalten.
„Ich will immer noch duschen."

Nico lachte erschöpft. Es war nicht gelogen gewesen,
dass sie einen harten Tag hinter sich hatten. Der
Moonshine tat sein Übriges und so blieben sie einfach
liegen und schliefen beide ein, während sie diesen ver-
rückten Tag noch einmal Revue passieren ließen.

60.

Als Laura die Augen öffnete, war sie einen Moment lang verwirrt. Ihr war schlecht und ihr Schädel brummte. Sie fühlte sich, als hätte sie die ganze Badewanne Moonshine ausgetrunken. Stattdessen lag es wahrscheinlich eher an der Hitze im Zimmer. Die Hoffnung, dass es im Süden Louisianas nachts abkühlte, hatte sie bereits nach der zweiten Nacht hier unten aufgegeben. In New Orleans hatte wenigstens die Klimaanlage in ihrem Hotelzimmer Abhilfe geschaffen. Hier, bei geschlossenem Fenster mit dem kaputten Deckenventilator und ihren zwei schwitzenden Körpern, war es fast unerträglich.

Genau wie der Druck auf ihrer Blase, der sie eigentlich aufgeweckt hatte. Sie wälzte sich von einer Seite auf die andere, denn sie wollte nicht aufstehen. Sie wollte sich nicht durch dieses alte unheimliche Haus mitten in den Sümpfen bewegen. Allein und noch dazu mitten in der Nacht. Sie bereute, nicht gegangen zu sein, als Mama Roarke ihnen das Badezimmer gezeigt hatte. Sie hoffte verzweifelt, wieder einschlafen zu können, doch die Natur forderte nachdrücklich ihr Recht.

Laura stand auf und sah an sich herab. Sie war verschwitzt und spärlich bekleidet. So würde sie definitiv nicht vor die Zimmertür treten. Sie schlüpfte in ihre Hose und zog sich ihr Top über. Beides war eng und sie hatte damit zu kämpfen, die nassen Klamotten über ihren nassen Körper zu bekommen.

„Was machst du?", fragte Nico verschlafen und rieb sich die Augen.

„Ich muss pinkeln."

„Soll ich mitkommen?"

Nico war alles andere als hellwach, aber sein Beschützerinstinkt funktionierte auch im Halbschlaf.

„Quatsch", lehnte sie ab. „Ich bin gleich wieder da."

„Wenn da ne Spinne ist, schrei einfach", sagte er verschlafen. „Aber machst du ja sowieso."

„Haha", entgegnete sie und lachte gekünstelt.

Dann öffnete sie die Zimmertür und spähte nach draußen in den Flur. Irgendwo unten im Haus hörte sie Stimmen, aber hier oben war es dunkel und ruhig. Sie schlüpfte nach draußen, ließ die Zimmertür aber offen und schlich den Flur entlang, vorbei an einem halben Dutzend Türen. Als sie sich der Treppe näherte, wurden die Stimmen lauter. Sie hörte Ezras tiefen Bass deutlich heraus, genau wie Antoines hohe Fistelstimme. Scheinbar waren die Roarke-Männer ins Haus umgezogen. Vielleicht hatte es doch noch stärker zu regnen begonnen. Oder vielleicht hatten sie die Badewanne geleert. Betrunken genug klang der Lärm aus dem Erdgeschoss jedenfalls.

Laura erreichte die Badezimmertür und schlüpfte hinein. Die Luft in dem kleinen Raum, in dem es nur eine Toilette, ein Waschbecken und eine weitere der frei stehenden eisernen Badewannen aus Urgroßmutters Tagen gab, stand wie im Rest des Hauses, nur dass sie hier noch deutlich strenger roch. Laura atmete durch den Mund weiter und hatte sofort das Gefühl, sie sogar schmecken zu können. Sie schloss die Tür, griff nach dem Schlüssel – fand aber keinen.

„Oh komm schon", schimpfte sie verzweifelt.

Sie sah rüber zur Toilette. Als Frau verfügte sie über eine Menge unterschiedlicher Techniken und Ideen, eine Toilettentür geschlossen zu halten, doch die Keramik war viel zu weit entfernt, als dass sie den ausgestreckten Fuß von dort aus dagegenstemmen könnte oder etwas Ähnliches.

„Scheiße", fluchte sie leise und bereute es, Nicos Angebot sie zu begleiten, ausgeschlagen zu haben.

Die sicherste Technik war eben noch immer der beste Freund, der draußen vor der Tür Wache hielt.

Sie überlegte, zurückzugehen und ihn doch noch aus dem Bett zu schmeißen, verwarf den Gedanken aber schließlich.

Reiß dich zusammen und mach einfach schnell!

Sie ließ von der Tür ab, öffnete auf dem Weg zur Toilette bereits ihre Hotpants, schob sie bis zu den Knien herunter und öffnete den Klodeckel. Der Blick in die Schüssel bremste sie allerdings abrupt. Das Ding war braun gesprenkelt bis hoch zum Rand und ein Schwarm kleiner Fliegen stieg ihr entgegen, als sie den Deckel hochklappte, als würden selbst sie es darunter keine Sekunde länger aushalten.

Okay, dachte sie angewidert, *setzen ist schon mal gestorben.*

Sie bereute es, dass sie sich nicht auch noch die Zeit genommen hatte, ihre Schuhe anzuziehen. Kein Zweifel, die Roarke-Männer waren überzeugte Stehpinkler und feierten sich wahrscheinlich noch dafür, wenn sie es ordentlich spritzen ließen.

Angeekelt drehte sie den Po in Richtung der verdreckten Schüssel und ging automatisch auf die Zehenspitzen, als sie rückwärts näher herantrat.

So wenig Kontakt wie möglich zum Boden ... und gar keinen zur Klobrille, war die Devise!

Sie ging etwas nach unten und hockte sich über die Toilette. Ihre Beine zitterten bei dem Kraftakt und mit der Entspannung war es bei dem Wissen um die unverschlossene Badezimmertür auch nicht weit her, aber letztendlich hörte sie das Plätschern unter sich in der Schüssel und atmete erleichtert auf. Wenn man musste, musste man nun mal.

Der warme Urin ließ den Gestank aus der Schüssel fast unerträglich werden, egal ob sie durch Mund oder Nase atmete.

Ihr gefror das Blut in den Adern, als sie plötzlich das Quietschen der Türscharniere hörte.

„Besetzt“, platzte es wie ein Reflex aus ihr heraus.

Die Tür schwang einen Spalt weit auf und stoppte dann.

Nichts geschah. Keine Schritte draußen, die sich entfernten. Keine Stimme, die sich entschuldigte. Kein schnelles Zuziehen der Tür. Nur Stille.

Hatte sie die Tür nicht richtig zugemacht? Ausgeschlossen! Zu sehr hatte es sie gestört, ja fast schon beunruhigt, sie nicht abschließen zu können. Sie hatte ganz sicher die Ohren gespitzt und gehorcht, bis sie eingerastet war, wenn das schon das Höchstmaß an Sicherheit war.

Vielleicht war der Schließmechanismus einfach kaputt, so alt und abgenutzt, dass er bei einem leichten Windstoß aus der Halterung rutschte. Etwas, das man in der sogenannten Zivilisation schleunigst reparieren ließ, das hier draußen, da war sie sich sicher, aber wohl niemanden groß stören würde.

Niemanden außer ihr!

Laura bemerkte, dass sie in dem Moment, in dem die Tür aufgegangen war, innegehalten hatte und noch gar nicht fertig war. Sie behielt den schmalen Türspalt im Auge und versuchte erneut, sich zu entspannen. Sie wollte es nur noch hinter sich bringen. So schnell wie möglich hier raus und zurück zu Nico ins Zimmer.

Eine Luxussorge schoss ihr durch den Kopf.

Gab es überhaupt Klopapier?

Sie sah sich um, fand aber keinen Abroller in Griffreichweite. Für einen flüchtigen Moment beschlich sie die Sorge, die Ärsche der Moonshiner könnten genauso aussehen, wie die verdreckte Kloschüssel. Doch dann fand sie die erlösende Rolle. Sie stand wie eine göttliche Erscheinung auf dem Rand des Waschbeckens, noch knapp in Reichweite.

Gott sei Dank! Und Gott sei Dank war sie endlich fertig und konnte direkt danach greifen.

Als sie den Blick wieder nach vorne wandte, stand Ezra Roarke im Türrahmen und starrte sie an.

Laura ließ die Klopapierrolle fallen und zog eilig Slip und Jeans hoch.

„Raus!", fuhr sie den Riesen an.

Doch er machte keine Anstalten, sich zu bewegen. Laura schloss hektisch den obersten Knopf ihrer Jeansshorts und trat die Flucht nach vorne an.

„Na gut", sagte sie in einem Versuch, die Situation vor allem für sich selbst aufzulockern. „Ich bin fertig. Der Nächste bitte."

Mit dem Schwung ihres bemühten Scherzes ging sie möglichst selbstbewusst auf die Tür zu. Aber Ezra stemmte die Hand in den Rahmen, kurz bevor sie sich an ihm vorbeischieben konnte. Der Riese füllte den Türrahmen komplett aus.

„So weit kommt's noch", lallte er, „dass ich mich in meinem eigenen Haus aus'm Scheißhaus schmeißen lass."

„Ich hab mich nur erschrocken", entschuldigte sich Laura und versuchte einmal mehr, sich an ihm vorbei zu drängen.

Er versperrte ihr erneut den Weg.

Laura spürte eine ängstliche Hitze in sich aufsteigen. Sie musste hier raus. Dringend!

„Komm schon, Ezra. Lass mich durch", bat sie unsicher. „Das ist nicht lustig."

Der Riese lachte und brummte: „Find ich aber schon."

„Ezra, ich meins ernst", sagte sie und hätte sich gewünscht, das Zittern in ihrer Stimme besser unter Kontrolle zu haben.

Er grinste besoffen. Sie erkannte aber auch Lust in seinem Blick. Plötzlich streckte er seine riesige Pranke nach ihr aus und griff ihr in den Schritt. Sie sprang erschrocken zurück, sodass er nur den geschlossenen Knopf zu fassen bekam und ihn aus dem Stoff riss.

Innerhalb von Sekundenbruchteilen landete ihre Ohrfeige in seinem Gesicht.

„Spinnst du?", fuhr sie ihn entsetzt an und hoffte, dass das Brennen in seinem Gesicht ihn zur Vernunft brachte.

Stattdessen stürmte der Riese auf sie zu und trieb sie vor sich her ins Badezimmer. Laura schrie panisch auf, als er sie zu fassen bekam. Sie schrie Nicos Namen. Der riesige Hinterwäldler leckte ihr quer von unten nach oben übers Gesicht. Sie roch eine Mischung aus verrotteten Zähnen und billigem Fusel und hätte sich wahrscheinlich übergeben, wenn ihr Körper nicht auf Flucht und Kampf umgestellt hätte und eine solche Reaktion als Zeit- und Kraftverschwendung eingestuft hätte.

Sie zog das Bein hoch und rammte Ezra das Knie in die Weichteile. Er stöhnte vor Schmerz auf und krümmte sich von zwei Metern zur Größe eines normalen Mannes zusammen, hielt sich den Schritt, der heftig vor Schmerz pochte.

Laura nutzte die Chance zur Flucht. Sie schrie einmal mehr Nicos Namen als sie sich an Ezra vorbeidrängte. Dann spürte sie, dass sie ihm noch nicht entkommen war. Seine Finger griffen in ihr Haar und rissen daran. Er holte sie brutal von den Beinen. Sie schlug hart auf dem vollgepissten Boden neben der Toilette auf, sodass ihr die Luft wegblieb.

„Verdammte Schlampe!", bellte er sie wütend an und baute sich über ihr auf.

Seine Hand steckte noch immer in ihrem Haar und mit der gleichen Brutalität, mit der er sie zu Boden gerissen hatte, hob er sie jetzt wieder hoch. Sie packte mit beiden Händen nach oben und umfasste sein massives Handgelenk, um den Zug an ihrer Kopfhaut zu reduzieren.

„Dir werd ich's zeigen!", drohte er und zog sie hinter sich her auf die Toilettentür zu.

Laura griff um sich und suchte verzweifelt nach irgendetwas, woran sie sich festklammern konnte. Sie bekam den Spülkasten zu fassen, doch anstatt eines festen Halts stattete er sie mit einer Waffe aus, als sie nach einem heftigen Ruck von Ezra nur noch den Deckel des Kastens in Händen hielt. Sie holte aus und zog ihn dem Riesen über Nacken und Hinterkopf. Er taumelte und ließ ihre Haare los.

Sie war frei!

Laura holte zu einem weiteren Schlag aus. Ezra bekam den rechten Arm gerade noch rechtzeitig hoch um ihn schützend vor seine hässliche Visage zu halten und die Wucht des Deckels, der auf sein Gesicht traf, abzumildern. Das Porzellan zerbrach und Laura war wieder unbewaffnet. Doch der Riese wankte. Er schüttelte die beiden Treffer ab und starrte sie von jenseits der Türschwelle aus dem Flur, wütend an.

„Fotze!", schrie er.

Dann wurde er zur Seite und aus ihrem Blickfeld gerissen.

61.

Nico hatte keine Ahnung, was hier vor sich ging. Der Schrei seiner besten Freundin hatte ihn aus dem Halbschlaf gerissen. Im ersten Moment hatte er gedacht, es wäre ein Traum gewesen, doch beim zweiten Schrei war er hellwach. Laura lag nicht neben ihm, also sprang er aus dem Bett und rannte durch die halb offene Tür in den Flur hinaus.

Er hatte weitere Schreie aus Richtung Badezimmer gehört und hatte für einen kurzen Moment gehofft, dass es wirklich nur eine Spinne war, die Laura in Panik versetzt hatte.

Dann war Ezra Roarke aus der Badezimmertür heraus in sein Blickfeld getaumelt – benommen und mit einer Platzwunde im Gesicht.

Nico hatte keine Zeit verschwendet, um Fragen zu stellen. Er war auf ihn zugestürmt und in dem Moment, als der Riese mit einem wütenden „Fotze!" erneut ins Badezimmer marschieren wollte, hatte er sich aus vollem Lauf auf ihn gestürzt. Er sprang ihn an und brachte ihn ins Taumeln. Riss ihn von der Badezimmertür weg. Die beiden Männer stürzten laut polternd zu Boden.

Nico hatte sich in seinem Leben noch nie richtig geprügelt, aber er entlud sofort eine Serie von Faustschlägen ins Gesicht des Moonshiners. Sein Instinkt sagte ihm, dass er den Riesen um jeden Preis unten halten musste ... dass der Kampf vorbei sein würde, sobald er das nicht mehr schaffte.

„Nico!", hörte er Lauras Stimme hinter sich und warf einen Blick über die Schulter.

Genau die Sekunde Unaufmerksamkeit, die Ezra brauchte.

Er packte Nico ins Gesicht, das fast vollständig in seiner riesigen Hand verschwand und bohrte ihm Finger und Fingernägel in Haut und Augen.

Laura stürmte heran und vergrub ihrerseits ihre Fingernägel in Ezras Unterarm, bohrte sie hinein, bis der Riese blutete und Nico losließ.

Nico donnerte ihm einmal mehr die Faust ins blutig geschlagene Gesicht. Dann ließ er sich von Laura von ihm runterziehen.

„Was machst du denn da oben für nen Krach?", drang Antoines Stimme die Treppe herauf.

Nico und Laura wichen zurück. Sie wussten, die Jungs würden sich so wenig um Kontext scheren, wie es Nico getan hatte, bevor er sich auf Ezra Roarke gestürzt hatte.

Plötzlich standen die beiden Mama Roarke gegenüber.

Ein Hoffnungsschimmer!

Obwohl sie eine alte, gebrechliche Frau war, schien sie *ihre Jungs*, wie sie alle nannte, einigermaßen im Griff zu haben.

„Oh Gott sei Dank ...", sagte Laura und stöhnte erleichtert.

Doch Mama Roarke, in ihrem weißen Nachthemd frisch aus dem Schlaf gerissen, sah nur ihren blutenden

Sohn am Boden liegen und die zwei Fremden, die sie in ihr Haus eingeladen hatte, aufrecht vor sich stehen.

„Was habt ihr mit meinem Jungen gemacht?", fragte sie besorgt und gleichzeitig vorwurfsvoll.

„Es ist nicht so, wie Sie denken", versuchte Nico die Kohlen aus dem Feuer zu holen.

„Ezra hat mich angegriffen", fügte Laura eilig hinzu.

„Jungs!", schrie Mama Roarke aus voller Kehle die Treppe hinunter und ließ einen lauten, alarmierenden Pfiff auf Daumen und Mittelfinger folgen.

Sofort ertönte unten lautes Gepolter, Stühle wurden über Holz geschoben, einer fiel scheppernd um. Dann Füße, die Flure entlang polterten.

Nico trat schützend zwischen Laura und die Treppe, ballte die Fäuste.

„Versteck dich!", befahl er seiner Freundin.

Sie zögerte.

„Los!"

Dieses Mal gehorchte sie und wollte in Richtung ihres Zimmers flüchten.

Mrs. Roarke verbaute ihr den Weg, so wie es ihr Sohn zuvor getan hatte.

„Nicht so schnell", krächzte sie.

Laura stieß sie aus dem Weg und die Alte krachte gegen die Wand und sank daran zu Boden. Nico sah auf sie runter.

Das würde ihnen sicher keine Pluspunkte bei ihrer Familie einbringen, dachte er und schon im nächsten Moment polterten Antoine und Cousin Russell die Treppe hinauf.

„Mama", schrie Antoine aufgebracht.

Auch Ezra rappelte sich wieder auf und kam auf die Beine; benommen, aber stinksauer. Er stieß einen wütenden Kampfschrei aus, als er seine Mutter am Boden erblickte.

Nico stand auf verlorenem Posten und trat seinerseits den Rückzug an. Er rannte hinter Laura her, die zum Glück einen Blick zurückwarf, bevor sie die Tür ins Schloss schleuderte.

„Schnell!", feuerte sie ihn an.

Nico flüchtete ins Zimmer und Laura knallte die Tür zu.

„Kein Schlüssel", erinnerte sie ihn und stemmte sich mit ihrem Körper von innen dagegen.

Nico sah sich suchend um. Als Erstes packte er die Kommode direkt neben der Tür und schob sie davor. Dann schnappte er sich die beiden Stühle, auf denen die Reste ihrer Klamotten hingen und türmte sie davor auf. Blieb nur noch ...

„Der Schrank", rief er Laura zu. „Hilf mir!"

Sie wich nur ungerne von der Tür zurück, doch der Schrank war aus massivem, schwerem Holz. Zu schwer für Nico allein, und hoffentlich schwer genug, um die Tür wirkungsvoll damit zu verbarrikadieren.

Sie eilte Nico zur Hilfe. Die beiden versuchten, das hölzerne Monstrum von der Wand wegzuschieben, feierten aber nur zentimeterweise Erfolge und bis zur Tür waren es zwei Meter.

Von draußen hörten sie aufgebrachtes Stimmengewirr, das immer näherkam.

„Er ist zu schwer", stellte Laura hysterisch und doch absolut richtig fest.

Nico versuchte, die Situation neu zu bewerten. Aufgeben war keine Option, da er davon ausging, dass es seinen Tod bedeuten würde. Aber für Laura wahrscheinlich noch wesentlich schlimmeres.

Er schätzte die Höhe des Schranks, dann erneut den Abstand zur Tür. Es könnte reichen.

„Hilf mir!"

Er ging um den Schrank herum und quetschte sich in den schmalen Spalt, den sie geschaffen hatten, als sie ihn von der Wand weggerückt hatten.

„Auf die andere Seite!", befahl er Laura und diese machte es ihm nach.

Mit vereinten Kräften pressten sie sich fest mit dem Rücken gegen die Wand und drückten gegen die obere Hälfte des Schranks. Das alte Holz knarzte bedrohlich, als er sich hinten vom Boden löste, und sich langsam nach vorne neigte.

Im gleichen Moment donnerten die Moonshiners das erste Mal von außen gegen die Zimmertür und verschoben Kommode und Stühle mühelos einen halben Meter nach hinten.

Cousin Russell war der Erste, der seinen kahlen Schädel durch den engen Spalt nach drinnen steckte und verkündete: „Sie ist blockiert."

„Dann räum den Scheiß weg!", blökte Ezra von weiter hinten.

Russell schob die Hand durch den Schlitz und drückte aus einem schlechten Winkel und mit wenig Platz gegen die Kommode, versuchte sie seitlich von der Tür weg, zurück auf ihren eigentlichen Standort zu schieben.

„Drück!", schrie Nico Laura an, die mit hochrotem Kopf genau das tat.

Fast schon in Zeitlupe, neigte sich der Schrank erbärmlich langsam nach vorne über.

„Komm schon, du Scheißding!", appellierte Nico und gab noch einmal alles.

Der Schrank kippte ein Stückchen weiter. Dann übernahm die Schwerkraft.

Cousin Russell sah ihn kommen.

„Scheiße!", schrie er und zog den Kopf aus der Tür zurück, schaffte es aber nicht rechtzeitig, auch den Arm aus der Gefahrenzone zu ziehen.

Der Schrank schlug krachend vor der Tür ein und zermalmte seinen Arm. Laura glaubte, das Brechen der Knochen selbst durch den Lärm des Aufschlags hindurch zu hören. Vielleicht spielte der grausame Anblick ihren Sinnen auch nur einen Streich.

Cousin Russell schrie wie am Spieß. Das Ende einer großen Banjo-Karriere. Es würde Jahre dauern, bis diese Wunden heilten und er wieder ein Instrument spielen können würde. Das hatte er mit den Überlebenden von Lynyrd Skynyrd auf seinem alten T-Shirt nun gemeinsam.

Die verbliebenen Roarkes änderten ihre Taktik und stürmten wieder mit vollem Körpereinsatz gegen die blockierte Tür.

Der Schrank hielt stand. Vorerst zumindest.

„Was machen wir jetzt?", wollte Laura wissen.

Nico sah sich um.

Plötzlich hackte die Klinge einer Axt auf Kopfhöhe durch das Holz der Zimmertür. Laura schrie auf. Die

Axt wurde aus dem Holz gezogen und trieb zwei Sekunden später ein zweites Loch hinein.

„Scheiße!“

Nico eilte ans Fenster und öffnete es. Warme Luft und Insekten strömten ihm entgegen. Er sah nach draußen. Kein Balkon auf ihrer Seite des Hauses. Der einzige Weg nach unten war ein drei Meter Sprung auf unebenen Boden, voll gehackter Holzscheite. Kein unmöglicher Sprung, aber gewagt. *Was, wenn einer von ihnen falsch landete und sich ein Bein brach? Oder auch nur verstauchte?* Danach wären sie mitten im Sumpf. Kannten sich nicht aus, würden aber definitiv laufen müssen, so schnell sie konnten.

„Springen wir?“, fragte Laura beim Blick nach unten.

„Zu gewagt“, urteilte Nico und sah sich einmal mehr im Raum um.

Er bedeutete Laura mit auf die Lippen gelegtem Zeigefinger, leise zu sein.

„Los, spring!“, schrie er ihr ins Gesicht, während die Axt einen dritten Spalt in die Tür schlug, der die beiden ersten in Form eines N miteinander verband.

„Achtung, weg da!“, schrie Nico aus dem Fenster. „Ich komme!“

62.

Keine halbe Minute später hatten die Axthiebe die Tür so sehr malträtiert, dass ein paar harte Tritte ausreichten, um die oberen zwei Drittel, die nicht hinter dem umgestürzten Schrank begraben waren, endgültig aufzubrechen.

Füße in dreckigen Stiefeln stiegen über den umgestürzten Schrank hinweg ins Zimmer. Erst die von Ezra, riesig wie seine Hände und der ganze Rest. Dann die von Antoine, der die Axt hielt.

Sie folgten der Spur aus Nicos Klamotten in Richtung des offenen Fensters.

Nico und Laura verfolgten jeden ihrer Schritte von unterhalb des Bettes und hofften zitternd, dass sie den Köder schluckten.

Die Füße rotteten sich vor dem Fenster zusammen. Die Moonshiner blickten nach draußen.

Nico spürte, wie sich Lauras Finger fester in seinen Handrücken bohrten. Er sah sie an, bereit sie zu weiterer Ruhe zu ermahnen. Doch das musste er nicht. Sie lag reglos da und hielt sogar die Luft an. Die Entschlossenheit in ihrem Blick ließ ihn fest darauf vertrauen, dass sie es minutenlang tun könnte, wenn es nötig war. Zum ersten Mal bemerkte Nico, dass er nicht allein stark sein musste. Dass sie es auch war. Dass sie ihm

Kraft gab, so wie er ihr. Doch er wusste, dass sie auch ihre Angst teilten.

„Die sind ausm Fenster gesprungen", vermutete Antoine und flitzte einmal mehr am Bett vorbei in Richtung Zimmertür. „Komm, wir schnappen sie uns draußen."

Laura schöpfte Hoffnung. Nico ebenso. Ihr Plan ging auf! Sie spürten es beide. Doch dann fühlte Laura, wie etwas ihren Knöchel umfasste. Sie sah Nico aus weit aufgerissenen Augen an, klammerte sich mit aller Kraft an seine Hand. Auf einmal zog etwas ruckartig an ihrem Bein. Sie schrie panisch auf.

Nico umschloss ihr Handgelenk und hielt sie fest. Es hatte keinen Sinn. Sie hatten das dritte Paar Stiefel übersehen, das den Raum betreten hatte, während sie auf Ezra und Antoine fixiert waren, die in Richtung Fenster gegangen waren.

Nico musste die Stiefel nicht wiedererkennen, um zu wissen, dass es Onkel Lucious war, der sich von hinten ans Bett herangeschlichen hatte, und der ihren Plan als Einziger durchschaut hatte. Der Instinkt eines Jägers. Eines Killers.

„Lass nicht los!", schrie Nico Laura an. Sie klammerten sich verzweifelt aneinander, versuchten, dem nächsten kräftigen Ruck zu trotzen, verloren aber wieder wertvolle Zentimeter. Zentimeter, die Leben bedeuteten.

Plötzlich hackte die Klinge der Axt unmittelbar über Nico durch die Matratze, wurde knapp oberhalb seiner rechten Schulter vom Lattenrost gestoppt und schließlich wieder herausgezogen.

Ezras riesige Füße gesellten sich zu denen seines Onkels. Seine Pranken griffen nach Lauras zweitem Fuß.

Sie versuchte auszutreten, doch war bereits in dem erbarmungslosen Schraubstock seiner dicken Finger gefangen.

„Nico", sagte sie erstaunlich ruhig in das Gesicht ihres besten Freundes.

Ihre Augen sprachen eine ganz andere Sprache. Panik stand ihr ins Gesicht geschrieben. Mit vereinten Kräften zogen Ezra und Lucious an ihren Beinen.

Nico konnte nichts mehr tun. Ihre Hand entglitt seiner. Er versuchte, nachzugreifen, sie noch einmal zu erreichen, doch die Moonshiner zogen sie in einer einzigen kräftigen Bewegung unter dem Bett hervor. Laura schrie, trat um sich und kämpfte wie wild gegen sie an.

Ezra griff nach unten und packte sie, zog sie unsanft auf die Beine, dann schleuderte er sie durch die Luft.

Das Bett über Nico bog sich durch, als Lauras Körper auf die Matratze schlug. Sekundenbruchteile später landete sie auf dem Boden auf der anderen Seite des Bettes.

Er konnte sie erreichen! Das Bett trennte sie von den Hinterwäldlern, während er schon auf halbem Weg zu ihr war.

Er krabbelte hektisch los, auf das Ende des Bettes zu.

Er konnte es schaffen! Musste sie erreichen! Als Team waren sie stärker. Am Ende des Bettes war er bereits. Nur noch ein kleines Stück trennte ihn davon, erneut ihre Hand greifen zu können.

Doch plötzlich hackte die Axt unmittelbar vor ihm in den Boden, ließ die Holzdiele splittern und verfehlte seinen ausgestreckten Arm nur um Zentimeter.

Nico drehte sich auf den Rücken und sah Onkel Lucious über sich. Dieser hatte die Abkürzung über das Bett gewählt, statt es umständlich zu umkreisen, um auf die andere Seite zu gelangen. Mit der Axt hatte er Nico verfehlt, doch die Sohle seines Stiefels traf ihn mitten ins Gesicht und ließ ihn Sternchen sehen. Nico schmeckte Blut auf der Zunge. Onkel Lucious sprang von der Matratze. Die schweren Stiefel landeten links und rechts von Nicos Kopf. Dann ging er in die Hocke und presste sein Knie und sein Schienbein fest auf Nicos Hals, verlagerte den Großteil seines Körpergewichts darauf und raubte ihm auf diese Weise die Luft. Fataler war jedoch, dass er die Blutzufuhr zum Gehirn unterbrach. Die Sternchen, die Nico nach dem Tritt ins Gesicht gesehen hatte, wuchsen sich zu schwarzen Flächen aus, die Stück für Stück sein Blickfeld füllten und an den Rändern flackerten. Er kämpfte dagegen an, versuchte Lucious' Bein mit beiden Händen zur Seite zu drücken und wunderte sich, wie schwach er war. Verzweifelt schlug er auf das Knie ein, das auf seine Kehle drückte, bekam die Hand beim dritten Mal kaum noch hoch und verfehlte sein Ziel schwunglos. Onkel Lucious' erbarmungsloses Gesicht verschwamm vor seinen Augen, genau wie Laura, die Ezra zwei Meter weiter zappelnd auf seine Schulter wuchtete. Dann wurde Nico endgültig schwarz vor Augen und er verlor das Bewusstsein.

63.

Als Nico aus der Dunkelheit zurückkehrte, glaubte er zu schweben. Es kostete ihn einen Augenblick, bis er realisierte, dass seine Füße tatsächlich nicht den Boden berührten. Stattdessen lastete das Gewicht seines ganzen Körpers auf seinen Armen. Er hing in der Luft! Die Hände mit einer kleingliedrigen Stahlkette gefesselt, baumelte er in der Luft, aufgehängt an einer Stange, die über seinem Kopf verlief – und zwar quer über die Alligatorengrube im Nebengebäude der Roarke-Familie.

Er sah sich panisch um. Das riesige schuppige Biest war nicht in der Grube. Zumindest etwas positives.

Nico begann an den Ketten zu rucken und versuchte, sie zu lockern. Ohne Erfolg.

„Wer ist denn da wieder unter den Lebenden?", vernahm er Antoines nervig kratzige Stimme.

Er fand den Rattenjungen auf der Mauer der Grube, ein breites Grinsen im Gesicht.

„Antoine, verdammt, mach mich los", forderte Nico und ruckte einmal mehr erfolglos an seinen Fesseln.

Der Rattenjunge lachte nur verächtlich.

„Du hast meiner Mama wehgetan", zischte er.

„Das tut mir leid", versicherte Nico ihm nicht ganz ehrlich. „Ist sie okay? Wie geht es ihr?"

„Besser als dir", antwortete Antoine kalt.

„Hör zu ... das ist ein bisschen aus dem Ruder gelaufen“, erklärte Nico. „Das war alles nur ein Missverständnis.“

„Ein Missverständnis?“, fragte Antoine unsicher nach.

„Ja“, bestätigte Nico. „Dein Bruder ist betrunken ins Bad gestolpert und hat Laura zu Tode erschreckt. Sie hat nach Hilfe geschrien und ich dachte, dass er ihr was tun wollte. Verstehst du?“

„Ezra kann einem schon Angst machen“, meinte Antoine.

Nico nickte eifrig.

„Genau! Also, komm schon“, bat er erneut, „mach mich los und wir klären die ganze Sache. Wir setzen uns zusammen und trinken noch einen. Wir sind doch Freunde.“

„Ihr Stadtleute wollt immer nur reden, reden, reden“, erklang plötzlich Onkel Lucious‘ Stimme hinter ihm und ließ Nicos Hoffnung zerplatzen wie eine Seifenblase, „weil ihr denkt, ihr habt die Weisheit mit Löffeln gefressen.“

Er marschierte um Nico herum und kam in sein Sichtfeld. Er hatte eine Flinte geschultert und spuckte Nico einen nassen Batzen Kautabak vor die Füße.

„Aber hier draußen lösen wir unsere Probleme anders“, fuhr er fort. „Hier draußen lassen wir Taten sprechen ... und eure haben für sich selbst gesprochen.“

„Ezra hat meine Freundin angegriffen!“, schrie Nico ihn verzweifelt an.

Er wusste, dass er bei Lucious auf die Freundschaftstour nicht weit kommen würde.

„Ihr seid doch gar kein Paar“, meinte der bärtige Eremit.

„Was tut das denn zur Sache?“

„Schlaft aber zusammen in einem Bett. Das nenne ich Taten.“

„Wir sind Freunde!“, schrie Nico ihn an.

„Da könnte man doch meinen, sie lässt jeden ran.“

„*Was?*“ Nico war inzwischen vollkommen entgeistert. Er konnte nicht glauben, was er da hörte.

„So sind doch die Mädchen in der Stadt“, sinnierte Lucious weiter. „Alles Schlampen.“

Nico kämpfte auf verlorenem Posten. Flehen würde ihn nicht weiterbringen und Vernunft schon mal gar nicht.

„Ezra!“, rief Lucious laut in den Raum.

Die Tür wurde geöffnet und der vernarbte Riese stapfte herein. Er hatte die neuen Wunden in seinem Gesicht nicht groß versorgt. Es war geschwollen und wurde grün und blau, getrocknetes Blut klebte ihm unter der Nase. Über seiner rechten Schulter hing Laura. Sie war an Händen und Füßen gefesselt, versuchte aber dennoch, sich zu wehren, zappelte wild herum, konnte dem Griff des Moonshiners aber nicht entkommen.

„Lasst sie gehen!“, forderte Nico. „Sie hat nichts getan. Ich wars! Ich hab eure Mama auf den Boden geworfen.“

Er verfolgte den Weg des Riesen und seiner zappelnden Last, bis hinüber zu einem massiven Holztisch. Er wuchtete sie von der Schulter und donnerte sie auf den Rücken, wie ein Profi-Wrestler, der sich eines kleineren Gegners entledigte. Nur dass hier draußen in den Bayous der Tisch hielt, auf den ihr Rücken krachte. Einen Moment blieb sie regungslos liegen.

„Laura!", rief Nico besorgt nach ihr.

Sie schnappte nach Luft und presste sie in die schmerzenden Lungenflügel. Gerade noch rechtzeitig, um ihre verzweifelte Gegenwehr fortzusetzen, als Ezra weitermachen wollte. Sie zog die Beine hoch und traf mit beiden Knien sein Kinn. Der Riese taumelte.

Lucious und Antoine lachten amüsiert.

„Komm schon, Laura!", feuerte Nico sie an.

Doch Ezra hatte sich wieder berappelt. Den kurzen Wirkungstreffer einfach abgeschüttelt. Sein Gesicht hatte heute schon ganz anderes weggesteckt. Er packte Laura und hob sie hoch, wuchtete sie dann erneut mit erbarmungsloser Härte auf den Tisch und raubte ihr einmal mehr die Luft.

Lucious wandte sich an Antoine und befahl: „Los, hilf deinem Bruder!"

Schon war der gehorsame Rattenjunge auf dem Weg zum Tisch.

„Laura!", schrie Nico verzweifelt, versuchte sie einmal mehr zurück in den Kampf zu holen.

Jetzt oder nie!

Außerdem zerrte er an seinen eigenen Fesseln, doch die Kette, die seine Handgelenke umschlang, saß eng und fest. In einem verzweifelten Versuch trat er nach Lucious, der aber problemlos ausweichen konnte und ihn nur belächelte.

„Halt ihre Arme fest!", befahl Ezra seinem kleinen Bruder und dieser griff über das vordere Ende des Tischs hinweg und packte Lauras Handgelenke.

Sie kam wieder zu sich, versuchte, sich aus seinem Griff zu winden. Sie schaffte es!

Ezra verpasste ihr einen Schlag mit dem Ellbogen gegen den Hinterkopf, der sie wieder zur Ruhe zwang.

Nico sah ihre glasigen Augen. Für den Moment war sie weggetreten. Immer wieder schrie er ihren Namen.

„Halt sie fest, verdammt noch mal!", fuhr Ezra seinen kleinen Bruder wütend an und dieser packte erneut ihre Handgelenke und fixierte sie über ihrem Kopf.

Ezra zückte ein Messer aus der Lederscheide an seinem Gürtel, hob Lauras Beine hoch und befreite sie mit einem schnellen Schnitt von ihren Fußfesseln.

Nico sah eine neue Chance für sie und schrie erneut: „Laura!"

Sie kam zu sich, spürte das neue Stück Freiheit und begann, um sich zu treten. Ezra bekam ihren ersten Fuß zu fassen, dann auch den zweiten. Der Riese drängte seinen wuchtigen Körper von hinten gegen sie und nahm ihr jeden Bewegungsfreiraum. Er quetschte sie zwischen sich und den Tisch. Ihre Hände waren raus und ihre Füße auch. Sie flehte, schrie und heulte. Die einzigen Waffen, die ihr noch blieben. Dann war auch ihr Slip raus. Laura war nackt und wehrlos.

„Ihr miesen feigen Schweine!", brüllte Nico in Richtung ihrer beiden Peiniger.

Ezra sah ihn an, grinste ihn mit seiner hässlich entstellten und frisch verbeulten Visage an und begann am Reißverschluss seiner Hose herumzunesteln, bis er seinen halbsteifen Schwanz in der Hand hielt.

„Ich bring euch um, wenn ihr sie anfasst!", drohte Nico wütend. „Ich schwöre, ich bring euch um!"

Mit der anderen Hand packte Ezra ihr von hinten zwischen die Beine. Sie wand sich, versuchte, sich ihm zu entziehen, konnte jedoch nirgendwo hin. Ezra zog die

Hand zurück und roch dann demonstrativ an seinen Fingern.

„Ich liebe Stadttussis", sagte er genüsslich. „Die sind immer so schön glatt."

Nico trat immer wieder wild in seine Richtung aus, obwohl er wusste, dass er ihn über die vier oder fünf Meter Entfernung auf keinen Fall erreichen konnte. Es war der verzweifelte Versuch, sich nicht eingestehen zu müssen, dass er nichts tun konnte.

„Sieh mich an", rief er Laura zu. „Laura, sieh mich an!"

Sie tat es.

„Denk an was Schönes! Denk an das Springsteen-Konzert in Ludwigshafen! Weißt du noch, wie happy wir waren? Wie wir um acht Uhr morgens losgefahren sind und uns den ganzen Tag in der strahlenden Sonne die Beine in den Bauch gestanden haben, damit wir um acht Uhr abends ganz vorne an der Bühne stehen? Weißt du noch, was der erste Song war, als er auf die Bühne kam?"

Sie dachte nach. Tränen liefen ihr über die Wangen. Als der verdammte Hinterwäldler sein Ding in sie hineinrammte, schrie sie schmerzerfüllt auf. Sie sah Nico an, flehte förmlich nach Hilfe, die er ihr nicht geben konnte.

„Es war *No Surrender*", rief er ihr zu. „Besser hätte es nicht anfangen können, oder?"

Ihm liefen Tränen übers Gesicht. Es machte ihn wahnsinnig, dabei zusehen zu müssen, wie die Stöße des verdammten Moonshiner-Riesen sie zerrissen ... wie er in sie hineinbohrte wie in ein verdammtes Loch.

Er würde ihn dafür töten! Er wusste nicht wie oder wann, aber er würde ihn definitiv töten.

Onkel Lucious trat von der Seite in Nicos Blickfeld, stellte sich zwischen ihn und Laura, korrigierte seine Position jedes Mal, wenn der Gefangene versuchte, an ihm vorbeizusehen, um Laura nicht ganz allein zu lassen.

„Gönn den beiden ein bisschen Privatsphäre", sagte der bärtige alte Moonshiner.

„Was seid ihr bloß für Menschen?", schrie Nico ihn an.

„Du hast meinem Sohn den Arm zerquetscht", sagte der Hinterwäldler, ohne sich um die Vergewaltigung zu scheren, die direkt hinter seinem Rücken stattfand. „Er wird wohl nie wieder Banjo spielen können. Und wenn man einem Roarke hier draußen in den Bayous etwas wegnimmt, dann nimmt ein Roarke dir auch was weg. Auge um Auge."

Er ging zu der Einlassung in der Mauer der Grube. Ein Durchgang, der von einem aufrechtstehenden Holzbrett versperrt wurde – das Lucious nun nach oben zog und den Blick auf die dahinter lauernde Bestie freigab.

„Arm um Arm", wandelte er die zweite Hälfte des Sprichworts ab und gab dem einäugigen Alligator den Weg zu Nico frei. „Oder Bein", passte er seinen geschmacklosen Witz ein zweites Mal an.

„Scheiße", stöhnte Nico und geriet in Panik, als der Alligator sich unnatürlich flink auf ihn zubewegte.

„Nico!", hörte er Lauras panische Stimme.

Er zog die Arme an und hievte seinen Körper in die Höhe, spannte dann die Bauchmuskeln an und schlang die Beine um das Rohr, an dem er aufgehängt war.

„Oh nein", sagte Lucious und tauschte die Flinte gegen eine lange Metallstange. „Das lassen wir mal schön."

Der Mann schlug mit der Stange auf Nicos Beine ein. Er schrie auf. Nach drei Schlägen spielte sein linkes Bein nicht mehr mit und glitt vom Rohr. Die nächsten zwei Schläge lösten auch sein anderes Bein. Er baumelte wieder frei, hielt aber die Arme weiterhin angezogen und blieb so außerhalb der Reichweite des Alligators. Nico spürte den Luftzug der zuschnappenden Kiefer an seinen Fußsohlen. Er durfte keinen Zentimeter an Höhe verlieren. Er unternahm einen zweiten Versuch, die Beine über die Stange zu schwingen und sie so in Sicherheit zu bringen.

Lucious Metalllanze traf ihn in die Rippen und raubte ihm den Atem. Schmerz durchfuhr seinen Körper. Nico wand sich und sackte nach unten. Dieses Mal verlor er auch kurz die Spannung in den Armen, büßte fünfzehn oder zwanzig Zentimeter Höhe ein und bekam dafür fünfunddreißig oder vierzig Zähne zu spüren, die sich in seinen linken Fuß und die Wade darüber bohrten.

Er schrie auf. Der Schmerz ließ Lucious' Stockhieb verblassen. Nico kämpfte gegen die Kiefer des fünf Meter Monsters an, doch sie saßen fest wie Schraubstöcke. Schlimmer noch: Der Alligator begann jetzt an seinem Bein zu zerren. Seine spitzen Zähne schnitten durch Nicos Fleisch und rissen seine Wade und sein Schienbein in Richtung Fuß auf.

Nico trat mit dem anderen Fuß nach dem Kopf des Alligators und landete zwei Treffer gegen sein blindes Auge. Das Biest ließ los. Nico nutzte die Chance und winkelte die Arme wieder an, zog sein Gesicht hoch auf Höhe seiner gefesselten Handgelenke und sein Bein wieder aus der Reichweite der schnappenden Kiefer.

Er sah zu Lucious hinüber, der keine Anstalten machte, ihn ein zweites Mal mit dem Stock zu traktieren. Für den Moment war er in Sicherheit. Aber beide Männer wussten, dass Nico diese Position nicht ewig würde halten können.

Er sah zu Laura hinüber und suchte wieder den Blickkontakt. An ihrer Situation hatte sich nichts geändert. Der entstellte Riese stieß noch immer in sie, hatte begonnen dabei zu grunzen wie ein wildes Tier, das sich seinem Höhepunkt näherte.

Kurz darauf verkrampfte er und zuckte am ganzen Körper – und sicher auch in Laura.

Nico kochte innerlich vor Hass, als Ezra seinen tropfenden Schwanz aus ihr rauszog und sie mit einem Klaps auf den nackten Po zusätzlich demütigte.

„Jetzt ich!", rief Antoine, der verdammte Rattenjunge, geradezu diebisch erfreut und rannte um den Tisch herum hinter Laura.

Ezra hielt ihre beiden Arme mit einer einzigen seiner riesigen Hände spielend unten, während Antoine sein Ding in ihr versenkte.

Nicos Hass wuchs, doch gleichzeitig verließen ihn seine Kräfte. Die Muskeln in seinen Armen begannen heftig zu zittern und zu brennen. Millimeter für Millimeter rutschte er tiefer. Er versuchte immer wieder, auf die ursprüngliche Höhe zurückzukommen, schaffte es aber jedes Mal nur für wenige Sekunden. Seine Kräfte schwanden, bis ihm jede weitere erkämpfte Sekunde wie eine Minute vorkam. Und schließlich blieb ihm keine einzige weitere mehr. Seine Arme sackten einfach nach unten durch und er verlor einen halben Meter an Höhe. Als die Kiefer des Alligators krachend zuschnappten, steckte sein Fuß tief im Rachen der Bestie und Nico erlebte einen Schmerz, wie er ihn noch nie zuvor gespürt hatte.

Laura schrie auf, als sie zusehen musste, wie das Monster sich das Bein ihres besten Freundes schnappte. Sie vergaß darüber sogar ihren eigenen Schmerz, als der Alligator an ihm zerrte und ruckte.

Sie sah zu, wie Onkel Lucious zu einem ganz besonderen Sadisten wurde, und das einäugige Monster mit dem tödlichen Lächeln immer wieder mit dem Stock pikste, wenn es Anstalten machte, eine Todesrolle zu vollführen, um Nicos Bein abzureißen. Immer wieder hielt er es davon ab, trennte die mächtigen Kiefer voneinander und von ihrer Beute, die jedes Mal blutiger und zerfledderter zum Vorschein kam und mit einem Fuß schon nicht mehr viel Ähnlichkeit hatte. Lucious wollte nicht, dass es schnell ging ... dass der Alligator ihrer gemeinsamen Beute das Bein ausriss und Nico ausblutete. Nein, er wollte ihn leiden sehen.

Wieder schnappte der Alligator zu. Wieder schrie Nico auf.

Und wie er litt!

Dass der zweite Roarke-Bastard in sie spritzte, bekam sie gar nicht richtig mit. Alles an ihm war kleiner als an seinem Bruder.

Nur ihr Hass auf ihn war der gleiche.

64.

Als die Roarke-Brüder eine halbe Stunde später von ihr abließen, unternahm Laura einen weiteren Versuch zu flüchten. Ihre Füße waren nicht gefesselt und sie rannte einfach los. Nicht in Richtung Ausgang, sondern auf Nico zu, um ihm zu helfen. Ihre Beine waren taub und schmerzten und sie stürzte bereits auf halber Strecke. Sie krabbelte daraufhin auf allen vieren weiter, doch Ezra holte sie schnell ein und wuchtete sie vom Boden hoch und warf sie sich über die Schulter, als würde sie nichts wiegen. Dann schleppte er sie weg. Sie streckte die gefesselten Hände nach Nico aus, rief seinen Namen und beschwor ihn durchzuhalten. Dann schlug die Tür zu und sie verlor ihn aus den Augen.

Ezra warf sie in einen Verschlag in einer nahen Hütte. Sie teilte sie sich mit den Schweinen, die sie zuvor draußen im Pferch zwischen den Gebäuden gesehen hatte. Es stank nach ihrer Scheiße.

„Wir sehen uns morgen, Süße", brummte er und schlug die Tür hinter sich zu.

Ein Schlüssel wurde im Schloss gedreht.

Verdammt!, dachte Laura. *Hier gab es natürlich einen beschissenen Schlüssel.*

Es dauerte einen Moment, bis sie ihre Beine wieder spürte und der Schmerz in ihrem Unterleib aufhörte alles andere zu überstrahlen. Sie kämpfte sich auf ihre wackligen Füße. Jeder Schritt schmerzte bestialisch in ihrer Körpermitte. Aber Liegenbleiben und Weinen waren keine Optionen.

Denn sie hörte Nicos Schreie bis in ihr Verlies. Sie wünschte sich so sehr, dass auch er seine Qualen überstanden hätte.

Was taten sie ihm nur an?

Als der Schlüssel eine halbe Stunde später im Schloss umgedreht wurde, machte sie sich zum Kampf bereit. Sie stürmte zu allem entschlossen auf die Tür zu ... würde schlagen, treten, kratzen und beißen, egal ob sie dem Größten oder dem Kleinsten aus der verdammten Hinterwäldler-Sippe gegenüberstehen würde.

Stattdessen blickte sie in den Lauf von Lucious' Gewehr und stoppte ihren Ausbruchsversuch auf der Stelle.

Der alte Moonshiner lächelte siegesgewiss. Er trat einen Schritt beiseite und hielt sie weiter mit dem Gewehr in Schach. Ezra und Antoine traten in den Türrahmen. Sie trugen den regungslosen Nico zwischen sich, jeder unter einem seiner Arme eingehakt. Sie schleppten ihn über die Schwelle und ließen ihn dann einfach fallen. Ezra spuckte auf seinen nackten, geschundenen Körper. Dann zogen sich die Moonshiner aus dem Kerker zurück und die Tür fiel wieder ins Schloss. Schweine und Städter waren wieder unter sich. Vieh für die Moonshiner, mehr nicht.

Laura eilte zu Nico hinüber. *Lebte er noch?* Sie drehte ihn auf den Rücken.

„Nico?" Sie tätschelte behutsam seine Wange. „Nico, hörst du mich?"

Sie sah an ihm hinab. Sein rechtes Bein war unverletzt, im linken Unterschenkel klafften tiefe Wunden. Sein Gesicht war geschwollen, aus einer Platzwunde auf der Stirn lief Blut in seine Augen. Wahrscheinlich hatte er versucht, gegen die Mistkerle anzukämpfen, als sie ihn abhängen wollten. Er würde sich nicht zurückgehalten haben, also hatten sie es auch nicht getan. Sie hatten ihm zugesetzt, bis Nico das Bewusstsein verloren hatte. Aber er lebte ... noch zumindest.

Laura setzte sich in den Schneidersitz, bettete seinen Kopf behutsam in ihren geschändeten Schoß und streichelte liebevoll sein Gesicht.

„Es tut mir so leid", flüsterte sie leise und weinte.

Sie dachte nicht, dass sie noch einmal ein Glücksgefühl erfahren würde, doch als Nico die Augen öffnete, durchströmte es sie warm und tröstend.

„Da bist du ja", sagte sie schluchzend mit einem traurigen Lächeln im Gesicht.

Sie spürte, wie sich sein Körper verkrampfte. Er versuchte, sich aufzusetzen und um sich zu schlagen. Sie schlang die Arme fest um ihn und hielt ihn fest.

„Pst", sagte sie und drückte ihre Stirn gegen seine. „Du bist in Sicherheit. Alles ist gut."

Er beruhigte sich nur langsam wieder. Seine Augen blieben unruhig, wanderten nervös hin und her und suchten den Raum nach Bedrohungen ab ... nach schnappenden Kiefern ... nach folternden und vergewaltigenden Moonshinern.

„Du musst dich beruhigen", flüsterte sie ihm zu, weil sie spürte, wie sein Herz raste. Sie machte sich Sorgen, dass sein Körper das in diesem Zustand nicht lange durchhalten würde.

Seine Augen fanden ihre und kamen in ihnen zur Ruhe.

„Wie geht es dir?", fragte er erschöpft.

„Mach dir um mich keine Sorgen", sagte sie und hielt seine Hand.

Daraufhin verdrehte er die Augen und verlor erneut das Bewusstsein.

65.

Als die kleine Klappe am unteren Rand der Tür geöffnet wurde, hatte Laura ihr Verlies bereits genau untersucht und war zu dem Ergebnis gekommen, dass sie nicht die Ersten waren, die hier festgehalten wurden. Die Hütte hatte keine Fenster, die Holzwände waren nur als Verkleidung um einen riesigen Käfig aus verrosteten und aneinandergeschweißten Stahlrohren befestigt worden. Die Tür war die Einzige, die sie bisher hier draußen gesehen hatte, die nicht aus Holz bestand, sondern aus Metall. Mal ganz davon abgesehen, dass sie über das einzige Schloss verfügte, für das es einen Schlüssel zu geben schien.

Sie hatte die Klappe bereits vorher bemerkt, sie von innen angehoben und einen Blick nach draußen geworfen. Laura hatte sich gefragt, wofür sie gedacht war.

Als Mama Roarkes knochige Hand nun zwei Schüsseln mit Brot und Gumbo hindurch schob, wusste sie es. Sie war angebracht worden, um den Gefangenen ihr Essen bringen zu können, ohne das Risiko, jedes Mal die Tür öffnen zu müssen.

Laura kauerte sich auf den Boden neben die Tür und hielt die Klappe offen.

„Mrs. Roarke", sagte sie mit sanfter Stimme.

Schweigen. Dann erklang die Stimme der alten Frau, die fast schon liebenswürdig sagte: „Hallo Schätzchen.

Ich hab euch Essen gebracht. Ihr mochtet mein Gumbo doch."

„Sie müssen uns hier rauslassen", sagte Laura und ignorierte ihre heuchlerischen Liebenswürdigkeiten.

„Das geht leider nicht, Schätzchen."

„Wir sagen auch niemandem, was passiert ist", gab Laura das unglaubwürdigste Versprechen überhaupt. „Unser Flug nach Deutschland geht morgen. Wir fliegen einfach nach Hause. Zurück in unser Leben, weit weg von Ihnen und Ihrer Familie."

„Warum sollte ich das wollen?", fragte die Alte. „Die Roarkes gehören in die Bayous."

„Aber wir sind keine Roarkes", sagte Laura.

„Mein Enkelchen schon."

Enkelchen? Was redete die Alte da für wirres Zeug?

Als der Groschen bei ihr fiel, stieg Übelkeit in Laura auf. Die Alte sprach von dem Enkelchen in ihrem Bauch. Sie sollte für die nächste Generation der Roarkes sorgen. Noch war es das theoretische Enkelkind in ihrem Bauch, denn sie hatte die letzte Pille am Morgen genommen, bevor Nico und sie in die Bayous aufgebrochen waren. Sie konnte nicht mit Bestimmtheit sagen, wie spät es gerade war, aber sie tippte auf die frühen Morgenstunden des folgenden Tages. Fünf vielleicht sechs Uhr. Immerhin servierte Mama Roarke gerade das Frühstück. Die Mahlzeit, zu der Laura normalerweise die nächste Pille einnehmen würde. Der Trip war nicht auf eine Übernachtung ausgelegt gewesen und so hatte sie die Packung im Hotel in New Orleans gelassen. Sie könnte genauso gut auf dem Mond liegen.

„Nico geht es nicht gut", erklärte Laura und griff nach dem nächsten Strohhalm.

„Natürlich geht es ihm nicht gut", antwortete Mrs. Roarke kaltblütig. „Er wurde von einem Alligator gebissen."

Scheiße! Die Alte wusste also ganz genau, was ihre Familie abzog. Laura hatte die Hoffnung gehabt, dass die Männer ihre Mutter über die genauen Ereignisse im Schuppen hinter dem Haus im Unklaren ließen. Dass sie im Grunde ihres Herzens doch nur eine nette alte Dame war.

Doch Fehlanzeige! Die Roarkes waren eine Herde schwarzer Schafe. Nein, eher Wölfe in schwarzen Schafspelzen.

„Warum tut ihr uns das an?", fragte Laura unverblümt, ohne weitere Hoffnung, dass dieses Gespräch ihnen in irgendeiner Form helfen würde.

Sie konnten sich nur selbst helfen! Nur sie und Nico.

„Wir leben nur unser Leben", antwortete die Alte.

Dann hörte Laura Schritte, die sich entfernten.

Sie ließ die Essensklappe zufallen, krabbelte zurück zu Nico und nahm ihn wieder in den Arm. Immerhin wusste sie jetzt, was ihnen bevorstand. Was für jeden Einzelnen von ihnen geplant war. Sie war dazu auserwählt, die Blutlinie fortzuführen ... eine neue Generation von Wölfen in die Welt zu setzen. Nico war entbehrlich und schon so gut wie tot. Er war lediglich das Unterhaltungsprogramm. Ein Spielzeug, das man benutzte, bis es kaputt ging. Falls er überhaupt den heutigen Tag überlebte.

Sie verwarf den letzten dunklen Gedanken schnell wieder, denn er musste den Tag überleben. Sie brauchte ihn! Gemeinsam hatten sie eine bessere

Chance, hier rauszukommen. Wenn er sie allein ließ, würde sie auf jeden Fall sterben.

66.

Stunden vergingen, bis Nico das nächste Mal zu sich kam. Er zitterte am ganzen Körper.

„Tut mir leid, dass wir hier rausgefahren sind", entschuldigte er sich und seine Zähne klapperten dabei.

„Wir haben die Liste zusammen gemacht", sagte sie und erinnerte ihn daran, dass er nicht allein dafür verantwortlich war.

Er schüttelte den Kopf.

„Du wusstest nicht mal, was Moonshine ist", entgegnete er schuldbewusst.

Sie legte ihm den Zeigefinger auf die Lippen.

„Sag so was nicht", bat sie ihn. „Tu dir das nicht an. Wir haben schon tausend blöde Sachen zusammen durchgezogen und es ist immer gut gelaufen."

„Bis es irgendwann schiefgeht."

Sie nickte. „Bis es irgendwann schiefgeht."

Nico versuchte, den Kopf zu heben, um sich einen Überblick über seine Verletzungen verschaffen zu können, doch der Schmerz zwang ihn zurück in Lauras Schoß.

„Bleib liegen", riet sie ihm.

„Wie schlimm ist es?", wollte er wissen.

Sie sah an ihm hinunter.

„Ziemlich schlimm", antwortete sie ehrlich.

Sie hatte ja keine Ahnung.

67.

Das grausame Schauspiel wiederholte sich. Tag um Tag verging, an dem Laura und Nico entweder mit roher Gewalt oder vorgehaltener Waffe aus dem Verlies in den Schuppen mit der Alligatorengrube gebracht wurden, wo das breiteste Lächeln der Welt bereits auf ihn wartete und immer wieder Stücke aus seinem Bein riss, während Laura auf den Tisch gezwungen wurde, auf dem sie die Männer ein ums andere Mal vergewaltigten.

Sie zwangen sie, dabei zuzusehen, wie Nico Stück für Stück gefressen wurde.

Sein rechtes Bein banden sie dabei hoch, damit der Alligator sich schön an das linke hielt. Vor allem Antoine Roarke fand großen Spaß an dieser Art der Fütterung. Es bereitete ihm eine diebische Freude, mit dem langen Holzstab bereitzustehen und Mensch und Bestie immer wieder voneinander zu trennen, um zu verhindern, dass der Alligator Nicos Leben ein vorschnelles Ende setzte. Wer draußen in den Wäldern lebte, war außerdem ein guter Verwerter und daran gewöhnt, nichts zu vergeuden. Knochen wurden bis auf den letzten Knorpel abgenagt. Was man kauen konnte, wurde auch gegessen. Auch ihr monströses, schuppiges Haustier hatte sich daran zu halten.

Tag für Tag schrie Nico seinen Schmerz heraus. Tag für Tag weinte Laura bittere Tränen.

Von Nicos Fuß war inzwischen nicht viel mehr als ein dünner zerfranster Steg übrig, der in den großen Zeh mündete. Der Unterschenkel hing in Fetzen herab. Die Wunden waren verschlossen und mit einer dicken, schwarzen Kruste bedeckt. Eine professionell gestoppte Blutung sah anders aus. Eine gesäuberte Wunde erst recht. Der Geruch von verbranntem Fleisch ließ Laura vermuten, dass die Bastarde die Wunden einfach mit irgendeinem glühend heißen Gegenstand ausgebrannt hatten.

Nach jeder weiteren überstandenen Qual kümmerte sie sich um ihn, hielt ihn im Arm, säuberte jede neue Wunde, so gut sie konnte, mit dem Wasser, das sie eigentlich zum Trinken

in ihrem Verlies bekamen. Sie fütterte ihn, ob er wollte oder nicht. Schärfte ihm ein, dass sie bei Kräften bleiben mussten, falls sich ihnen irgendwann eine Möglichkeit zur Flucht bot. Einmal brach er dabei in hysterisches Gelächter aus. Er hob sein linkes Bein an, das schon deutlich leichter geworden war und fragte: „Wo soll ich denn so hinlaufen?"

„Ich helfe dir!"

Er schüttelte den Kopf. „Nein", flüsterte er erschöpft. „Wenn die Chance kommt, musst du mir versprechen, dass du wegrennst, so schnell du kannst. Schau nicht zurück und denk nicht an mich."

„Vergiss es!", sagte sie und schmetterte die Bitte ab.

„Versprich es!", forderte er.

„Das wird nicht passieren", machte sie ein zweites Mal unmissverständlich klar. „Und jetzt ruh dich aus."

68.

Laura versuchte, nicht den Überblick zu verlieren. Am dritten Tag in Gefangenschaft verpassten sie ihren Rückflug nach Frankfurt. Sie würde sich nicht bei ihrer Familie zurückmelden können.

Einen Tag später fehlte sie das erste Mal auf der Arbeit. Spätestens jetzt würde jemand versuchen, sie zu erreichen. Am nächsten Tag, redete sie sich ein, würde sie bestimmt jemand als vermisst melden.

Aus den Flugunterlagen der Airline würde hervorgehen, dass sie und Nico nicht an Bord ihres gebuchten Fluges gewesen waren.

Die Hoffnung schlich sich ein, dass Hilfe kommen würde. Dass die deutsche Polizei unbürokratisch und schnell mit ihren amerikanischen Kollegen zusammenarbeiten würde. Sie hatten zwar niemandem erzählt, dass sie runter in die Bayous fuhren, aber es gehörte zu den Dingen, die man als Tourist tat, wenn man New Orleans besuchte. Ihr Mietwagen stand auf einem Parkplatz in der Nähe einer kleinen Siedlung. Vielleicht hatte ihn schon jemand gemeldet. Dann könnte alles Schlag auf Schlag gehen. Das FBI verfügte garantiert auch über Airboats, auf denen sie zur Hilfe eilen würden.

Laura klammerte sich an diesen Hoffnungsschimmer, denn er war alles, was ihr noch blieb.

Doch die Kavallerie erschien nicht. Nur die Roarke-Männer kamen wieder und wieder. Erst zu ihr – dann in ihr.

Dann ließ Nico sie allein.

69.

Schon seit drei Tagen war Nico nur noch körperlich anwesend.

Wie ein Stück Fleisch wurde er jeden Abend über die Alligatorengrube gehängt und machte nicht einmal mehr Anstalten, sich gegen die zuschnappenden Kiefer zu wehren. Er schrie nicht einmal mehr. Der Sabber lief ihm aus dem Mund, seine Augen waren glasig oder komplett ins Weiße verdreht.

Er reagierte nicht mehr auf seinen Namen, egal ob sie ihm nachts in ihrem Verlies leise in sein Ohr flüsterte oder tagsüber schrie, wenn sich Ezra, Antoine oder Lucious über sie hermachten, und er einige Meter weiter über der Grube hing. Den Alligator ließen die Roarke-Männer in dieser Zeit kaum noch auf ihn los, stachen Nico stattdessen immer wieder mit dem Holzstab. Es machte den Anschein, als warteten sie fast genauso sehnsüchtig darauf, dass er wieder zu Bewusstsein kam, wie sie.

Laura hatte begonnen, ihm Geschichten zu erzählen, und hatte ihn an gemeinsame Erlebnisse erinnert. Die guten, wie auch die schlechten. Sie hatte ihm Bruce Springsteen Songs vorgesungen und ihn immer wieder aufgefordert, den Weg zu ihr zurückzufinden.

Manchmal war sie sich dabei furchtbar selbstsüchtig vorgekommen. Schließlich schien es ihm dort, wo er jetzt war, besser zu gehen. Sie wünschte, sie könnte auch gehen. Wünschte sich, er hätte sie mitgenommen, an diesen Ort, wo auch immer er sein mochte, an dem es keine Schmerzen zu geben schien.

Hatte er aber nicht.

Und an dem finsteren Ort, an dem sie jetzt war, wollte sie nicht allein sein.

Die Moonshiner wurden nachlässiger. Zumindest mit ihm. Als sie begannen, den Fleischerhaken nicht mehr zusätzlich mit einer Kette am Rohr zu sichern, witterte Laura ihre Chance. Gleichzeitig war es eine letzte Chance, denn an diesem Abend machten sie sich auch nicht mehr die Mühe, sein gesundes Bein hochzubinden, um es aus der Reichweite des Alligators zu halten. Ein Spielzeug, das nicht mehr schrie und sich nicht mehr wehrte, war langweilig. Im Gegensatz zu Laura, glaubten sie nicht mehr daran, dass sein Geist noch einmal den Weg zurück in die Realität finden würde. Sie sahen keinen Grund mehr, ihn weiter am Leben zu halten.

70.

Als Nicos Hand jetzt über die Tischkante hinweggriff, die Ketten und der blutige Haken noch immer daran baumelnd, weinte sie vor Freude.

Er zog sich am Tisch hoch, schob sein strähniges braunes Haar in ihr Blickfeld und dann sah sie in seine Augen. Sie waren erschöpft und vom Schmerz gequält, aber es waren seine Augen und neben all den schlimmen Dingen, die sie darin erkannte, waren sie auch voller Liebe für sie.

„Da bist du ja wieder", sagte sie und wählte damit die gleichen Worte, wie an dem Abend, an dem ihre gemeinsamen Qualen begonnen hatten und er in ihren Armen zum ersten Mal wieder zu Bewusstsein gekommen war.

Tränen liefen ihr übers Gesicht.

Nico machte sich an ihren Fesseln zu schaffen, konnte sie aber nicht lösen. Er war zu schwach. Er redete nicht. Er wollte ihr gern Tausende Dinge sagen, sparte seine Kräfte aber lieber auf. Er sah sich um und erblickte auf einer Ablage an der Wand ein Messer. Er ließ sich zu Boden sinken und biss die Zähne zusammen, um den Schmerz zu ertragen, der wieder vollumfänglich in seine Welt zurückgekehrt war.

Nein, in Wirklichkeit war Nico in die Welt des Schmerzes zurückgekehrt.

Sein Bewusstsein hatte irgendwann in den vergangenen Tagen kapituliert. Zumindest hoffte er, dass es nur Tage gewesen waren. Es hätten genauso gut Wochen oder Monate sein können. Er war jedoch realistisch genug, um nicht zu glauben, dass er mit Verletzungen wie den seinen so lange überlebt hätte. Vielleicht in einem Krankenhaus in New Orleans, aber nicht hier draußen.

Nicos Unterbewusstsein hatte übernommen. Es hatte Mauern um seinen Verstand herum gebaut, bevor Schmerz und Qualen ihn auch das letzte Bisschen davon verlieren lassen konnten. Er hatte sich in eine Traumwelt geflüchtet ... in das perfekte Leben. Sein Unterbewusstsein hatte alles, was er mochte, genommen und es gebündelt gegen Schmerz und Folter gestellt. Ein Angebot, dem ein gesunder Verstand nur schwer widerstehen konnte. Er hatte bereitwillig zugegriffen.

Manchmal hatte die Realität in seine perfekte neue Welt hineingestrahlt. Die Schmerzen im Bein, die durch das endlose Geflecht von Nerven in seinem Körper den Weg ins Gehirn fanden, fügten den dicken Mauern feine Risse zu. Risse, durch die Lauras Stimme gedrungen war.

Nico erreichte die Ablage und angelte sich das Messer. Er robbte zurück zu seiner besten Freundin.

Halt durch!, feuerte er sich selbst an. *Mach jetzt bloß nicht schlapp!*

Er hatte sie allein gelassen. Er schämte sich dafür. Er wollte sie kein zweites Mal enttäuschen, indem er jetzt auf halbem Weg ohnmächtig wurde und auf dem dreckigen Boden zwischen ihr und der Freiheit verblutete.

Er erreichte den Tisch und zog sich ein zweites Mal an der Kante hoch. Dann begann er mit zitternder Hand an Lauras Fesseln zu schneiden. Sie bewegte ihre Hände dabei mit aller Kraft auseinander und brachte auf diese Weise zusätzliche Fasern des Seils zum Reißen. Nach einer halben Minute war sie frei und sprang vom Tisch. Ihr Schoß schmerzte, ihre Beine auch. Aber immerhin hatte sie noch beide!

In dem Moment, in dem sie stand, verließen Nico endgültig die Kräfte und er sackte wieder auf dem Boden zusammen.

„Nico!"

Sie kam ihm zu Hilfe, bettete einmal mehr seinen Kopf auf ihren Schenkeln und strich ihm die schweißnassen Haare aus der Stirn. Er war noch bei Bewusstsein. Sein Gesicht war blass, seine Augen glasig. Er schien um Jahrzehnte gealtert zu sein.

„Wo ... wo sind sie?", wollte er besorgt wissen, ob sie weiterhin in Gefahr schwebten.

Er reckte den Kopf und sah hinüber zur Alligatorengrube. Antoine war darin verschwunden. Das Knacken seiner Knochen verriet, dass das riesige Biest, das sie darin gefangen hielten, noch lange nicht mit ihm fertig war. Es hatte sich seinen zweiten Roarke geholt. Gut so!

Ezras massiger Körper hing zuckend über der Mauer, die die Grube umschloss. Blut tropfte noch immer tiefrot aus seinem aufgerissenen Hals.

„Sie sind tot", sagte Laura. „Du hast sie getötet."

„Hab ich dir versprochen", keuchte er erschöpft. „Jetzt bist du dran."

„Womit?"

„Mit deinem Versprechen", stöhnte er. „Geh."

„Das hab ich niemals versprochen", widersprach ihm Laura.

„Du tust es jetzt gerade."

Sie dachte nach, wägte ihre Chancen ab und wusste, er hatte recht.

„Das kannst du so was von knicken", sagte sie und entschied sich dagegen.

Sie rannte hinüber zu Ezras leblosem Körper und tastete seine Klamotten ab. In seiner Hose fand sie den Schlüssel für das Schloss, mit dem Nicos Ketten verriegelt waren. Sie öffnete es und befreite ihn von den zwei Kilo Stahl. Dann legte sie seinen linken Arm über ihre Schultern und kämpfte sich auf die Beine. Sie zog Nico hoch und stützte ihn von links. Sie wurde zur Krücke für sein fehlendes Bein.

Er stöhnte vor Schmerzen und wollte direkt wieder zu Boden sinken. Laura spürte, wie sein Gewicht stärker an ihr zog.

„Du hast gerade zwei Menschen in dem Zustand getötet", erinnerte sie ihn. „Also stell dich nicht so an!"

Nico war so weit weg, dass er die spitze Bemerkung gar nicht richtig wahrnahm, aber er verstand dennoch, dass Laura ihre Entscheidung getroffen hatte. Sie würde ihn nicht zurücklassen. Sie würde alles tun, um ihn zu retten. Also würde er auch alles tun, um ihr zu helfen.

Er kämpfte gegen den Schmerz an und drückte sein rechtes Knie durch, verlagerte so viel Gewicht auf den eigenen Fuß, wie möglich, um sie zu entlasten. Außerdem nahm er das Messer, mit dem er Laura befreit hatte, in die rechte Hand.

Die beiden Roarkes, denen er sein Wort gegeben hatte, sie zu töten, hatte er erledigt. Aber im Stillen hatte er seinen Schwur in den vergangenen Tagen auf die ganze verdammte Sippe erweitert. Jeder von ihnen hatte den Tod verdient. Vor allem, wenn sie sich zwischen Laura und ihre Freiheit stellten oder sie auch nur noch einmal anrührten.

71.

Durch einen schmalen Türspalt spähte Laura nach draußen. Die Luft war feucht und heiß wie immer. Vor allem war sie aber rein.

Die Fenster des Haupthauses, die in Richtung der Hütte lagen, waren nicht beleuchtet. Falls jemand im Haus war, dann in einem der Zimmer auf der anderen Seite.

Laura schleppte Nico nach draußen und über den Holzsteg hinweg, der zur Hintertür des Haupthauses führte.

Sie drückten sich an die Wand neben der Tür, platt wie eine Flunder, um zu vermeiden, dass jemand sie durch eines der Fenster erspähen konnte. Das Haus stand auf einer schmalen Landzunge im Sumpf. Links und rechts davon mussten sie durch stinkendes Wasser waten. Nicht gut für Nicos Bein. Außerdem fürchtete Laura, dass die eklige Brühe voller Alligatoren war, die das blutige Fleisch, das einmal sein Bein gewesen war, wild machen würde.

„Wir müssen durchs Haus", flüsterte sie.

Nico nickte. Sie öffnete die Tür.

Der Geruch von frischem Gumbo lag in der Luft. Für Laura hatte er sich nach den täglichen Fütterungen von einem Duft in einen Gestank verwandelt, den sie am liebsten nie wieder riechen wollte. Wenn alles gut lief, würde es aber das letzte Mal sein.

Sie schlichen den Flur entlang, tief in das Labyrinth aus Gängen und Zimmern.

Immer wieder spähte Laura vorsichtig durch offene Türen in die Räume dahinter. Alle waren leer. Auch im Esszimmer war noch niemand. Das würde sich aber bestimmt demnächst ändern, wenn Mama Roarke zum Abendessen rief.

Laura und Nico schlichen an die nächste Tür heran – die Küche.

Plötzlich trat Mrs. Roarke auf den Flur hinaus, den riesigen Kochtopf in beiden Händen. Von wegen zu alt und schwach, um ihn zu tragen.

Sie starrte die beiden nackten jungen Leute aus weit aufgerissenen Augen an.

„Ezra!", brüllte sie aus voller Kehle und auch wenn Laura wusste, dass dieser nicht antworten, geschweige denn angestürmt kommen würde, blieben immer noch zwei ihrer *Jungs* übrig, die darauf reagieren konnten.

Die Alte holte zu einem zweiten Schrei Luft. Laura schlüpfte unter Nicos Arm hindurch, überließ ihn sich selbst und hörte, wie er hinter ihr zu Boden stürzte. Sie rammte den Kochtopf und schob ihre Hände darunter. Sie spürte die Hitze des Metalls, verbrannte sich Finger und Handflächen, ließ jedoch nicht los. Mit einer schnellen Aufwärtsbewegung drückte sie den Topf nach oben und dann nach hinten.

Der erste Schwall des kochend heißen Cajun-Eintopfs schwappte über den Rand und klatschte der alten Frau mitten ins Gesicht und in den Mund, den sie gerade weit aufgerissen hatte, um das nächste Mal nach ihren

Jungs zu rufen. Das Gumbo verbrühte ihr Zunge und Rachen. Sie kämpfte gegen den Schmerz an und vernachlässigte dabei den Kampf gegen Laura, die den Topf mit einem kräftigen Ruck weiter in Schräglage brachte ... so weit, dass der gesamte Inhalt Mrs. Roarke entgegenkippte und brennend heiß in ihr altes, runzeliges Gesicht schwappte. Sie schrie, während die Hitze ihr das Gesicht verbrühte und das Augenlicht raubte.

Die alte Mistkuh würde keine neue Generation von Roarke-Kindern mehr aufwachsen sehen. Laura wünschte nur, sie hätte zuvor noch gesehen, dass ihre beiden missratenen Söhne drüben in der Hütte in ihrem eigenen Blut lagen.

Laut scheppernd stürzten die Alte und der riesige Topf zu Boden. Sie lebte noch, zappelte und wand sich vor Schmerz. Sie versuchte, dem erbarmungslosen Brennen zu entgehen, das vom Kopf her über ihre Schultern und das Dekolleté herablief und weitere Stücke ihrer Haut hummerrot verfärbte.

Doch Laura war noch nicht mit ihr fertig. Sie hob den Topf auf und wuchtete ihn über den Kopf. Dann ließ sie ihn auf Mrs. Roarke herabsausen. Das heiße Metall traf ihren Schädel mit einem dumpfen Geräusch und ihre hohen Schmerzensschreie verstummten sofort. Laura ließ einen zweiten Schlag folgen, dann einen dritten. Wieder und wieder hämmerte sie die Unterseite des Kochtopfs auf den Kopf der alten Frau und hörte, wie es darunter knackte. Nach dem sechsten Schlag war Laura erschöpft und Mrs. Roarkes Schädeldecke so platt, dass der Topf darauf stehen blieb wie auf einer Herdplatte, bevor er zusammen mit der toten Alten zur Seite kippte und scheppernd ein Stückchen den Flur entlang rollte.

Laura atmete einen Moment durch.

Nico!

Er saß auf dem Boden, mit dem Rücken an die Wand gelehnt und sah Laura verständnisvoll an. Sein Blick sagte ihr: *Du hast das Richtige getan!*, noch bevor sie damit beginnen konnte, sich Vorwürfe zu machen, weil sie gerade einen Menschen getötet hatte.

Sie half ihm auf und hakte sich wieder unter.

„Los, weiter!"

Über ihren Köpfen polterte es. Jemand rannte den Flur im oberen Stockwerk entlang, alarmiert durch Mama Roarkes Schreie. Die letzten ihres Lebens.

„Lauf weg", appellierte Nico erneut an Lauras Vernunft und umklammerte fest das Messer in seiner Hand. „Ich halte sie auf, solange ich kann."

Laura sah den Flur entlang in die Richtung, die sie zur Haustür führen würde, dann in die, aus der sie gekommen waren. Schließlich zog sie Nico mit sich in die Küche und versteckte ihn hinter der offenstehenden Tür, als die Schritte die Treppe herunter polterten.

Sie wollte ihm gerade in das Versteck folgen, als ihr auffiel, dass sie Fußabdrücke aus Blut und Matsch auf den Küchenfliesen hinterlassen hatten.

Selbst für jemanden, der kein Spurensucher aus den Sümpfen Louisianas war, wäre es ein Leichtes gewesen, sie zu finden.

Laura sah sich um und erblickte ein schmutziges Küchenhandtuch auf der Ablage neben dem Herd.

Die stampfenden Schritte erreichten das untere Ende der Treppe, als Laura sich das Handtuch schnappte. Sie ging auf die Knie, krabbelte über die kalten Fliesen und verwischte dabei die Spuren, die sie auf dem Weg zum Handtuch hinterlassen hatte und schließlich die, die sie beide auf dem Weg vom Flur hinter die Küchentür hinterlassen hatten.

Die Schritte im Flur wurden nun lauter. Wer auch immer es war, er kam näher. Auf einmal stoppten die Schritte.

„Oh mein Gott ... Nein!", erklang die erschrockene Stimme von Onkel Lucious.

Bestimmt war er am Ende des Flurs um die Ecke gebogen und hatte gerade Mama Roarkes Leiche erblickt.

Kurz darauf rannte er los.

Laura huschte hinter die Tür in Nicos Versteck, kurz bevor Onkel Lucious daran vorbeieilte. Laura sah ihn durch den schmalen Schlitz zwischen Tür und Rahmen. Abgesehen von der Wand trennten sie nur Zentimeter von ihm.

Lucious sank neben seiner Schwester auf die Knie und schrie: „Nein!"

Er schüttelte sie ... die leblose Hülle, die noch übrig war. Nur noch eine Fleischeinlage im eigenen Eintopf. Scharf angebraten.

Durch den schmalen Spalt beobachtete Laura, wie Onkel Lucious sich wieder aufrichtete. Er sah sich um und folgte mit den Augen den Spuren des Kampfes. Er traf keine voreiligen Entscheidungen. Die offene Hintertür und die Fußabdrücke, aus ihrer Richtung waren das Offensichtliche. Laura konnte nur hoffen, dass der

Kampf und das verschüttete Gumbo sie so sehr verwischt hatten, dass es nicht genauso offensichtlich war, dass sie nur in eine Richtung führten, nämlich weg von der Tür.

Lucious drehte sich einmal im Kreis und suchte den Fußboden um sich herum ab. Als er keine anderen Spuren fand, entschloss er sich dazu, der einzigen Richtung zu folgen, die sie vorgaben. Er verschwand aus ihrem begrenzten Blickfeld. Sie hörten seine Schritte, die sich nun wieder von ihnen entfernten.

„Los, weiter", befahl Laura, schulterte Nicos Arm und zog ihn mit sich aus der Küche hinaus zurück auf den Flur.

Sie schleppten sich mit vereinten Kräften in Richtung Haustür.

Viel Vorsprung würden sie in ihrem Zustand nicht gewinnen können. Lucious war zwar Mitte sechzig, ging vielleicht sogar schon auf die siebzig zu, war aber gut in Form. Das hatte Laura bei jedem der festen Stöße, mit denen er sich in sie gerammt hatte, gespürt.

Er würde nur ein paar Sekunden bis zum Schuppen brauchen. Vielleicht hatte er ihn inzwischen sogar schon erreicht. Von dem Moment an, in dem er durch die Tür trat, würde er langsamer werden. Vorsichtiger, um nicht in eine Falle zu tappen. Als Fallensteller (für Mensch und Tier) wusste er ganz genau, worauf er zu achten hatte. Er würde nach seinen Neffen rufen und sich ankündigen, bevor er um die letzte Ecke herum in den offenen Raum mit der Alligatorengrube trat. Dann würde er erfahren, warum sie ihm nicht geantwortet hatten.

Laura und Nico erreichten die Haustür. Sie war zum Glück unverschlossen.

Lucious würde sich auf der anderen Seite des Hauses vermutlich gerade der Alligatorengrube nähern. Man konnte über die Roarke-Sippe sagen, was man wollte, aber Familie stand für sie über allem. Er würde den Schuppen nicht verlassen, ohne sich zuvor davon zu überzeugen, dass er wirklich nichts mehr tun konnte, um seinen beiden Neffen zu helfen. Im Falle von Antoine Roarke würde ein kurzer Blick in die Grube genügen, aber bei Ezra würde er sich vermutlich die Zeit nehmen, ihn auf den Rücken zu wuchten und seinen Puls zu fühlen. Zumindest falls sein Hals noch eine Stelle hergab, an der er seine Finger ansetzen konnte.

Währenddessen durchquerten Laura und Nico die Ruinen der alten Siedlung, die früher einmal Heimat der Roarkes gewesen war, als diese noch zahlreicher gewesen waren. Von heute an würde ihnen ein Zweibettzimmer in einem Motel genügen.

Sie ließen das Hüttendorf hinter sich und waren auf den letzten Metern über den weichen, schwammigen Sumpfboden in Richtung Destille, Steg und Airboat. Ihrer Fahrkarte hier raus, in die Freiheit. Denn die Freiheit, die sie sich bisher hart erkämpft hatten, war trügerisch.

Sie erreichten die Rückseite der Destille, die der brackigen Nacht ihre süßliche Note beimischte. Noch etwas, das Laura nie wieder riechen oder schmecken wollte.

Sie umrundeten den Bretterverschlag und erblickten das Airboat, das am Anleger auf dem Wasser dümpelte.

Das verfickte Boot, auf dem sie der Fährmann in die Hölle gebracht hatte. Obgleich nichts weiter von diesem Ort hier entfernt schien als griechische Mythologie. Und nichts näher als die Hölle.

Doch das gleiche Boot, das sie hergebracht hatte, könnte jetzt ihre Rettung sein.

„Weißt du, wie die Dinger funktionieren?", wollte Laura von Nico wissen.

„Kann nicht so schwer sein, wenn diese degenerierten Bastarde damit umgehen können."

Plötzlich geriet Laura ins Taumeln. Etwas zog an ihr. Genauer gesagt an Nico, der das zusätzliche Gewicht an sie weitergab. Laura ging zu Boden und sah entsetzt, wie Nico nach hinten gezogen wurde. Die ersten drei Schritte versuchte er noch auf seinem verbliebenen Bein mit zu hüpfen, doch dann knickte es ein und er sackte nach unten.

Cousin Russell kam hinter ihm zum Vorschein. Der Einarmige hatte sich den Einbeinigen geschnappt, ihm von hinten den unverletzten Arm um den Hals geschlungen, während der gebrochene in einer Schlaufe vor seinem Körper hing. In diesem Würgegriff ging er rückwärts und machte es Nico so fast unmöglich, sich zu wehren, während er dessen eigenes Körpergewicht nutzte, um den Druck auf seinen Hals zu verstärken und die Blutzufuhr zum Gehirn zu unterbrechen.

Nicos Kopf lief hochrot an. Es war fast eine Genugtuung für Laura, zu sehen, dass er das nach den letzten leichenblassen Stunden überhaupt noch konnte.

Gleichzeitig wusste sie, dass es bedeutete, dass er kurz davor war, das Bewusstsein zu verlieren.

Sie rappelte sich auf, stürmte auf Nico zu und bekam einen seiner ausgestreckten Arme zu fassen. Ein Tauziehen um seinen Körper begann. Russell Roarke griff zu unfairen Mitteln und schlug seine Zähne von hinten in Nicos Ohr. Er biss zu und riss daran, bewegte den Kopf ruckartig von links nach rechts, ähnlich wie es der Alligator getan hatte, um Stückchen aus seinem Bein zu reißen.

Nico schrie vor Schmerzen. Mit der freien Hand versuchte er, nach dem Gesicht des bissigen Hinterwäldlers zu schlagen. Als er endlich einen Treffer landete, zog Russell den Kopf zurück. Erst eine Sekunde später realisierte Nico, dass es nicht sein Verdienst war, sondern dass der Moonshiner sein Ohr mitgenommen hatte, als Russell es über seine Schulter hinweg als blutigen Knorpelklumpen in Lauras Gesicht spuckte.

Diese zuckte zurück und Russell nutzte die Chance, um Nico von ihr loszureißen.

Sie hatten den kleinen Bastard mit dem großen Herzen fürs Banjo – aber einem linken Arm für die Mülltonne – unterschätzt. Das zurückhaltende Mitglied der Roarke-Sippe, dazu noch das am stärksten geschwächte, lieferte ihnen einen erbitterten Kampf. Er verbiss sich wie ein Pitbull in seine Beute und ließ nicht locker, obwohl er wahrscheinlich nicht einmal einen Plan hatte, wie es weiterging, wenn er sie erst einmal jenseits der Türschwelle in den kleinen Schuppen geschleppt hatte.

Zumindest verschaffte er seinem Vater damit Zeit, um seinen Irrtum zu bemerken, das Haupthaus zur Vordertür zu verlassen und sich auf den Weg zu ihnen zu machen.

Mit dem nächsten kräftigen Zug holte er auch Laura über die Türschwelle nach drinnen. Es war nicht das, was er wollte. Er trat an Nicos Körper vorbei nach ihr, verfehlte sie jedoch knapp. Beim zweiten Tritt packte Nico zu und bekam Russells rechtes Bein zu fassen. Plötzlich standen sie zu zweit auf einem einzigen guten Bein. Unmöglich, länger als Sekunden das Gleichgewicht zu halten. Gleichzeitig ließ er Lauras Hand los. Die beiden Männer stürzten nach hinten, über den Rand der halb vollen Badewanne hinweg mitten in den Moonshine.

72.

Schmerz erfüllte jede Faser von Nicos Körper, als hochprozentiger Alkohol auf seine unbehandelten Wunden traf. Es war ein Schmerz, so viel beißender, stechender und brutaler als alles, was er zuvor gespürt hatte. Sogar schlimmer als die Bisse, die diese Wunden erst verursacht hatten.

Er war wie gelähmt. Schmeckte den Moonshine.

Hatte er den Mund geöffnet, um zu schreien? Er konnte es nicht sagen. Sein Hirn gab sicherheitshalber die Anweisung, ihn zu schließen, aber auch dafür bekam er keine Bestätigung seines überforderten Körpers.

Er spürte auch nicht, wie Lauras Arme ihn unterhalb der Achseln umfassten, sie ihre Hände hinter seinem Rücken verschränkte und ihn nach oben zog. Raus aus dem Alkoholbad. Zuerst seinen Kopf und dann den Rest des Körpers. Ein Kraftakt für die leichtere Frau, doch sie schaffte es. Nicos gefühlloser Körper klatschte auf den Boden neben der Wanne.

Cousin Russell strampelte noch immer im Hochprozentigen. Angesichts der Wucht, mit der der schwere Kleiderschrank vor Tagen auf seinen Arm gekracht war, hatte er ihm sicherlich auch offene Brüche zugefügt. In diesem ganz speziellen Bad würde es ihm also ähnlich gehen wie Nico.

Nur dass Laura ihm nicht zur Hilfe kam. Stattdessen fiel ihr Blick auf die Flamme des Bunsenbrenners, der den Kessel der Destille erhitzte.

Das Zeug brennt auf jeden Fall lichterloh, hatte Nico gesagt.

Sie rannte die drei Meter und nahm den kleinen Gasbrenner in die Hand, gerade in dem Moment, in dem Russell den Kopf aus dem Hochprozentigen bekam.

Er starrte sie an, die Augen weit aufgerissen. Dann sah er die Flamme in ihren Händen und den Gedanken in ihren Augen. Er wusste ganz genau, was passieren würde, wenn der Brenner in der Wanne landete oder auch nur in die Nähe seines Körpers mit den alkoholgetränkten Klamotten. Er wusste aber auch, dass sie nur einen Versuch hatte und dass Mädchen grundsätzlich beschissene Werferinnen waren.

Er stemmte die Füße auf den Boden der Badewanne, legte seine funktionstüchtige Hand auf den Rand und drückte sich hoch.

Laura warf im gleichen Moment.

Der Bunsenbrenner segelte durch die Luft und überschlug sich zwei Mal. Wo die meisten Kerzen vermutlich erloschen wären, hielt die Gasflamme stand ... genau wie Lauras Treffsicherheit.

Gaskartusche und Flamme tauchten in das Alkoholbad ein. Der Moonshine entzündete sich augenblicklich. Genau wie Russells Klamotten, Haare und Haut. Er schaffte es nicht mehr auf die Beine. Er kippte nach hinten um, als das Feuer ihn umschloss – und sackte zurück in die Wanne, deren Inhalt zwar schon vorher auf seiner Haut gebrannt hatte, jetzt aber tatsächlich in Flammen stand.

Nico robbte von der Badewanne weg, raus aus der Gefahrenzone. Schließlich war sein Körper mit demselben Brandbeschleuniger benetzt, der Russell zum Verhängnis geworden war.

Russell schickte in seinem erbitterten Todeskampf brennende Tropfen durch die Luft, die sich auch um die Badewanne herum im Raum verteilten und winzig kleine Feuerchen entzündeten.

Laura erkannte die Gefahr und eilte Nico zur Hilfe. Sie griff ihm einmal mehr unter die Arme, zog ihn nach draußen auf den Bootssteg.

Durch die offene Tür beobachteten sie, wie Russell im Innern doch noch der Badewanne entkam und als menschliche Fackel schreiend durch den Schuppen stolperte und Flammen tropfte. Das Feuer verteilte er dabei bei jedem Schritt. Klirrend stürzten Teile der Destillieranlage in sich zusammen. Einige rissen Russell um. Durch die Schlitze in den Wänden konnten Laura und Nico beobachten, wie die menschliche Fackel drinnen zusammenbrach. Das Feuer hatte inzwischen neue Nahrung gefunden und breitete sich unaufhaltsam weiter aus.

„Zum Boot", sagte Nico stöhnend und lenkte Lauras Aufmerksamkeit vom Spiel der Flammen zurück auf das Wesentliche.

Sie schleppten sich rüber zum Anleger. Laura machte als Erste den Schritt auf das wacklige Sumpfboot und half dann Nico hinüber. Sie führte ihn an den Hochsitz heran, von dem aus das Boot gesteuert wurde und er stützte sich mit Brustkorb und Arm darauf, um nicht umzufallen. Er war so schwach, dass es jedoch kaum noch eine Garantie war. Laura sah sich suchend um. *Wie startete man das verdammte Ding?*

„Da", sagte Nico und deutete auf den klobigen Motor, der zwischen Fahrersitz und dem riesigen Propeller saß.

Laura folgte seinem Blick und sah ... einen Motor. Das große Fragezeichen über ihrem Kopf blieb bestehen.

„Du musst an der Schnur ziehen", wurde Nico konkreter und versuchte, auf die genaue Stelle zu zeigen, an der sich das Anwerfseil befand. „Wie bei einer Kettensäge."

Sein ausgestreckter Finger schwankte hin und her und deckte mehr oder weniger den gesamten Motorblock ab. Laura fand den Griff des Anwerfseils nach kurzer Suche trotzdem. Sie umfasste ihn und zog. Die Wirkung verpuffte.

„Langsam, bis du den Widerstand spürst", half ihr Nico. „Und dann mit Schwung."

Laura setzte die Anweisungen um. Der Motor jaulte auf und versetzte den Propeller in Bewegung. Dann erstarben beide wieder.

„Noch mal!"

Sie tat es. Gleiches Ergebnis. Beim dritten Versuch sprang der Motor endlich an, gab einen lauten Knall von sich, der eine schwarze Rußwolke ausblies und fand dann seinen Rhythmus, der das ganze Boot zum Zittern brachte. Der Propeller drehte sich auf Hochtouren.

Laura und Nico sahen einander an und konnten es selbst kaum glauben.

Der Motor knallte ein zweites Mal und ließ Laura erschrocken zusammenzucken. Nico stürzte getroffen ins Wasser.

Sie war verwirrt. Fand keinen Zusammenhang. *Hatten ihn einfach die Kräfte verlassen?* Sie sank auf die Knie und streckte die Hände ins brackige, schwarze Wasser, um nach ihm zu greifen.

Aus dem Augenwinkel erblickte sie Lucious Roarke, der auf dem Bootsanleger stand, das Gewehr im Anschlag. Der Lauf qualmte noch von dem Schuss, den er auf Nico abgegeben hatte.

„Nicht so vorschnell, Schlampe!", brüllte er durch den Krach von Motor und Propeller hindurch, die unmittelbar neben ihm ihr unmelodisches Konzert veranstalteten.

Mit einer Aufwärtsbewegung des Gewehrlaufs bedeutete er Laura, aufzustehen. Sie zögerte. Nico befand sich schwer verletzt unter Wasser. Die Hand, die sie gerade in die warme schwarze Brühe streckte, war möglicherweise seine einzige Chance.

Als Onkel Lucious den Schlagbolzen des Gewehrs mit dem Daumen spannte, folgte sie allerdings seiner Anweisung. *Was würde es Nico helfen, wenn sie gleich mit ihm zusammen im Sumpf versank?*

Sie hob die Hände in die Höhe, wie man es automatisch tat, wenn jemand eine Waffe auf einen richtete. Weil man es tausend Mal gesehen hatte, in Filmen und in Serien. Doch den wenigsten passierte es im realen Leben. Den wenigsten Menschen passierte im realen Leben irgendetwas von dem, was sie in den letzten Tagen durchgestanden hatte.

„Du hast meine Familie umgebracht!", schrie Lucious sie wütend an. „Ich sollte dir auf der Stelle den Kopf wegblasen und dich im Sumpf versenken. Aber bei Gott, vorher wirst du mir eine neue Familie machen!"

Mit einem Mal war der Tod doch keine so schlechte Option mehr.

„Komm her, Fotze!", befahl Lucious.

Laura blieb einfach stehen. Sie nahm die Hände runter. Ein deutliches Zeichen dafür, dass sie nicht gehorchen würde. Nicht jetzt, und auch nicht später.

„Ich werd dir deine verdammten Beine abhacken, um zu verhindern, dass du noch mal wegläufst", drohte Lucious ihr.

Dann machte er einen Schritt an das Sumpfboot heran.

Laura ballte die Fäuste. Schweiß und Blut rannen ihr übers Gesicht. Gewehr hin oder her, sie würde kein leichtes Opfer werden und ganz bestimmt nicht die beinamputierte Geburtsmaschine, die dieses Ekel aus ihr machen wollte.

Er würde sie umbringen müssen, dafür würde sie sorgen.

Sie machte einen entschlossenen Schritt auf ihn zu. Lucious reagierte, indem er den Gewehrlauf auf ihre Beine richtete. Die brauchte er ja ohnehin nicht mehr.

Laura stoppte, als sie erkannte, dass er ihre Pläne innerhalb eines Herzschlages zerstören könnte. Sie wehrlos auf dem Boden dieses verdammten Sumpfbootes liegen würde und nur noch hoffen konnte, zu verbluten. Doch irgendetwas sagte ihr, dass diese verdammte alte Sumpfratte genug Erfahrung im Quälen von Menschen hatte, um das zu verhindern. Dass sie als verstümmelter Klumpen Mensch auf seinen Ficktisch geschnallt enden würde, bis die Anstrengung der aufeinanderfolgenden Geburten sie eines Tages dahinraffen würde, oder Onkel Lucious seine Familienplanung abschloss und sie von ihren Qualen erlöste.

Das Funkeln in seinen Augen verriet ihr, dass er genau wusste, was ihr gerade durch den Kopf ging.

„Kluges Mädchen!", schrie er ihr durch den Propeller hindurch zu. „Und jetzt beweg deinen Arsch hierher, Mrs. Roarke!"

Ihre Hoffnung starb für eine quälend lange Sekunde, bevor ihr die aufsteigenden Luftblasen unterhalb des Stegs neues Leben einhauchten. Sie sah einen Schatten unter der Wasseroberfläche und legte all ihre Hoffnung in ihn. Sie betete, dass es nicht nur ein Alligator oder ein großer Fisch war.

„Mrs. Roarke ist tot!", schrie sie Onkel Lucious aus voller Kehle durch die Blätter des Rotors entgegen, ließ sich dann zur Seite fallen und schlug platschend ins Sumpfwasser, das sie sofort warm umschloss.

Lucious schwenkte das Gewehr zur Seite, drehte den Körper ein und verlagerte dabei den Schwerpunkt, ohne darüber nachzudenken.

Es war alles, was Nico brauchte. Er stieß unmittelbar vor ihm zwischen dem Heck des Sumpfbootes und dem Anleger aus dem Wasser, stützte sich mit einer Hand auf den Steg, griff mit der anderen nach Lucious' Weste und bekam den Stoff zu fassen.

Lucious machte die nächste überhastete Bewegung, um das Gewehr auf den Angreifer zu richten, und beraubte sich selbst damit weiterer Standfestigkeit und

Körpersicherheit. Nico ließ sich zurück ins Wasser sinken und riss den Moonshiner mit sich – mit dem Unterschied, dass Nico unter dem Rumpf des Sumpfboots abtauchte, während Lucious mit dem Kopf voran in den laufenden Propeller stürzte. Eines nach dem anderen hackten die Rotorblätter in sein Gesicht, drei pro Umdrehung, zehntausend Umdrehungen pro Minute – zersäbelten Haut, Fleisch, Knochen und Gehirn mit 450 PS, wie eine Brotschneidemaschine auf Ecstasy, und verteilten sie großflächig im Sumpf. Sie ließen nur einen zappelnden Körper und eine riesige Sauerei zurück.

Als Laura wieder auftauchte und nach Luft schnappte, war alles vorbei.

Sie hatte gehofft, ihn sterben zu sehen und bereute fast, dass es ein so schneller und schmerzloser Tod gewesen war und er nicht einmal Zeit gehabt hatte, zu schreien. Andererseits glaubte sie, dass er sich diese Blöße sowieso nicht gegeben hätte. Nicht vor ihnen. Um einen Mann wie Lucious Roarke zum Schreien zu bringen, würde es schon einen Mann wie Lucious Roarke brauchen. Laura war das nicht. Sie wusste, dass Nico es auch nicht war. Sie waren keine Monster, auch wenn sie in den letzten fünfzehn Minuten schreckliche Dinge getan hatten.

Sie waren Überlebende.

Oder war sie zu voreilig?

Sie suchte die Wasseroberfläche nach Nico ab, konnte ihn aber nirgendwo erblicken. Sie schrie seinen Namen, dann tauchte sie unter und suchte nach ihm. Sie bekam ihn in der Nähe des Bootsrumpfes zu fassen und zog ihn an die Oberfläche, wo er gierig nach Luft schnappte.

„Festhalten", sagte sie und er klammerte sich mit beiden Händen ans Boot.

Laura versuchte, ihn aus dem Wasser auf das Boot hinaufzuschieben, doch Nico war zu schwach. Außerdem fand sie keinen Stand. Ihre Füße traten ins Leere. Sie gab auf und änderte den Plan. Hievte erst ihren eigenen Körper aus dem Wasser und bemerkte dabei, wie schwach sie selbst war. Dann ergriff sie Nicos Handgelenke, zog mit aller Kraft und mobilisierte alle Reserven, um ihn auf das Sumpfboot zu ziehen. *Wie oft hatten die beiden über Kate Winslet gelästert?* Darüber, wie sie in *Titanic* die Liebe ihres Lebens im eiskalten Wasser hängen lässt, während sie selbst auf einem rettenden Trümmerteil liegt.

Fuck you, Rose!, dachte Laura entschlossen und mit all ihrem Körpergewicht in der Rückwärtsbewegung gelang es ihr, Nicos Oberkörper über die Kante zu ziehen.

Geschafft! Die Beine waren nur noch Formsache.

Das Bein, korrigierte sie sich selbst, umfasste seine Taille und zog auch den verstümmelten Rest von ihm aufs Boot.

Erschöpft lagen sie einen Moment lang nebeneinander. Laura überlegte, zurück ins Haus zu gehen. Es war schließlich leer. Alle Roarkes lagen tot im Sumpf. Genau wie die Murdochs vor ihnen. Ein verspäteter Ausgleich. *Doch was erwartete sie zu finden?* Ein Telefon ganz sicher nicht. Geschweige denn Internet. Auch wenn die Moonshiner es auf beeindruckend sadistische Weise geschafft hatten, Nico so lange am Leben zu erhalten: Gegen die Verletzungen, die er inzwischen hatte, wären auch sie hier draußen machtlos gewesen.

Laura drehte sich auf den Bauch und robbte an ihn heran. Sie fand das Einschussloch des Gewehrs in seiner linken Schulter und fragte sich, wie er es geschafft hatte, überhaupt noch einmal aus dem Wasser aufzutauchen. Aber sie war ihm unendlich dankbar für diese übermenschliche Tat. „Vielleicht gibt es im Haus Medizin", sagte sie, weil sie die Entscheidung nicht allein treffen wollte. Nico schüttelte erschöpft den Kopf.

„Nur noch weg von hier", keuchte er schwach.

Laura hatte keine Ahnung wie oder wohin, aber sie wollte ihm diesen Gefallen tun. Sie löste das Seil, mit dem das Boot vertäut war, befreite den Fahrersitz von Blut und haarigen Fetzen von Onkel Lucious' Kopf und setzte sich. Viel gab es nicht um sie herum. Ein Pedal vor ihr, einen Hebel zu ihrer Rechten. Nuklearwissenschaft sah anders aus. Als sie das Pedal durchtrat, jaulte der Motor auf und das Boot setzte sich in Bewegung.

Die Fahrt hatte nichts mit dem wilden Ritt gemeinsam, der sie an diesen schrecklichen Ort geführt hatte. Laura begriff schnell, wie sie das Boot steuern konnte, doch in der Dunkelheit der Nacht tauchten Hindernisse erst in letzter Sekunde vor ihr auf und so hielt sie das Sumpfboot eher auf Geschwindigkeit eines Paddelboots. Sie steuerte es durch die engen Kanäle zwischen den Mangroven und ließ den Schimmer der abfackelnden Schwarzbrennerei bald hinter sich.

Immer wieder leuchtete sie mit dem Scheinwerfer, der neben ihrem Sitz angebracht war, die Umgebung ab und tappte doch im Dunkeln. Trotzdem hielt sie nicht an.

73.

Nach einer Stunde begann der Motor zu stocken. Ein paar Mal stemmte er sich noch dagegen, saugte Dieselreste aus irgendwelchen Ecken des Tanks und jaulte dabei jedes Mal laut auf.

Der mächtige Propeller starb als Erstes. Er verlor merklich an Lautstärke und das Boot kurz darauf an Geschwindigkeit. Der Motor brummte noch, versorgte zumindest den Scheinwerfer mit Energie, während das Airboat zwischen den Bäumen trieb.

Laura ließ den Lichtkegel ein letztes Mal die Umgebung abschwenken. Augen funkelten in der Dunkelheit. Keines davon menschlich. Alligatoren, die im Wasser lauerten, Frösche, die auf Pflanzen saßen, Schlangen, die lautlos durch die Nacht glitten. Sie richtete den Scheinwerfer ein paar Meter voraus aufs Wasser, sodass das Streulicht das Sumpfboot erhellte. Dann stieg sie vom Fahrersitz und kniete sich neben Nico, der noch immer auf dem Boden lag. Langsam hatten seine zahlreichen Wunden die weiße Oberfläche des Bootes rot gefärbt. Sein Gesicht war leichenblass. Als Laura seine Hand umfasste, war sie warm, aber nicht annähernd so warm wie ihre eigene. Er öffnete schwach die Augen und sah sie an.

„Endlich kühlt es ein bisschen ab", flüsterte er und obwohl Laura das nicht bestätigen konnte, lief ihr ein
Schauer über den Rücken.

„Ja", log sie und strich ihm liebevoll die Haare aus
dem Gesicht.

„Dann kann man endlich mal wieder vernünftig
schlafen."

Er schloss die Augen.

Laura wollte es ihm verbieten, wollte ihm die Wange
tätscheln und ihm sagen, dass er wach bleiben musste.
Bei ihr bleiben. Aber sie konnte es nicht. Sie hatte ihn
einmal zurückgeholt in diese Welt aus Leid und
Schmerz, hatte ihn gezwungen, sich weiter zu quälen,
obwohl es den Anschein gemacht hatte, dass er die
Qual bereits hinter sich gelassen hatte. Er hatte es verdient, dass sein Leid zu Ende war.

Der Motor begann zu blubbern, zu schluchzen, und
schoss dann den letzten Spritzer Diesel durch die Kol-
ben. Der Scheinwerfer flackerte. Der Motor verstummte. Das Licht erlosch.

Laura beugte sich über ihren besten Freund, legte seinen Kopf in ihren Schoß und streichelte ihm liebevoll
durchs Haar.

„Es tut mir leid", flüsterte sie weinend.

Sie wollte die Schuld an allem auf sich nehmen. Dem
Trip nach New Orleans, der Fahrt in die Bayous, der Es-
kalation. Sie wollte sich die Schuld dafür geben, dass
sie eine Frau war. Der Grund dafür, warum sich die Ereignisse überhaupt so überschlagen hatten. Laura
wollte, dass Nico wusste, dass es ihr leidtat ... dass es ihr
leidtat, dass sie leben würde und er nicht.

„Ich habe ein ganzes Leben gelebt", sagte Nico mit leiser Stimme. „Nur du hast darin gefehlt. Aber jetzt bist du wieder da."

74.

Im Schnitt dauern Träume zwischen zehn und fünfundvierzig Minuten, ob wir uns darin stundenlang leidenschaftlich lieben oder in wochenlanger Arbeit ganze Kriminalfälle lösen. Wir leben Hunderte Leben im Reich der Nacht.

Nico hatte zehn Jahre dort gelebt. Er war zu Deutschlands führendem Kameramann aufgestiegen, hatte eine Frau geliebt, die aussah wie die Traumfrau aus seiner Schulzeit – nur besser. Er hatte Freunde und Familie gehabt, denen er am Herzen lag, ein Sexleben geführt, das die Realität weit in den Schatten stellte. Er hatte seine Großmutter wiedergetroffen, die gestorben war, als er achtzehn war.

Er hatte Tag und Nacht im Reich der Träume verbracht. In einer Welt, die perfekt sein sollte ... musste, um ihn dort zu halten.

Doch dafür hatte er Laura aussperren müssen.

Als er jetzt in Frankfurt aus dem Flugzeug stieg und kurz darauf durch den Zollausgang trat, hatte er kein Gepäck und niemand hielt ihn auf, um ihn zu kontrollieren. Nico musste nirgendwo Schlange stehen. Er brauchte auch keinen Rollstuhl, keine Krücken, humpelte noch nicht einmal. Nicht in seiner perfekten Welt.

Im Ankunftsbereich warteten die anderen. Sie waren alle gekommen. Nadine sah umwerfend aus, wie immer. Sie hatte sogar Jessica mit zum Flughafen gebracht. Sie war also nicht nachtragend, weil er sie in Köln hatte sitzen lassen. Die perfekte Frau!

Da waren seine Eltern, Hand in Hand wie ein verliebtes Ehepaar, mit nichts als Freude in den Augen, darüber, dass sie ihren Sohn wieder in die Arme schließen konnten. Oma Trude stand neben ihnen und winkte ihrem Enkelsohn zu. Sie lebte noch, weil sie das in einer perfekten Welt nun mal musste.

Sie alle schlossen Nico in die Arme und hießen ihn wieder bei sich willkommen. Er genoss es. Dann sah er zurück zum Zollausgang. Die elektrische Tür schwang auf und Laura trat hindurch. Sie ging auf ihn zu. Er ließ Familie und Traumfrauen stehen und schloss sie in die Arme, wie man es an Flughäfen mit geliebten Menschen tat, die man vermisst hatte.

„Es ist wunderschön", flüsterte sie in sein Ohr. „Sieh doch nur."

Nico öffnete die Augen, fand sich in der Dunkelheit wieder, inmitten eines Schwarms kleiner warmer Sterne. Laura war über ihm. Manche der kleinen Lichter blinkten in ihrem Haar, hatten sich darin verfangen.

Glühwürmchen.

Tausende und Abertausende von ihnen erfüllten das dunkle Flughafenterminal.

Den dunklen Sumpf.

Sie ließen Traum und Wirklichkeit miteinander verschmelzen, verwandelten beides für einen flüchtigen

Augenblick in eine magische Zwischenwelt. Dann erstarrte Laura, umgeben von kleinen Sternen, auf seiner Netzhaut.

Der schönste Anblick seines Lebens.

Der letzte.

Er hatte sie gefunden und er würde sie nicht mehr loslassen.

75.

Laura schloss seine Augen. Die Glühwürmchen blieben und spendeten Licht und ein wenig Trost. Nach zehn Minuten löste sich der Schwarm auf. Verschwand, bis auf die Exemplare, die sich in den klebrigen Netzen der gelb-schwarzen Sumpfspinnen verfangen hatten. Dort zappelten und verzweifelt versuchten, sich zu befreien, während die acht Beine des Todes näherkamen, bereit, ihre giftigen Fangzähne in sie zu schlagen, die sie gleichzeitig lähmen und vorverdauen würden.

Laura wusste nur zu gut, wie sie sich fühlten.

Sie beobachtete eines der Glühwürmchen, das direkt über ihrem Kopf zappelte und alles gab. Nur noch mit einem seiner kleinen Beinchen im Netz hing, während die Spinne näherkam.

Sie hoffte, dass der kleine Flieger es schaffen würde. Doch das erste Bein der Spinne ertastete ihn bereits. Ihre acht Augen hatten ihn im Visier. Er war verloren.

Bis Laura die Hand ausstreckte und durch das Spinnennetz fuhr. Die klebrige und doch so fragile Spinnenseide zerriss, ohne Angst, die Spinne zu berühren.

Der Jäger wich überrascht zurück, wie sie das immer taten, wenn ihre Opfer sich plötzlich wehrten. Wenn sie unerwartet Hilfe bekamen.

Das Glühwürmchen war frei. Es spreizte die kleinen Flügel und segelte durch die Nacht. Sein Hinterteil morste einen dankbaren Lichtcode. Dann stieg es in die Höhe und sortierte sich zwischen den Sternen am Himmel ein, bevor Laura es aus den Augen verlor.

76.

Der nächste Tag kam und ging. Die Luft war heiß und stickig, aber die dichten Bäume über ihr hielten wenigstens das Sonnenlicht fern. Sie hatte Durst, aber nicht so sehr, als dass sie schon bereit gewesen wäre, das stinkende Sumpfwasser zu trinken.

Alligatoren kamen näher und kundschafteten das Boot aus, das verlockend nach Blut und leichter Beute roch. Sie verscheuchte sie mit großen Gebärden und lautem Geschrei. Sie war nicht bereit, ihnen den Körper ihres besten Freundes kampflos zu überlassen. Wahrscheinlich hätte es Nico sogar gefallen, im Magen eines Alligators zu enden, anstatt auf einem langweiligen Friedhof. Obwohl ihm die Lust darauf wahrscheinlich in den letzten Tagen gründlich vergangen war.

Gelegentlich vergeudete Laura etwas Kraft um die Hände zu einem Trichter um ihren Mund zu formen und laut nach Hilfe zu rufen. Meist antwortete ein Schwarm aufgescheuchter Vögel, aber niemals ein Mensch.

Würde der Sumpf sie am Ende doch noch kriegen? Sollten das Durchhalten und der Kampf am Ende umsonst gewesen sein? Musste sie es schon als ihren Gewinn sehen, nicht als Gebärmaschine der Familie Roarke zu enden?

In der Nacht trank sie die erste Handvoll Sumpfwasser. Es schmeckte abgestanden und widerlich. Sie musste würgen, behielt es aber drinnen, denn sich zu übergeben würde Kraft kosten. Außerdem würde sie ihre letzten Energiereserven verlieren. Das letzte bisschen Gumbo, das sie vom Abendessen noch in ihrem Magen hatte. Das war keine Option!

Sie würde trinken, um zu überleben. Es war bei Weitem nicht das Schlimmste, was sie getan hatte.

Als die nächste Nacht über die Bayous hereinbrach, war das Boot an den Rand des Wasserarms getrieben und hatte sich zwischen Mangrovenwurzeln verkeilt.

77.

Laura wurde wach, weil etwas an ihr zog.

Die Tatsache, dass sie wach wurde, machte sie überhaupt erst der Tatsache gewahr, dass sie eingeschlafen war. Sie konnte sich nicht daran erinnern.

Sie lehnte mit dem Rücken am Fahrersitz und sah dabei zu, wie Nicos Kopf von ihrem Schoss rutschte.

Es wurde gar nicht an ihr gezogen, sondern an ihm!

Reflexartig griff sie unter seine Arme und hielt ihn fest. Er war kalt und starr.

Sie sah die leuchtenden Augen und das breite Lächeln des Alligators, der Nicos rechtes Bein im Maul hatte und vorne halb auf dem Boot und halb im Wasser hing, in das er seine Beute schleppen wollte.

Laura kämpfte gegen den mächtigen Zug der Panzerechse an. Sie würde sich behaupten können. Der Alligator hatte seine drei Meter, war aber längst nicht so groß, wie das Monster der Roarkes, gegen das Nico in der Grube hatte ankämpfen müssen. Sie könnte dem Alligator gegen den Kopf treten und rechnete sich gute Chancen aus, dass er die Lust verlor und sich ins Wasser zurückgleiten ließ.

Da würde er dann fürs Erste bleiben. Sie würde seine Augen und seine Nüstern über der Wasseroberfläche sehen können und er würde sie sehen ... lauernd ... darauf wartend, dass sie wieder einschlief und dann einen weiteren Versuch starten. Das nächste Mal würde sie vielleicht aufwachen, weil ihr eigenes Bein in seinem Maul steckte. Dann würde sie die Schmerzen kennenlernen, die Nico in den letzten Tagen durchgestanden hatte. Und dann? Dann würde sie hier draußen sterben, genau wie er und alles wäre umsonst gewesen.

Er hatte von ihr verlangt, ihn zurückzulassen, als er noch am Leben gewesen war, doch das konnte sie nicht. Sie hatte ihr Leben riskiert, um mit ihm zusammen zu entkommen. Er würde ihr niemals verzeihen, wenn sie es jetzt, wo sie nichts mehr für ihn tun konnte, erneut aufs Spiel setzte.

„Ich liebe dich."

Schweren Herzens entließ sie ihn aus ihrem Griff. Der Alligator glitt zurück ins Wasser und zog Nico mit sich.

78.

Am nächsten Morgen trank Laura erneut das eklige Sumpfwasser.

Dann setzte sie den nackten Fuß auf den schlammigen Uferboden.

Auf dem Boot zu bleiben hatte keinen Sinn mehr. Es würde nirgendwohin fahren. Selbst, wenn sie es aus den Wurzeln der beiden Mangroven befreite, war der Sumpf ein stehendes Gewässer. Nicht einmal die Strömung würde sie irgendwohin bringen. Über kurz oder lang würden sich Alligatoren zusammenrotten und das Boot umzingeln. Würden ihre Grenzen austesten und eines Nachts, wenn sie schlief, würden sie sie holen.

Der einzige Ausweg, führte über Land.

Davon gab es so weit südlich nicht besonders viel und der Weg war alles andere als ungefährlich. Alligatoren mochten nicht die Wildheit eines Krokodils haben, aber sie bewegten sich auch an Land. Sie wanderten umher, bauten ihre Nester, lagen auf Steinen, um sich zu sonnen oder im Dickicht, um zu ruhen. Wenn sie einem von ihnen vors Maul stolperte, würde er sich die Chance wohl kaum entgehen lassen.

Sie machte einen weiten Bogen um die Schlangen, die sie sah, da sie nicht wusste, welche von ihnen giftig waren und welche nicht. Die gefährlichsten Schlangen blieben ohnehin die, die Laura nicht sah, an denen sie im Dickicht nur einen Meter vorbei trat und doch nie erfuhr, wie knapp sie der Gefahr eines verheerenden Bisses entgangen war.

Sie lief und lief und lief.

Sie sah Flugzeuge, die in Tausenden Metern Höhe über sie hinwegflogen und sie an die Zivilisation erinnerten. An Duschen, Betten, Essen, einen Kühlschrank voll kaltem Wasser. All das schien genauso unerreichbar zu sein, wie die Flugzeuge selbst.

Sie verbrachte eine schlaflose Nacht zwischen den Wurzeln eines Baumes.

Einigermaßen geschützt vor den großen Alligatoren, hoffte sie. Später in der Nacht wurde sie jedoch von einer Schlange vertrieben, der ihr Versteck offenbar ebenfalls gefiel.

Wenigstens waren ihr die Spinnen inzwischen egal geworden, denn sie lief alle paar Meter durch ihre Netze, wischte sie sich aus dem Gesicht und spürte immer wieder kleine Beinchen auf ihrer nackten Haut kribbeln.

Die alte Laura wäre gestorben, aber die alte Laura war ohnehin tot.

Am nächsten Morgen wurde sie von einem bekannten Klang aus ihrem unruhigen Schlaf voller Angst und Albträume geweckt: ein riesiger, dieselbetriebener Propeller. Ein Geräusch, das sie im Leben nicht mehr vergessen würde.

Sie sah sich hektisch um und ging dem Lärm nach. Bahnte sich einen Weg durchs Unterholz und stand schließlich am Ufer eines riesigen Gewässers. Der Wind bog das Sumpfgras trügerisch von einer Seite zur

anderen und erweckte so den Eindruck einer weitläufigen Wiese. Zu viel Land, als dass es hier draußen in
dieser Form wirklich existieren würde.

Dann erblickte Laura das Sumpfboot, das sie geweckt
hatte.

79.

Als nackte Frau mitten im Sumpf einem Boot zu winken, auf dem zwei Gestalten saßen, die ebenso gut Ezra und Antoine Roarke hätten sein können, kostete sie viel Überwindung. Sie hätte sich ein Ausflugsboot voller asiatischer Touristen gewünscht oder das Patrouillenboot eines Park-Rangers, doch zwei weitere Rednecks waren alles, was sie bekam.

Als sie ihr Airboat auf sie zusteuerten, verbarg sie ihre Nacktheit, so gut sie konnte, hinter einem Baum – genau wie den dicken Ast, den sie in der linken Hand hielt, für den Fall, dass sie wieder würde kämpfen müssen.

Der Fahrer steuerte das Boot mit der Spitze auf die Landzunge und sein Freund sprang in den Ufermatsch.

„Is alles in Ordnung, Ma'am?", fragte er, als er den Baum umrundete und klang sogar wie ein Roarke.

Laura wich einige Schritte vor ihm zurück. Eher ein Reflex als eine überlegte Handlung. Als sie es selbst bemerkte, blieb sie stehen, trat einen Schritt vom Baumstamm weg und präsentierte dem Redneck beides … ihren geschundenen nackten Körper und den Knüppel, den sie fest umklammerte.

Er blieb abrupt stehen, hob beide Hände und musterte sie von Kopf bis Fuß, schenkte ihren Rundungen aber weniger Beachtung als ihren zahlreichen Wunden und dem vielen Blut, das an ihrer Haut klebte.

„Mein Gott, was is denn mit Ihnen passiert?", fragte er besorgt.

Er entledigte sich sofort seiner Jeansweste und machte einen Schritt auf Laura zu. Sie riss den Stock in die Höhe, bereit zum Schlag.

„Ich tu Ihnen nichts", sagte der Redneck ruhig und wandte dann sogar den Blick ab, um ihre Nacktheit nicht auszunutzen. „Ich will Ihnen nur was zum Überziehen geben. Okay?"

Ohne sie anzusehen, lieferte er sich ihr schutzlos aus. Er würde den Schlag nicht mal kommen sehen. Er wusste um das Risiko, das er einging.

Laura schlug nicht zu. Sie nahm den Stock runter und ließ zu, dass der Redneck ihr die Weste um die Schultern legte, die Rückseite nach vorne, sodass sie ihre Brüste bedecken konnte.

„Is leider nur ne Weste", entschuldigte er sich.

„Was is denn bei euch los?", hörte er seinen Kumpel vom Fahrersitz des Airboats rufen.

„Charlie, wirf mir mal meine Anglerhose rüber, hörst du?", verlangte der Redneck.

„Was? Wasn los?"

„Tu's einfach!"

Kurz darauf kam Charlie an Land und um den Baum herum.

„Bleib da", rief sein Kumpel und bremste ihn auf halbem Weg.

Er wollte Laura ersparen, dass sie ein zweiter Mann nackt sah. Er machte ein paar Schritte um den Baum herum und kehrte kurz darauf mit einer gummierten Hose mit Hosenträgern zurück, die er Laura hinhielt.

„Hier, ziehen Sie die an. Is leider das Einzige, was wir dabeihaben."

Laura nahm sie mit einer Hand entgegen und versuchte, hineinzuschlüpfen.

„Sie können den Stock weglegen, Ma'am", sagte der Redneck.

Laura ließ die Hose fallen und machte sich instinktiv wieder zum Zuschlagen bereit.

„Müssen Sie aber auch nicht", beruhigte er sie sofort wieder. „Wollte damit nur sagen, dass Ihnen hier keiner was tut."

Dann zog er sich zurück auf die andere Seite des Baums und ließ ihr Zeit und Raum, um die Hose anzuziehen.

Als sie eine Minute später in dem übergroßen Gummianzug und der Weste aus ihrem Versteck vor die beiden Männer trat, musste sie einen lächerlichen Anblick bieten. Den Stock hielt sie noch immer umklammert. Die beiden Rednecks schienen nett zu sein, aber sie war trotzdem in Alarmbereitschaft. Daran würde sich auch nichts ändern, bis sie von uniformierten Polizisten umringt wäre.

„Wo kommen Sie her?", fragte der, der sich um sie gekümmert hatte.

Sie beantwortete die Frage nicht. Sie erzählte den beiden nichts von dem, was geschehen war. So weit sie wusste, waren alle Roarkes tot. Doch sie wollte nicht riskieren, einem entfernten Verwandten oder einem Freund von ihnen zu erzählen, dass sie gerade Mama

Roarke, Onkel Lucious und ihre Söhne getötet und ihre verdammte Schwarzbrennerei in die Luft gejagt hatte.

Eigentlich wollte sie überhaupt niemandem erzählen, was in den vergangenen zehn Tagen passiert war. *Was würde es auch bringen? Wem würde es helfen?* Die Roarkes waren tot. Sie hatten dafür bezahlt, was sie ihnen angetan hatten. Sie lebte ... und musste damit leben. Keine Polizei der Welt konnte ihr dabei helfen.

Sie versuchten es trotzdem. Eine traumatisierte Deutsche mitten in den Bayous, nackt und blutüberströmt, das war nichts, woran man als Polizist irgendwo auf der Welt einfach einen Haken machte.

Sie hatte sechs Polizisten um sich, als sie den Namen zum ersten Mal aussprach.

„Roarke." Nicht mehr als ein Flüstern.

Und obwohl sich sechs Polizisten sofort an die Arbeit machten, kehrte der Verantwortliche, ein Schwarzer namens Detective Daniel Boyle, nach einer Stunde ohne Ergebnis zurück.

„Wir haben die Namen durch unsere Datenbanken gejagt", klärte er sie auf. „Jeden einzelnen. Kein Treffer."

Er verwies darauf, dass in den Bayous einige Leute lebten, die nirgendwo gemeldet waren. Er versuchte, mit Laura zusammen einzugrenzen, in welcher Gegend sich der Ort befand, an dem sie festgehalten worden war, doch sie war keine große Hilfe. Weiter als bis zu dem Parkplatz, auf dem sie ihren Mietwagen abgestellt hatten, kam sie nicht. Eigentlich hatte sie auch keine Lust, weiterzukommen. Sie wollte sich nicht erinnern, sondern endlich anfangen zu vergessen.

Detective Boyle versicherte ihr, dass er dies verstehe. Jedoch scheine sie nicht zu verstehen, dass es in den Augen eines Polizisten auch noch eine zweite Version der Geschichte gab. Laura und Nico waren zusammen in die Sümpfe gegangen, doch nur Laura war blutverschmiert wieder aus ihnen zurückgekehrt.

Sie brach spontan in ungläubiges Gelächter aus.

War das sein scheiß Ernst?

Die medizinischen Ergebnisse stützten Lauras Geschichte. Die junge Frau hatte brutalste sexuelle Gewalt erlebt. Eigentlich hatte der Blick in ihre Augen Detective Boyle schon genügt, doch in seinem Job erlebte man die verrücktesten Dinge und lernte, niemandem zu vertrauen. Ein unschuldiges Äußeres bedeutete einen Scheißdreck.

Die Polizei des Countys begann die Bayous abzusuchen. Irgendwo dort draußen gab es ein Stück Land, auf dem fünf Leichen lagen. Die Polizei musste nur schneller sein als der Sumpf, denn dieser würde die Leichen zweifelsohne finden und dann waren sie weg.

Laura wurde angewiesen, die Stadt nicht zu verlassen. Ihre Eltern waren angereist, um ihr Mädchen nach Hause zu holen, und ihr Vater sprach mehrmals im deutschen Konsulat vor und bemühte jeden Kontakt, den er durch seinen Job beim deutschen Innenministerium hatte. Er war kein großes Tier, doch er kannte große Tiere. Wer oder was den Ausschlag gegeben hatte, konnte Laura nicht sagen, doch letztendlich teilte Detective Boyle ihr mit, dass es nicht nötig war, dass sie noch länger vor Ort blieb. Seiner Überzeugung nach hatte sie ohnehin genug durchgestanden. Man sollte sie nie wieder an einem Ort festhalten, an dem sie nicht sein wollte. Er bereitete sie jedoch gleichzeitig darauf vor, dass es nicht auszuschließen war, dass sie zu weiteren Befragungen in die Staaten zurückkehren oder sich in Zukunft möglicherweise vor Gericht verantworten musste.

Es war ihr egal. In diesen Tagen war sie wie eine Pinnballkugel, die einfach in die Richtung rollte, in die man sie stieß.

Boyle ließ die Bayous zwei Wochen lang durchforsten. Dann beschloss die Polizei, dass ihre Kräfte andernorts dringender gebraucht wurden und zog den Großteil der Einheiten von dem Fall ab.

Der Sumpf hatte das Wettrennen um die Leichen gewonnen.

EPILOG

Drei Wochen später war Laura zwei Tage überfällig. Dann einen dritten. Sie blendete es aus und ignorierte es. Sie ließ einen weiteren Monat ins Land ziehen und war plötzlich sechzig Tage überfällig. Der Test aus der Apotheke war eindeutig und der in der Klinik bestätigte ihre schlimmsten Befürchtungen. Sie war in der neunten Woche schwanger. Die Frauenärztin gratulierte ihr, doch Laura war zum Heulen zumute.

Sie stürmte wortlos aus der Praxis und brach vor der Tür in Tränen aus.

Sie erzählte niemandem davon, weder ihren Eltern noch ihren Freunden noch ihrer Psychologin. Nur Nico, in stillen Momenten, in denen sie zu einsam war, um es zu ertragen.

Dann rief sie ihn an. Sprach mit ihm durch eine tote Leitung. Hoffte, dass ihre Worte bei ihm ankamen, so wie damals im Sumpf.

Sie fragte sich, ob es vielleicht in Wirklichkeit andersherum war. Dass dieses Mal er es war, der sie rief. Dass das Glühwürmchen, das sie in der ersten Nacht ihrer Flucht aus dem Spinnennetz befreit hatte, gar nicht in den Nachthimmel aufgestiegen war, wie sie es gedacht hatte, sondern sich weiter oben zwischen den Baumkronen in einem anderen Netz verfangen hatte. *Seine Flucht nur ein Trugbild gewesen war. Oder ihre Flucht?*

Zwei Wochen später hatte sie einen Termin für eine Abtreibung.

Sie würde den kleinen Roarke-Bastard umbringen, genauso wie seine verdammte Sippe. Sie würde verhindern, dass er das Licht der Welt erblickte ... dass je wieder ein Roarke das Licht der Welt erblickte.

Als sie die Klinik wieder verließ, war sie noch immer in der elften Woche.

Sie hatte es nicht tun können. Sie hatte bereits genug Blut an den Händen für ein Leben.

Eine Woche darauf war es für eine Abtreibung zu spät. In Gedanken tat sie es dennoch. Trank und rauchte ihn zu Tode. Stürzte sich mit dem wachsenden Bauch voran auf die Ecke des Esstischs. Stocherte mit einem aufgebogenen Kleiderbügel in sich herum und machte kaputt, was die Väter des kleinen Bastards nicht ohnehin schon kaputtgemacht hatten. Sie spielte sogar mit dem Gedanken, ihn zur Welt zu bringen und mit ihm nach Louisiana zu fliegen. Ein Boot in die Bayous zu mieten, ihm seine Heimat zu zeigen und ihn dort auszusetzen, denn als ein Roarke gehörte er schließlich in die Sümpfe.

Oder ins Maul eines verdammten Alligators!, dachte sie voller Hass, als sie ihn sechs Monate später aus sich heraus presste.

Die Krankenschwester legte ihn in ein Tuch gewickelt in Lauras Arme. Das kleine Ding war blutverschmiert und schwach. Hatte neun Monate gegen ihren Durst nach Rache gekämpft. Hilflos und ausgeliefert. Er war ein Überlebender. Wie seine Mutter.

Sie nannte ihn nach seinem Vater ... einem Helden.

Nico!

NACHWORT

Mit Frauen hatte ich immer Glück. Das traf über viele Jahre hinweg nicht unbedingt zu, wenn es um die Liebe ging, aber immer auf die Frauen, bei denen ich deshalb um Rat fragen, mich ausweinen oder mich ablenken konnte.

Seit ich als Jugendlicher aufgehört habe zu denken „Igitt, Mädchen!" haben mich die besten Freundinnen durchs Leben begleitet, die ich mir hätte wünschen können.

Zwei ganz besondere von ihnen haben die Geschichte von *Die beste Freundin* maßgeblich mitinspiriert. Während die eine Pate für die besondere Beziehung zwischen Nico und Laura und deren gemeinsamer Jugend stand, hat die andere vor allem die Grundidee der Handlung von *Die beste Freundin* mitbeeinflusst. Ein weiterer Punkt auf der Liste der Dinge, für die ich ihnen unendlich dankbar bin. Unsere Leben mögen sich in unterschiedliche Richtungen entwickelt haben, aber ich bin sehr glücklich, dass ihr immer noch ein Teil von meinem seid und freue mich darauf, mit neunzig Jahren, wenn wir uns alles gesagt haben und es nichts mehr Spannendes zu erzählen gibt, schweigend neben euch auf der Veranda zu sitzen und der Sonne beim Untergehen zuzusehen.

Die beste Freundin zu schreiben war eine wundervolle Zeitreise in meine Jugend, die haufenweise schöne Erinnerungen zurückgebracht hat und zu einem meiner persönlichsten Werke geworden ist.

Vor diesem Hintergrund hatte ich manchmal Schuldgefühle wegen der grausamen Dinge, die Laura im Laufe der Geschichte zustoßen (oder besser gesagt: die ich ihr antun musste).

Immer wieder musste ich die Figur in meinem Kopf von den wundervollen Menschen trennen, die sie inspiriert haben, um ruhig schlafen zu können. Ich bin mir sicher, dass sie das ebenfalls können und unsere Freundschaft auch das überstehen wird.

Die beste Freundin ist meine Art, ein Loblied auf die Freundschaft zu singen. Vorher war es bereits Bruce Springsteens Art, das gleiche zu tun. Seine Musik spielt eine wichtige Rolle, sowohl in meinem Leben als auch in diesem Buch und so schien es irgendwann unausweichlich, vom ursprünglichen Arbeitstitel *Ghosted* abzuweichen und das Werk auf den Titel eines meiner Lieblingslieder zu taufen, das inhaltlich zur Handlung passt, wie die Faust aufs Auge. Und wie auch immer der Verlag es am Ende taufen wird, in meinem Herzen wird es immer *Bobby Jean* heißen.

Nun, liebe Leserinnen und Leser, ist es an uns, eine Art Freundschaft zu knüpfen.

Ich bin stolz und dankbar, dass ihr mich nicht nur in die Abgründe der menschlichen Seele begleitet habt, sondern auch ein Stück weit in meine Vergangenheit. Das Schreiben dieses Buches war eine wunderschöne Reise für mich und ich hoffe, das Lesen war es auch für euch.

Ich freue mich sehr, wenn ihr euch entscheidet, in Zukunft mal wieder in eine meiner kleinen Welten einzutauchen. Sie sind nicht immer schön, aber sie stecken immer voller Herzblut (das sprichwörtliche und das bildliche). Und da auch ihr sicher gute Freunde habt, erzählt ihnen von diesem Buch oder verschenkt es zu ihren Geburtstagen, vor allem aber: Wisst sie zu schätzen, denn sie sind nicht selbstverständlich.